柳海波

魅丽文化 花火工作室

一如少年

柳满坡
著

百花洲文艺出版社
BAIHUAZHOU LITERATURE AND ART PRESS

图书在版编目（CIP）数据

一如少年 / 柳满坡著．-- 南昌 ：百花洲文艺出版社，2020.9（2024.3 重印）
ISBN 978-7-5500-3784-7

Ⅰ．①一… Ⅱ．①柳… Ⅲ．①长篇小说－中国－当代 Ⅳ．① I247.5

中国版本图书馆 CIP 数据核字（2020）第 132697 号

一如少年
YIRU SHAONIAN
柳满坡 著

出版人	陈　波
出版统筹	曾英姿
责任编辑	蔡央扬
选题策划	夏　沅
特约编辑	滕思思
装帧设计	苏　荼
封面插图	林　秫
出版发行	百花洲文艺出版社
社　　址	南昌市红谷滩区世贸路 898 号博能中心 A 座 20 楼
邮　　编	330038
经　　销	全国新华书店
印　　刷	湖南天闻新华印务有限公司
开　　本	880mm×1230mm　1/32　印张 10
版　　次	2020 年 9 月第 1 版
印　　次	2024 年 3 月第 3 次印刷
字　　数	317 千字
书　　号	ISBN 978-7-5500-3784-7
定　　价	42.80 元

赣版权登字：05-2020-109

网址 http：//www.bhzwy.com

目录

CONTENTS

——《栗亭的世界》复刊了

第一章
真是个人才

近十万平方米的面积，拥有百年历史，千万藏书量，作为A市最牛的大学图书馆，A大图书馆平时的人气可想而知，哪怕有比较完善的预约系统，阅览室和自习室的好座位仍然供不应求。

尤其是主馆靠窗、带插座、非阳光直射的僻静宝地，学生抢下来花的功夫都能赶上约个大医院的顶级专家号了。

加之食堂离得远，外卖进不来，超市便利食品存量少，馆内又明文规定学生离座时长不得超过三十分钟，种种困难叠加，午饭时间的A大图书馆说是人潮的修罗场都不为过。

然而，有困难，就有商机！

当栗亭手里提着上下三层的巨型保温箱来到A大图书馆主馆西楼C座后的小空地时，树下早站满了提前收到告知短信的学生们，他们一见来人，个个都像闻着肉味的狼一样眼冒绿光。

栗亭在大家热情的注视下镇定地一手拉开箱盖，一手从手机里调出收款码，上前……扫一个，给盒饭，扫一个，给盒饭，欢快的嘀嘀声在一片狼吞虎咽中此起彼伏。

“喂……这碗好像不对吧，我订的是三鲜盖浇饭，这是鸡肉的，还贵五块。”忽然其中一个学生看着手里刚拿到的盒饭发出了质疑。

机械式的分饭流程却没有因为这微弱的抗议而中断，栗亭甚至连头都没回。

“三鲜没了，只有鸡肉，不吃还我。”

抗议者果断闭上了嘴。

“那个……”分发到最后一盒饭时，一个理着锅盖头的男生又对栗亭道，“你下午有空吗，替我到七楼占个座行不行？我女朋友一会儿过来复习，我和她说好了。”

栗亭没说话，俯身收拾地上的包装袋。

“老价钱呗。”男生焦急地道。

栗亭合上空了的保温箱。

“加十块？”

栗亭环视周围。

“再加五块？”

栗亭看了看表。

“再多五块，总共四十，不能再多了，真没钱了。”男生恳切道。

“现在是期末……”栗亭终于应声了，他的嗓音十分绵软，糯糯的，配上他姣好的容貌，原该让人很生好感。可偏偏栗亭的表情孤傲，让这话听来只显疏离，“盛夏、期末、周二、下午，还是七楼这种地方，除了我，这时间你换个人去试试？”

男生脸皮抽了几下，看着两旁已经吃完饭像大批洄游的鱼群一样返程往图书馆里去的人，牙关一咬。

“行，八十，先给五十定金，转账！”

栗亭听着手机传来悦耳的“叮叮”声，总算淡淡地点了一下头。他转身提起保温箱塞进一旁的大灌木丛中藏妥，径直走进了大楼电梯，按了“7F”。

信息科学类、工程类和法学类的书大部分收藏在A大图书馆的六到九楼，往常这儿都是图书馆的人流重灾区之一，更别说六月末的此刻。

没有穿戴任何外卖服装的栗亭，一身清爽的T恤衫、牛仔裤完美融入了A大的学生中，甚至比不少男生看着更为出挑。他熟门熟路地来到七楼大厅，并没有急着进阅览室内，而是站在门边默默地向里扫视了一圈。毕竟是午饭时间，A区还是空下了几个位子，但或多或少都有私人物品摆在上面，显示主人只是暂时离开。

左三、右五、前二、后八……栗亭数了数，四个位子。他不慌不忙地拿出自己那只山寨老人机向各处拍了几张照片，确认画面虽然模糊但能看清大致内容后，才推门走了进去。

栗亭一只手在咨询台上叩了叩，忙着处理事务的管理员一抬头，见到是他后立马受不了地翻了一个白眼，小声骂道：“又来了……投机倒把、倒买倒卖，真不怕保卫科知道了把你丢出去。”

栗亭对这种不客气的人身攻击完全免疫，还面不改色地点了点头：

“倒买倒卖是不好，但和某些人的监守自盗比，不知道哪个更容易被保卫科……”

栗亭后半句话还没有说完就被跳起来捂他嘴的人打断：“我……我没有……”

“书没有偷成功是因为被我发现了……”栗亭敏捷地闪过那只手，不耐烦地拆穿对方，又敲了敲表盘，示意自己赶时间。

被威胁的管理员脸色比刚才楼下的锅盖男还黑，他掩去翻腾的怒意和不甘，道：“我就算想帮你，现在也没办法占用别人的预约号。最近，我们计院研究所的人过来重新升级过系统，我这种勤工俭学的学生没权限进大后台，问题操作也会被系统全部筛查的。”

见栗亭沉默了，对方怕他不信，继续强调。

“是真的，之前那个旧版本的预约系统废到总是自己漏掉预约号，正好能让我们捡漏，但现在这个新系统的安全系数特别高，确认一回就要登录一回，反反复复，不只做不了手脚，烦都快被烦死了，设计的人简直有……”

正抱怨得来劲，声音却停止了。

栗亭似有所觉，顺着对方凝结的视线慢慢回头，就见自己身后不知何时站了一个高大的男生，正默默地看着他们。

管理员见到他，瞬间变得十分紧张，磕磕巴巴地问：“方……方学长，你怎么来了？是馆里……有什么问题吗？”

被称作“方学长”的男生垂眸扫过来一眼，轻飘飘的没什么分量，但许是身高或外貌上的优势作祟，那视线让人多了一丝压迫感。

栗亭却依旧面无表情，看着对方越过自己走到了咨询台边。

“没什么，自助机人多，我想请你帮我查询一下，这几本书还可以借阅吗？”方学长边说，边拿出一张抄了很多书名的纸递了过来。

“哦哦，稍等，”管理员赶忙敲起了键盘，一边用眼角偷瞟眼前人的神态，一边挤出笑道，“那个，其实……刚才啊，我们正在说现在馆内的系统……嗯……虽然要反复登录有点复杂，但是速度却快了很多，像这种查询借阅方面的操作就很方便精准……大家都觉得比老版本好用太多……学校换得很及时，设计的人考虑得也很周到……非常周到，呵呵。”

方学长听了却连睫毛都没抬一下，不动如山地“哦”了一声。

管理员尴尬不已，顶着一张猪肝脸磨叽半天后总算起身：“查……

查好了，方学长，你这七本书除一本外都被借阅了，假期前不知道能不能返还，而剩下的那本也只能阅览不能外借。如果方学长需要，我……我可以把这本取过来给你，就是要等等，阅览室现在没有位子……”

方学长环视了周围一圈，眉头微拧，有些伤脑筋。

此时一个刚进门的女生正巧看见了他，惊喜地快步走来。

“方槐柠？你也来看书？”

这是一个外形亮眼的大美女，理应让人见之欣喜。可那个叫方槐柠的男生见到如此美人却表情未变，一手搭在桌上，一手雷打不动地插在口袋里，只有上身礼貌性地微微转向她。

“嗯，查点资料。”他回答，声音无甚起伏。

“这时间正是人多的时候，你找到位子了吗？我和同学之前倒是占了两个，她下午不来，给你用吧。”女生却并不介意他的冷淡，聪明地察觉到对方当下的处境并热情地做出了邀请，一双眼牢牢地粘在方槐柠完美的脸上。

方槐柠没回应，抿着嘴巴似在思考。

女生继续游说：“没关系的，那位子真没别人坐，空着也是浪费。你那么忙，何必白跑一趟。”

于心有愧的管理员早已机灵地跑向 C 区的书架，拿了那本不得外借的书屁颠屁颠地跑回来，递了过去。

“方学长？”

方槐柠看着那书，好像成功被说服了。

接过书道了一声谢，方槐柠欲走，又忽然回过了头，目光无意地掠过栗亭，落到那管理员身上。

“之前图书馆的旧系统的确有很多运行问题，但后台如果有违规操作也是会被记录下来的。在更新新版的时候，我也顺带把那些老记录备份了，只要需要，随时随地都可以详查。”说完，方槐柠转身离开。

栗亭站在那儿睨了一眼管理员一下子惨白的脸色，眼眸一转，跟着离开的人快步而去，两三下就赶超了走在前面的一男一女。

方槐柠和那个女生只觉有人影一晃，再看过去，前方原本空着的两个位子已经被占去了一个。

“喂……同学，这是我们的位子。”女生自然上前阻止，顺便指了指桌上自己摆放的笔记本，当作证据。

“哦，”栗亭应声，屁股却半点没有要移动的意思，“不好意思，这儿现在是我的了。”

为表诚意，栗亭把手机打开放到了女生面前，屏幕上是他刚才拍摄的几张空位的照片，其中就包括女生占据的两个，时间则为半小时之前。展示完，栗亭还伸手指了指墙上的图书馆守则，仿佛自己也是遵守规则的无奈之举，可傻瓜都能看得出他摆明了是有备而来。

想到身边好不容易偶遇的方槐柠，女生大为不爽，但她还是努力忍住脾气央求道：“这位同学……我们一共两人，只有这儿是连座的，那边还剩一个单独的位子也要等半小时了，你只有一个人，可不可以……”意思就是要栗亭成人之美。

“这样啊，也不是不行。”栗亭听罢，竟点了一下头。

女生以为有戏，正要换上感谢的笑，却又听栗亭幽幽道：“就要看你男朋友大不大方了……”

原本“男朋友”这三个字该是让女生十分高兴的，然而待目光下移到栗亭那根轻轻敲击在桌面上的手指，还有一旁已经切换成某支付软件的屏幕时，她不禁一愣。

这是……什么意思？

不会是她以为的那种吧？

一个图书馆座位而已，这种时代，这种地方，还会有这种……不要脸的人！

电视剧都不敢这么拍吧！

尴尬的气氛僵持中，方槐柠打破了沉默，他说：“不必了，分开坐也一样，你坐这儿，我去那里就好。”说完，他不给女生反对的时间，冷冷地扫过栗亭，夹着书朝另一区走去。

瞧着那毫不留恋的背影，再瞧瞧欲哭无泪恨不得给自己几刀的女孩儿——她又觉得无比丢脸，气极离去，栗亭摇了摇头，自言自语一般地感叹：“看来不是大方的男朋友。”

不顾周围人因目睹全程而对自己投来的鄙夷视线，栗亭慢条斯理地摸出那张从咨询台上顺来的纸，看着以凌厉笔锋写下的书名，手掌一揉一抛，那纸团便稳稳当当地落入了不远处的废纸篓中。

又一单生意搞定！

栗亭最近打工的一家快餐店就开在A大东门拐角处，全店上下只他一人可以不穿制服，且工作时间可以自由支配。

店内员工起先不满，但大家逐渐见识到他非人类般的强悍后，各种不甘便全都硬生生地吞了回去。

栗亭是真的强，员工的基本素养——体力、技术、脑子，他全都有。有些需要两三人干的活，他一人就能全扛。力气大，手速快，麻利干脆，一看就会，上到配菜帮厨，下到打扫搬运，就没有他不能做的。而且他特别能把握市场动向，给店里开发新财路，就像给A大图书馆送外卖等等。这么强悍的人，能不讨老板喜欢吗?

只是相对于领导的抬爱，他和同事间的关系就显得没那么融洽了。怪只怪栗亭这人太不合群，明明长了一张特别出众的脸，性格却截然相反，连新来三天的小毛都知道，店里的小栗哥嘴巴毒，脾气大，爱摆臭脸，最重要的是非常非常抠门，爱钱如命，谁都惹不得，谁都受不了，招谁都别招他。

可再受不了也得受，毕竟不少人都得指望他。比如：找不到人顶班，栗亭上；外卖太多路太远，栗亭去；店里水管漏水，栗亭修；灯泡坏了，栗亭装；有老鼠，栗亭逮……

栗亭、栗亭、栗亭……什么都是栗亭。

可以用一句话完美总结员工的心情——恶心死自己那恨他却又干不掉他的样子。

这不，拿着保温箱从A大图书馆一回到快餐店，栗亭又被一姑娘拦着央求。

“小栗哥……那个，我下午有点事儿，你能不能替我代一下班?加班费都算你的。”这丫头说话惯常爱撒娇，但面对栗亭的阴沉脸，语气变得十分小心翼翼。

好在栗亭没让她失望，一听到有钱拿，栗亭十有八九都会点头。

小丫头欢呼着离开，栗亭走到水槽边捋袖子洗她留下的碗。

一旁拖地的老刘瞧着栗亭那被汗水打湿的背，没忍住多嘴了一句：“小栗啊，你上周末又做了两份工吧?今儿早上上了早班，现在又上晚班，这一天老是只睡三四个小时，身体可别累垮了。”

栗亭刷碗的速度跟水流一样快，老刘等了半天才等来他一句轻轻的“没事”。

老刘叹了一口气。

不过栗亭今天最终没有上成晚班，因为他接到了栗晗的消息，问他有没有时间回家吃饭。两人很久没见，栗晗说想他了。

栗亭六点过三分就从快餐店骑车回了家。

说是家，一年却回不了三四次。这一次栗亭去的时候发现家门的锁又被换了。栗亭敲门，用人来应，见了他竟陌生得愣神，杵在那儿半点没有让开的意思，直到栗晗迎出来喊人。

“哥！”

栗晗赤着脚，蹦蹦跳跳到了面前，奶白色的皮肤在顶灯的映照下仿佛闪着荧光。

“你看我新剪的头发，好不好看，染的是今年最流行的深青，花了我七八个小时呢，累死了。”

栗亭瞟了一眼弟弟的头顶，微微颔首。

栗晗高兴，伸手要来挽他，被栗亭闪开了：“我浑身都是汗。”

栗晗看着栗亭热得粘成一缕缕的鬓发，还有身上略厚的 T 恤衫，转头叫道：“王婶，你去把空调调低一些。”

王婶却没动，为难地说：“哎哟，栗太太说不行的，你感冒呢，这个温度已经很低了。”

栗晗皱起眉，小声嗫嚅：“我的感冒已经好了呀，妈妈真烦。”

“在说妈妈什么坏话呢？”一道女声随之响起，就见一个风姿绰约的成熟妇人缓缓搭着扶手从二楼走下来。

栗晗看见她连忙换上了讨好的笑容，软糯地贴过去：“没有，没有，我说妈妈最好了。”

狄薇宠溺地摸了摸儿子的头：“妈妈当然最好了，妈妈做什么都是为你好。”

“我知道，我知道，”栗晗殷勤地搭腔，注意到栗亭一直沉默地站在原处，提醒道，“妈妈，哥哥来了。”

狄薇好似这才看到这么一个大活人杵在屋内，她退了一步，说：“哦，栗亭来啦。”又回头去教训儿子，“怎么又不穿鞋，一会儿流鼻涕又要全家人跟着你闹腾。”

栗晗被念得不得不回房找鞋。狄薇等他走了，转头对栗亭道：“坐着去吧，就开饭了，你爸爸等会儿下来吃。”

栗亭也不客气，顺着狄薇手指的方向在饭桌前坐下了，还给自己倒了一杯茶。

狄薇笑了一声，坐到栗亭斜对面，取过遥控器打开电视，不停地换着台，偌大的大厅中只有断断续续的电视声响着。

直到走廊和楼梯处传来清晰的脚步声，狄薇才笑着又问栗亭："刚从学校回来吗？要考试了？"

栗亭抿了一口茶，专心地望着电视屏幕，像是没听见。

"你阿姨问你话呢，怎么不回答？"

栗尔杨下到一楼，正看见栗亭举杯慢品的动作，不满地问。他个子不高，人也看着瘦弱，但外表十分儒雅年轻，一点也瞧不出年近半百，两个儿子的模样则很好地遗传了他。

狄薇起身迎了上去，温柔道："亭亭刚来，还累着呢。"转身又对栗亭说，"亭亭别介意，你爸爸也是关心你。"

"我知道，"栗亭终于说话了，放下手中的杯子，语气真诚，"我一下子太感动，忘了要回答什么。"

栗尔杨正要坐下，一听这话半个屁股险些没搭上椅子边，脸都黑了。

好在换完鞋的栗晗很快回到了客厅，打破了外头古怪的氛围。

"哇，什么东西那么香，快吃饭，快吃饭，我饿死了。"栗晗拿了碗筷机灵地帮着摆放。

"哥哥给你大碗，今天有油焖大红虾哦，多吃几个。"栗晗偷偷摸摸地对栗亭眨了好几下眼睛。

栗尔杨则扫过桌上满满当当的菜，对王婶皱眉："不是让你不要买这种鱼了吗，刺那么多。"

王婶觉得冤枉，明明前两天家里还吃过这个鱼，当时都说味道好，怎么今天就变了。栗家人都爱吃鱼，唯一怕鱼刺的只有不常回来的栗亭。

王婶不满地瞥了他一眼，这人突然就出现，谁有准备啊。说到底，栗先生仍是心疼这个大儿子。

栗亭倒是自在，见菜上齐了，筷子先朝那盘鱼探了过去。他轻轻一掀，鱼肚上整排刺少的肉全被他夹到了碗里，剔了大刺，吃得津津有味。

被打了脸的栗尔杨语塞，余光发现小儿子低着头在桌下摆弄什么，不高兴地用筷子敲了一下他的脑袋。

"吃饭呢，玩什么手机？"

"哎哟，疼。"被抓包的栗晗紧张地翻转屏幕，扶着额头向狄薇撒娇，"妈，我头晕。"

狄薇悄悄瞪了一眼迁怒人的栗尔杨。

栗尔杨哪里看不出小儿子耍花招，还要再训。栗晗却忽然跳起来对狄薇道："妈，我有本书落在寝室没拿回来，我同学现在给我送来了，说就在门外，我出去取一下，就回来。"

"这小子……"眼看栗晗就这么没规矩地跑了出去，栗尔杨一推碗，瞪向狄薇，"都是你平时惯的。"

狄薇应对自如，轻轻拍着栗尔杨的手道："他就是个小孩子，你别和他计较，找时间我会教训他。"

"什么小孩子，都上大学了，也就比他哥小个一……"栗尔杨堵心，然而看到栗亭，不知想到什么，又把话吞了回去。

狄薇看着丈夫尴尬的样子淡淡一笑："哎呀，亭亭还在呢，不说这些。亭亭啊，你正好多吃些，这总在外面，怎么能有家里吃得好。"

这话像是说到了栗尔杨的心里，他重整心神看向大儿子，语气微沉："你……现在还和那些不三不四的人住在一起？"

栗亭没应声，把鱼翻了个面儿，又夹了一筷子。

栗尔杨以为他这是心虚了，忍不住道："家里明明那么大，离你学校也不算远，好好的地方不待，偏要跑出去自己住，整日和社会上乱七八糟的人混在一起，你到底在想些什么？"

栗亭拨了拨没肉的鱼骨，扒了两口饭，向隔壁的大虾下手。

"学校没考好就算了，自己努力点也不是完全学不到东西。我知道你成不了才，也不指望你能出人头地，但至少不能自暴自弃、自甘堕落。"

虾壳还挺硬，栗亭咬了两下发现没办法完全褪下肉来。他索性放下筷子，直接用手，两三口就解决了一只，又换一只。

"你别以为我不知道你一天到晚在外头搞些什么。你年纪也不小了，明年就毕业了，就不想着正正经经地找份工作？"

软软的虾肉堆在白糯糯的米饭上，栗亭擦了擦手，拿起勺子舀了两大勺鸡汤，拌着饭就着虾肉，时不时再夹些素菜，一口一口，鲜香味美。吃完了一大碗，栗亭又添了一碗饭，埋头继续苦吃。

"亭亭，你不要怪你爸爸多嘴，他也是担心你。"栗亭一直不说话，狄薇只得好心地加入进来，"你也知道你爸爸的情况，外面的人都说栗教授带出了那么多优秀的学生，对教育方面一定有很多心得，可他偏偏拿你没办法，打不得骂不得，只能急在心里。你也为他想想，不然……"

"叮咚，叮咚……"

此时，一串特别古老的铃声打断了狄薇的苦口婆心，也终止了栗亭的大快朵颐。速速吃完碗里的最后一口，栗亭掏出手机，看了一眼那条短信，站起身直接向门边走去。

“你……你要去哪里？”栗尔杨有些蒙，瞧着栗亭弯腰换鞋才反应过来，“我话才说了几句你就要走，这是什么态度？”

栗亭系好鞋带，从进门起终于第一次用正眼看向了栗尔杨，表情很是淡然，只是那悠悠软软的嗓音透出了他的心不在焉。

“不是她要我为你着想吗，我知道了，我现在回去好好想、认真想，想完了、想透了再来告诉你思考心得……”

说完，栗亭特别礼貌地甩手关上了门。

随着砰的一声响，栗家夫妇面如锅底。

“臭小子，臭小子，每次回来都要气死我……”栗尔杨回过神，呼呼地喘气。

“算了、算了，亭亭从小就是这脾气，也不知道像谁，我们不和他计较，吃饭、吃饭……”狄薇拿出惯常的姿态温柔规劝。

栗尔杨哼了一声，只得重新端起饭碗，然而待两人一低头时，却更憋闷难言。

就见那满桌的碗盘依旧，可是——

菜呢？！

栗亭走得急，没从来的路上回，而是绕到家里的另一头，向小区的后门抄近道出去。谁知刚迈进小花园，便听见周围一阵窸窣声响。

他非常敏锐地停住脚步，静静地看着前方微动的树丛，直到里头两人也察觉不对匆匆走了出来。

栗晗从一个男生背后探出一张惊恐的脸，在瞧到来人是谁时才长舒了一口气。

“是你啊，哥……”

栗亭看看他，又看看那个男生，目光在两人之间流转了一番。

栗晗则紧张地上前了两步，走到栗亭面前道：“这……这是我同学，来给我送东西的。”边说，边观察着哥哥的脸色。

栗亭的表情却没有任何的吃惊或鄙夷，平淡得一如既往：“是吗？”

栗晗却还是能感觉到对方简短语气中透出的压迫感，不过一想到往日哥哥对自己的疼爱，又稍稍放下心来：“嗯，我们……”

栗亭直接打断了绞尽脑汁解释的弟弟，没对所见所闻追究，反而出乎意料地问了一句："你叫我来，就是给你匀时间和同学见面？"栗晗身体不好，每回感冒必定发烧。狄薇又疼他，生病期间基本不允许儿子外出，更别说去学校了，想必他已经被困在父母眼皮子底下不少天了。

栗晗一惊："怎……怎么可能，我……我是真想你了才让你过来吃饭的，我们已经快一个月没见了，哥……"

栗亭又"哦"了一声，点点头便走，却被栗晗拉住了。

"等等，哥……"栗晗挤出笑来，"你可别告诉……"

"我知道。"栗亭猜到他的意思，干脆地安了对方的心。

趁着栗晗没来得及接下句，栗亭迅速越过他们没入了黑暗中，潇洒得让人都回不过神来。

夜色里，那个男生还是忍不住忐忑地问："不要紧吗？"

栗晗思忖了一下，抿嘴一笑："没事，他不会多嘴的。我哥的脾气，要么不答应，答应了就一定会做到，而且……他对我可好了。"

栗亭家住在市中心某高档小区内，他此刻要赶去的地方则离这儿有些距离，好在有辆小电瓶车，虽然是二手的，但风风雨雨陪栗亭克服过不少困难，称手得很。

只听见一阵轰隆的嘈杂声划破寂静的居民区，一路咆哮着开过了多条马路的栗亭把车停在了A市较为有名的某酒吧街口。两旁林立着缤纷霓虹，时尚男女穿梭其中，栗亭却看都没看，跨下车来弯进了身旁一条漆黑的小巷。

熟门熟路地从杂物堆里扒拉出了一个穿着短裙的纤瘦身影，不顾对方挣扎，栗亭一手掐腰，一手钩脖子，拖死尸一般将人拖了出来。

"嗯……我……我不走，我还要喝……还要喝……"

"死尸"不甘地拼命反抗，长长的大波浪鬈发中露出了一张秀美酡红、泪眼婆娑的脸蛋，衬着周围的五光十色，十分惹人心怜。

栗亭却没心思欣赏这样的美景，他让人勉强站直后抓着对方的脑袋摁向墙角，不耐烦地说："想吐现在吐干净，一会儿吐我车上身上，我就把你塞下水道去。"

不知是对方还不算醉得太彻底，还是栗亭威胁的语气太有震慑力，手下的人在呜咽了几声后听话地吐了个昏天黑地。

栗亭默默地等人平静下来才重新上手，轻松地抓过他的腰带，一举一抛，像扔沙包一样把他丢上了自己那辆小电瓶车的后座。

“抓紧，摔死了拿你的命去换保险金。”

“我……我们什么时候……买了保险？”后座的人边哭边发出真诚的疑问。

栗亭没理他，车子已飞速飙了出去。

他开车很野，酒吧街附近车流那么大，栗亭却跟穿梭在空旷的赛道上一样随意。磨了漆的破电瓶车在他手下硬是开出了哈雷的气势，吓得身后的人明明酒没全醒，却也知道保命，死死抱住他的腰，以免被甩出去。

不过就这速度，两人还是用了快一个小时才从市区回到近郊的出租屋里。年久失修的楼道感应灯没一盏亮的，栗亭拽着那醉鬼却在黑暗的堆积物中顺畅地一路上到了五楼。

醉鬼原本已经安静下来了，可当栗亭开了房门，他又忍不住哭起来。

栗亭却没有半点慌乱，左手换右手，行云流水地将人提溜到了浴室，朝浴缸里一丢，调节好花洒的水，兜头就往脚边人的脑袋上冲去。

六月末的天气，奔波出一身热汗，感受到扑面而来的水流，沉浸在悲伤情绪里的醉鬼不由得号叫了起来。

“烫……烫……烫死我了！栗子，别……烫死啦！”

栗亭却不松手，眼前的人被他箍得跟条待宰的鱼一样拼命地蹦跶。

“要脱皮了……啊啊啊啊啊啊……”

直到又默默听了几分钟的求饶后，栗亭终于开口：“还闹吗？”

“不闹了，不闹了……呜呜呜，我错了……你快放开我，都要熟了……”醉鬼声嘶力竭地反省着。

栗亭确认了他的诚意后终于挪开了花洒，不过却没让人起来，两三下扒了对方湿透的衣裙，调低了水温，跟洗车一样迅速把他从上到下冲了个干净再重新提回房间，丢上了床。

醉鬼已经彻底老实了，愣愣地看着给他垫枕头的栗亭，流着泪可怜道：“栗子，我……我又失恋了。”

栗亭不理他。

醉鬼：“你说世界上……为什么会有那么多人渣呢……还是你最好了……你从来不会让我伤心。”

不过一说完他自己又马上反对：“啊……不行，你长得太好看了，和你站在一起你会把我比下去，不行……”

栗亭的回答是直接扯过被子盖住了那张脸，也堵住了他不停啰唆的嘴。把人收拾了，栗亭自己也一身狼狈。回到浴室冲澡睡觉，脱衣服的时候他才发现刚才那番折腾把他的裤袋给撕破了。

栗亭赶忙探进手去摸，摸到口袋里的钥匙后，悄悄松了一口气。

他把钥匙拿出来，小心地取下上面的钥匙扣，那是一个手指长度的小机器人。栗亭摆弄了一下它的四肢，确认灵活无碍，又用脱下的T恤衫沾了水，仔细地把它的脸擦干净，这才稳妥地重新穿上钥匙环，放进另一条裤子的口袋中。

方槐柠极度喜静，且有洁癖，在忍受了几个月痛苦的集体生活后，于大一的下半学期搬离了寝室。不过他和室友的关系倒没有因此疏远，宅到除了数据，只能与彼此为伴的计算机学院的理工男们，在四年间很好地依靠游戏和作业维持住了单纯坚实的友情。

今天也一样，赵磅请方槐柠吃午餐，吃完后特别友好地一道回寝室交流感情，顺便劳驾“头牌”帮自己改一下卡了三天的代码。

他很有诚意地提前打扫了寝室，拖了地，擦了桌椅，还清洁了键盘。然而方槐柠进门后还是停在赵胖子电脑屏幕前两米处，盯着斜上方的床头，无论如何都不愿靠近一步。

赵磅环顾一圈，不得已挪着丰腴的身躯，踩上梯子嘟嘟囔囔地把挂在那里的袜子取了下来。

“哎哟，你说你真麻烦，我这还是干净的，就穿了一个多礼拜……”

方槐柠不语，视线又转向座位边一堆乱七八糟的杂物上。

“是他，”赵磅反应极快，指着凑上来的另一个室友王复梁告状道，“这里面有台废机是他放那儿的。”

王复梁顶着厚厚的眼镜，原本因为方槐柠的到来想偷个师，听见这般污蔑，满脸的冤枉：“死……死胖子，是……是你说要换新电脑，让我放着下回和你那台旧的一起卖的，还能多算点钱。”

“你真那么听我的话，微机原理我让你跟我一起挂的时候你怎么考过了？两人放一块儿还能多算点分。”

“哎，你……你真是……”

除了手，嘴也闲不住的宅男们照例开启了日常的热情互动，直到敲门声响起才勉强中断。

“我的外……外卖来了，”王复梁跳起来去开门，在抬腿时自然地给了赵胖子一脚，“不和你一般见识。”

“你还来劲了是吧，”屁股受到攻击的赵磅却不愿吃这暗亏，转身喊道，“一会儿一定给我把这破机子从我桌子下面清走，期末关寝前的大检查，我要再扣清洁分就打死你。”

王复粱其实嘴皮子很不利落，着急起来还有点结巴。他一边掏钱，一边生气：“你……你怎么不……不拿走呢，你的旧机箱还……还霸占着我小半个衣柜呢，你今天也要拿走……”

“我养出这一身肥肉多不容易，扛这玩意儿下七楼，还要走二十分钟到门口去卖，我要瘦三斤，你先拿……”赵胖子不甘示弱。

“不……不，应该你先……”

“凭什么，你先！”

眼见这对的表演变得越发幼稚，本该习以为常的方槐柠忍无可忍地皱起眉，正要打断，却有一个声音比他更快一步。

“我替你们拿吧。”

“啊？”突如其来的建议让王复粱十分意外，“你……你一个送外卖的还收电脑啊？”

“嗯，两台都给我，二十块钱。”那声音又道。

“什么？才给二十块钱？你有没有搞错？我这硬件可还都能用啊。”赵胖子紧跟着道。他身量宽厚，即使好好说话那嗓门都跟吵架似的，很有些威慑力。

果然，对方顿了一下，但很快又开口了，语气依然淡定。

“我没搞错，是你搞错了。不是我给你们二十块，是你们给我。”

方槐柠正半俯下身敲着键盘，听见这荒唐的话，还有其语气中神奇的理所应当，终于忍不住直起身向门边看去。

站在寝室门口的外卖小哥看样子和他们差不多大，穿着附近一家点心馆的制服，黑色的棒球帽遮住了大半张脸，只露出一截白白的下巴，瞧着十分温顺。

显然这颇有欺骗性的外表暂时抵挡住了赵磅和王复粱的怒火，两人只用“这人是不是脑子有病”的目光不可思议地看着这个不识货的二傻子。外卖小哥当然察觉到了这样的态度，慢慢抬起头来。

方槐柠这才看清了他的样子，眉眼精致，鼻唇秀丽，五官搭配得十分亮眼，简直有种雌雄莫辨的感觉，除了眼神有些阴沉，算是非常有辨识度的一张脸。

怎么这么眼熟？

思考了几秒，像是想起了什么，方槐柠一愣。

“我收二十块总有我的道理。”小哥却没望向方槐柠，只在几道强力的目光中不卑不亢地说。

“什么道理？”王复梁好奇得连结巴都好了。

小哥应对自如，慢悠悠道：“首先，还差一周六月就要过去了，虽然有些系考得早，但A大的暑假整体比其他高校要晚一些。这个时间段，校外的废品回收人员有不少都流动到隔壁先放假的两个大学去了，你想找未必都能找得到。”

“第二，”小哥眨眨眼，视线越过王复梁和赵磅，落到方槐柠……脚边的机箱上，“就算你们的电脑硬件能用，但肯定也不算太好，不然早就被校内其他同学收走了。假期前，学生出货的多，收货的少，哪怕想买二手电脑，也会去找毕业的大四学生。他们走得急，机器相对新一些，你们的东西不会被选择。

“第三，我虽然不是这里的学生，但这几年来过不少次，大概知道A大寝室的作息和规章制度。寝室的清洁分若是扣多了，直接影响你们大学的平时分，甚至影响毕业评价。为了这点垃圾、这点钱受此损失，未免得不偿失吧。

“第四……”

“还……还有第四？”王复梁吃惊。

“嗯，第四，”小哥理所当然地点头，“就算以上理由你们都可以不在乎，但你们刚才也说了，这么重的两台机器要扛下七楼，还得在如此炎热的天气里走二十分钟的路去卖，可不是一件轻松活，你们能行吗？”

他边说边打量赵、王二人不是过胖就是过瘦的身材。

“或者你们也可以叫车，”小哥友好地提议，“K栋的小卖部可以租借小板车，十块一趟，一个来回也正好二十块，和我的价钱一样。”

“但那车还是要我们自己拉啊。”赵磅忍不住道。

“对啊，”小哥丢过去一个“你还不算太笨”的赞赏表情，“所以，这费时费力的事儿我替你们全做了，还冒着影响工时被老板发现的风险，收二十块多吗？”

他说话咬字清晰，节奏和缓，虽然语调没什么感情，但配上那糯糯的嗓音，不由得让室内几人越听越没了脾气，甚至忍不住感叹一句：

真……真有道理！

王复梁是咬着舌头才把那句“不多”给吞回去的，差点憋得抽自己一嘴巴。

“当然，你们如果觉得不值就算了，我也只是好心提议，这种力气活做起来可不容易。”说罢，小哥转身欲走。

“哎，等……等等……”赵磅不服气道，“你说得轻巧，我们都拿不动，难道你这小身板就行？”

这外卖小哥在北方男生里算娇小的了，但单独站那儿也不算矮，大概是因为脑袋小、细胳膊细腿的缘故，可同室内另外三个大男生相比就有差距了。

王复梁高他小半个头，赵磅那厚度能抵他两倍，更别说在系里都算高挑健硕的方槐柠了，小哥差不多才挨到“头牌”的耳根处，能不让人怀疑吗。然而见到这样的态度，小哥只是瞥了一眼，走过来，伸出手道：“绳子。”

王复梁顿了一下，默默去取了一小捆绳子来。

小哥接了，在几人轻慢的注视下把那两台机箱、两个键盘还有一套小音响扎了个结，手法简洁又利落。

“你……你别逞强啊。”明明大家都是男生，明明刚才还鄙视对方脑子有病钻钱眼里了，但瞧对方动真格的，一伙人竟然开始于心不忍。

“要……要不我跟你一起拿下去吧，”王复梁轻声道，“这真的不轻。”

栗亭却没有要接受帮助的意思，他一手抓过一台机器站起，轻松地转了个身，然后对王复梁抬了抬下巴，又看向自己的口袋。

赵磅反应快，赶紧摸出钱塞了进去。见对方还是维持着那个姿势，他以为是嫌少，竟犹豫是不是要再多给个百十来块才配得上人家的辛苦。

结果他这副傻样惹得那小哥不得已开口提醒：“我是让你拿我口袋里的外卖单，点心馆的电话改了，下次订记得换一个。”

“哦，哦……”赵磅一愣，笨拙地照做。

完事了，小哥拔腿便走。

“哎，你路上小……小心点……”

“看着点楼梯啊。”

两个大老爷们儿扒着门一口一个提醒，对着那外卖小哥的背影跟送亲人一般目送着对方远去，直到再看不见人影。

片刻，王复梁叹道：“他和我们差不多年纪吧，应该也是大学生，就是不知道读的什么专业？”

赵磅接话：“传销或者举重吧。”

王复梁同意：“真是个人才。”

两人转身，正对上不知何时站在身后的方槐柠，对方拿着包明显要离开的样子。

赵磅的神思被拉了回来，吃惊地跑向自己的电脑，就见卡了整整三天的问题已经被成功解决，对方从头到尾不过用了十来分钟。

赵磅忍不住激动地骂了一句脏话。

王复梁也懊恼，大好的偷师机会就这么飞走了，不过幸好还有时间。

“槐柠，我暑期申请了研究所的实习，郭俊福的项目，我们到时见。”

“下月中旬吗？行。”方槐柠点头。

话音刚落又听赵磅开始碎嘴道：“槐柠，这大舌头才不是为了学习去实习的，他是冲着妙妙学姐去的。”

“你……你够了啊，再瞎说……抽……抽你。”

“你敢说不是，下回见了妙妙我就这么告诉她。”

“闭……闭嘴……”

方槐柠在战斗还未白热化前果断选择离开。

六月末的午后，艳阳高挂，几乎一出宿舍就要被扑面而来的灼热熔化了。

方槐柠没有走最近的道，而是沿着宿舍的车棚从 A 大的西北门出去，虽然远了些，但一路上有大树遮挡，可免去不少暑热。只不过以往这条路只有他会走，没想到今天道上却多了一个人。

因为提着重物的缘故，哪怕比方槐柠早离开不少时间，那个外卖小哥仍然没有走出太远，方槐柠不过几分钟就追上了对方。

那人的步伐倒是比想象中轻松，每一脚都走得稳稳当当，不拖沓、不迟缓，并没有逞强的意思，就是袖管下露出的手臂上多了不少条绳子勒出的红痕，因肤色偏白显得尤为明显。

方槐柠扫了一眼，目光又落到对方的背脊上，只见阳光下前方的人细细的汗水一路从白皙的后颈淌下，没入浅粉色的制服领口中，濡湿了一小片衣裳，随着走动，微微透明。

一个身量那么瘦小的人到底哪儿来的力气？

方槐柠暗自好奇。

在 A 大图书馆那么如鱼得水，到头来竟不是 A 大的学生吗？

方槐柠又想。

两人就这么保持着十来米的距离，以差不多的速度一前一后走了近二十分钟。前头的人也不知有没有发现身后的人，始终没有回头。

终于来到西北门外，方槐柠一边走向路口的车站，一边猜测那个男生也许将一辆外卖小车停在附近。不知道他是会把东西先带走还是直接就去废品回收站，又或是索性找个地方给扔了，毕竟已经赚了钱了。

不过方槐柠莫名觉得后者的可能性非常小。

然而事实证明，他的想法还是太简单了。

就见那外卖小哥没有去骑车，没有丢弃东西，也没有要继续走的意思，而是脚步一转，走进了街边的一家店里。

车站的位置正巧正对那儿，方槐柠发现那是一家简陋的家电维修处。

站在柜台前的老板见了进门的小哥立马扬起热情的笑来，显然是老顾客了。

“这回要卖什么？”

小哥把电脑放下，解开绳子道：“卖这个，一台。”

老板忙蹲下身验货：“多少？”

小哥：“一百。”

远处的方槐柠：“……”

老板一边查看，一边皱眉，似乎嫌贵：“这机器很老了，硬件都旧了啊，要不是你过来，我肯定不会要，最多六十。”

小哥不慌不忙地指了指不远处飘扬着大幅广告牌的大楼：“下个月家电节，以旧换新活动，旧家电直接抵两百现金，肯定有顾客会来你这儿淘旧货当钱用，别告诉我你不知道。”

被拆穿的老板尴尬地嘿嘿一笑：“我也就这点时间能盈利。这样，七十，一口价。”

小哥蹲下身，把绳子重新捆好，提上，转身就走。

老板赶忙上前拉住他：“行、行、行，八十，不能再多了，你总要让我也赚一点嘛。”

小哥想了想，为难地同意了。

“只卖一台？”老板瞧着他走到门边把另一台电脑拴在了停那儿的电瓶车上后，问道。

“嗯。”

小哥应了一声，摸出口袋里的二十给老板，换了一张一百的回来。

方槐柠远远地看着他手里的红色钞票，看着对方推着车向自己走来。两人对视一眼，默默地擦身而过。

那一瞬间，王复梁才感叹过的话不禁在方槐柠的脑海中闪现。

真是个人才！

第二章
A大“头牌”

栗亭进门的时候田典正躺在床上发短信，见了他立马蹦起来屁颠屁颠地绕着他转。

栗亭用肩膀和脸颊夹着手机在听栗晗的电话。

栗晗说：“哥，你最近在哪儿打工？还在那家炸鸡店吗？”

栗亭选了客厅朝北的一角，单手打开靠墙的折叠桌，试了试平稳度后将电脑放了上去。

“没，换了一家。”

“我下午刚考完试，找你去玩儿好不好？”栗晗的嗓音比栗亭还要软，撒娇的时候能把人心都听化了。

栗亭没应声。

栗晗着急了：“你是不是还生我气呢？我上回说的是真的，你要不信，我再给你解释。”

栗亭道：“没有，我现在在一家点心馆，那里比较忙。”

“哦，真的吗？”栗晗不放心，犹豫了一下，才道出了一些自己的情况，“其实我真不是不想告诉你……是那事儿就发生了没几天，所以我还没来得及，主要也觉得不值得大惊小怪。”

“什么不值得？”栗亭忽然问，“人不值还是事不值？”

栗晗一愣：“都……都不太值。”

话说出口了他才觉得不太对，立马改口道：“哎，我也不是说我同学不好的意思。他各方面都很优秀，你也看到了，长得多好啊，在学校非常受欢迎。”尽管栗晗已经控制着自己的语气，但依然掩不住一丝得意，“不少人都想和他做朋友。”

“长得好，受欢迎，就是你判断值不值得交好的条件？”栗亭问。

他的口气并没有过激，与以往一般冷静，可在这当口的栗晗听来，莫名就多了一种不近人情的犀利，哪里像是平时总由着自己的亲哥。

栗晗脱口道："那哥你又知道什么值不值得了？你对别人真心过吗？有人对你真心吗？"

栗亭半晌不语，慢慢转头看向把自己的脑袋挨过来贴着话筒的田典，直接挂断了通话。

被发现偷听的田典尴尬一笑，挠了挠在家懒得打理、乱成鸟巢的大波浪鬈发，僵硬地转移话题："咦，这电脑哪儿来的？不会是买的吧？"

"捡的。"栗亭把绳子解开，开始安装。

别看栗亭打包的手法利落，但对于这种电子产品，他显得很生疏，磨叽了半天，还是田典看不下去和他一块儿费了不少时间才勉强安装好了。成功开了机，田典望着那性感的桌面壁纸忍不住吹了一声口哨，握着鼠标贴过去坐下了。

"哇，你怎么想起来要捡这玩意儿回来？"

不怪田典吃惊，他的这位室友连手机都是从旧货市场淘来的三手货，而出租屋里除冰箱、电灯外几乎没有额外的电器，他什么时候会对这种高科技产品有兴趣了。

栗亭看着田典兴致勃勃的样子，又瞥了一眼他丢在一边的手机道："闲的。"

"你闲吗？"

"是你闲。"田典偶尔神经很粗，偶尔却异常敏锐。他猛地跳起来一把抱住欲走的栗亭，感动地说："你是想把电脑给我吧，你知道我最近心情差，白天在家又无聊得慌，特意拿来给我解闷的，对不对？我就知道你对我最好。"

栗亭嫌弃地挣脱他的怀抱："起开。"

田典却一下子明白了："没错，与其沉迷虚无的感情，不如沉迷网络，我就不信现实世界找不到完美的人，虚拟世界还能找不到！"

栗亭直接给了对方一个大白眼。

看看时间，栗亭得赶回市区打工了。这一来一回得多花他两个多小时的工夫，他其实完全可以下了班再拿回来。

迅速换下被汗沾湿的 T 恤衫，栗亭洗了一把脸要走，关门的时候却被田典叫住了。

“栗子……”田典的声音忽然褪去了方才的嬉笑，换上了符合他性别的低沉和认真，“他说得不对，你会遇到对你真心的人。因为除我之外，总会有人知道……我们栗子是一个多么好的人。”

栗亭回头看着那个顶着一脑袋乱发，拖了个板凳坐那儿认真玩着空当接龙的背影，撇撇嘴，默默地合上了门。

王复梁猜得没错，栗亭也是一个大学生。

栗尔杨说得也没错，栗亭所在的大学有些末流，甚至上不了台面，更别说与闪闪发光的 A 大相比，两者简直有着天壤之别。

栗亭一年到头上不了几节课，要按他爹的说法，他这个大儿子就是自卑心引发的自暴自弃，心知前途无望，索性连希望都懒得抱，天天没上进心地度日，看似奔忙，其实过一天算一天。

这话听着刺耳，却并不只是一方的意见，栗亭的这种自由散漫除了在家长眼中是不成器，在同学眼里也是不好相处，更何况他还特别不合群。

“像他出席率那么低的都过了，凭什么考试挂我们的科？这老师是不是收了有些人的钱？”

栗亭在放假前最后一次回校，听到的就是这样的话。对方明知他走到了面前，也没有小声点的意思。

“想收钱也要人家拿得出钱啊，就那副穷酸相，用什么给啊？”

“欸，这你就不懂了，新闻报纸都不看吗，现在赚钱的方法多的是。他天天耗在外头，坑蒙拐骗偷，谁知道他用哪一种方法捞钱。”

栗亭脚步一顿，在各种嗤笑声中瞥了那些说话的人一眼。

为首的是一个男生，和栗亭差不多高，只是头略大，整个人看着有些粗短。

察觉到栗亭的目光，对方挺了挺胸膛，不爽道：“看什么看？”

刚说完，就见栗亭不闪不避，直接向他走了过来。

男生一怔：“你想干吗？”

栗亭站在他面前，明明是平视的角度，莫名就让对方感觉到一种浓浓的压迫感。

“现在的确有很多办法能赚钱，”栗亭说，“靠长相，靠力气，靠脑子。不过只可惜，你一个也靠不上。”

他语气平和，却听得那个男生怒意大涨，扬起声调吼道：“你说什么？！咱们以前的老账可都还没算呢？”

“你要算吗？”栗亭迎着那杀人一样的目光，问得认真。

一旁有人见这剑拔弩张的氛围倒先服软了，拉着那个男生道：“程鹏，要闹也不能在这儿，以后再说、以后再说……”

叫程鹏的男生却不愿罢休，挑衅地指着栗亭：“这话你应该跟他说，我就不信这小子敢在学校动——”

“砰！”

话没说完，一声巨响。程鹏呆愣地转头望去，就见自己身边足有几毫米厚的不锈钢垃圾桶正中间凹陷了一块，崭新的漆面都剥落了大半，而那硬物碰撞的嗡嗡余韵还在耳边回荡，久久不散。

栗亭好整以暇地收回踢出去的腿，眼中流露出疑问的神色，仿佛在说“然后呢”。

他们正处在教学楼的后方，如此动静回荡在空旷的小花园内自然引人注目。三楼已经有同学和老师探头出来张望了，挑衅的家伙中有人犯了怵。

“栗亭你别横，早晚有你苦头吃。”

丢下这句话，几人架着明显心气不顺的程鹏转身离开，边走边怒骂道：“早跟你说别惹他了，他就是个疯子！退学都不带怕的！”

栗亭没心情听他们的怒骂，看了看手表，骑上他的破电瓶车又奔着A大去了，准确地说，是奔着A大的图书馆去了。

他对那儿了如指掌：一方面是打工需要；另一方面，栗亭自己的学校实在太简陋，每每需要些资料或者参考书什么的，A大图书馆是他最好的选择。为此，他特意花钱找里面的学生借了一张学生证，可以自由出入其中。

在A大不少学生都考完试的前提下，以往人满为患的A大图书馆总算清静了不少。栗亭自在地晃悠在曾经的人潮重灾区楼层，仔仔细细地扫视着书架。当他意外地寻到了自己的目标物时，晦暗的脸瞬间似乎被照亮了，不过很快又恢复了惯常的阴沉。

栗亭借了书，小心地抱在怀里向外走去。他正思忖着是带回店里存放，还是直接送到出租屋里比较稳妥，抬头却对上了一张熟悉的脸。

“哥？你怎么会在这里？”

来人是他的弟弟栗晗，身边则站着前几日在后院撞上过的那个男生。

在打过那通尴尬的电话后，栗亭兄弟俩还没有联系过。此刻忽然遇到，栗晗的眼中下一秒就带上了歉意。只是现在不是解释的好机会，他只能含糊地指了指一边的人介绍道："嗯，哥，他叫汪勤，我的同学。"

说完又问："哥，你怎么在这儿？来送东西吗？"

"咦？这是我们专业的书吗？"那个叫汪勤的男生忽然插嘴道。

栗晗这才注意到栗亭怀里还抱着什么，十分意外："哥，你来这儿借书？你借我们专业的书干吗？还是外文的，我都看不懂呢……"

栗亭把书翻了个面拿着："打工要用的。"

"打工还要用这个啊，这么厉害。"栗晗感叹。

"你怎么在这儿？"栗亭没在那个话题上继续，只问。

"我忘了跟你说，我在A大的计院研究所做项目，我申请的暑期实习。"提起这个，栗晗十分高兴，"这儿牛人果然超多。哦，对了……我要请我们组的几个学长学姐一起吃饭……哎，他们人呢？"

栗晗奇怪地转身，就见原本走在一块儿的几个研究所前辈拖拖拉拉地跟在他的身后，尤其是两个女生，边走边回头，不时伴着嬉笑，好一会儿才到了近前。

"学姐们在看什么呀？"栗晗凑上前乖巧地问。

"看帅哥啊！"学姐脸绯红地笑着道，"方槐柠。"

"啊？谁是方槐柠？"栗晗又问。

"方槐柠你都不知道？"学姐说完才想起什么，轻轻敲了一下眼前人的脑袋，"忘了你是新来的。不过你这个假期要想在这儿混得好，可不能不知道他，那可是我们计院的大'头牌'。"

听见学姐这样夸一个人，栗晗惊喜地问："是留校的学长吗？还是在读博？"

学姐却摇摇头："都不是，他刚保研，开学才大四。但你别看他年纪小，手里已经不知道握了多少大奖了。倪蔚年倪教授知道吧，我们学校的超级大牛，每年的暑期外校实习研究生申请近八成都是冲他来的，但是又从来不对外招人的那位，方槐柠就是倪教授那组的。"

"倪教授都多少年不带研究生了，这回不仅亲自接手，还几乎个个项目都有他，可见是多喜欢，'头牌'就是'头牌'。"一边的学长也忍不住羡慕地感叹。

"哇，那这位方学长还真了不起。"栗晗乖巧地附和。

"脑袋聪明是了不起，但最了不起的还是因为长得帅！"学姐现实地指出。

他们A大历来出人才，计院里读研读博的学长学姐厉害的并不少，甚至偶有天才，但外在和内在条件都那么优秀的实在是屈指可数。总结来说，方槐柠综合得分高，德才智貌样样过人，“头牌”称号实至名归。

这话说得一伙人全都哈哈笑了起来，栗晗也跟着笑，特别捧场地说：“真想好好认识一下方学长……不如，一会儿吃饭的时候也叫上他们的组员一起吧？”

“你这小孩儿倒是大方，哥哥姐姐们很领你的情。但你要想请‘头牌’吃饭，可不是那么容易的。除了几个熟人，方槐柠不和其他人聚餐的，我们‘头牌’可高冷了。”

“这样啊……”栗晗一听，稚嫩的脸沉了下来，瞧着十分懊恼。

学姐看他可爱，忍不住逗他：“其实也不是不行。喏，他快走过来了，你可以去试试，说不准他被你的真诚感动就答应了呢。”

栗亭的手机来了短信，他打开一看，是一个叫阿昌的人发来的，上面写着：“今晚有雷暴雨，你要不要过来处理下？”

栗亭抬头看了一眼栗晗，又看了一眼远处慢慢走来的高个儿男生，道：“我走了。”

栗晗正琢磨着学姐的话，听见他哥的声音，懵懂地回头：“啊？”

“我先走了。”栗亭又重复了一遍，把手机塞回了口袋里。

“哦，好。”

栗晗瞧着栗亭迅速转身离开，这才想起忘了问他哥要不要一起吃饭。不过很快，他的心思就回到了走近的几人身上。

那些人看着比他们年长了几岁，应该都是硕博在读的，只除了走在正中的男生——瘦削高挑的身材，稳健的步伐，远远望去，整个人的气质在一干平凡人中简直闪闪发光。

而待到近前，栗晗更觉惊诧，他就读的大学虽然没有A大那么好，但学校的计算机专业在A市也算名列前茅。形形色色的学生见了不少，栗晗深知理科男多宅，十个人大半土，还剩小半是又丑又土，像汪勤这样不土不丑，算高算帅的已经是罕有了，也难怪在男多女少的学校里依然吃香。可是真比起面前这样的，栗晗才明白什么叫天上地下的差距。

这个方学长就跟电影里走出来的明星一样，脸小，肤白，腿长，气质并不粗犷，但也一点都不阴柔，五官精致中又带着一股浓浓的英气，一眼望去，剑眉星目，器宇轩昂，一举一动都让人的目光不由自主地追随。

大概是栗晗傻站那儿太突兀，不等他开口，被挡着前路的方槐柠一行就注意到了对方。

和那人的目光对上，栗晗愣了片刻才回神道："嗯……请问是方……方学长吗？"

他口才本就好，略微整理思绪就顺畅地表达了自己的来意。即便刚才这邀请是带着客套和应酬的，现在也已经变成了真心实意。

只不过可惜的是，果然像那几个学姐所料，那位方学长面无表情地听完了栗晗的话后，没有思考就拒绝了。

"对不起，我没时间。"

方槐柠还算礼貌地说道，但说完却不等对方后话，便与身边几人道别。

"我走了，要去一趟郊区。"

"合信工业的案子吗？"几个学长表示理解，"那玩意儿麻烦是麻烦了点，不过这家公司挺大方的，你们老倪接的活还是有良心。"

还有人关心道："槐柠，晚上有雨，还挺大的，记得带伞。"

方槐柠对师兄们一一点头，直接朝着校门而去。

"跟你说有困难吧？'头牌'向来如此，还是我们去吃吧，哥哥姐姐不会真让你付账的。"几位学姐听后笑着上前道。

栗晗望着远去的男生，直到被来到近前的汪勤推了一把才回过神来。

汪勤疑惑："怎么了？"

栗晗低头："没什么。"

合信工业的活计并不算什么科研课题，纯粹是倪蔚年接来赚钱的。用他的话说，搞学术的要是没有足以匹配才能的收入，哪来的积极性去钻研去创新。而类似的肥差在他手里不知几多，老头儿每回都特别公平地分摊给下面的崽子，也难怪其他组的学生眼红，削尖了脑袋都想加入。

方槐柠倒是不在乎这点钱，不过他知道倪老对他好，所以即便那公司一周三变，时不时就要他们几个返工，且路程遥远，他也没什么怨言。

坐了快两个小时的公交车，方槐柠到了目的地。这家是新落成的总公司，网络和各方面系统全要他和另外两个师兄帮着重建，员工大多还没转来，整栋大楼只有稀稀落落的几个人在。

方槐柠跟着合信工业的接待走进大门时，余光无意间瞥到了一辆小电瓶车从一旁的小道上一晃而过。

方槐柠一愣，莫名觉得熟悉，然而回头再去看时，却什么也没看到。

眼花吗？

进了总机房，一忙就是大半天，想起吃午饭的时候都过了三点了。

靠在巨大的玻璃墙上，偷得片刻休息的方槐柠遥望远方，缓一缓酸痛的眼睛。此地以后应该会建成科技园，只不过现在还未发展，周边大半是荒地和农田，几乎没有什么人烟。

哦，不对，近处倒是有一个人。

就见那人戴着草帽，手持一把锄头，正在滚滚热浪中翻地。

是这附近的农民吧。方槐柠想。那么大的太阳下还要努力劳作，真是辛苦。看看手里捧着的冰咖啡，再感觉着周边凉爽的冷气，明明非亲非故，方槐柠竟忍不住生出一丝愧疚感来。

这个伯伯也不知道会不会中暑。

等等，好像……不是伯伯。

看见对方因为炎热而挽起了裤脚，露出两截白皙纤细的小腿，方槐柠有些意外，不过很快这意外又变作了吃惊。

许是怕烈日灼烤，那个农民放下了锄头，转到一边的土坡下，从后头推出了一辆破旧的小电瓶车，一路停到了合信工业栽种的大树下，确认坐垫晒不到太阳后，这才整了整衣裳，喝口水，重新拿起锄头，回到了劳动岗位。

而这点时间足以让方槐柠看清他草帽下的整张脸了。

向来在外人眼里以高冷淡定著称的“头牌”，此刻只感觉自己的世界观受到不明外力的微妙震荡。

他都不知道是该先意外为什么又和这人遇上了，还是该先疑惑为什么这家伙会在这里……种地？！

他本来就是农民吗？

家境不好才到处打工？

他不是大学生？

敛财能力那么突出了，应该能找到更轻松一点的工作吧？

总不会又是帮人干的？

要不是刻在骨子里的自律性将方槐柠拉回到正经事务上，他估计还能在那儿猜度半天。极高的专注力让方槐柠在投入工作后很快把那些杂七杂八的想法抛到了脑后，直到一声惊雷炸起，他才回过神，发现外头的天不知道什么时候已经黑了，师兄说的雷暴雨也强势袭来。

方槐柠走到窗边，不自觉地又向那头看去。哗啦啦的雨幕中，电瓶车倒是还停在原地，只是人已经不在了。而在那人先前忙忙碌碌锄过的田地处，竟架起了一个小棚，用帆布覆盖着，用来遮挡下面的农作物。

那小棚虽然简陋，却在风雨飘摇中意外地坚固。方槐柠静静看着，不知为何，竟良久未动。

方槐柠从合信工业离开的时候已经快八点了，本应该让班车送，但想着这儿到市区往返近四个小时的车程，他还是拒绝了麻烦对方，只身一人离开。好在车站就在附近，只是非高峰时段的荒僻之地，公交车至少半小时才会有一辆经过。好在他不急，脑袋里一边盘算着才写好的程式，一边选了个干净的角落站着，整个人陷入了繁复的数据世界里。

雨势越来越大，间或伴随着噼里啪啦的电闪雷鸣也没能让他分心，倒是街边隐约的白影晃动一下子分散了方槐柠的注意力。他一眼望过去，发现那里站了一个人。

瓢泼大雨像在眼前蒙上了一层朦胧白纱，方槐柠眯起眼仔细辨认了半天才在黑暗里勉强看清了对方的样子。没想到早该离开的人再一次出现在了面前，依然以方槐柠无言以对的强悍方式神奇登场。

那个人的身边这回没了那辆抢眼的电瓶车，取而代之的是一辆更为老旧，不，破烂到极点的自行车。

自行车被一条锁链拴在了对街的电线杆上，那个“小农民”便在狂风大雨里努力地开着锁。

锁眼似乎被锈住了，“小农民”锲而不舍地捣鼓了半天，就在方槐柠以为他会失败的时候，锁链被成功地解开了。

不知道是不是自己的错觉，方槐柠觉得那个“小农民”似乎朝这里看了一眼，然后骑上那辆破车便要离开。

方槐柠绝不是一个亲和的人，他高冷、孤傲、难以亲近，一般只有旁人凑上来的份儿，让他主动搭话，对象还是一个陌生人，几乎是不可能的事。不过此刻，他却开了口。

方槐柠说：“你这样很危险。在这样的天气里快速穿行，身边没有遮蔽物，车上却有不少金属，很容易被雷劈的。”

他很确定对方听见了自己的声音，因为“小农民”蹬自行车的动作慢了一瞬，但他却没有回头。

似乎是不打算接受建议的样子，方槐柠想，莫名地不觉得意外，也不生气。他本就不爱管闲事，说白了还是这个人实在太奇怪，引起了自己强烈的好奇心，破天荒地好心提醒一回已经算很有道德了，对方完全有坚持己见的权利，毕竟命是他自己的。

不过一个突发事件却急剧扭转了事态。

两人只觉眼前亮光一闪，谁也没看清具体经过，只知道刺耳的轰隆声中，不远处一棵近半人粗的树木就像被虚空挥来的巨斧砍了一斧般，猛然少了一半的枝叶，紧跟着有火光冒起，然后又迅速被雨水浇灭，只剩翻滚的灰烟证明刚才出现的画面不是他们的幻觉。

真被雷劈了！

幸好不是人。

方槐柠吓了一跳，他相信街上那人肯定也受到了震撼，因为对方在愣神之后，默默地下车来，坚持把那辆破车锁回了电线杆上后，磨磨叽叽地走到了车站，也就是方槐柠所在的区域里。

这车站不小，但是遮雨棚却不大。那人不得不在离方槐柠两三米处站定，他没有向方槐柠道谢的意思，也没有开口搭话，就这么淡淡扫过来一眼，又淡淡转开了头，仿佛两人只是初次相见。

方槐柠第一回怀疑自己是不是长了一张路人甲的脸。

没有交谈，没有其他目标物，两人只是分立两边默默地看着前方不停下落的雨帘。如果这是电视剧中的一幕，此时应该可以配一首《尴尬》作为 BGM（背景音乐），还是二胡版的。

好在方槐柠是一个习惯沉默氛围的人，他并没觉得难熬，相反他发现身边那个人比他更不自在一点。

在雨里那么折腾一下，“小农民”因为只穿了一件半防水的连帽衫，早就淋成了一只落汤鸡。不知他是觉得冷还是难受，此时正以很慢的节奏小范围地踱着步。

方槐柠一垂眼，余光就能看见他的脚。

球鞋意料之中地陈旧，但还算干净，只是边沿能瞧得出褶皱和裂痕。鞋子好像有些进水，在雨里吸饱了水，每踩一步都留下一只又一只小小的湿脚印。

方槐柠忍不住盯着散乱的脚印看了一会儿，直到两道大灯的灯光劈开夜色而来。

车总算来了，方槐柠上了车正欲往里走，却听司机在后头问了一句：“同学，你不上来？”

方槐柠回头，发现那“小农民”竟然还站在原地。

他来过此地不少回，心知这个时间点来的这辆车很有可能已经是末班车了。这人要是有亲友接送或有别的选择，也不会在如此恶劣的天气下仍坚持骑那破玩意儿走。

司机的问话让“小农民”抬起头来。隔着朦胧的玻璃窗，他的目光和里头的方槐柠又一次对上了。“小农民”的脑袋上还戴着白天戴的那顶草帽，帽檐下的头发也已经湿透，一绺一绺地贴着脸颊，让他看上去更小了，像一个少年，不，像一只被人遗弃在半路的、可怜的流浪猫。

那一刻，方槐柠只觉心里一跳。

他恍然大悟：“你没带钱？”

用的是问句，心里却已经肯定了。

栗亭今天本打算借完书就回去打工的，遇上郊区的突发状况让他临时改变了计划来到这里。只是他粗心地忘了带上钱包，甚至连电瓶车的电都忘了充满，根本没法支撑四个小时的往返路程。因此他不得不在搭完雨棚后选择另一种交通工具回家，就是那辆他几年前骑过又舍不得丢掉的旧“坐骑”。

不过最后那道雷还是让他选择了和方槐柠一块儿站在这，却不是抱着等车的态度。栗亭是在等雨停，再骑车回去。

方槐柠问出口后并没有等栗亭回答的意思，他直接又掏出两枚硬币丢进了投币箱，转身在一边的椅子上坐下了。

没一会儿，外头的栗亭移动着脚步，也慢慢踏进了车门。而这一回，方槐柠终于从他那儿得到一句“谢谢”。

虽然很轻，但很清楚。

“小农民”没有坐在附近，而是选择了后排的座位。可因为整个车厢只有他们两个乘客，哪怕离得远，方槐柠还是切实地感受到了对方的存在。

漆黑的夜，滂沱的雨，宁静的车厢，难以忽略的人。

方槐柠昨晚熬夜写了论文，今天又忙碌了一天，早就十分疲惫了，所以随着车身的颠簸，他便不知不觉睡了过去，又不知不觉开始做梦。

他梦见太阳高挂，他走在学校的林荫道上汗流浃背，然后迎面遇上了一只巨大的猫。说是猫，却跟蜗牛一样，背上驮了好多好多的东西。方槐柠没留意，和它撞了个正着。

猫身上的东西哗啦啦掉了一地，它啊呜一声，很不高兴地瞪了过来，竟然用人的声音说："你赔！"

方槐柠定睛一看，发现被摔坏的竟然是一台电脑。

"赔多少？"方槐柠爽快道。

猫说："二十块。"

方槐柠拿钱。

猫又道："再给八十快。"

方槐柠继续掏钱。

猫却还嫌不够。

"你想我如何？"方槐柠听见自己问。

话刚落，他眼前的画面一变，竟变出了一片农田。

"我要你跟我一起种地换钱！"猫仰起头说完，丢过来一把锄头。

方槐柠接过，略微犹豫，竟还真的耕起了地。

可此时天际忽然炸雷响起，轰隆一声朝他劈了过来！

方槐柠只觉后脑一痛，整个人向前磕了一下，猛地睁开了眼睛。

他醒了，目的地也到了。

方槐柠看着周围熟悉的景致，一边在心里吐槽自己这做的什么乱七八糟的荒唐梦，一边镇定地起身。走到后门时发现那个人也站在那里，一如之前那般目不斜视地望着前方。

车子停下，两人一同下了车，一个往南，一个往北，各自无言地分道而行。

方槐柠直到走出一段距离，才忍不住抬手摸了一下自己的后脑勺，余痛依稀还在，不像被雷劈的，倒像是被人打了一巴掌。

又是错觉吗？

隔天方槐柠照例准点去研究所，在大厅里正巧遇上了王复梁，还有几个其他组的师兄。

几人一道坐电梯，一个顶着黑眼圈的师兄不高兴地看着方槐柠道："我早上四点联系你讨论问题，你不是说还没睡吗？怎么现在看着这么神清气爽？”

作为室友的王复梁立即抢答，并友好地安慰：“学长，这个问题你向着谁都别向着‘头牌’。这人身体机能和我们不同，一千多天、二十四小时对着屏幕，眼睛还是2.0，腰不酸腿不疼，洗头都掉不了几根头发，简直是异类。”

这种特质基本直戳普通码农的心窝子，此话一出电梯里响起一片羡慕嫉妒恨的长吁短叹，让方槐柠不得不出口解释。

“天亮前还是睡了几个小时的，昨晚从郊区回来在公交车上也睡了。”睡得还特别香。

虽然方槐柠的确精神不错，但对着计算机几个小时其实是非常伤神的活计。一上午下来，他走出实验室就捏着眉心去泡咖啡。

研究所的条件还不错，每层楼配两个茶水间，微波炉、电冰箱一应俱全。像他们九楼，还置备了一台咖啡机，是大家熬夜时的精神慰藉。

不过今天那玩意儿却不太好使，方槐柠不得已拿着杯子坐电梯下楼借用其他楼层的。

栗晗来研究所已经快一周了，每天都累个半死。像A大这样的地方，本校的人才都用不完，还招外头的实习生进来，说穿了就是让他们帮着打杂的，实习生根本接触不到真正的项目核心。实习生们每天都只和各种基础数据反复奋战，连导师都没见过几回，大多只能从师兄师姐那儿学点皮毛。可尽管如此，每年A大类似的名额依然供不应求。

栗晗有过心理准备，可真到了此地还是被奴役得有点委屈。

趁着学长不在，他让汪勤替他把一个统计做了，自己则跑到走廊上偷着喘口气。此时前方的电梯门打开，栗晗就见那个方学长从里面走了出来。

对方没有看栗晗，朝着茶水间走去泡咖啡了。他就站在那里，肩宽腿长，颀长挺拔，穿戴也非常有品位，不张扬却在细节处透着一种随意的时尚，而且栗晗发现方槐柠手上戴的表正是自己惦念已久却没钱买的那款。

处处完美。

栗晗琢磨着想要上前搭话，却有人比他快了一步。一个是他们组叫洪月的学姐，本校学生，另一个则是A大研究所的刘老师。

刘老师拍着方槐柠的肩膀笑道：“正找你呢，槐柠，过两天你跟我走啊，你们老倪把你借给我了。”

方槐柠疑惑。

洪月道："保研夏令营，刘老师想请你给我们帮帮忙。"

刘老师年纪不大，去年才开始带研究生，平时和学生们也走得挺近的。一听这话，茶水间正喝水的其他两个学生玩笑道："刘老师这算不算假公济私？"

"我是为自己吗？我也是为学校招揽人才，向外校的优秀学生展示我们学生质量有多高。"刘老师指着方槐柠，"老倪正好忙完，槐柠现在也闲着，不如跟我去外头忙，可比在实验室有用多了。"

说完，他亲热地揽住方槐柠的脖子："行了，反正我那些基础项目你也了解过，就这么说定了，老师先谢谢你。"

单方面布置完任务后，刘老师乐呵呵地走了，留下洪月给他"擦屁股"。

"没问题吧，槐柠？真有困难我替你跟刘老师说说。"

洪月和方槐柠一个班，也是今年刚保研的，在阳盛阴衰的此地，可谓十分优秀了。

方槐柠思索了一下，摇摇头："没关系，可以。"

洪月笑了："那行，具体时间我到时候发消息告诉你。"

转身回实验室，洪月遇上了栗晗。

"你怎么在这儿？"洪月奇怪，现在可还没到用餐时间。

被撞破偷懒的栗晗尴尬一笑，立马换成讨喜的表情："我……我出来上个厕所呀，正好看到墙上欢迎的横幅，是有什么学生要来参观吗？"

洪月大度地没有追究："是我们学校的夏令营活动，外校推荐的保研生会过来接受考核，选拔直博或研究生。你开学才大二吧，还早了点，过两年可以试试。"

栗晗惊喜："那……我能去参观吗？"

"不行哦，"洪月泼了他一盆冷水，"实习生可不放假。"

栗晗一听，不高兴地嘟起了嘴。

两日的 A 大计院暑期夏令营是一场硬仗，第一日开放研究所的参观，来自全国各地向往 A 大的优秀学子把往日安静的大楼挤得热闹无比。于是，各大导师手下的得力干将不得不奔忙接待，尽力展示学校的亲和友爱。

一上午过后，洪月他们累得腿直打哆嗦。尤其是方槐柠，吸引火力的主要对象，受到很多夏令营成员的包围，电梯都快被他“坐穿”了。终于又送走了一批学生，方槐柠与学长学姐们躲进了会议室里填肚子。

“叫外卖吧，我走不到食堂去了。”有人说。

“暑假时间，校外的店九成都关了，上哪儿去叫啊？”有人反对。

虽然不是硕博生，但因为缺少人手而一道被拉来做苦力的王复梁举起了手。

“我知道一家。”

洪月接过那张皱巴巴的名片：“豆豆点心馆，种类还挺多，似乎不错。”

她环视一圈，目光落向方槐柠：“就吃这个吧。”

方槐柠也盯着那张名片，点了点头。

这家外卖效率非常高，过了二十分钟左右东西就送到了。

门被敲响，方槐柠放下笔抬起了头。

然而进门的是一个陌生的小哥，笑嘻嘻地和大家打招呼，还介绍店里的新菜谱和新优惠。

“听你说得我好想吃甜品，不如我们再点一些吧？”有人嘴馋。

“时间够不够啊？还有半小时就上工了。”

“够的，够的，我现在打电话让我们店里再派一个员工送来，省去我往返的时间了。”那小哥机灵地说。

洪月犹豫，还是去看方槐柠，她以为“头牌”不会同意的，毕竟方槐柠向来时间观念强，从来不耽误身上的任务。

没想到方槐柠瞥了一眼手表，又点了头。

洪月不得已打了电话，她一边看菜单，一边道：“既然大家都觉得味道好，不如后三天的餐食也找他们家订。”

这回不到二十分钟，栗亭就骑着他的小电瓶车来到了A大研究所。他等了半天，电梯始终在五到十楼间往返，看着要融化的冰激凌，栗亭最后选择了爬楼梯。

一口气上到七楼，他在拐角处遇见栗晗的时候对方明显有点惊讶。

栗晗盯着他的制服，呆了一下才挤出丝笑来，却没有上前。

栗亭忙得没空搭理他，一迈腿又继续上楼，几乎是掐着点到了九楼的会议室外。

方槐柠承认他刚才分神想过这家豆豆点心馆第二回派来的会不会

是他以为的那个，待门打开真看见对方时他倒先愣了一下，忍不住想：对方这回不至于不认识我了吧？他会不会跟我说话？又会说点什么？我要怎么回答？

琢磨了一通，结果方槐柠预想的都没发生。栗亭是看了他一眼，然而也就是一眼，看完后他放下东西，一句废话没有，转身退出去，还贴心地替他们合上了门。

走了。

明明这家店的态度是十分热情温暖的，怎么到他这儿就急转直下了呢？！

难以置信。

一边的洪月见“头牌”先一步从外卖袋里挑了一大杯冷饮放到面前，意外道：“我还以为你不喜欢吃甜食？”

方槐柠挖了一口冰慢慢抿进了嘴内：“天热，消消火气。”

栗亭原来有四份兼职，两家因为暑假暂时歇业，九月再开，但他却没有因此轻松下来。他物色了另外两个工作，一家和他打工的店铺有合作，一见是他，兴高采烈地答应了。另一家倒是新开的，结果见了栗亭辉煌的履历，二话不说地点了头。

面试后，栗亭拿着租来的学生证去了 A 大图书馆。A 大图书馆在暑期一周开放三天，上下午各两小时。可今天学校却因为举办保研夏令营活动租用了图书馆的场地，开放时间被延后了两个小时。

天气那么热，栗亭不愿意再从店里往返一次了。他随意找了门口一张有树荫的长椅坐下，决定把这两小时耗过去。

从这里可以望见图书馆广场上的大片人流，门口还竖着彩旗，拉着横幅，应该就是为了夏令营布置的。无数优秀学子踩着自信的步伐在这里出入，隔着那么远的距离都能感受到那飞扬蓬勃的朝气。

栗亭拿出水瓶喝了一口，听见身后两个女生在小声地讨论。

“你想好了吗，选哪个导师？”

“一圈转下来，刘储平和宋兆，还有梁竟淘这三个都不错。”

“宋兆不错，不过刘储平，你不是觉得他资历太浅吗？”

“资历浅也有浅的好处，新老师刚带学生都是很认真的，那些名号响亮的大牛没几个真正手把手教的，不过是说出去好听而已。而且申请宋兆老师的人肯定很多，竞争太大了。”

“这不是刚才那个帅哥对你说的话吗？哈哈，你不会是看人家帅就被洗脑了吧。”

“瞎说什么呀，这话是有道理的。”

“有什么道理？你知不知道那个帅哥导师是谁？倪蔚年！”

“真的？倪蔚年不是很久不招人了？不过，连倪老师的学生都给刘储平站台，是不是更说明刘储平不错？”

“我看你是觉得那帅哥不错才是真的。”

“闭嘴吧你，外面那么热，把你热昏头了。”

“你才被美色迷昏头了，走、走、走，进去了，里面有空调，看看书再看看帅哥去。”

身边的人半真半假地玩笑着，来了又走。栗亭还是默默地坐在那里，不时掏出手帕擦擦额头的汗。

忽然看见远处有个女生朝这里招手，栗亭没动，但对方始终锲而不舍地挥着手。栗亭过了片刻才走过去。

“同学，你能替我搭把手吗？我们一人拉一头，把绳子系紧些。”那女生指着墙面上有些松垮下来的横幅道。

栗亭则在她要踩上凳子的时候扯了她一把，自己站上去两三下直接就把那近手指粗的麻绳系了个结实。

女生惊讶：“你力气好大。”

栗亭没回答，转身要回到树下继续窝着等开门，却又被女生叫住了。

“请问你是保研生吗？”这时段保研生不是到处咨询或者拜访导师就是安静地啃书应对后两天的考试，不该那么闲啊。

果然栗亭道：“不是。”

“真的吗？太好了！”女生眼睛一亮，“终于找到一个本校生了，谢天谢地。你能不能帮我点忙？”

她用的是询问的语气，但手已经抓着栗亭朝里走去：“暑假期间，A 大的学生实在难找，我们也是没办法了……”

栗亭莫名其妙地跟着她进了图书馆，穿过大厅，朝人流最密集的地方而去。走近了他才发现，那里搭出了一排展台，后方竖立着许多展板，其上罗列着 A 大硕博导师的基本资料、研究方向，还有手里的各种项目，等等。A 大的学生坐在一头，外校生坐另一头，双方一起展开友好的咨询交流。

只不过有部分展台的人数明显高于其他的展台，栗亭去的就是最热门的那一个。

挤开层层叠叠的咨询者，栗亭看到包围圈中的两个男生，其中一个十分眼熟。

方槐柠在听见洪月说自己找到帮手的时候有点意外，一见到来人，面部表情微微一僵，幸好很快恢复了淡定。

很好，这一回两回三回的，他已经有经验了。

“让这位同学帮着登记学生资料吧，”洪月对方槐柠说，又转头安抚栗亭，“不是很复杂的工作，很多学生简历没带够，你就帮着记录下他们是什么学校的，擅长什么，又希望学习什么。错了也没关系，只是大概的统计，我们会在结束后检查的。有不懂的再问，可不可以？”

栗亭没有立刻回答，他在几人面前扫了一圈，视线落在方槐柠的脸上。

本以为对方是要他帮着做什么体力活，结果却是这样的技术工作。这些人栗亭昨天来送外卖的时候都见过，但大概他逗留的时间太短，现下又换了常服，所以竟没人把他认出来，都当他是 A 大的学生。可别人不认识，栗亭觉得眼前人应该认识自己，应该不会愿意让他这个送外卖的来经手硕博生的珍贵信息吧。

谁知方槐柠没有拆穿，没有反对，只是望着栗亭，轻声问：“你下午有事吗？”

洪月也是刚想起来：“哦，对，对，看我忙得都忘了问你，同学你有时间吗？其实我们这儿也挺快的，不会耽误太久的，请你一定帮帮忙。”

栗亭在几人期盼的目光里良久才淡淡地回了一句：“没有。”

“好、好、好，那赶快坐下，这是表格，拿着笔，在这儿记……对，我们会告诉你要写点什么的……”洪月一听这话，连忙就把人推着在方槐柠身边坐下了，招着手让保研生过来，半点缓冲都没给栗亭，而她自己则去另一个摊位忙活了。

方槐柠做事向来有分寸，但刚才那一刻他承认自己有了点小私心。他挺想看看这个总是莫名出现在自己面前、特长那么多的人有什么是做不好的。其实这任务并不像洪月说得那么简单，内行人还行，对外行来说各种专业术语简直晦涩难懂。不过反正有自己在，他想，至少可以及时善后。

过程起先进行得很顺利，身边的人只要写写人家的学校、名字、手机号码等信息。方槐柠满意，他发现这个小农……小秘书的字还挺漂亮的，端正苍劲，和他柔和明艳的外表一点也不相似。不过随着谈话的深入，方槐柠的心思难免分到了正事上，待他回过神才发现，刚才的对话他用的几乎都是英语。

方槐柠暗道糟糕，抱着一会儿自己要把身边人记录的资料再重新核对一遍、查漏补缺的想法回头看去，却见手边的表格被填得整整齐齐、满满当当。那低着头认真书写的小秘书不仅中文写得好，英文也写得流畅潇洒。

A 市作为国际大都市，在此地有经验的打工者会些外语不是什么难理解的事，酒吧街的清洁工口语都比很多大学生好，快递员会英文有什么奇怪的。

可是能把计算机的很多专业词汇，甚至只有这个领域才能接触到的原理、名词都写得一字不差就不太正常了。

半晌都没听见方槐柠的声音，栗亭不得不抬起头来，一眼对上直愣愣看着自己的目光。栗亭和他对视了两秒，重新低下头去。

忙碌中，两个小时很快过去了，A 大图书馆的场地租借时间到了，咨询会也进入了尾声。

最后来的那个外校保送生似乎极其出色，方槐柠和他聊了很久，栗亭那张记录的纸上也写得密密麻麻。只不过他终究不是这个专业的，就算听力过人也做不到十全十美。

前一刻明明和对面学生交谈得甚为流畅的方槐柠却第一时间发现了问题。

一根修长的手指伸来，在栗亭的记录末端点了点，道："这里漏了一条，名叫……算了，我来吧。"

栗亭还没听明白，就觉身边人忽然凑了过来，抽走了他手中的笔，把那缺漏处给补上了。看着那只手一路书写，落下最后一个字的同时，栗亭的耳边传来低沉的话语。

"是某个程序的一种算法，比较难拼。"

保研生陆陆续续退场，洪月过来收记录，看见这里进行得那么顺利也有些意外。

她对栗亭道："真是太感谢你了！同学你叫什么名字？"

方槐柠听了也微微侧头，两人巧合了那么多次，他竟然还不知道对方叫什么。不过就这仅有的几次接触来看，方槐柠感觉出了这人的个性，挺独特的，不是为了赚钱的话并不像是喜欢交朋友的样子，洪月大概要失望了。

果然，栗亭只是摇了摇头，一副不想多言的态度。

但他还没转身就又被洪月抓住了。

“别害羞嘛，我们这儿又不是表彰大会，不兴做好事不留名那一套啦。来，快告诉姐姐，你叫什么？”

栗亭被她抓得紧，好像不说就不会被放过一样。

他不得已道：“栗亭。”

哪个“栗”？哪个“亭”？方槐柠想。

“哪个‘栗’？哪个‘亭’？”洪月像是他肚子里的蛔虫。

栗亭顿了一下，重新拿起笔，在一张废纸上写了自己的名字。

“哦，很好听呢。”洪月特别捧场，“那栗亭同学，今天真是十分感谢，你应该知道我们是计院的了吧，如果以后有机会可以到研究所来玩，我们请你吃糖。”

在洪月的感谢声中，方槐柠看着栗亭仍是维持着原来的表情，脸上连个客套的笑容都没有，多心的人怕是要以为他觉得自己这次帮忙是吃了天大的亏了。

原来相较于理性思维的跳跃和变幻莫测，这个小秘书在感性思维方面很是单一。

真是一个奇怪的人。

也是一个有趣的人。

就在方槐柠盯着人家的背影画心理分析曲线图的时候，目标人物走出几步忽然又转过了头，重新来到他的面前，从口袋里掏出了什么东西放在桌上，然后离开。

方槐柠垂下眼。

是两枚硬币。

方槐柠伸出手，把这两枚硬币握在了手心，上面仿佛还有一点点的温热。

研究所这伙人订了四天的餐，栗亭昨天中午不在，今天自然就轮到他送了。

其他同样忙个半死的项目组看刘储平组的学生吃得那么好，有样学样，通通叫了豆豆点心馆的餐。于是急剧增长的点餐量让栗亭光上楼下楼就跑了三回。

今天是保研生的上机考试，洪月他们理应在机房帮忙。不过中午方槐柠却回来了，进电梯的时候正巧碰上了栗亭，王复梁也在。许是之前亏本送电脑的记忆太过深刻，栗亭这次又没戴帽子，被王复梁一眼就认了出来。

“哎，是……是你啊，怎么这么巧！”

真正巧的你还没遇见过呢，方槐柠想。他转头又望着那小伙因为奔忙热得红扑扑的双颊，竟跟在王复梁后头自言自语般感叹了一句。

“要送那么多。”

王复梁这才注意到栗亭手里各提着两只大餐盒，加上保温箱，分量可不轻。

“我……我帮你拿。”王复梁和赵磅之后讨论过卖电脑那事儿，两人倒是没有被栗亭坑了的想法，相反越思忖越觉着这哥们儿真厉害，至少他们就没有那样的负重能力。当时的印象依然残留在心中，此刻见了人，王复梁十分想帮忙。

栗亭却避开了他的手，等着电梯一到，利落地走了出去。

他一份一份地把饭食送到其他组里，最后才来到方槐柠那儿。

王复梁正在给没来的人打电话，边打边对栗亭道：“可以分……分装一下吗，他们一会儿过……过来吃。”

栗亭才不提供这种人性化服务，只把餐食从保温箱里拿出来。

王复梁却特别没眼色地继续搭话：“你……你上回把我们的电脑带到哪里去了？收废品的给了多……多少钱啊？”

与工作无关紧要的问题，栗亭懒得回答。

天生热情的北方汉子又道：“今天你送完了这儿还有哪……哪里要送啊？天……天那么热，你坐会儿再走也行。”

栗亭却半点都不耽误，收了东西就要出门。

“等……等等，你要给我发票……我得让学姐向……向学校报销……哎，有人找我，槐柠你替……替我拿一下发票。”王复梁说到一半，坐到电脑前开了视频。

方槐柠看向栗亭。

栗亭也看着他。

两人对视几秒，沉默。

方槐柠微低着头问：“没带？”

栗亭则半抬着脑袋说："没人跟我说要开这个。"

方槐柠："前两天就跟你那个来送餐的同事说好的，他应该是忘了告诉你。"

这些人不靠谱也不是一天两天了，栗亭转身便走。

方槐柠问："去哪里？"

栗亭说："我回去拿。"

"等等。"

栗亭顿住脚步，侧过头看着自己手臂上握着的那只手。

方槐柠一怔，连忙松开了："不是什么大事，明天再带过来也一样。"

想了想，他又随口问了一句："明天也是你过来吧？"

栗亭还没应声，那头王复梁倒先叫唤起来了。

"槐柠、槐柠……你快过来。"

方槐柠奇怪："怎么了？"

原来王复梁那组最近和德国学校有合作的实验，他师姐让他负责交流，但这边王复梁资料发晚了，对方已经是放学时间，翻译不在，于是回复过来的文件全是德文的。

"你赶紧找找魏萍，看她在不在，让她过来一趟。"

魏萍是钱坤的女朋友，A 大德语系的，而钱坤则是方槐柠、王复梁他们的另一个室友，四个人关系很铁，以往研究所的翻译基本是找她或外语系的硕博生。

方槐柠道："他们俩不是在外地旅游吗。"

"哦，对，我才想起来，那怎么办？这时候上哪儿去找翻译？这资料错一点信息都要命，学姐可等着我的反馈呢。"王复梁着急。

方槐柠明白，王复梁的资料会发晚也是因为给他们帮忙。他不是保研生，只是来实习的，明年还要考研，这事其实不严重，但出一点儿错漏，王复梁都担心会给导师留下不好的印象。

方槐柠蹙眉："我想想办法。"

他在外语系倒是有认识的人，就是考试前在图书馆见过，那个硬要给他匀座位的女生，她是魏萍的同学。不过如果方槐柠开了这个口，人家真来了，他就势必得找个时间还这个人情，就怕一来二去让对方产生误会。

方槐柠犹豫着摸向电话。

"他要你们把前两天发过来的数据整理下，明天中午布劳恩教授会跟你们实时通话，聊一下你们那个网络压缩课题，顺便罗列了几点课题概要。”

忽然听见第三个人说话，方槐柠和王复梁一道回过头去，这才发现栗亭还没走。

因为思绪还纠结着到底要不要给人家女生打电话，方槐柠没有立马反应过来，看着栗亭动着嘴巴，甚至一度以为他还在说那发票的事儿。

栗亭面对两张茫然的脸就知道他们没明白，只能指了指桌上打印出来的文件，解释道：“这上面说的。”

王复梁：“啊……啊？！”

第三章 打工狂人

“你……你看得懂德文？”

在一阵诡异的沉默后，王复梁开口问道。

对于这种显而易见的废话栗亭没有回答。

王复梁又问：“你说他……他们在纸上罗列的网络压缩的概……概要是什么？”

栗亭知道他这是不信，便照着那文件的一二三四条翻译了下。他越说，那头王复梁的眼睛瞪得越大。

对于早就见识过这个少年的神奇的方槐柠来说，在这个时候就体现出经验者的优势了。在他们这些专业人士面前，这资料不可能胡编乱造，且对方根本没必要不懂装懂。

王复梁也终于信了，一脸惊喜地开始奋笔疾书：“你……你慢点说……我记一下……记一下……”

栗亭却语速不减，一点也不贴心地继续说着。

尽管痛苦，王复梁却总算磕磕绊绊地把这份资料整理了出来。

一见事情搞定，栗亭丢下手里的玩意儿便要离开，就好像他只是顺脚踢走了挡在路中的石头，不在乎路人的感谢，也不接受旁观者的崇拜。

“等等……等，”王复梁却不愿意随便放人走，他跳起蹿到栗亭面前，厚厚镜片下的眼睛闪闪发光，“你是哪个大学的？什……什么专业？”

栗亭翻了翻眼皮，似乎不怎么想回答。这 A 大的人一个个都喜欢调查户口，不说还不让人走。注意到那头方槐柠也在炯炯有神地看着自己，栗亭抿了一下嘴巴，挑了其中一个问题回答。

“外语专业。”

“难怪呢！”王复梁恍然大悟。

方槐柠却在心里说：难怪什么，学外语的有几个会种田。

不过至少勉强能摸到这人技能来源的部分脉络了，虽然对方不愿意透露自己的学校，但从他昨天听写那么多其他专业的生僻词和今天翻译文件连停顿都不需要的样子来看，栗亭的专业能力极其优秀。

这么优秀还选择那么辛苦的工作，到底为什么？

方槐柠想着，又听王复梁提议道：“那你……你明天还有空吗？如果照资料上说……明……明天布劳恩教授会跟我们实时交流，我……我们也要一个会德语的在身……身边比较好，我们的翻译正好有……有事外出了。”

栗亭没吱声，脚在地上轻轻点着，一副兴趣缺缺的样子。

王复梁正要游说，方槐柠直截了当：“有报酬。”

栗亭停下动作。

方槐柠：“比送外卖多。”

栗亭的眼珠在眼皮下轻轻转动。

方槐柠看着他一上一下扇动的睫毛，又道：“前后最多四十分钟，之后你完全可以继续回店里做事。”

栗亭看了过来。

方槐柠知道，成了。

不过栗亭的态度依然不甚热情：“你们别反悔就行。”

“怎……怎么会呢……我们说好了就……”

王复梁还想长篇大论，栗亭却没心思听，拽起自己的保温箱，凌波微步一般闪过王复梁再次阻挡的手，闪身出了门。

“那明天老……老时间啊，可不能迟到！”

王复梁在离开的人身后喊道，一秒过后又立马拉下脸来，苦闷地看向方槐柠。

“现……现在送外卖的收入好像不……不低的，你怎么跟他说我们给的会更高呢？学姐虽然说……说过要找翻译，但是要的是A大本……本校的。万一她不信任对方，不同意的话，也许价钱会很低也说不准……”

“你这是要反悔了？”方槐柠问。

“我没有，我只是担心……”

“不用担心，”方槐柠坐到桌边，拿过刚送来的那份盒饭，一勺一勺吃了起来，“那费用多的部分我来出，毕竟这主意是我出的。”

“槐柠你……你太有义气了！”王复梁一怔，继而感动地扑上前，“你那么破费，我该请你吃饭……”

说到此处，王复梁又想起：“或者我……我们也可以请那个小哥吃饭，就当感谢……怎么样？”

方槐柠吞下一只虾仁，挑挑眉：“可以考虑。”

栗亭今天又是最后一个离开店里的，他骑着小电瓶车回到出租屋要开门时，却发现黑暗里坐着一个披头散发的人。

栗亭没有惊慌，直接走过去踢了那人一脚。

田典哼了一声，迷糊地醒来：“你回来了？我……忘带钥匙了。”

越过栗亭，田典摇摇晃晃地往里走：“等你等出了一身臭汗，我先去洗……”

话未说完，他就被栗亭一把扣住了手腕。

“干吗？”田典紧张。

栗亭：“你说呢？”

田典挣扎：“我累死了，要睡觉。”

栗亭却毫不留情地一把抓住他的头发，往后一扯，露出田典的整张脸来，额头正中的大片青紫在灯光下一览无余，几乎见血。

田典用力甩开他的手，呵呵笑：“行了，行了，我又喝酒了，喝多了摔了一大跤。”栗亭不说话。

田典认真地看着他：“栗子，真的，你信我，我下回不多喝了，好不好？”

栗亭和他对视了几秒，慢慢松开了手，进了房间。

田典呼了一口气。

栗亭的房间很小，不过他的东西也少，一张床，一个小衣橱，都比较老旧了，唯一算得上像样的只有靠角落的一个书架，上面的书放得满满当当，有旧有新。

栗亭走到近前，视线在两排泛黄的科学杂志上掠过后，落到下层的两本新借的专业外文书上，伸手抽了出来。

字他都认识，但组合在一起的内容却晦涩难懂，他根本不知道那上头具体写了些什么。不过他还是一页一页耐心地翻着，烦躁的心情仿佛也因此沉寂了下来。

外头不时传来噼里啪啦声，应该是田典洗完澡在那儿整理东西。忙活了好一会儿后，出租屋内终于陷入了宁静。

栗亭关了床头的小台灯，又在黑暗中站了半晌，摸了摸口袋里的钥匙，悄无声息地拉开门走了出去。

重新骑上小电瓶车，栗亭在夜色中把车飙得风驰电掣，不一会儿就来到了酒吧街。再次熟门熟路地走进那条小巷，他脚步不停，一路走到里头的灰黑色大门前。

他知道对方的习惯，喝完了酒，不爱走正门，就爱走偏门，还喜欢在黑暗里搞些有的没的。

果然等了近一个小时，那扇门缓缓被推开，从里头跌跌撞撞地走出了一个年轻男人，模样还挺周正的，怀里还抱了一个人。

栗亭隐在暗处默默地望着他的背影，手在墙边摸索着，摸到一根木棍。他握起棍子，在手心里掂了掂。待那男人走到近前，栗亭快步走出，一棍子向那男人狠狠抡了过去！

咔嚓一声，棍子当下断成了两截。

“嗷——”

“啊——”

惊叫和痛呼同时从那男人和他怀里人的口中发出，男人的同伴在意识到危险的第一时间就飞奔着逃跑了，留下被打的对象踉跄着撞在墙上，痛苦地回过头来。

待看清身后人是谁，男人爆出一句粗口：“原来是你，栗亭……”

话还未说完，栗亭又在他肚子上来了一脚，将那比自己高大半个头的壮汉踢倒在地，然后捏着拳头招呼在了他的脸上。

地上那人被他打得嗷嗷直叫，一会儿嘴硬，一会儿忍不住讨起饶来：“我……我不是故意惹田典的……哎哟，别打了……我就……就灌了他两杯酒，然后轻轻推了他一把……谁知道他自己会从台阶上摔下去磕到脑袋……哎哟哟哟……”

栗亭并不想给他狡辩的机会，只想收拾人，可男人的哀号却吸引了酒吧内的人。下一刻，门被推开，又走出了几个男人，还有一个服务生。

不巧，那几人似乎是被揍之人的同伴，因为躺地上的那个人趁这机会挣扎呼喝起来。

看见同伴下场的几人当下就怒气冲冲地看向了栗亭。

以栗亭的反应速度，完全有机会撤退脱身，可在那时他被门边的服务生一把抓住了。

那人特别不爽地问："栗亭，你在这儿又想干吗？田典呢？他才在店里上了几小时的班就跑了？别说是客人又给他委屈受，他又不是来做大老爷的！"

栗亭没回答，只望着将自己渐渐包围的几个男人。

正中那个被打得蔫头蔫脑的人见帮手到了，已是换上了一张狠戾的脸，指着栗亭道："你这朋友够义气，三番两次地替他出头。他今天让我很不爽，你那么有种的话，不如也替他让我出出气啊？"

说罢，他用眼神示意身边的朋友一起上前。

豆豆点心馆平时有很多学生兼职，一到暑假就人手紧缺了，偏偏周围几个高校这几天都有暑期活动，员工的工作量不减反增。

不过以往有能以一顶三的栗亭在，还可以勉强应付，但今天这位大佬却似乎很不在状态。

小毛都把厨房打扫完了，栗亭那十多个碗还没洗干净。

副店长过来催促的话还没说出口，"哐当"一声，栗亭手里的大盆在他面前摔了个粉碎。

一旁的服务员彼此对视，都在对方的脸上看到了见鬼的表情。

这是今天的第三只了，这个做事从来滴水不漏的非人类是灵魂出窍了吗？

失恋了？

有人在背后用唇语问。

副店长皱眉想责备，却在此时看见栗亭转过来的脸，对上那双阴沉沉的眼睛，便立即把话吞了回去，换了别的吩咐。

"栗……栗亭啊，这边让别人做吧，那头有人订了餐，你去送好了。"

栗亭也觉得自己今天状态不好，没有坚持，只用袖子抹了抹额头上的汗，褪下手套走了出去。

外卖分到他手里的照例很多，若换作之前也不算什么，只不过今天——

他拿出屏幕裂了一道大缝的手机看了看时间，估算着路上的距离和自己要用的速度，表情有些疲惫地跨上了车，顶着烈日驶了出去。

他走的是较近的小道，路很颠，栗亭捏着车把被颠得头昏耳鸣，下车的时候脚步都有些晃。

偏偏今天叫外卖的一家一家分散在各处，有些还是旧式的居民楼，栗亭咬着牙上上下下地跑，跑到后来都快分不清楼梯和平地了。

好不容易送完，已经比栗亭估算的时间多了半小时，加上回去的十多分钟，应该是赶不上接下来的活儿了。

尽管如此，栗亭还是朝着原定的目的地飞快驶去。

夏令营进入最后一天，方槐柠他们总算能松一口气，不到午时就回了研究所。

他们在六楼遇见了整理资料的王复梁，一见他，王复梁就着急道："和布劳恩教授的会话提前了。"

方槐柠一愣："什么时候开始？"

"四……四十分钟后。"

方槐柠看看手表。

"要给那个小哥打……打电话吗？"王复梁问。

方槐柠："你有他电话？"

王复梁呆滞。

方槐柠叹气："给点心馆打。"

"哦，哦……对。"

过了一会儿，王复梁表情微妙："点心馆说他去送餐了，给他去了电话却没接。"

"把他手机号给我。"方槐柠道。

王复梁照办，看着方槐柠拨号，果然响了良久都无人应答。

方槐柠眉头微蹙。

"他……他放我们鸽子了吗？"

方槐柠说："再等等。"

这一等就是二十分钟，方槐柠的最近通话栏里多了一排号码，却始终只是单向箭头。

他们还算有耐心，可是那头王复梁组的组员们却更为谨慎，问了几次仍然没见到人，学姐有点着急了。

其实想想这事儿的确不靠谱，让一个送外卖的来给研究项目做翻译，虽然对方本来也是外语系的学生，但无论如何也不可能比A大相关专业的学生厉害，这种学术交流又开不得玩笑。要不是看在方槐柠也力挺对方的分上，学姐是连这个机会都不会给的。

眼看还差十多分钟，学姐道："好了，看来你们选择的人出了点偏差，我只能执行二手计划了。"

"什……什么计划？"

学姐微微一笑，瞥了眼方槐柠："槐柠不知道吗？她今天正好来这儿玩，我让人上来了。本来是以防万一，没想到还真帮上了忙。"

接着，学姐对一边的休息室叫了一声："瑶晴，我们要开始了。"

下一刻，一个漂亮的女生就走了出来，正是上回方槐柠在 A 大图书馆遇见的那个。

因为那边已经准备进行通话，于瑶晴只来得及对方槐柠笑了一下，就匆匆进了房间。

王复梁也有点懊恼，朝方槐柠无奈地摊了摊手，跟在了后头。

方槐柠没动，仍是站在那里，不时低头看看手机。

午饭时豆豆点心馆来人送餐了，却不是期望中的那个。不知为何，方槐柠脑海中忽然想起暴风雨里看见的那座简陋却牢固的木棚，总觉得对方不像是如此没有责任心的人。

不到二十分钟，通话室的门被打开了，于瑶晴从里面走了出来，见到方槐柠竟然还在，脸上闪过一丝喜色。

"哇，第一次做这样的工作，幸好没有出错。"于瑶晴心有余悸地说。

方槐柠一手插袋靠在那里，脸上并没有面对熟人时的放松，哪怕听着这样的话，他也是一贯的高冷表情。

他问了一句："结束了？"

于瑶晴笑："他们还没有，我先结束了，待在里面太紧张了。你呢，今天不忙吗？"

方槐柠没有回答。

于瑶晴还要再说，却见他正若有所思地看向楼下。于瑶晴跟着看去，并没有发现什么特别，勉强要说有，就是研究所门前的广场上站了一个男生，也朝着这个方向仰头看了过来。

七八层楼的距离其实不算近了，但方槐柠好像看清了对方脸上的神情，那种不用多言已经明白结果的神情。

那人看看方槐柠，又看看他身边的女生，似乎并没有要上来解释或者打招呼的意思，只转身向停在门边的车走去。

方槐柠有一瞬犹豫是否应该下楼，但大概赶不上了，而且自己下去又能说些什么呢。

其实就是一个很普通的合作，他们找人帮忙，对方有事耽搁，他们临时换人，事情也算圆满解决。但不知为何，看着那离去的背影，方槐柠只觉得照在他身上的阳光莫名有些刺眼。

帮了刘老师一个大忙，方槐柠被老倪放了几天大假。正好钱坤旅行回来了，找几个室友一起吃饭。王复梁还在底层被奴役，没办法前来，只有赵磅和方槐柠在。

钱坤不是学计算机的，他是体育学院的，和方槐柠从小就认识，属于远亲，也不知道什么运气就分到了他们的寝室。他长得人高马大，五官端正，气质阳光，与方槐柠至少在外表等级上最为接近，同属于整个理工宿舍楼的异类。

他这回是去U市比赛的，还拿了奖，在和女朋友顺道旅游了一圈回来后，别提多舒心了，大手大脚地请兄弟们吃饭。

“今天请客，哥儿几个想去哪里吃一顿？”钱坤问。

他以为方槐柠会选素菜馆这种味道清淡的地方，而赵磅则是羊肉馆、烤肉店这种无肉不欢之处，结果两人想了想后，赵磅忽然来了一句：“去豆豆点心馆吧。”

“啊？”钱坤莫名其妙。

“啧，你忘了，上学期我们还在那里点过餐来着，最近他们家好像出了不少新品，王大舌天天吃都没吃腻，我也想尝尝去。”王大舌就是王复梁，一点鸡毛蒜皮的小事都要发朋友圈的小清新理工男。

钱坤不能理解，只得转而看向方槐柠，见方槐柠没说话，钱坤明白这是不反对的意思。

怪了。

以前吃过也没觉得特别美味，能打动赵磅和王复梁不足为奇，但能打动方槐柠，难道是有什么镇店之宝。

“行。”

钱坤大方地带着人向那儿挺进。

他们一路兴致都很高，谁知去了却发现大门紧闭。点心馆上贴着一张“歇业一周”的告示牌。

“怎么搞的，竟然关门？”赵磅遗憾。

钱坤："我们学校还有附近学校的活动大概都快搞完了吧，人家正好趁生意清淡调整调整。"

"怎么早不歇晚不歇……"赵磅生气。

钱坤瞧着他，又瞥了眼盯着告示牌看的方槐柠，眯起眼说："哎，我觉得你们有点不对哦。老实交代，是不是店里有什么了不得的大美女？你们这是带我来见弟妹了？是你吗？胖子？还是我们大'头牌'终于遇见良人为他赎……"

撩骚的后话没讲完，就被方槐柠一个眼刀杀了回去。

那头赵磅其实是真想吃点心馆的菜，期待落空才不高兴的。不过听钱坤那没头没脑的言语，他倒想起了什么。

"哎，你别说，这里面还真有个了不得的人。"

"哦？形容一下。"

赵磅想了想，用了特别贴切的一句话："力气像你，脑子像槐柠，脸像许妙妙的人。"

"什么？"

钱坤惊奇，自己的力气别说在理工男中，就算是体院学生里都算少见。而许妙妙可是A大出了名的美人，看王复梁那小子日日魂牵梦萦的就可知一二，方槐柠的脑子那就更不用说了。

所以这是什么生物？

"人造人吗？"

他征求似的望向方槐柠，却得到了默认。

"意外吧？难以想象吧？可惜你见不到。"赵磅面对一脸好奇的钱坤，贱贱地耸了耸肩。

不待他话落，身后寂静的街道上忽然传来一阵机动车的马达声。

方槐柠回头，瞬间一张熟悉的脸仿佛从天而降般撞进他的视线，善于管理面部表情的"头牌"差点没惊讶得把嘴张开。

赵磅的涵养就差一点了，直愣愣地看着那小电瓶车擦身而过时没忍不住"嗷"了一声。

他就是随口那么一叫，表达一下惊讶，却不想，已经开出一段距离的小电瓶车忽然车头一扭，直接失去控制，向着侧面摔了下去！而那里正巧是个下坡，有好几级的台阶。

几个大男人被吓了一大跳！

最先回过神的方槐柠第一时间跑了过去！

那个坡不高，摔下去不会受到太重的伤害，但也架不住摔得巧，栗亭似乎就不走运。方槐柠他们靠近的时候，见他整个人侧卧在地，疼得脸色煞白。

“啊呀，这是摔到哪儿了？”赵磅紧张。

方槐柠蹲到栗亭身边小心查看，一边想把他扶起来，一边问：“什么地方疼？”

然而他才轻触到栗亭的身体，对方就像只虾米一般缩得更紧了，肩膀不停地抖着。

“手……手疼吗？”方槐柠注意到栗亭一只胳膊不自然地僵直在身侧，扬起声音问，“还有哪里？”

栗亭摇摇头不说话，下一刻就感觉有两条手臂分别从他的后背和腿弯处穿过，他整个人被腾空抱了起来。

方槐柠对身边的人道：“叫出租车去医院。”

钱坤等人反应还算及时，一个赶紧去拦车，一个则把倒在一边的小电瓶车扶起来安置在一旁。

出租车很快到了，钱坤坐前头指路，赵磅和方槐柠坐后头。只不过赵磅那身材一人就能占去大半的座位，为了不压到栗亭的伤处，方槐柠不得已让栗亭半个屁股坐在了自己的腿上，而上身则靠在了自己胸前。

栗亭一开始是被疼蒙了，在熬过那阵后渐渐恢复了清明，脸上痛苦的神色也被隐忍了下去。

医院很快到了，这一回方槐柠没挡住人，栗亭在车停稳的同时自己打开门跨了出去，一步一步艰难地朝医院大门走去。

这人真是太要强了。

方槐柠跟在他身后想。

这种情况肯定是看急诊，医生让拍片，结果出来后诊断为右侧肩膀脱臼，要复位。诊室里只能进一个人，三人面面相觑一番，方槐柠走了进去。

就见栗亭躺在那儿，穿的衬衫被解开了几颗扣子，医生站在他身边，抓起栗亭的手臂上下轻轻移动着。

方槐柠注意到栗亭右边的肩膀已经完全肿起来了，又红又紫，颇为可怖。

“严重吗？”他忍不住问医生。

医生哼了一声：“这是第二次脱臼了吧？前一次你自己接上了？二度伤害能不严重吗？”他看着栗亭，“这是不想要手了？再乱来可要做手术了。”

两次脱臼？不是刚才摔的吗？方槐柠惊讶。

栗亭不说话，只是闭着眼，颤抖的睫毛泄露了他此刻承受的痛苦。

“是有点疼，忍一忍，肌肉要放松。”医生还是比较贴心的，一边动作，一边唠叨，说现在大学生放假了要注意安全，不要一闹起来就不知轻重。

方槐柠耳听他的话，眼睛却盯着医生的手，脚一点点朝着床头而去。

果然，医生说到一半时忽然手上用力，随着一道咔嚓声传来，方槐柠眼明手快地抓住了栗亭的另一只手，才防止他整个人从床上蹦起来。

“好了。”医生动作利落，脱下手套走到一边去写病历。

栗亭在床上大口喘气，额头遍布冷汗，隐约间感觉到有东西递过来。他虚虚地睁开眼看到是一张纸巾。他伸手想拿，发现胳膊动不得，只能无奈地看着，想说不用了。但那纸巾下一刻已落到他的脸上，轻轻地抹去他额头、脸颊上的汗渍。

“不急着起来，再躺一会儿。”方槐柠把纸巾收回，神态自若地走向那医生。

“把手先固定，最起码一礼拜不要用，然后办住院手续。”医生道。

“还要住院？”方槐柠问。

“不然你觉得他为什么会疼成这样？”医生说着，又调出电脑里另一张X光片，“看见了吗？最疼的不是手，是这儿，肋骨骨裂，三根。”

肋骨也裂了？

不过医生后面的话更让他吃惊。

“这不是新伤，这是几年前的旧伤没养好，一摔就容易出问题。所以说骨头断了一定要卧床休息，现在还年轻，不然以后老了可要吃苦头。”

见方槐柠表情难看，医生又安慰道：“住院呢，也是让他再观察观察，看看心肺功能和其他指标，没问题的话过两天就可以出院回家休养了。”

医生让外头的人扶患者离开，顺便付一下款。

方槐柠搀着栗亭在钱坤借来的轮椅上坐下，转头就见那一头赵磅拿着缴费单面露难色。

请吃顿饭、上个网的钱赵磅还是有的，但这么多检查还有押金，对于一个只接接小外快的大学生来说，可是一笔不小的钱。

“我来吧，”钱坤也注意到了，伸手要接时方槐柠已经把单子拿了过去。

“我去，你们先到住院部。”

见方槐柠动作，栗亭似乎要说话，但是赵磅已经把人推走了。

排队付款的时候口袋里传来一个陌生的声音，方槐柠这才想起栗亭摔倒时自己捡起了对方掉在一旁的手机。

他掏出来一看，发现那款式老得都不知道是哪个年代的山寨机，屏幕上还分布着蜘蛛网一样的裂痕，勉强能看清来电人的名字中似乎也有个“栗”字。

方槐柠想挂断，点了几回却都无效，最后通话竟然被莫名接通了。

里面一个少年在叫着：“哥，你明天有时间吗？我们一起吃饭。”

同一个姓，似乎是亲戚。

“不好意思，我不是栗亭。”方槐柠说。

那边听见他的声音愣了一下：“啊？你是哪位？栗亭呢？不方便接电话吗？”

方槐柠没回答自己的身份，只简要把这儿的情况说了，说栗亭骑车摔了。那个弟弟立刻紧张地问明医院后表示会尽快赶到。

等方槐柠交完费用再去到住院部，外头的天都已经黑了。

三人病房只住了栗亭一个，他挂着点滴靠在床头似乎睡着了。赵磅和钱坤则百无聊赖地坐在床尾。这一通忙活几个人都有些累，尤其是赵磅，几乎完成了他一个月的运动量，胖子本就不大的眼睛都快眯上了。

方槐柠道：“你们先回去吧。”钱坤中午就说和女朋友还有约的，现在情况已经稳定，再放鸽子不好。

赵磅犹豫：“我再等等，等这水挂完。”

方槐柠明白赵磅这是觉得栗亭会摔跤是因为他自己咋呼吓到了人家，于心有愧。不过既然医生已经说栗亭的手伤了两天了，方槐柠觉得应该是他驾车的时候没控制好方向才摔的，和赵磅关系不大。

“没事，我等着吧，也快好了。”方槐柠道。

赵磅和钱坤都觉得“头牌”今天似乎比较热情，但心知他外表高冷，内里本就是一个十分有义气和责任感的人，两人倒也没有多想。

“那有事儿随时叫我。”

留下这句话后二人各自离开，病房内只剩方槐柠和床上的人。

方槐柠想靠近看看点滴瓶，却发现栗亭不知何时已经醒了过来，正睁开眼睛看着他。

点滴里大概有些镇痛成分，栗亭的脸上已经没了刚才的痛苦之色，但略微凌乱的头发，苍白的面容，还有本就不怎么强壮的小身板，被被褥裹在其中，更显出一种脆弱来。

方槐柠眨眨眼，听见栗亭开口道：“不用陪我，谢谢。”

他大概是想感谢今天的帮助，又想说不需要方槐柠费时，结果两句放一起，莫名其妙就多了一分不近人情来。

方槐柠却像是没听见一样，径自拉开床头的椅子坐了下来。

大概有一分钟的时间里，沉默弥漫在整个病房中，熟悉的BGM《尴尬》又开始无声地播放起来。

最后还是方槐柠打破了寂静，他说：“抱歉，刚才不小心接了你的电话，大概是你弟弟打来的。他知道了你的情况，说等会儿来。”

接着他把电话放到了床边，手指点在那裂纹纵横交错的屏幕上，似乎想要问些什么。

栗亭看出了他的犹豫，主动道：“这手机屏幕前两天就摔裂了，时好时坏。”

果然不是骑车摔倒才摔成这样的，方槐柠想到之前怎么联系对方都没有回复的那天，也许手机就出了问题，而他这一身伤的由来，大概也与无故失约有些联系。

方槐柠挺想问的，刚才扶栗亭上车，被对方身上的骨头硌到手臂的感触实在深刻，让他总忍不住去回想。但他又觉得自己有点太关心人家了，这事儿已经过去了，还涉及人家的隐私，他其实不该多打听，所以他只是点点头。

栗亭说：“等我好了会还钱给你，或者你给我账号，我修好手机后转账给你。”

方槐柠蹙眉：“不急。”

栗亭像是知道他在想什么一样，竟然问了一句：“你以为我很穷？”

方槐柠一愣，差点跟着反问：“难道不是吗？”

然而栗亭的表情没有逞能，也没有炫耀，只是十分平淡地望过来。

所以这个伤者其实并不拮据，可有钱为什么还要那么辛苦地打工，又或者是因为辛苦地打工才变得有钱?

方槐柠好奇这里头的因果关系。

他选择用另一个角度表达想法：“你应该早点来看医生。”如果经济上真的没困难的话，又为什么延误病情。

“受不了的话，我会看的。”栗亭反驳，言下之意就是早上不摔这一下，他本来是受得了的，而他不想改变自己原本的决定。

方槐柠想到医生的话，又想到看见他脸色煞白地倒在那里的模样，心里莫名郁闷，语气也冷下来道：“身体是你自己的。”

谁知栗亭毫不退让：“所以我很清楚。”

明明看着那么脆弱，嗓音也软软的，但个性真的是倔强又强硬，甚至有些不识好歹。

高冷骄傲如方槐柠，也不是一个喜欢“热脸贴冷屁股”的人，他当下就站了起来，看看所剩不多的点滴瓶打算叫护士进来拔针，然后离开。谁知身后人此时却忽然不停地咳了起来，偏偏还不愿叫人帮忙，自己歪着身子要去拿床头放着的纸杯，结果拉扯到伤了的手臂，不仅水杯倒了，人也差点从床上掉下来。

亏得方槐柠迅速上前，把歪倒的人接住了，才没有加重他的伤势。

“没事吧？”方槐柠揽着对方问。

听栗亭咳得更厉害了，方槐柠赶紧把他扶靠在床架上，重新去接了水回来。

栗亭要自己喝，但方槐柠没让，把杯沿凑到了他的嘴边。栗亭难受得很，这回没再拒绝，小口小口地喝了起来。

方槐柠就近看着，方才堵在心口的那点憋闷，就好像被那杯中的水慢慢冲淡了。

他轻轻叹了一口气。

怎么跟个伤患计较上了呢，自己从来不那么小气的。

“慢点喝。”再出口时，方槐柠的声音已经轻软了很多。

栗亭喝完水就倒在那里闭上了眼睛，浑身竖起的毛重新软了下去，满满的人畜无害。

方槐柠知道他是咳得肋骨疼，却不知道该如何缓解对方的痛苦。他东想西想，手放上了对方的后背，帮他顺气。

栗亭的眼睛里还有咳出的泪水，衬着微红的眼眶，更显得有点憔悴。

房间内又开始弥漫着尴尬，氛围诡异。

此时，一声低唤幽幽响起，拉回了两人的注意力。

“栗子——”

方槐柠和栗亭同时转头，这才发现门边不知何时站了一个人。

方槐柠怔了一下，连忙收回了手。

门外的人犹犹豫豫地走了进来。

“栗子，你怎么样了？”

来人长发披肩，小脸大眼，是一个很漂亮的“女生”。方槐柠看着“她”紧张地扑到病床前，对着栗亭一通乱摸。

栗亭没说话，只是拍开了“她”的手。

“女生”倒没生气，仍是着急地询问栗亭伤到了哪里：“我昨晚等了一夜你都没回来，我就觉得不对劲，上午特意去了你打工的地方，看见你那摔烂的破车停在那儿。我一路打听，附近的几家医院都跑遍了，总算给我找着了，你说你干吗不告诉我！”

“女生”看着栗亭戴着托架的手，眼睛都红了。

栗亭却嫌吵，皱起眉。

“女生”这才意识到自己过于激动，不得已从床上爬了下来，望向方槐柠，试探着问：“你好，请问你是……”

方槐柠一直默默望着他们俩，此时扔下手里的纸巾，退了一步，面容已重回高冷，对栗亭道：“既然你朋友来了，那我走了。”

栗亭还来不及回答，方槐柠已经特别洒脱酷帅地双手插袋离开了。

栗亭看着对方的背影，耳边又传来一句幽幽的询问。

“这是谁啊？”

栗亭斜了身边人一眼，道：“田大恺，给我去买个手机。”

田大……不，田典一愣，这才看见栗亭枕头边摆着的那个不成样子的手机，眼里才消去一点的泪花又涌了上来。

“栗子，对不起，我就是怕你这样，所以才不敢告诉你那天我遇上他了。”

那天那人渣硬要请田典喝酒，田典在酒吧做服务生，秉着息事宁人的原则勉强干了一杯，结果对方反而不依不饶，一来二去就导致了那样的结果。

“对不起什么，”栗亭不舒服地换了个姿势，“我想抽人和谁都没关系。”

田典还是觉得难过，但想着想着又笑了起来：“我刚给酒吧打电话，小眯说，蔡洋他们几个特别惨，有两个也住院了。”

栗亭那么瘦弱的身板，动作却特别矫健，力气又大，打架从不落下风。之前在酒吧门口，那些人朝他冲来，却被他各个击破，一个个全给打趴下了。然而栗亭之所以会受伤，一来是胸口旧患发作，二来是被酒吧闻讯赶来的保安给制住了。可他考虑到田典还在那里上班，没继续和对方硬碰硬。但那蔡洋却没罢休，趁着栗亭不注意，抄起一个木凳向他砸来，栗亭伸手一挡，才落到了如今的下场。当然对方最后被栗亭拖着伤手又是一顿胖揍，打得掉了四五颗牙。

眼见田典又开始激动，栗亭不想再在这话题上纠缠，打架又不是什么好事，要不是咽不下这口气，他才不会选择这种不理智的方式为田典讨回公道。他抖着手扯了纸巾往被角上覆去。

田典赶紧来帮忙，看着湿了一角的被子，又忽然想到刚才进门时看见的画面，忍不住凑近问：“刚刚那个大帅哥是谁啊？”

栗亭拉起被子，打算睡觉。

田典却不依不饶：“你来医院是不是他送你的？你认识他？”

栗亭：“是，但算不上认识。”

田典才不信，他注意到旁边病历上的就诊时间，如果算不上认识，那对方能从中午一直陪床到天黑，这是遇上活雷锋了啊！

不过田典也了解栗亭，他这个人独来独往惯了。两人相识近四年，除了钱，田典没找到什么别的事能轻易牵动栗亭的情绪。

他没有年轻人的那种爱美爱玩之心，在不了解他的人眼中栗亭利益至上，根本没有发展人际关系的兴趣。按栗亭自己的话来说，他有这工夫宁愿多赚一份工资。

可田典心中也多少好奇着，那个可以让栗亭歇一口气，停下脚步感受真正生活的人到底在哪里，又什么时候会出现呢。

护士进来给栗亭拔针，田典却注意到她身后还跟着一个人，是步履匆匆的栗晗。

栗晗也看到田典了，两人一对眼，各自都板下脸来。

“哥，你没事吧，怎么受伤啦？”栗晗那动静跟田典刚进门时如出一辙。

不过他还没靠近就被田典用力扯开了：“小心点，别碰他的手。”

栗晗回头："我哥又是因为你才受的伤？"

田典语塞。

栗晗生气："我就知道！每次都是被你拖累！你能不能不要祸害他了！"

虽然田典脾气软，但一听这话也忍不住爹毛："我是拖累他，但这话轮不到你来说。你最该回去问的是你那好爹妈，没他们祸害栗子，他也不会有家不愿待，跑出来被我祸害！"

"你……"

"闭嘴！"

栗亭冷冷地喝了一声，把身边捏着针头的小护士吓了一跳，手下一重，血从手背上冒了出来。

田典赶紧要来看，被栗亭避过了，自己接过小护士递来的棉签，示意对方无妨，按上了伤口。

栗晗紧张地解释："哥，你别生气，我不是……"

栗亭问："你说了吗？"

栗晗顿了一下就明白过来他什么意思，连忙摇头："没有，我没告诉妈妈和爸爸。我下了实习就赶过来的，本来还能再早点，但是我们组里那个学姐不让我请假，我……"

"行了，"栗亭又扫了一眼田典，说，"滚吧。"

"栗子……"田典委屈，"我留下照顾你吧。"

栗亭却不看他们，转身躺下了。

这俩人都心知他的脾气，明白栗亭这是真不想搭理他们了，坚持只会适得其反，便只能走人。

"哥，我给你买了很多吃的，你肚子饿记得吃啊。"

"栗子，我给你带了些换洗的衣服和日用品，就放在床头。"

最后两人的嘟嘟囔囔被示意探视时间已到的小护士强行中止了。

第四章
奸商财迷

老倪给了方槐柠好几天假，他没休满就又去研究所报到了。一上午办事效率却不高，到了中午想喝咖啡又发现咖啡机还是坏的，他不得已下楼，在电梯里遇上了王复梁。

王复梁听赵磅说了，两人聊着聊着，他就问起了栗亭的事儿。

进了茶水间，王复梁问：“他为什么会受伤啊？”

方槐柠低头放冰块：“不知道。”

“这两天有没有好点？”

“不知道。”

“他这天天来来去去那么辛苦，父母怕是不在身边吧，也不知道住了院有没有人照顾？”王复梁操的心可多了。

方槐柠这回倒是知道了：“有人照顾。”

“谁啊？女朋友？”王复梁八卦。

“不好意思。”此时一个声音小心翼翼地插了进来。

方、王两人回头，看见一个男生站在身后。

“请问，那天是不是你们送我哥哥去的医院？”

“你哥是谁？”王复梁莫名其妙。

方槐柠已经明白过来了，这男生细看和栗亭很像，只是气质不太相似，再加上之前在医院打的那通电话——不过他很意外栗亭的弟弟竟然就在A大的研究所实习。

栗晗虽然用的是询问的口气，但他心里已经确认了，那天他去医院时远远看见一个熟悉的身影下楼离开。他本以为是自己眼花，没想到刚才在茶水间外正听见二人讨论，再回忆之前电话里传来的那个好听的声音，一下恍然大悟。

帮助他哥的人竟然是研究所的“头牌”——方槐柠！

“不会是栗亭吧？”王复梁也反应过来。

“是……是的，就是他……我特别想感谢你们，真的感谢……谢谢你们送他去医院。”栗晗也不知道是激动还是紧张，对着方槐柠脸都红了。

方槐柠倒在惊讶过后一秒镇定，还算客套地说：“不用。”

他想了想，问：“他……好点了吗？”

栗晗说：“好很多了，已经能下床了。”

方槐柠皱眉。

“这么快就下床了？赵胖子说医生让他躺着啊，那你天天去照顾他吗？”王复梁也问。

“呃，我有时间就去，还有我哥的朋友，我和他轮流去看看……”

“那你今天还没去吗？”王复梁问着，又转向方槐柠，“槐柠，你下午有空不？不如我们也去看看？”说起来栗亭上回也算帮了他一个忙，虽然第二次合作没有成功，但王复梁还是觉得应该去探望一下对方，赵磅昨天也问起了这事儿。

栗晗一怔，连忙也望向方槐柠。

“头牌”会去吗？

方槐柠也在思考这个问题，他觉得自己对那小伤患没什么理应关心的义务，帮也帮了，又出钱又出力，到头来也只是个知道名字的陌生人而已，而且人家有人照顾，他探不探望有什么关系。

“槐柠？”没得到回答的王复梁奇怪，这有什么好犹豫的。

“等我把手里的东西弄完。”方槐柠看了一下手表，有点不甚情愿道。

“行，四点吧。”王复梁说完又向栗晗确认，对方惊喜地点头。

下午四点，方槐柠准时出现在了大门口，栗晗跟着他们一起打车去医院。

一路上那个戴着眼镜的男生非常好奇栗亭的事，问了许多问题，倒是方槐柠一如既往地沉默。栗晗惊讶他们竟然和自己哥哥早就认识，还挺关心的，但后来看方槐柠的样子，又觉得他也不是太上心，大概是碍于王复梁的情面才不得已过来的。

“话说回来，你哥是外语专业，那具体是哪个学校的？”王复梁的问题源源不断。

栗晗想了想，说了个名字。

“啊？”王复梁和方槐柠对视了一眼，才确认A市似乎是有这个大学的存在。

他们倒也没什么轻视的心，又问：“他又要上学又要打工，肯定很辛苦吧？”

“是啊，挺辛苦的。”

“那他为什么那么辛苦啊，他身上这个伤……嗯！”

话还没问完，王复梁就被踹了一脚。他委屈地转头看向望着窗外、一脸若无其事的方槐柠，闭上了嘴。

到医院的时候正巧开饭，田典去给栗亭打饭了，只有栗亭一人在病房，靠坐在床上低头捧着什么摆弄。

发现来人，栗亭愣了一下，赶紧把手里的东西塞进了枕头下面。

方槐柠注意到那似乎是一个玩偶钥匙圈。

栗晗进了门就说：“哥，方学长和王学长来看你了。”

王复梁把在医院门口买的苹果放在栗亭的床头。他之前听赵磅说得惊心动魄，还以为栗亭是要瘫了呢，结果看栗亭的精神还挺好的。

方槐柠也这么觉得，虽然不愿意承认，但这些天他时常回忆起栗亭疼得浑身颤抖的画面。如今看到人在慢慢恢复，他的心不自知地落回去了一点。

栗亭的回答却只是“哦”了一声。

王复梁倒是不介意他的冷淡，又七七八八地问了很多废话，大多被栗晗接过去回答了。

他们两人占据了床头的位置，方槐柠只能站在床尾。他注意到栗亭看了自己一眼，然后就接着做自己的事了。栗亭的面前放着一本硬面笔记，他不时拿过手机刷两下，又用那只完好的手在笔记本上哆哆嗦嗦地写字。

他在写什么？

“栗亭这是在写什么？”王复梁仿佛听见了方槐柠肚子里的疑问。

无人应答。

“算账。”

忽然门口传来一个声音。

“啊？”王复梁没明白。

田典端着两只碗走了进来，似笑非笑地看了一眼方槐柠，又白了一眼栗晗后才回答王复梁。

“一份工作进账多少，一天可以进账多少，一天不去工作要损失多少，钱放在不同的银行和理财产品里，每天能有多少利息，又亏了多少钱。”

王复梁茫然：“这……要算那么细啊，但手还没好就先休息吧。”

“不能，”田典说得斩钉截铁，“一天不算清楚就睡不着觉。”

王复梁蒙了。

方槐柠无言，转头打量栗亭，发现对方虽然动作艰难，但满心都沉浸在面前的账目中，甚至连那“女生”说了什么都没理睬，低着头，表情中有种前所未有的执着与认真。

方槐柠忽然有一个想法：这人到处想法子赚钱，其实未必是他真的缺钱，而是他就是喜欢钱！

这是一个活脱脱的小财迷啊！

被探望的主角是一个不爱聊天的主，倒是无关紧要的旁人说了半天的废话。等到栗亭把饭吃完，考虑到病人还是需要休息，王复梁他们便要告辞了。

田典要去酒吧上班，临走硬是把栗晗也一道拉走了，反正栗亭不希望那对糟心爹妈知道自己的近况。栗晗要是因此回去晚了，说不定就要被他妈发现，徒生是非。

方才还吵吵闹闹的病房一下子就寂静了下来，方槐柠走在人群的最后头，和大家隔了一段距离，步伐放得很慢。他似乎还有话要说，只是告个别也好，但其实刚才王复梁已经把对病人该说的话都翻来覆去说了好几遍。

以方槐柠的直觉，他认为栗亭并不会听取这些意见，那自己再多嘴有什么必要呢。但就这么离开，从头到尾无交流、无接触，只有一个虚无缥缈的眼神探望，自己还为此急急忙忙把实验压缩到只用了平时的一半时间，他也真够闲的。

正不着边际地乱琢磨着，忽觉手腕一紧，方槐柠茫然低头，就见自己的袖管被几根手指轻轻地扯住了。顺着那手指一路向上，掠过单薄的病号服，最后落在一张表情严肃的脸上。

栗亭很专注地望着他，竟然道：“把你的手机号码给我。”

方槐柠心一提，表面上淡定：“有什么事？”

栗亭缩回手："还你钱。"

方槐柠微微挺起的胸膛收回去了一点，他这才注意到栗亭拿在手里的手机是新的，但也好不到哪儿去，和原来的款式十分相像——山寨老人机。

方槐柠轻咳了一声："不急，等你好了再说吧。"

不过他还是将手机掏了出来，慢条斯理地和栗亭交换了号码，并且加了某通信支付软件的好友。

栗亭看着好友栏多出的那个头像，又道："25 号还你。"

想了想似乎不对，他又拿过笔，在那本子上划拉了起来。

栗亭伤的是右手，所以只能用左手写字，间或还要行动迟缓地去确认手机上金额的实时更新。方槐柠看着那纸上歪歪扭扭又巨大无比的字迹，忍不住升起了一种想接手替他算的冲动。

半晌，栗亭放下笔道："还是 27 号吧，我有一笔定期会到账。"

方槐柠目光落在纸上最后那行算出的 56.37 元上，点了点头。

栗亭受伤了，原本面试好的几家店就没办法去了，连带着豆豆点心馆的兼职也辞了。

后者已经算是他待过比较长的地方了，前后加起来有近三个月，而一般栗亭的打工处长则一两个月，短则几天。

当然不是因为他工作能力不行，大部分都是人际关系方面的问题，嫌他性格古怪，嫌他小气，嫌他自私自利，嫌他做事不听安排，嫌他是新来的却比谁都横，嫌他这嫌他那。

不是有句名言说得好吗，一两个人嫌还有可能是对方的问题，人人都嫌，那自身肯定就有问题。

栗亭明白自己的性格缺陷，但是他向来我行我素，从不愿为谁改变。所以哪怕有个地方人家忍受下来没赶他走，他也习惯性地时间一到自己离开，也算是为对方做最后的考虑。

栗亭正盘算着下一步的计划，就见田典兴奋地飞奔进来。

"栗子！我总算想起来方槐柠是谁了！"

听见这个名字，栗亭一愣。

田典已经扑到了他的床前："原来他是 A 大计算机学院的，还是什么研究所的吧，科学家啊！"田典只有初中文化，方槐柠这样的人在他眼里就跟地外文明的研究对象一样，高不可攀。

栗亭：“你怎么知道的？”昨天那些人来时话题都绕着栗亭转，并没有怎么说自己的事，田典哪里来的消息。

“你告诉我的啊。”田典撑着脑袋，一副“我超聪明，快夸我”的表情，“那台电脑。”

栗亭皱起眉：“里面有东西？”

田典用力点头：“很多。哇，宅男的电脑，那叫一个精彩。”

王复梁和赵磅是一直有卖电脑的打算，但栗亭那天收废品收得太过突然，让两人来不及将电脑彻底格式化就被他拿走了，故而里头残存了很多宅男的日常生活的信息。

“难怪那天我看他们就觉得熟悉，这机主是不是那个眼镜男？他怎么这么爱拍照呢，电脑里全是他从小到大的照片，那大帅哥的也有。唉，帅哥果然是帅哥，小时候也超帅，栗子，你要不要看？我把那网址记下来了。”

田典滔滔不绝地说着，却见栗亭似乎在发呆。

“栗子？栗子？怎么了啊？是不是胸口又疼了？”

栗亭推开田典凑过来的手机：“医生都检查过了吧，我要出院。”

“啊？”田典立马将之前乱七八糟的问题抛到了脑后，“再养养吧，着什么急啊。”

医生是说可以出院了，但是田典还能不了解栗亭的性格？出了院就没人管得了他了。

栗亭却不理，径自收拾着床头的笔记本和日用品。田典见状只得无奈地帮着动手：“好、好、好，知道了，明天一早我就去办手续。”

倪蔚年今天来了，同组的崽子们围着他开了一早上的会，过程倒是一点也不紧张。老倪长得像弥勒佛，说话也慢慢悠悠，几小时下来对着 PPT（演示文稿）跟看了一场电影似的。

散会后大家各就各位，方槐柠没什么新任务，拿出手机刷了两下。他的通信软件里躺了很多同学的未读消息，他挑了几个熟悉的回，然后一路下翻到那个新加的号。

头像是一个栗子，里头什么东西也没有，没有照片，没有发言，甚至连一条广告也没有，仔细想来倒是和那谁的风格十分贴合。

孤僻又神秘。

看了一会儿，方槐柠不知想到什么，翻出之前写过的代码继续写了起来。

一个叫吴毅的师兄从他身后路过，探头一看，好奇地凑了过来。

“这是什么东西？”

方槐柠说：“瞎写的。”

吴毅却越看越不对：“哎，别告诉我这是要上架的，这可不能卖。”

“怎么了？”

师兄的咋呼正巧让老倪听去了，老头儿笑呵呵地问。

那师兄立马告状，笑骂：“老板你看槐柠，他这玩意儿要是放出去是不是属于扰乱市场？到底给谁写的啊？”

方槐柠手里是一个 App（应用）的雏形，里头有记账、利率计算等等小功能。看似和虚拟商店的程序区别不大，但又多了很多特别便捷的地方。

好比根据具体银行利率的更新，帮你计算出你在哪儿存划算，存多久最划算。又或者近期哪个理财项目的稳定度和收益率排行最高，而且这些可不是新闻里那种笼统含糊的排名，是一个一个精准的数据，几乎是外头没法抓取的内部资料。也不知道方槐柠用了什么办法得到的，要推广出去，银行怕是第一个就不答应。

倪蔚年听了也哈哈地笑，其实他们主要的研究方向还是偏理论科学的，软件编程这种，他们组很多学生都是写着玩或是用来赚赚小钱。只是方槐柠在这方面很有天赋，所以倪蔚年喜欢他。

“看来是个让人无法拒绝的大客户？”老倪道。

“大美女？大财主？”另一个看热闹的师兄猜测。

吴毅摇头，总结，吐槽：“我看是给他自己写的，为了赚老婆本，丧心病狂。”

那个小财迷非常守时，说 27 号还钱就 27 号。那天晚上零点刚过，方槐柠的手机就传来了有钱进账的提醒，一串数字后头附上了一句简洁的“谢谢”和一张医疗费用清单，真是半点亏不吃，半点便宜也不占。

方槐柠想了想，打了一句“不客气”发过去。

对方没再回复。

方槐柠等了几秒，关上了手机。

又过了几天，难得凑齐了几个室友，上回因为遇上突发事件没有成功请客的钱坤把大家约在 A 大门口的一家火锅店里。

王复梁、赵磅和方槐柠先到了，钱坤要晚些，发消息过来让他们先点菜。

正琢磨菜单，外头进来了一群学生，其中有两个女生眼尖地注意到了这边，走过来高兴地跟他们打招呼。

“王学长，好巧，你们也来吃饭啊。”

“是啊，这里味……味道挺好的，推荐你们吃这……这些……”

王复梁热情地和人家聊了半天，对方便邀请他们一会儿同去唱歌。

王复梁和赵磅对视一眼，又去看方槐柠。

“头牌”从头到尾注意力都在面前的菜单上，察觉到投来的目光，毫无惊喜地回了一句：“你们去吧，我一会儿要去合信工业。”

打发走了人，赵磅抽了王复梁一筷子：“他不去我们可以去啊，你干吗拒绝！”

“你……你傻啊……人家请的就不是我们……我跟你说过的，这几个法……法学院的学妹以前就跟我打听过槐柠。他不去，我们去了也没用……”计院男生是学校的宝贵资源，尤其是像王复梁这样优秀又勤劳的，虽然长相不够，但技术可凑，校内不少活动都需要他们帮忙，所以他在其他系的交友面十分广。

赵磅大叹一声，倒也不是为自己哀悼，而是为方槐柠可惜。他忽然严肃地转向“头牌”：“来，你老实跟兄弟们说说，你打算什么时候给我们一条活路？什么时候交女朋友？你又为什么不交女朋友？”这话其实大家从大一就开始问了，一直问了三年都没得到答案。

赵磅：“随便是谁，只要你看上的，把名字说出来，我们想办法替你搞定！”

王复梁也来劲：“对……对……你说名字……”

“栗亭。”

这名字差点让拿起茶杯要喝的方槐柠烫个正着！

“咯咯咯……”“头牌”抽过桌上的纸巾捂住灼痛的嘴，小声地咳了起来，一边咳，一边转过头去。

钱坤大步走到桌边拉开椅子坐下，发现全桌人都惊骇地看着他。

“干吗？”钱坤奇怪。

王复梁结巴都好了：“你刚说什么？说谁？”

钱坤扫了一圈，视线最后停在方槐柠的脸上：“我记错了吗？上回遇见的那个男生不叫这名字？我说我刚在学校路上看见他了。”

“哎——”

“嘁！”

话落紧跟着就是一片吐槽声起。

只有方槐柠，拿下纸巾恢复镇定，抓住了关键点问：“在路上看见他了？你没看错？”

王复梁也跟着拉回了神思：“栗亭……他……他出院啦？那也应……应该在家休息啊，你是不是认错人了？”

钱坤倒不确定了：“是在去A大图书馆的那条路上，大概是我看错了吧。算了，不纠结了，你们点好没，让他们上菜。”

毕竟是那么大个人了，该怎么照顾自己的身体，对方心里有数。就算是真的，其实也轮不到他们来管，一伙人于是迅速投入美食，吃得不亦乐乎。

只有方槐柠，转头看着窗外远处矗立的A大图书馆若有所思。

他其实没有骗那些法学院的女生。前几天倪蔚年特意来关照过合信工业的问题，那边要开始进驻员工了，之后一段时间他大概要时不时跑跑那里。

吃完了饭方槐柠就去坐车，他是在A大东北门站上的，在西门那儿这车还会停一次。方槐柠坐在车后段，本打算睡上一会儿，结果一眼就看见一个熟悉的人影从后门上了车。

那人也看见了他，但是没说话，短暂对视一眼后径自朝前面而去，投完币后，在隔了方槐柠两个位子处坐下了。

还真是他。他怎么不在床上躺着，跑出来干吗？他坐这辆车，这条路线，不会又要跑郊区种地吧？

一时间方槐柠心里的疑问就跟肥皂泡一样一个一个咕咚咕咚地往外冒。但是他的性格又不允许他冲上去问人家，又不是什么朋友，万一人家要去别的地方呢，万一人家半路就下了呢，自己岂不是多管闲事。

说到底还是因为两人不熟。

车上陆陆续续上了不少乘客，将车厢挤得满满当当，也越发削弱了方槐柠上前去问的心思。

在之后的两个小时里，他就隔着两个座位的距离，快把前面某人后脑勺的头发丝儿都数清楚了。

眼看着合信工业就在眼前，方槐柠站起身来，栗亭果然也跟着走向了后门。

两人这回正面对上，方槐柠总算开口了。

“好了？”话问得还是很随意的。

栗亭答得也不走心：“随便逛逛。”

方槐柠：“逛得有点远哪。”

栗亭：“适当锻炼。”

下了车，栗亭和方槐柠一前一后来到合信工业门口。

栗亭停下了，方槐柠也停下了。

栗亭竟然主动问方槐柠：“今天什么日子？”

方槐柠明白他这是疑惑为什么公司今天人那么多：“部分部门今天开始试运行，有些员工已经来了。”

栗亭睫毛颤了颤，不知想到什么，没打招呼，直接转身走了。

方槐柠看着他的背影，胸口莫名有点堵。

之后他到了总机房，合信前来接待的助理总是看见 A 大派来的小专家忙活一段时间就要盯着玻璃墙外放松，看来做这行真是劳心劳力。

方槐柠是在进门快一个小时后在远处的农田里发现栗亭的。栗亭站在那儿和一个农民样的男人说话。过了一会儿男人离开，栗亭又走向了上回他搭建小木棚的那块地里。

方槐柠眉头微拧，幸好自己以为的事情没有发生，栗亭还算顾惜自己的健康，没有真在这种情况下下地干活。他只是绕着那块田慢慢走了一圈，像是散步，又像是在检查农作物的生长状况。

就在方槐柠奇怪他要干吗时，刚才那个农民去而复返，手里还多了一辆大大的推车，车上则装满了西瓜。

栗亭又和人家说了两句。方槐柠见他从口袋里掏出一张红色钞票递了过去。农民乐呵呵地收了钱，照着他的指示把西瓜朝外头推去。他步伐悠闲地跟在后头。

方槐柠有一种不太好的预感。

又过了一个小时，他去洗手间回来，在走廊上看见两个员工一人抱着半只西瓜，有说有笑地走进了一边的办公室。

方槐柠快走了两步，听着那两人高兴地招呼大家一起来吃。办公室里人不少，转瞬那红红绿绿的西瓜就被分了个一干二净。有人吃着直叫甜，打听在哪儿买的。

“公司正门那儿，有个小摊，特别近。”

“哦？厂里超市现在还没什么东西卖，我也去看看。”

“哎，要是不贵帮我也带一个，我怕回去晚了水果店也关了。”

“我也要，半个好了。”

大家伙叽叽喳喳地一边讨论，一边向外走去。方槐柠顿了一下，默默地跟在了他们身后。

大榕树下一瓜摊，一少年，在如此天气下简直是清流一般的存在，几乎不用寻找，方槐柠就看到了那人。

今天的太阳其实不大，但湿度高，特别闷热，西瓜正是解暑佳品。他卖得倒是不贵，也就是普通水果店的价钱。

可是方槐柠一想就知道，这里完全省了物流和门面费。有些员工甚至看那老板年纪小，手又不方便，连切带装都是自己来的。栗亭只要在那儿称一下重、收收钱就行了，连人工都省了，简直一本万利。

而且人都有从众心理，附近商铺又稀缺，可想而知这生意会有多好。车上的瓜都已经卖出去了一半，还有络绎不绝的人往这里走来。

简直可怕。

栗亭坐在一块大石头上，一只手还吊在胸前，另一只手则持着一片大树叶，一边扇风，一边耐心地和摊前问价的人说话。察觉到旁边的视线，栗亭缓缓转过了头。

不知是不是错觉，方槐柠第一次在栗亭的眼里看到了一丝情绪。那是一抹稍纵即逝的狡黠，将他戴着草帽的白白净净的脸衬出了前所未有的生气。

他听见栗亭用那软软的声音问自己：“要瓜吗？”

方槐柠最后还是没有掏钱买瓜，但他回到公司后依然成功地吃到了。总机那个和他做交接的助理排队买来后大方分享给他的。正如大家赞美的那样，这瓜水分多，味道甜，物美价廉。

小奸商虽然擅长倒买倒卖，但还算有商业操守和底线，挑不出毛病。

于是这一下午方槐柠便在室内室外西瓜香甜气息的包围中继续工作着，同时，陪伴他的还有楼下正门处那人流络绎不绝的小摊。

待方槐柠忙完走出去，栗亭的瓜也卖得见了底，不过人却没走，还坐在那儿用一只不甚利落的手磨磨叽叽地收拾着地上的垃圾。

几枚硬币在栗亭弯腰时掉落下来，一路滚往了远处。栗亭抬头，就看见了站在前方的方槐柠。

方槐柠俯身捡拾，走过去把钱交回到了主人的手里。

栗亭接过，说了一句“谢谢”。

方槐柠道：“生意挺好。”

栗亭客气：“勉勉强强。”

方槐柠瞥了一眼栗亭挂在胸前的手：“是有点勉强。”

栗亭毫不示弱：“所以下回再卖就没那么便宜了。”

把钱整理好放进口袋，栗亭整了整衣裳向公交车车站走去。方槐柠在他后头看着对方缓慢的步伐，忽然道：“今天有班车可以坐。”

栗亭顿住了脚步。

方槐柠又说：“不要钱。”

栗亭转过了头来。

合信工业离市区那么远，当然要派班车接送，而且试运营期间员工管理还挺混乱，所以让栗亭跟着自己一起坐车并没有什么困难。哪怕其中有几个人觉得这个新同事和大门口卖瓜的摊主长得有那么一点相像，也终究不会多嘴。

方槐柠选了靠后的位置坐下。为免引人注目，栗亭跟着他，坐在了里座。

车子成功地上了路，栗亭靠在椅背上，没一会儿屁股就忍不住朝外挪了挪，片刻后又挪了挪。

方槐柠看在眼里，在车辆一个右拐，栗亭顺着离心力歪向自己的时候，把手横过他的身体摁下了车座侧面的按钮，栗亭椅子的椅背便被调低了。

栗亭一怔，扭过头来。

方槐柠面无表情地收回手道：“睡一下吧。”

到底不是真的铁人，栗亭怎么可能不累。他也知道自己比不得平时，本只打算过来看看种的地，但临时起意卖了一下午的瓜，加之路上的奔波，体力还是消耗了不少。胸口的不适因为椅背的降低舒缓了一些，他听着方槐柠的话，难得乖顺地闭上了眼睛，不多时就睡了过去。

栗亭睡得很平和，身形那么单薄，一点儿也想象不出其中蕴含的无限能量。

外头的天已经渐渐黑了，车子一路在高速公路上飞驰，窗外的路灯迷离地闪烁在栗亭的脸上。

方槐柠看着那闪过栗亭眼、鼻、唇的道道光影，忽然觉得他很像一枚小小的爆竹。就是那种外表被素色的纸皮包裹的爆竹，又轻又细，然而一旦引信被点燃，却又能就着引信瞬间炸出一片绚烂光芒，变幻莫测又隐含巨大的能量。

等他回过神时，睡着的某人已醒了过来，正有点迷茫地看着自己。

栗亭眨眨眼，慢慢坐起身打开了窗户。

方槐柠本以为栗亭是想透透气，结果对方向外看了一会儿后，站了起来。

方槐柠："怎么了？"

栗亭说："我要下车了。"

方槐柠记得上回两人走这条路时，栗亭是在市区和自己一起下的，而现在还只过了一半的车程。

方槐柠以为他是睡糊涂了。

栗亭见他不让，便要自己挤出去。偏偏这时车子来了个大转弯，栗亭的一条腿被方槐柠绊住了。他膝盖一弯，整个人站立不稳，摔在了方槐柠的身上，方槐柠一蒙，急忙扶稳栗亭，皱起眉问："没事吧？"

这一撞虽没撞到栗亭的伤处，但也让他有些难受。栗亭不得已抵着方槐柠的肩膀喘了两口气，咬牙道："我到家了，我要下车。"

车子已经到站，司机也把车停下了，转过头来似乎在示意如果没人下车他就要开了。

这般情形下，方槐柠只得跟着起身，抓着栗亭的手，半搀半扶地把他弄下了车。

待到大门关上，车子呼啸而去，被留在暗处的两人面面相觑，各自无言。

方槐柠也莫名其妙，自己干吗要下来？栗亭则懊丧着刚才那场混乱是什么鬼情况。

诡异的沉默再次蔓延。

可班车已走，事情总要解决，想到方槐柠也算帮了自己，栗亭稳住气息道："这里没有出租车，也没公交车，要往前走。"

说完他便向前迈步。

方槐柠见此只能跟上，于是两人便在一条没路灯、没人家的黑路上摸索着前行。栗亭走在他的身边，步伐又变得稳当，仿佛刚才的疲惫只是他的错觉。

寂静的夏夜，除了偶尔传来的蝉鸣，就只有两人的脚步声和呼吸声默契地交织着。

不知道走了多久，前方终于出现了店面和路灯，还有车站。

方槐柠慢下脚步，听见栗亭转头说了一句："我家到了。"

顺着栗亭的视线，方槐柠发现右手边果然有一条不起眼的小巷，小巷尽头的黑暗里似乎矗立着一幢老旧的公寓楼。

还真的住这里。

方槐柠站住了。

"12 路、28 路都能回市区。"栗亭又说。

方槐柠点点头，顿了一下才朝那个车站走去。站定后，他却发现栗亭没有离开，反而也往这里走来，在一间书报亭前停下了。

方槐柠看着他在那里扫视了一圈，拿起一本杂志掏钱买了下来。

栗亭转身的时候，两人的目光又撞在了一块儿。

《宇宙科学》杂志？方槐柠看着栗亭手里的书，意外他会喜欢这个。

"这个系列不怎么划算，以前没改版时很好，改版后广告很多，一半都是废纸，还贵。"

方槐柠觉得像栗亭这种务实主义者应该会需要他的建议，结果栗亭只是怔怔地看着他，看得方槐柠完全摸不着头脑。

栗亭半晌才开口："我知道，《神秘的世界》是它以前的名字对不对？"

这个版本至少有近十年的历史了，遇上知道这书的，方槐柠一挑眉来了兴趣，本以为还能和对方讨论两句，谁知栗亭说完就转身离开了。

方槐柠忽然觉得栗亭的背影显得有些落寞与寂寥，明明他见过对方那么多次遭难时刻，又是淋雨又是疲惫又是受伤，那些时刻却从未让方槐柠觉得栗亭像此刻这般需要被安慰。现在的栗亭看起来和今天白天那个狡黠的小奸商完全有着天壤之别。

"喂——"方槐柠轻轻地叫了一声。

栗亭回头。

方槐柠朝他扬起手。

栗亭一把接住，打开一看，一个 U 盘躺在手心。

"是之前给客户研究的记账软件，我觉得挺方便，可以省不少计算的时间，你可以试试，黄色 logo（图标）的那个。"说完不等栗亭回答，方槐柠招手拦下一辆正开来的出租车坐了进去。

栗亭的手伤了，田典便不让他做饭了。他们要不在外面买，要不下班后从酒吧里捎一点餐食回来。

两人围着一张旧木桌吃饭，田典忍不住数落他："别以为我不在家就不知道，你今天又偷偷出门了是不是？不是说好躺床上休息嘛，那些瓜果又不长脚，几天不去能自己跑没了？"

收到栗亭阴沉沉的一瞪，田典只能挤出笑："我这不是关心你嘛，我不说了，不生气啊。对了，我们老板又开了一家餐厅，在酒吧街附近，挺大的，过一段时间会招点人手，你想不想去试试？工资待遇应该会不错，而且没那么累。"

栗亭不理他，吃了最后一口饭，拿起碗要去洗，被田典一把抢了过去。

"给我，给我，一会儿我收拾。我知道你担心做不长久，但可以先去看看再说。有我在，没人敢给你脸色看，而且你要不乐意干了再走也没关系。"

栗亭起身坐到了电脑前，用后背对着他。

"哎，栗子……你真是，算了，算了，反正也不急，你慢慢想，先养好身体再说。"

田典见对方一身硬骨头，自己找了个台阶下，嘟嘟囔囔地去洗碗了。

栗亭打开电脑，摸出了带回来的U盘，犹豫了一下还是插了进去。在文件夹跳出来前，他先注意到电脑桌面上放满了五花八门的图标。

这还是他把这玩意儿拿回来以后第一回用，也总算见识到了计算机系男生的混乱与奔放。

栗亭的视线在名为"照片"和"生活记录"的两个文件夹之间扫视。他想到田典之前的话，忍不住将鼠标落在上面，迟疑了两秒刚要点开，U盘的文件已经跳了出来，也跟着打消了他难得的好奇心。

那只U盘里的东西也不少，不过比王复梁的电脑整齐多了。栗亭看了一圈，发现虽然全是英文名称，但大概用的是什么简化的标题，总之他看不懂。

想到方槐柠告诉过他应该找一个黄色的logo，栗亭仔细寻找，发现有三个黄的，一个淡黄，一个棕黄，一个橙黄。

栗亭思考过后，下了最黄的那一个。

之前就说过，栗亭对很多事看似门儿清，其实在高速发展的现在，当今年轻人几乎都熟悉的数码科技栗亭接触得反而不多，在这方面十分生疏。光是要把这个软件从电脑里弄下来放到手机上安装，就把栗亭折腾得够呛。

没一会儿，洗完碗的田典也凑了过来，得知栗亭要装一个记账的软件，他惊讶过后大为赞赏。

“以前劝了你那么多回你都不理，这次终于想通了。”

只不过在帮着他一道弄了半天却依然无果后，田典不高兴地建议他换一个傻瓜点的使用。

“这东西哪个高人给你的？也太复杂了吧。删了，删了，我去网上帮你找个别的，保准秒装。”

不过他这黑手还没来得及下就被栗亭拍开了：“一边儿去。”

“喂！”田典恼怒，“行、行、行，我不管你，你自己弄，看你什么时候能搞定。”

田典气呼呼地去睡了，留下栗亭一坐几个小时。怕是方“头牌”无论如何都想不到，他以为点点手指就能轻松解决的事，到了另一个人面前，却成了比默写《牛津大字典》更难的问题。

但那个人还是费尽心思地克服了。

栗亭那日坐了几小时的车、卖了西瓜、走了夜路，回来还捣鼓软件到天亮，第二天便彻底脱了力，倒也因此老实地在床上躺了几天，直到又到了 A 大图书馆的开放日。

栗亭准时去了那里，照例搜寻一圈，很可惜，这回他想借的书却没找到。不过好运的是，他在入口处发现了别人返还的另一本。

栗亭拿着去给工作人员扫码，并询问其他想要的书大概什么时候能被还回来。

工作人员道：“至少要过完假期吧。你手里加这一本已经借满五本的额度了，如果还想借，就要把之前的先还了。而且借书期最长是两个月你知道吧，你前面借的有几本已经一个多月了，就快到期了。”

栗亭暗自计算了一下时间，表情不太明媚。

第二天同一时刻，栗亭捧着一大摞的书来到了 A 大图书馆的咨询台前，上回那个监守自盗的工读生管理员恰好也在，抬头一见来人，翻出一个天大的白眼。

“放暑假了都阴魂不散……”

栗亭这次没兴趣跟他打嘴炮，打开手机抄了一个号码放在对方面前，道：“你打这个电话，告诉他过来拿书。”

管理员一头雾水，看看书，再看看号码，恍然大悟：“哎，你这家伙是不是又接了什么见不得人的活计？你自己干吗不打！关我什么事，凭什么要我打，我不打！”

栗亭直直地看着他。

管理员怒：“你别又想来威胁那一套，一回、两回、三回，我怕你啊。”

栗亭眯起眼。

管理员憋红着脸，和对方互瞪半晌，咬牙切齿地抓过了那张纸。

“栗亭，我早晚向保卫科举报你，你等着！”

栗亭却像听不见他的骂声一样，只是认真地叮嘱他一会儿怎么说。

“别用手机，用图书馆的电话打。”

“你这到底接的什么生意，要再给我惹麻烦你就完了。”

那人一边骂骂咧咧，一边拨起了电话，可嘟嘟声响了良久也无人接听。

“不接，怎么办？”管理员问。

“再打。”栗亭不死心。

管理员无奈再试，却还是同样的结果。

“没人啊，你看这马上就要闭馆了，你要不明天再来或以后再说？”

栗亭皱起眉，看着手里的书。之后再来倒不是不可以，但是他的小电瓶车上回摔车的时候摔坏了，还没来得及去修，自己的情况也不适合骑车，所以最近都须要挤公交车往返。栗亭怕多折腾几回伤到手里的新书就不好了。

“书放你这儿行不行？”栗亭问。

管理员一口拒绝：“不行。不是我故意为难你，栗亭，你这书都扫过码了，放这儿我不好管理，万一又被谁拿走，这就说不清了。”其实就是他不想帮忙而已。

栗亭明白，不得已只能又抱着书离开。

这书很重，好几本还都是硬面精装版，四五本一提，都能和那两台机箱媲美了。栗亭身体未愈，不过短短一段路，他走得汗湿了衣衫。

终于远远看到了 A 大的计院研究所，栗亭没有过去，掏出手机拨通了一个号码，然后在树丛中的长椅上坐了下来。

十多分钟后，研究所里跑出了一个人，来到栗亭面前。

“哥？你怎么来了？”栗晗吃惊，“身体好些没？”

栗亭点头，问：“你实习的地方能放东西吗？”

栗晗莫名：“啊？什么东西？”

栗亭指了指脚边的一摞书。

栗晗蹲下查看：“咦？这不是A大图书馆的吗？你借来干吗？又是兼职要用？”可是栗亭伤了手，不是把工作都辞了吗。

栗亭没有正面回答，只问：“能不能放？”

栗晗拿了两本翻了翻，发现基本看不懂：“可以是可以，我现在用的电脑桌下面有些空余。不过你要放到什么时候？”

栗亭说：“很快。”

栗晗同意了，伸手抓了两本：“好重啊……”

栗亭帮着搬了一段路，又停下了脚步：“我不上去了，你自己行吗？”

他哥这情况的确不适合劳累，栗晗鼓着腮帮子把书都接了过来：“可以，你走吧，路上小心点。”

栗亭也点头，看着弟弟一摇一晃地抱着书勉强走进研究所大楼。他拿出手帕擦了擦额头的汗，转身离开。

第五章
大柚子 App

方槐柠上午又去了合信工业，下午则回到研究所和师兄们交接情况，忙到天快黑了才来得及喝上一口水。

吴毅端来了大果盘慰劳大家，方槐柠吃到了一片红艳艳的西瓜，忽然想到什么，拿过一直丢到一边的手机翻看着里面的 App。

作为设计者，他能看到不少后台的统计资料，比如有多少用户下载、点击登录使用等等。可当他打开那个记账应用时，却发现里面的各项数据都显示为零。

方槐柠拧眉。

他没用吗？

为什么？

忘记了？

不感兴趣？

还是，他根本没电脑！

后者让方槐柠恍然大悟。对啊，连手机都用那么破烂的人，算账全靠手工，没有电脑是完全有可能的。当时自己怎么会想到给他U盘呢，就该直接发软件，真是失策。

正暗自懊恼，楼下的王复梁来消息向方槐柠请教问题。

这个时间，其实大部分项目组的人都回家了。方槐柠今天特别忙，而王复梁则特别努力。每回都留下给自己找事儿的人，方槐柠只要力所能及，一般都是会帮他的。只不过他到了楼下却发现七楼的大实验室内还开着灯，除了王复梁，另一个男生正坐在里头对着电脑抓耳挠腮。

方槐柠想了想才记起对方是栗亭的弟弟。

他路过门外的时候，那个男生也正好抬起头来看到了他。

栗晗愣了一下："方……方学长？"

都正面遇上了，方槐柠当然不好装作看不见，便客气地点了点头。本打算离开，结果却听栗晗又问："你还没走啊？"

方槐柠"嗯"了一声："有点问题还没解决。"

这话似乎正说到栗晗的心坎儿上，他苦着一张脸认同："我也是啊，大问题，想到头发都掉光了也解决不了。"

看看对方那一脑袋乱发，再看看他面前的屏幕，方槐柠脚步向外挪了挪，最后还是转回了室内，走过去问："什么问题？"

栗晗一呆，继而惊喜："哦，是……是这个数据的问题，总是提示 error（错误）。我把数据库都重启了也没用，已经检查一下午了……"

说完，他就感觉方槐柠弯下腰凑了过来，一手撑着桌面，一手挪了挪鼠标，顿时一种特别好闻的味道也随之飘来，像某种青草混合了柠檬的香气。

只是不等栗晗闻个清楚，方槐柠已经直起身来。

"试着把字段字符集改一改，就是这里。"方槐柠指着屏幕。

栗晗却没动，直到方槐柠又说了一遍他才回过神："哦，好的。"

啪嗒啪嗒地敲完键盘，方槐柠又道："重启一下。"

栗晗听话地将椅子退开两步，俯下身去摁桌下的重启键。果然，再次进入系统后问题被成功地解决了。

栗晗差点高兴得跳起来："可……可以了，谢谢你，谢谢你方学长，你太厉害了。"

栗晗嘴甜，在此之前他当然求助过别人。但汪勤水平不够，学校里有实力的又没耐心教他，只有方槐柠，简单明了还一击即中，"头牌"果然是"头牌"。

栗晗还有满肚子的溢美之词要说，却见方槐柠目不转睛地盯着桌下。栗晗随之望去发现那个角落堆的正是下午栗亭给他的书。

"这些都是你借的？"方槐柠忽然问。

栗晗茫然："啊？不是的，只是借放在这里的。"

他很敏感地察觉到方槐柠原本冷淡的眼睛在看到书后有了几丝热切，栗晗忙问："方学长，你想要这书啊？"

方槐柠没有回避，点了点头："我找这些书很久了。"没想到会在研究所。

栗晗眼珠一转，拿出手机："你等等，我替你问问。"

他给他哥发了一条消息，问栗亭如果不急着需要，能不能把堆这儿的书匀几本出来，研究所这儿有人想要。

栗亭大概不忙，难得回得很快。

栗亭："谁要？"

栗晗："方学长。你还记得方学长吗？就是之前送你去医院，长得很帅的那个，我们一起去看过你。他今天帮我忙的时候看见这些书，说想借很久了，所以我就来问问你。"

栗亭过了半天才回复，似乎在思考。

答案倒是出乎栗晗的意料。

栗亭："给他吧。"

栗亭："别说是我借的，书还有一个月到期，让他按时还去图书馆就行，我用的别人的证。"

栗晗也不傻，明明栗亭之前把书拿过来的样子是十分看重的，现在就这么轻易借出去了。自己本打算只问他借个一两本书，谁知向来吝啬的哥哥竟然如此大方。可栗晗转念一想，又觉得栗亭或许也记着这个方学长曾经对他的帮助，难得网开一面。

栗晗："好的，谢谢哥哥。"

放下手机，栗晗蹲下身，费力地把书都抱上了桌面，高兴地对方槐柠道："方学长，书都给你吧，他同意了。"

书放在桌子下面，方槐柠只能看到最上头的几本，这全摆到了面前，"头牌"一扫更是惊讶不已，还真的全是自己寻寻觅觅了良久，往返A大图书馆多次，却始终落空的那些原版书。

方槐柠拿过来翻了翻，面露狐疑："这是谁借的？"

栗晗一怔："啊？是我同学啊，叫汪勤，方学长你应该不认识。"

方槐柠疑惑："全是他最近借的？"

栗晗："对啊，他……他问别人拿的借书证。"

方槐柠没说话。

栗晗悄悄地打量他的脸色："真的没关系，如果你需要就给你好了，他说暂时用不到。"

方槐柠不知道在想什么，片刻之后把书拿到了手里："好，我很快就会看完。谢谢你，也替我谢谢你的那位同学。"

"不客气，你帮了我的忙，是我要感谢你啊。"栗晗不好意思地笑，"那个……"

他像是还有话要说，可一阵铃声打断了他的后话。

迟迟没有等到人的王复梁不得已给“头牌”去了夺命连环call（电话）。

方槐柠人就在外面，所以没接，挂断电话的时候这才发现自己的手机有好几个未接来电，是陌生号码在下午打来的。方槐柠奇怪地回拨过去，响了半天无人接听。他也没在意，以为是广告推销什么的，回头又对栗晗客气地道了一声谢，便去了里间的实验室，没再看身后一脸可惜的栗晗。

栗亭接到栗晗电话的时候正在超市买东西，顺便把他那辆停在人家店门口几周都没人偷的破电瓶车送去修理。

挂上电话，栗亭沉思了片刻才去结账。

就要开学了，回去的路上栗亭看到A大附近的几间店面都贴上了招聘启事，他逐条记下了。

到家后照例要翻开硬面笔记本记账，落笔时才想起来自己已经下了新软件。栗亭摸出手机，点开了那个logo。

不知道是他的手机太破还是他的安装方法有问题，光是打开App运行就用了很久的时间。而且半晌之后跳出来的画面意外简洁，丝毫不像栗亭之前使用过的其他应用那般花哨，甚至有些简陋。

栗亭没在意，继续点了进去，缓冲了一会儿跳出了一个主目录，内容分为日常生活、学习应用、游戏娱乐还有其他几类。之后则是一排排一行行的子目录，又细又琐碎。栗亭翻了一会儿，越发觉得不对劲。

正在他怀疑是不是下错软件时，在第一排的子目录里他看到了“记账”的字样。

点开看了看，有点复杂。不过栗亭没放弃，又拿出了安装软件的钻研精神，反复尝试，甚至用机器、手工一起换算，最后验证了这个软件的确可以使用，且学会了应该会非常方便，这才放下了心。

确立了信任感后，栗亭便打开了App附带的小账本，把今天的花销细致地记录了上去，按了保存。

还行，能用。

栗亭在心里给这个软件做了评价。

方槐柠在市中心有一套小公寓，是他母亲出国前留给他的，乘坐公交地铁都很方便。公寓离A大也很近，十多分钟就能到。洗了澡出来已经快十二点了，但于他们这一行，晚上其实才刚刚开始。

一边擦头发，一边看着桌上摆着的那沓书，方槐柠越想越奇怪。除了那本A大图书馆说无法外借的，其他几本与自己心里的诉求几乎分毫不差，这没问题谁信啊。方槐柠从小就优秀，自然早就习惯了周围各种追逐的手段，好比模仿他的兴趣，寻找方式与他偶遇，又或是打听他的私人喜好以提供便利。可这次却不可能，他想借的书，除了方槐柠自己，怕是A大图书馆的管理员都未必记得那么清楚。

难道真的是巧合？

这也太巧了。

最近自己身边的巧事层出不穷到让方槐柠怀疑人生。

方槐柠没有头绪，只能先坐到桌前。

算了，书总是没罪的，既然是早就想要的，到了手里就先看起来吧，正好有不少问题须要参考解决。

方槐柠一边翻着书，一边打开了电脑里的小牧场。小牧场是方槐柠给这个程序起的名字，主要功能是作为他的代码试验田，有些已经初具规模，有些还是一团数据。高级的，犯傻的，猎奇的，无聊的，能卖的或是不能卖的，总之各种稀奇古怪的点子和乱七八糟的应用雏形都在里头产生并试用。

好比之前写的那个记账软件，而为了能随时修改，方槐柠还特地给手机建了一个移动端方便进入，logo则选用了一只很醒目的大柚子。

这东西从方槐柠进大学起就建立了，添砖加瓦也算多年心血，但今天一登上后台却发现这理应除了自己无人能抵达的私人领地却被另一个陌生IP进驻了！

向来镇定自若的方“头牌”不由得吓了一跳。

是谁？

小牧场这样的地盘可不是给你一个网址就能随便顺着摸进去的，除非是那种很厉害的电脑高手才能找到入口，但真的超级高手怎么会对自己的这些玩意儿感兴趣。

想不通的方槐柠赶紧着手调查，搜寻后台登录的新IP并顺利将其定位。然后，他发现那个地址是与自己同在A市且就在四五十公里外的某处，从地图上看，那地方还挺熟悉。

方槐柠的脑海中不由浮现出一条又黑又长的小道，尽头则是一栋老旧破败的公寓楼。

原来是他!

可是怎么会……

聪明的方槐柠前后一联想就差不多明白了，怪只怪自己这个U盘给得太粗心了，忘了里面存了不少乱七八糟的东西。更没想到栗亭能一下挑中自己的压箱底，并把小牧场成功地安装登录。对此，方槐柠佩服。他几乎可以想象这个外行的家伙是如何坐在那儿严肃着一张脸，东捣鼓西捣鼓，查阅各种资料，说什么也要把这个鬼东西攻克下来的样子。

要多倔有多倔。

想到这儿，方槐柠嘴角微扬，重新点进小牧场，跟着对方的操作记录打开了那个记账软件。这只是方槐柠的雏形设计，他和吴毅说的话倒是不假，他的确有过要帮客户做一个类似软件的想法，不然那么多资料不可能好几天里就迅速抓取到，只是一直没有真正高速行动而已。因此，这试验田里的内容比起本该被栗亭使用的那款软件显得非常粗糙，功能也不全。

看着那里头多出的三条记录，方槐柠有点无奈。

××牌水磨手工年糕×4，￥18.6

××牌面粉2.5 kg，￥12.5

××街超市胡萝卜1 kg，￥4.0

如果在此之前有人告诉方槐柠，会有这种莫名其妙的东西跑进他一直用心经营的私人领地，他绝对没法想象。然而现在，瞧着这些琐碎日常，方槐柠只是好笑得抚额。这种浓浓的违和感，就好像制刀造枪的兵工厂里忽然长出了一棵果树，结满了香甜的果实，明知不搭，但竟然有些舍不得砍去。

方槐柠将这种感觉归咎于自己没有把话说清楚，责任在他，没办法怪人家。

不过到底要不要跟对方说明白呢，这个软件自己肯定是要经常用的，如果栗亭也一直用的话，自己等于随时随地都能看到对方的账目隐私了，这样显得他有点变态，像是偷窥狂一样。而且小牧场比原来的记账软件要难用很多，运行慢，耗内存，绝对不是一个亲民的App。

这样想着，方槐柠拿起手机，可就在打开通信软件看到那个栗子头的时候，他又放下了。

算了，隐私不隐私其实主动权在自己手里，自己只要管住了不去看，对方也就不必担心会泄露账目。毕竟方槐柠并不太常使用那个模块，至于运行慢的问题，他琢磨了一会儿，默默地打开了后台代码。

重新压缩一下吧。

这么一忙，外头不知不觉竟已天亮，方槐柠索性不睡了，又洗了一把冷水脸，拿过桌上的那些书直接回了研究所。

下午A大图书馆刚开馆，咨询台的管理员就看到方槐柠走了进来。

“咦？怎么今天过来了？”方槐柠之前给A大图书馆换操作系统的时候就是和这个女老师接触的，两人也算熟悉。女老师像是猜到他来的目的一样，可惜地说：“你之前要找的书我帮你留意了，不过都是刚还回来就又被人借走了。”

方槐柠点头，把书放在她面前，问：“有人替我用别人的借书证借到了，我想查查具体的还书期限可以吗？”

女老师立马操作：“最早的一本是一个多月前，最晚的一本就是昨天。”

一个多月前？不就是刚放暑假的时候吗。这意思是借书的人陆陆续续用了这么久的时间，到昨天为止好不容易把书借齐了。到底是谁，这么有心？

“这个借书证是谁的，可以告诉我吗？”方槐柠又问。

女老师查：“是我们学校通信工程大二的学生，叫刘磊。”

刘磊？

方槐柠凑过去看他的照片，一个顶着锅盖头的男生，不认识。

虽说通信工程也有可能会接触到这些书，但大二未免太深了一些，而且和栗晗说得有出入。

真想博自己好感的话，还做好事不留名？又或是一切只是开始？方槐柠越发好奇。

再过一周就要正式开学了，研究所后面几天都放假。上回方槐柠帮了刘储平夏令营的忙，刘老师大方地请下面的小崽子吃饭，还硬是要算上他这一份。研究所对面有两家口碑很不错的饭店，学校里有事儿聚餐都挺喜欢在那里。

今天也是所里外招实习生最后一天工作的日子，方槐柠他们一到那儿便遇上了栗晗等几个学生。栗晗算起来也是刘储平他们那一组的，只是基本没见过老师。

大部分实习生都被师兄师姐带着，现在遇上了刘储平，他还是很慷慨地想一块儿替他们把账结了。栗晗却乖巧地表示不需要。

“我哥以前在这里工作过，他有员工优惠。一会儿他会过来，我们能打折，所以谢谢老师啦。”

一直低着头的方槐柠听着向栗晗看去。

栗晗也在看他，似有话说。不过没等到他开口，方槐柠立刻就被师兄拉进了包间。

刘储平特别能侃，带着下头的人也不停嘴。方槐柠和他们算熟，但毕竟不是人家组的，不好对人家的项目发表什么意见，所以大部分时间都是闷头吃饭，吃完了就坐在那儿玩手机。

本来是在玩游戏的，打着打着觉得无聊，就又打开了他的小牧场。浏览了一圈代码，觉得没什么新思路，东戳戳西戳戳，然后不小心，真的是不小心，又戳开了那个记账目录。

方槐柠在心里跟自己说：就随便看一下，要有什么不合适的下次绝不再打开了。

一看之下账目果然又多了两条，小财迷真是兢兢业业毫不懈怠。今天又买了什么？牙膏，他竟然和自己用一个牌子的牙膏，不过是苹果口味的。苹果口味是什么味道？还买了拖鞋，好便宜的拖鞋——五元两双。这能穿？

方槐柠无声地吐槽着，忽然又想到，两双。

回头再看牙膏，也是两支，方槐柠仿佛一下子想起什么来。

那头吃着吃着，洪月忽然问：“你们知道今天是什么日子吗？”

在座各位十分茫然。

师兄A：“发工资？”

师兄B：“聚餐日？”

洪月摇头：“今天是8月24日。”

师兄A继续思考：“巴黎解放？”

师兄B：“WIN95上市？”

洪月无语。

还是刘储平说话了：“农历七月初七七夕节，你们真是没救了。”

师兄 A 坦然自若：“我们的人生日程表里从来没有出现过这个节日啊，我们从何得知？”

师兄 B 忽然指向一边：“你们看槐柠，从刚才起表情就比我们还臭。他都没找到人过节呢，我们慌什么。”

被点名的方槐柠从手机里抬头，茫然地揉了揉紧皱的眉心，解释道：“我昨天一夜没睡。”

“哇，是为了今天做准备吗？”

“做准备不是应该要保存体力吗？”

“太自信了吧……”

受不了他们的胡说八道，方槐柠关上手机决定先撤。

刘储平看他是有点累，便没勉强。

方槐柠走出饭店想要打车，站在那儿的时候余光却被两个推搡的影子吸引过去。一个矮个儿的把高个儿的推开了，并且很不高兴地骂了句什么。听那声音颇为耳熟，竟然像是栗亭的弟弟。那两人吵了起来，似乎有什么意见不合。栗晗说话的声音和栗亭有些像，方槐柠听着听着，越发觉得违和。

待那高个儿男生离开，栗晗蹲在地上竟呜呜哭了起来。

方槐柠默默看着他的背影，忽然似有所觉地转过头去，一下看到了站在不远处的栗亭。

他不知道什么时候到的，不动声色地围观了整场闹剧，脸上却半点起伏都没有。

察觉到另一边的目光，栗亭也敏锐地朝方槐柠看来。

那么死气沉沉的目光，方槐柠觉得有点不太自在。

栗亭很快移开了目光，落到远处的栗晗身上。

方槐柠看见他走过去，把蹲在那儿的男生揪了起来。可惜栗晗不配合，呜呜咽咽地挣扎着，方槐柠这才发现这个弟弟原来是喝醉了，思绪大概还沉浸在刚才闹别扭的打击里，竟然没认出面前的人是谁，只一心想摆脱。

栗晗的动作挺大的，手甩到栗亭的脸上，被他避开了，之后肘部又捅到了栗亭的胸口，发出重重的声响。

方槐柠听得心里一紧。

栗亭对付醉鬼着实有一套，栗晗再难搞也及不上田典的一半。他正打算对对方下点狠劲时，身边忽然探来了另一只手，一把抓住栗晗胡乱挥动的胳膊，摁着他的肩膀把人直接定在了原地，动弹不得。

栗亭抬头，看见方槐柠正俯首望着自己。

“怎么走？”方槐柠问得直截了当。

栗亭回得更言简意赅：“不顺路。”

方槐柠当场差点被气笑，你知道我家在哪儿就说不顺路？标准的好心当成驴肝肺。

不过早已见识过栗亭厉害的人似乎不怎么在意，方槐柠心平气和道：“那你坐公交车，还是自己打车？”

带着个醉鬼坐公交车，能直接被群众踢下来，而自己打车，对栗亭来说可不是一个实惠的好选择。

果然，栗亭的弱点被捏得很准。

栗亭思考了一会儿，再出口时声音已缓和下来：“你住哪里？”

他不说冷淡话时的音色真的比这夏夜的风还要温软，方槐柠轻咳了一声反问：“你要去哪儿？”

栗亭说：“素美花园。”

方槐柠意外，这地方倒是离他的住处很近，而且那里的地皮不便宜。

“顺、路。”他故意一字一顿地说。

车来了，方槐柠坐前头，栗亭带着醉鬼坐在后座。路上没人说话，只间或响起栗晗含糊不清的抽噎声。

方槐柠抬起眼，从后视镜内看见栗亭不知从哪儿抽了一大坨的纸巾朝栗晗脸上糊去，给他擦眼泪鼻涕，动作实在称不上温柔，但还是挺仔细的。

车内的收音机在放一首不知道是什么年代的老歌，沙哑的男声翻来覆去地唱着同样的几句歌词。

寂静的空间，徘徊往复的黏腻曲调，方槐柠莫名觉得有些尴尬。

幸好车子很快到了目的地，见栗亭费力地拖着个软趴趴的人，方槐柠不自觉地也跟了下来替他搭了把手。

栗亭没有拒绝。

方槐柠之前听说过素美花园，不过是第一回来，没想到这儿比他料想的还好上一些。小区装修得非常考究，门口的保安也严格，再三确认后才放人入内。

栗亭、栗晗作为兄弟：一个处处拮据，辛勤工作，住的地方也很偏僻；而另一个则出手大方，生活优渥，还住高档小区。方槐柠觉得这两兄弟背后应该挺有故事的。

栗晗这么晚还没回来，爱子心切的狄薇早就着急了，所以栗亭才一敲门，里头王婶和她就冲了出来。见到是栗亭，两人都有点吃惊，再看到迷迷糊糊的栗晗，更是着急，一把将人拉了过去。

“好好的，怎么喝酒了？”狄薇一边问，一边瞥着栗亭。

栗尔杨听见动静也走了出来，看看栗亭，又看看一边的方槐柠。

“这是去哪儿了？”

他问的语气还算平和，不过栗亭早就习惯他们这一套了，一个优等生和一个差生一起闯了祸，大部分人都会觉得责任在后者。

栗亭连话都懒得说，直接掉头就走。

栗尔杨在后头叫住他：“难得回来一次，就是这样的态度！”

栗亭顿步回头，没什么情绪地问：“有事？”

栗尔杨深吸了两口气：“就快开学了吧，下个月找时间回来吃饭，我有话跟你说。”

一边的狄薇却面露惊讶，像是事前并不知道。

栗亭眨了眨眼：“没空。”

栗尔杨的怒意压不住了：“你连课都没去上过几次，能有什么好忙的？”

栗亭充耳不闻，转身离开。

栗尔杨却显然没教训够：“栗亭！你弟弟还知道暑期找学校认真实习，而你呢？到底什么时候可以把自己的思想洗洗清楚，不要再等出了事让我替你善后！整日自由散漫，什么都学不好！”

这严厉又毫不客气的指责让方槐柠有些吃惊。在他这个“陌生人”眼中已近全能的栗亭，在栗尔杨这个亲近……应该算是亲近的人眼里却处处不如意。这是对栗亭太不了解，还是太过苛刻？

栗尔杨的关注原本都在栗亭身上，一扭头却发现他身边的另一个男生正目光冷冽地望着自己，那气势倒不似常混在栗亭身边不三不四的人。

不过方槐柠这不满的眼神很快就收了回来，因为原本走得好好的栗亭，忽然拐弯儿用肩膀把他从所站的位置撞开了。方槐柠还没反应过来，几道水柱就从天而降，向着院内洒去，浇灌了里头种下的花草，也浇灌了站在附近的人。

“哎呀！”最先遭殃的狄薇忍不住大叫起来，“谁……谁把浇花的喷头都打开的？快关上！快关上！”

被淋了个透彻的栗尔杨也大怒：“栗亭！”

栗亭已经走远了，声音幽幽地传来：“抱歉，听你的话想洗洗思想，但没看清方向。”

走在优雅宁静的花园小道上，方槐柠的思绪还有些回不过来。刚才自己好像见证了一场电视里才有的狗血家庭伦理剧，长辈的不认同，兄弟间的比较，生活上的天壤之别……看着前方步伐依然稳健，背影却略微单薄的人，方槐柠忍不住猜测他现在是什么情绪。

哪怕面上若无其事，心里也应该很难过吧。那么要强又倔强的人，自尊心怎么会受得了！果然走着走着，栗亭的速度慢了下来，双手抬起放在了身前轻轻捂着。

是不是胸口又疼了？

一定是气到了。方槐柠快步走到他身边，正思忖着以他们目前不算熟的关系该说些什么安慰的话才不显得越界时，忽然听见一阵清脆的声响从栗亭身上传来。

“咕咕……咕咕咕……”

目光下落到栗亭的双手上，发现他不是捂着什么胸口，而是胃。

栗亭赶过来之前并没吃晚餐，午餐也只随便对付了点，到现在早就饿得前胸贴后背了。只是高档小区附近的小店不多，路边摊就更少了。且今天日子特殊，那唯一摆出的路边摊生意便出奇地好。

在形形色色的情侣夹击中，方槐柠和栗亭在冷面摊前站了半天也没等到一个位子。

面倒是已经做好了，方槐柠想掏钱，没想到铁公鸡竟然快他一步，先摸出了钞票。

面对方槐柠的惊讶，栗亭泰然以对：“一半出租车的钱。”

端起碗在周围扫了一圈，栗亭指指好不容易空出的位子示意方槐柠快坐，自己则跑到了马路对面就地坐下了。

方槐柠也跟着走了过来，看看前看看后，左脚换右脚，良久，屁股还是没落下地去。

栗亭从余光里悄悄睨了这个外表光鲜靓丽的高才生一眼，嘴巴一撇，从兜里抽出一样东西扔到了地上。

看着一条雪白的手帕就这么被随意地丢在了脚边，方槐柠有些愣怔。

栗亭低着头卷了一勺面塞进嘴里，道：“另一半出租车的钱。”

方槐柠服了。

等终于把手帕垫好坐下，方槐柠发现栗亭的面都吃了小半了。他吃饭的速度特别快，倒不是狼吞虎咽，反而是一小口一小口地吃，咀嚼的频率高，两颊鼓鼓的。嚼啊嚼啊嚼，一动一动一会儿就把东西咽下去了，就像一只小松鼠。

栗亭都快捞到碗底了，却发现身边的人还一动不动。他奇怪地转过头去，就见方槐柠看着自己。

栗亭忍不住想：这人洁癖真够重的。

吃完了面，方槐柠站起身，看见地上的手帕，想着是否要带回去洗一洗。

这手还没探出去，另一边某人已抽过那块沾了泥灰的手帕揣回了兜里。

敢情这抵另一半出租费的手帕是租的不是送的。

方槐柠瞧着栗亭若无其事的表情暗叹，这小财迷也太精打细算了。

回去的时候栗亭是绝无可能再叫计程车了，好在这儿的公交也算四通八达。两人一道站在那儿等着，有片刻的时间，气氛重新回到了沉默中。

栗亭望着远处，方槐柠也望着远处，两人的目光并没有交会，但方槐柠能感觉到对方并没有忽略自己的存在，至少他就是这样，不过没想到栗亭会忽然开口。

“是不是很好奇？”

方槐柠没反应过来他是什么意思。栗亭的视线依然落在前方，语气幽幽软软，听不出什么特别的感情：“你现在没在想吗？”

“想什么？”方槐柠被他的问题牵着走。

“我……”

方槐柠一惊。

栗亭大喘气：“我……家的事。”

吃面之前，方槐柠就在担心要怎么揭过这尴尬的一段，是完全装作什么都没发生好，还是点到即止、安慰几句更好？吃完了面他以为栗亭是选择了前者，却不想他竟主动提起了这一茬。

“不好奇吗？”没听见方槐柠的回答，栗亭又问，像是自言自语。

怎么可能不好奇，就算是路遇一场街边的争执，围观者也会忍不住猜测事情的来龙去脉，更何况自己对眼前人一直心存疑惑。

“你不……”不过方槐柠还是想说“你要是不愿意透露不必勉强，毕竟我们并不是很熟”。

可被栗亭打断了。

“他们不是我的父母，我从小是个孤儿，在孤儿院长大。”

栗亭语气低缓，就像在说一个别人家的故事。

“我的亲生父亲吃喝嫖赌无一不做，把我的母亲活活气死了。他之后给我找了好几个后妈，但她们都没留下，一个接一个地跑了。在我十岁的时候，我的亲爹因为赌钱被仇家乱刀捅死在路上，留下了很多债，最后一个后妈跑不了，只能帮他还债，却倒霉地被车撞了个半残。她来求我，我看她可怜，便答应照顾。可她最后还是无法救治，跟着我那短命的亲爹一起去了，留下我到处打工补那时候欠的大窟窿。”

方槐柠惊讶：“那……刚才……”

“刚才那两个人吗？”栗亭等的车已经到了，他慢慢向前走去，“只是一对喜欢多管闲事的邻居而已。”

他登上车，掏钱投币。在车门关上的瞬间，栗亭又转过头来，轻飘飘地瞥了他一眼。

那一刻，方槐柠清楚地看见了对方微微勾起的嘴角，他这才意识到，自己被骗了！

不过紧跟着追来的念头却是另一个，刚才他好像笑了？很浅很浅的一个弧度，还是恶作剧得逞后的幸灾乐祸，但的确是笑了。

算不上冰雪消融、生机焕发的笑容，但那一瞬间，他仿佛看见烟花被点燃一般。

不多时，方槐柠等的车也来了。

方槐柠又摸出手机，打开小牧场，发现记账目录页的细则果然已有了更新。

素美街冷面 ×2：￥18.0

田典今天休息，栗亭回到出租屋时，他正在电脑前废寝忘食，百忙之中还知道抽空关心一句。

“回来了？面试完啦？这次是什么时候开始上班？为什么不再休息几天？”

栗亭没回答，因为知道说了田典也听不见。拿出冷了的饭重新热上，栗亭坐在那唯一的一张木桌前吃了起来，不得已听着狂放的破音响在自己耳边轰炸。

栗亭抬眼看向电脑屏幕，问：“这是什么？”

田典以为他在问屋子里新出现的家具：“椅子啊，昨晚隔壁那对男女打架打得我都没睡着觉，今天一早他们又把家里的东西全扔出来了，我就捡了一把椅子回来，反正我们不是坏了一……”

“我说这个。”栗亭打断他，指着电脑。

“哦，游……游戏啊。”田典道。

“哪里来的？”栗亭问。

“就这台电脑自带的。”

“账号呢？”

田典没回头，但声音小了下去：“也是自带的。”

栗亭没说话，田典赶紧解释：“哎，我一开始只是想玩玩这个游戏，谁知道这个账号密码都被保存着，自己登录上去了，而且一上去就被人砍死了，我只是想帮他报仇才继续玩的。”

结果陆陆续续玩了好几回这正主也没出现，田典就懒得另外注册升级，拿着这个账号打下去了。

“不会被发现的，这就是他其中的一个小号，里面没什么值钱的装备。我随便玩玩，他要是哪天想起来登录随时可以拿回去呗。”

许是分心跟栗亭说话，田典这条命直接“嗝屁”了。他不死心地站起来继续反杀，然而复活一回死一回，复活一回死一回。别人好像盯着他干，杀得田典嗷嗷地骂娘。

“我们工会的人呢，上次不是还来得很及时吗，这次都死到哪里去啦！快来个高手救我啊！我肚子都气疼了。”

栗亭不太懂网游，但他也能看得出田典玩得稀烂，连障碍物都绕不过去，别说面对敌人了。

眼看田典又要见阎王，这时天上忽地劈下三道惊雷，几个玩家凭空出现，两三下就把围着田典的怪物和人消灭了。

“哇，大神来了，大神终于来了，这次好像比上次的还厉害。”

田典在电脑前一通激动，然后扔了鼠标就往厕所跑。

“先等我去解放下，再回来跟他们一起组队刷副本。”

他这儿想着跟人家并肩战斗呢，可电脑里的大神却在骂他。

气势胖勃：“王大舌你怎么回事？？？”

气势胖勃：“这么几个菜鸟都搞不定。”

胖勃一边嘲笑，一边把“大蛇王 009”这个号拉进了队伍里。栗亭看见里面除了胖勃还有一个叫“乾坤天地”，一个叫“一只柠檬”。

进了私密频道，胖勃找乾坤聊天：“我告诉你，昨天我先到寝室，你猜我看到了什么？”

乾坤：“什么？”

胖勃：“门卫那儿全都是代我们寝室收的巧克力，都是前两天送来的，糟心的破节日！”

乾坤刷了一排大笑的表情包：“哈哈哈哈哈哈哈。”

胖勃却是无语：“每年都这样，她们到底什么时候能记起来柠檬早就不住这儿了？！”

乾坤：“就算知道，除了这儿也没地方送啊，研究所又进不去。”

胖勃：“@（网络上呼叫他人的方式）一只柠檬你要不就搬回来，要不就赶紧找一个让兄弟们趁早脱离羡慕嫉妒恨的苦海。”

胖勃：“@一只柠檬我看你对现实美女没感觉，不如就搞个网恋吧。公会里美女也不少，副会长怎么样？爆过照是个美女，或者给你勾搭个新妹子搞师徒恋，与时俱进。”

胖勃一个人叽叽歪歪说了半天，发现向来和他一唱一和的王大舌竟然没有帮腔，忍不住开始激动。

胖勃：“@大蛇王 009 人呢？？？快一起来给‘头牌’找女朋友。”

胖勃：“@大蛇王 009 人呢？？？快一起来给‘头牌’找女朋友。”

胖勃：“@大蛇王 009 人呢？？？快一起来给‘头牌’找女朋友。”

栗亭一直吃得慢条斯理顺便看他们吹牛，被骂都无动于衷，直到胖勃开始刷屏。他看着那句话，缓缓放下筷子，移动鼠标，操纵里头那个人物朝前走去。

紧跟着胖勃就收到了一条通知。

你遭到了玩家大蛇王 009 的炸弹攻击，你已经死亡。

另一边去倒了一杯水的方槐柠一回来就看到手机消息频闪。

赵胖子：“槐柠，我觉得王大舌的游戏小号大概被盗了，他刚才没接我电话，你赶紧查查。”

方槐柠一边喝水，一边随手进了王复梁的邮箱。这是他们之前一起注册的游戏邮箱，就是为了哪天不方便的时候可以让兄弟们帮着练级。

果然，里头显示近几回有陌生 IP 登录，让注意账号安全。

然而方槐柠看着那个 IP 地址，越看越觉得眼熟。

栗亭的小破学校开学了，他再怎么逃课，主专业的那几节课还是要到一下的。他们的学校不大，教学楼也就那么三四栋，宿舍离学校有一条街的距离，借的还是民居大楼代用。

栗亭初入校时，住了一个月的寝室。后来觉得住宿费贵，打工不便，加之室友和他单方面关系不融洽，学校没有强制要求，栗亭便果断退了宿舍。外语系男女比例严重失衡，长相出挑的栗亭在学校却也没什么朋友，更不可能受到女生的追捧。谁愿意喜欢一个又穷又抠门，不合群，还整天神龙见首不见尾的男生。

而班里唯一一个能和栗亭说得上话的是一个叫梁玉的女生，她以前和栗亭在一个地方打工过，勉强算是认识，但关系也不密切。大概是看栗亭在工作中替她代过几次班，还帮过别的忙的份上，学校里有些什么重要的考试或必到的科目，她会提前发消息让栗亭赶过来，使得对方不至于真的因为出勤不足而挂科。

今天也是如此，下了课，梁玉路过时敲了敲栗亭的课桌道："昨天精读老师说了，两周一份报告，人不到报告也要到，不然直接挂科。"

栗亭收拾东西的手一顿，皱起眉来。

梁玉看着他："你打算写什么？名著吗？我们学校只借得到这个的原版。"

栗亭眉头夹得更紧了。

梁玉又道："我打算下午去市立图书馆，虽然远了点，但选择比较多，你……"

栗亭像是猜到她要问什么，起身道："不必了，我找别的。"

方槐柠今天也上课了，一进教室就收到了来自四面八方的热切眼神。计算机系同样是一个男女比例严重失衡的地方，差别在于，栗亭那儿女多男少，他依然不受待见。而方槐柠此地女少男多，他却还是人见人爱，也算是两种典型的极端了。

赵磅占了后排的位子，招呼方槐柠过去坐在自己身边。方槐柠听着他和王复梁在那儿议论游戏小号被盗的事，想到那天还没来得及告诉他们，王复梁就自己发现了。他和赵磅也不是笨蛋，吃计算机这碗饭，犯了个卖电脑前竟忘记格式化的严重错误，几人也是懊丧不已。

"哎，虽然账号没……没丢，但越……越想越憋屈。"王复梁哀叹。

方槐柠并没有把之前在家电维修站目睹栗亭与老板的邪恶交易的事告知前室友，毕竟电脑都已经出手了，知道了只会更郁闷。而现在好像更不适合说了，所以这两人都不知道自己电脑的新主人是谁。

越听两人讨论越心有愧疚的方槐柠只能转移心思认真听讲，但显然老师的教授内容早就落后于方槐柠掌握的知识进度，他在无聊之余忍不住又掏出手机。

在课上打游戏、开小差这种事“头牌”还是不会做的，太不尊重自己的专业了，所以为了不虚度时光，他打开了与课业相关的小牧场。

故意不去看账目一栏，只是进了后台打算修改新项目，可是当看到程序内多出的几组新数据，方槐柠有些意外。他目前的 App 共享者竟然跳出了账目区域，开始进驻自己的另一个小设计——一个备忘日程的提醒功能。

一翻备忘栏里，果然多了两条记录。

第一条是一串原文书名，长长的至少有十多本，其中有几本还是方槐柠看过的有关于计算机方面的书，后面的括号里备注着“待借阅”。

他要借这些书做什么？

方槐柠疑惑，这似乎只有他们学校的图书馆才有。

第二条则写着“风信子小舍”。

像是一个地名，方槐柠更看不懂了。

私人领地继续被侵占，“头牌”倒是没有不高兴的感觉。上下扫了一通，方槐柠觉得自己做的这个备忘录比账目应用要完善很多，但是界面为什么这么丑。自己当时随机抓取的配色竟然是咸菜色，此刻看来简直难以入目。

不知道那个小财迷用的时候是不是在心里吐槽了。

琢磨了一会儿，方槐柠又翻回代码区，默默地改起颜色来。

第六章
不喜欢也不讨厌

下午没课，王复梁回去复习准备考研，赵磅则继续打游戏，问了方槐柠，他也说有事。大家以为他要去研究所，便分道扬镳，结果方槐柠去了图书馆。

刚开学，此地还没被从假期收心的学生彻底攻占，相较于以往，A大图书馆空荡了许多。

方槐柠正欲寻觅一个清静点的位子坐下时，忽然目光一顿，迅速朝着人群里的一个男生走去。

那个男生戴着一副黑框眼镜，身量不高，只是脑袋上的锅盖发型格外醒目。

方槐柠试探地叫了一声："刘磊？"

锅盖头应声回首，面露惊讶。

"你是叫刘磊吧？"确认了对方的身份，方槐柠道明来意，"不好意思，我想请问下你的借书证目前在自己身边吗？"

锅盖头莫名其妙："啊？"

方槐柠："我匿名收到了别人给我的几本专业书，查下来发现是用你的借书证借的，你知道这个事情吗？"

刘磊茫然："不……不知道啊。"

"是吗？不是你本人借的？那你的借书证给谁了？"方槐柠又问。

"借给校外的人了。"刘磊嘿嘿一笑，"你懂的嘛，十元两个月。"

"那人长什么样？"方槐柠锲而不舍。

"这个……"刘磊忽然支吾，"是个女生，普普通通的，说不上什么特色，名字我也不知道。"

这个答案让方槐柠皱眉。

“那个……我没关系，既然书借给你了，你看完替我按时还了就好。哈，没关系。”刘磊见对方不说话了，丢下这句后便匆匆离开。

他一路快走到隔壁区，闪进了某排书架间，对着其中一个捧着书看的男生紧张道：“喂，你知道刚才我看见谁了吗？”

男生头也不抬。

刘磊：“方槐柠！”

虽然不是同一个专业，但是同在计院，他当然听过“头牌”的大名。

“他问我借书证的事，原来我证借上的书到他那儿去了。”

男生这次看了过来：“你说了什么？”

“他看着有点着急，追着我打听。我觉得奇怪，就想回来先问问你，所以没说什么。”刘磊擦汗，“栗亭，书是你借的吧？你为什么替方槐柠借书？不是又瞎做了什么买卖吧？”

两个月前栗亭成功地帮刘磊的女朋友占到七楼的位子后，忽然租走了刘磊的借书证，前几天才刚刚还回来。

在刘磊心里，栗亭也算是一个要钱不要命的人了，所以他有点担心，才想回来和他通个气。

刘磊的目光特别赤诚。借书证是人家的，栗亭不好说不关他的事，顿了一下道：“有个人一早就看上了他，所以请我帮忙。”

“原来如此！行吧，我不会多嘴的。”刘磊知道方槐柠在他们学院里的受欢迎程度，恍然大悟，一拍大腿放心了，“你别说，方槐柠这样儿的还真不一般，刚和他近距离说上几句话都觉得眼睛要被帅瞎了，我要是女的也一定看上他！”

栗亭听着，只沉默地合上手里的书转身走了。

那头方槐柠没找到答案，茫然地在书架间绕了一圈，回到阅览区后无意间抬头一看，发现一个熟悉的人影正坐在窗边。

方槐柠心内一跳，暗忖，他果然到A大图书馆来了。

栗亭的面前摊着一个笔记本和一本书，周围已被学生坐了九成满。

方槐柠看见那儿还剩两个位子空着，一个在栗亭身边，一个在他背后。方槐柠正欲靠近，有个男生却快了一步。那个男生在两个位子间犹豫，嘴里还嘀嘀咕咕。

此时栗亭抬起了头，许是嫌烦，他冷冷地盯了那个男生一眼。在不远处的方槐柠看来，那眼神不再像流浪猫了，而是瞬间变成了某种大型猫科动物，带着阴沉的气势，一下就把人家吓了一大跳，继而找别的地儿坐了。

于是位子只剩一个，方槐柠自然不用选了。他慢慢走过去，又慢慢地坐下了。

栗亭看到了他，不过没打招呼，只是目光淡淡掠过，眼神又变回了淡然，仿佛刚才的犀利只是方槐柠的错觉。

方槐柠拿出书来看，看着看着，出于某种专业直觉，他的视线又落到了一旁的栗亭那儿。方槐柠没有搞错，栗亭在看的果然是他们电脑类的书籍，且是原版的，十分晦涩难懂。

他为什么看这个？这是对计算机感兴趣？

不过方槐柠立刻就否定了这个想法，他在栗亭的手边又看到了两本书，一本是经济类的，一本则是地理类的，内容截然不同。

看来是外语系的作业，这书就是对方记录在备忘软件内的其中几本。方槐柠明白过来，心里竟有一丝奇怪的失落。

他猜得倒是没错，栗亭那所破学校布置了写论文的作业，大部分学生都会选择名著或其他小说来阅读写作。

可栗亭不一样，无论是风花雪月，还是悲春伤秋，他对别人或真或假的故事毫无兴趣。他宁愿看那些更不易阅读的理论科学类的书籍，哪怕枯燥深奥，也比与他无关的喜怒哀乐有趣。之前能在夏令营成功地给方槐柠做一回小秘书，也算是拜他平时的习惯所赐。

不过看到一半，感受到一边的视线，栗亭奇怪地回望过去。

方槐柠倒是不闪不避："你……"开口发现地点不合适，只能指指栗亭的笔记和其中几个单词。

对方非常默契地从最后撕了几页空白的纸递过来。

方槐柠拿起笔写："这几个词的意思，你搞错了。"

接着他仔细地把解释都列了出来，又将纸推了回去。

栗亭认真地看着，眼睛缓慢地一眨一眨，眼底被长长的睫毛映出忽深忽浅的阴影。

半晌，栗亭点了点头，并没有抗拒接受正确的知识。

方槐柠满意。

又各自投入面前的书本。

片刻，方槐柠觉得手肘有些微痒，侧眼一看，有人用笔帽轻轻戳着他的手，然后笔记本又被小心地推了过来。上头摘录了一段新的内容，其中有些问题被红笔标了出来，显然遇到了困难。

方槐柠抬眼，正和栗亭的视线对上。许是因为请教别人，栗亭往日那种冷淡之态收起了不少，相反，眉眼之间多了一丝谦逊，十分乖顺。

方槐柠把笔记本接过，潇洒地答疑。

就这样来来往往、反反复复，也不知过了多久，一边的栗亭回头看了看窗外，站起身来。

方槐柠这才发现已夕阳西下，他整整在图书馆坐了一下午，这是之前期末考前都未有过的认真。

栗亭整理好东西，又从怔怔的方槐柠手里把那沓纸抽了过来，和自己的笔记一道妥帖地放好，起身打算离开。

方槐柠也起身，走出去的时候他见栗亭打算将那些书放回原位，心内疑惑对方不是在备忘录上写了想借的吗。

“你怎么……”

栗亭说：“我又不是A大的学生。”

事实是刘磊的借书证已经被借满了，他今天进来用的是刘磊女朋友的借书证。但后者没得到允许只能看不能借，所以栗亭才留到那么晚。

这话不知为何在方槐柠听来有些不舒服，他忽然道：“我有。”

栗亭一愣。

方槐柠接过栗亭待还的书：“我平时也不太用。”何况他要借的书都已经找到了。

说完就朝门口走去，从口袋里掏出自己的借书证交给了管理员。

“刷这个。”

硬是把借书卡刷出了黑卡的气势。

大概栗亭也真的需要那些书，最后没有拒绝。两人一同走出图书馆，栗亭忽然将一样东西交给了方槐柠。

“还给你。”

方槐柠一看，是自己的U盘。

他理应意思意思地问上一句软件的使用情况，不过不知想起什么，竟有些难开口。

还是栗亭先说的：“谢了，软件可以用。”

只是可以用!

那几乎是方槐柠的心血了。

“头牌”胸口闷，暗想你早晚有一天会知道它的厉害之处的。

不过他还是高冷地没有做出自荐的行为，只又道："你今天看的这些内容太专业了，如果只是因为语言专业需要，不如选择别的计算机相关的书。我知道几本，知识点相对浅显，但是词汇量很大。"

栗亭脸上没什么大情绪，问："哪几本？"

方槐柠在手机上摁了摁，发了一个网址过去："这里可以下载。"

栗亭点点头。

沿着A大图书馆走出校园，方槐柠看见了一辆久未见面的破车停在远处，是栗亭那辆坚挺的小电瓶车，它被修好又回来了。

栗亭停下，方槐柠也停下了。

"软件有问题……可以询问我。"方槐柠道，说出口又觉得这话突兀，于是补充道，"这个软件是为客户做的，你试用发现不好的地方，也算帮助反馈。"

栗亭忽然问："那书呢？"

方槐柠一怔，眼底有笑意一闪而过："不懂，也可以问我。"

晚上栗亭洗了澡就回房继续写论文，翻开那新借的书，里头零散的纸页便一张一张掉了下来。栗亭捡起扫过，两种截然不同的笔记交错着铺满其上，组成了一段段完整的对话。

一个熟悉的粗犷不羁，正是自己的；而另一个，从笔锋虽仍能看得出出自男生之手，但却意外地俊秀清丽，并不似对方外表那般冷峻漠然。

表里不一。

栗亭在心里给对方下了个定义。

默默地看了良久，他走出房门，赶走了换个游戏找死的田典，自己打开了电脑。

"哎？你做什么？赶着网恋啊。"田典莫名其妙。

栗亭不理他，翻出手机里收到的网址，一字一字敲进了电脑中，按下回车。

一个新网站跳了出来。

是一个叫Lemon Tree（柠檬树）的地方。

不同于方槐柠给自己的那个难用的App，这个柠檬树网站显得十分有设计感，一条一列都整整齐齐、干干净净，显然是面向大众的完善版本。

栗亭点开目录，发现里头分类简洁，储存的都是方槐柠自己整理的学习资料，还有他设计上架的一些应用程序展示。应该是他的个人网站，浏览量非常高。

一边没走远的田典也凑过来感叹："哇，这是什么？好高级的样子……"

很多东西栗亭看不懂，不过他还是仔细地浏览了一圈，发现有一个是私密版块。他正纳闷儿自己要下载的东西在哪里时，那头手机嘀嘀一闪，一个柠檬头像仿佛先知一般及时传来了一串数字。

栗亭立刻明白了，这是私密版块的密码。

栗亭将收到的密码输入后，那个加密空间果然被成功地打开了。方槐柠给栗亭推荐的那几本电子书文档非常显眼，就在最上面，只不过栗亭一看时间，怎么是几个小时前刚上传的？他不是说正好有吗？

栗亭挑眉，点了下载。他们的屋子虽破，但租住费用里倒是包含了网络，不过是和另外两家人一起共享的，故而这个网速时快时慢，之前打网游老死其实也有这个原因。就像现在，那么点文件就够进度条跑半天了。

等待的时候，栗亭无聊地翻看着柠檬树里的东西。他发现这个加密空间除了一小半用于存放的资料，剩余的一半竟然都是一些记录，就像日记或游记一样。

栗亭随意点开了一篇，好像是方槐柠在大二的时候和几个同学一起去参观国内某知名网络公司时写下的过程。

他一路拍摄了人家的工作环境、公司景观、附带的各种福利设施等等，所用的描述语句中规中矩，但内容详尽仔细，还是能让感兴趣的同行了解到不少信息，一点不似外表所示寡言疏离。

下拉到最后，栗亭看到了这伙人的合照，里面有王复梁和赵磅，方槐柠当然也在，但他没有站中间，而是站在第二排特别靠后的位子。可方槐柠外在条件的优势太过明显，一眼望过去，视线从头到尾都只定格在他的脸上。

游记下面的留言非常多，竟然有几百条。一部分是针对公司发表的评论，但更多的人在得知博主是其中哪一个后将关注点偏移到了他不一般的颜值上，或隐晦或直接的赞美多到十几页都翻不完。

不过这些评论大多集中在两年前的某段时间里，之后就没了，应该是方槐柠把这些暴露隐私的内容全加了密，别人再也看不到的缘故。

栗亭似乎能想象对方花了心思分享心得，结果被其他因素模糊重点后，那种无语又糟心的感觉。

所以，谁让你放照片的。

栗亭不近人情地想。

“叮”的一声电子文档下载完毕。

栗亭把那个柠檬树主页点了收藏，关了浏览器，选了一份文件打开认真地看了起来。

这东西的确比他自己胡乱借阅的理论资料好理解多了，一点一点循序渐进，甚至有些章节还为生僻的单词做了简单的标注，一目了然。

栗亭翻着翻着，不由得停下来对着屏幕沉思了一会儿，脸上出现了一瞬迷茫的表情。这些资料也太完善了，随即目光又落到一边的手机上。

“有问题，可以告诉我。”

栗亭的耳边又响起在图书馆外听见的话。

犹豫了几秒，栗亭拿起了电话，点开了聊天软件，刚要在对话框里输入拼音，外头忽然传来一声巨响，亮堂的周围陷入了一片黑暗。

“哎？什么情况，什么情况？！”

田典澡才洗了一半澡就从浴室里跳了出来，披着浴巾磕磕碰碰地走到门外。过了一会儿他冲进来大叫道：“隔壁的男女又打架了，这回拉了总电闸！”

骂了一通勉强平息怒火，田典回过神看见还坐在黑暗里的栗亭，担心地问：“电脑也不能用了，栗子你没什么大事被耽误吧？”

栗亭默默地删除了对话框里的字，合上还剩两格电的手机，道：“没事，不急。”

这一晚又到了小兄弟组合打妖怪的时间，方槐柠技术很不错，一直是他们队的主力攻击手，只是今天“头牌”的反应有点不那么给力。

“槐柠你……你去哪儿了？不是约了这时间到主城刷……刷 boss（怪物首领）的吗？”几人都开了语音，王复梁在耳机里着急地问，“去厕所了吗？”

方槐柠赶紧最小化柠檬树主页，心不在焉地“嗯”了一声：“回来了，走吧。”

拉着一伙人去到指定地点，对着 boss 一通狂轰滥炸，眼看大妖怪即将被拿下，方槐柠的手机在此时响了起来。

他一怔，丢开鼠标捞过电话。

一条新的未读消息，方槐柠立马点开了。

——明天十点开会，有时间来一趟研究所。

原来是师兄吴毅发的，方槐柠看了片刻，关了聊天软件，又打开了小牧场。不同于以往，今天一切都是安安静静的，没有记录也没有备忘。

方槐柠发呆。

耳机里又是一声惨叫响起，这回是赵磅："槐柠！你卡机了吗！"

方槐柠连忙朝电脑望去，游戏里他和他的队友们已经均匀地倒成了花瓣。

王复梁无奈："不会又……又去厕所了吧？"

赵磅："这是肾虚啊槐柠！"

第二天上午没课，方槐柠去了研究所，开完会在那里遇到了魏萍。

魏萍是A大外语系的学生，研究所需要翻译的时候她偶尔会过来帮忙，她是钱坤的女朋友，和方槐柠关系也不错。

魏萍说："我以后大概不常过来了，你们有事儿得找于瑶晴。"于瑶晴就是上回代翻德语的那个女生。

方槐柠疑惑。

魏萍："你们C组的那个夏组长找来的，于瑶晴和她关系不错。"说着又拍拍方槐柠，"襄王冲着谁来的，希望神女心里有点数。"

方槐柠问："你呢？"

"我很忙啊，找了新工作，今天去面试！"魏萍高兴，"不是什么大公司，是一家书吧，我们外语系的老学长开的，十多年后能在自家母校附近承包这样一家店，简直太酷了，真是我的偶像！我要近距离去学习学习。"

魏萍成绩优异，前两年累积了不少实习经验。真到了大四，别人忙个半死，她反倒打算喘口气再彻底脱离校园生活。

"风信子小舍，我来了！"

方槐柠人都已经转身了，听见这句话又顿住了脚步。

这名字怎么这么耳熟。

"哪里？"

魏萍："啊？"

方槐柠：“那个风信子小舍在哪里？”

魏萍奇怪：“就在学校东南门旁边啊，走过去五分钟。”

钱坤来接女朋友去面试，发现同行的还有自己很少有兴致乱跑的前室友。钱坤疑惑地用视线询问，成功地得到了女朋友一个更疑惑的回视。

方槐柠才走了没几步，就看到一家门口放满了紫色花篮的新店。店堂宽敞，装修考究，气氛优雅，有电脑，有书，还有饮料。

看那贴在墙上的告示，虽然价格不甚亲民，但才开业两三天就颇有人气。

魏萍也在一边感叹赞赏，更坚定了要在这里打工的决心。

她拉着一个路过的服务生问：“你们领班在不在,应该还需要人吧？我想面试，再给我同学找个座位。”

服务生也是学生，模样白净亲切，看了看魏萍姣好的外貌，转头喊了一声领班，又压着声音向吧台问道：“我要送饮料，来个人再看看三人位还有吗？带一下客人进去。”

魏萍很快跟着领班走了，方槐柠正四处探望的时候，一道熟悉的声音响起。

“有位子，跟我来。”

抬眼便看见栗亭站在面前，他也穿着服务生的制服，雪白的衬衫上戴着小小的领结，衬得一张脸竟比平时小了几岁，越发俊秀鲜嫩。

方槐柠愣了一下，直到栗亭走出一段距离，他才跟上。为了不影响其他人阅读，点单都是自己去吧台点的，然后取了回位子。

栗亭把菜单从吧台后递过去，公事公办地说起了店内新开业的优惠，脸上并不见什么熟稔的神色。

钱坤也意外了一会儿才给女朋友和自己点了，迟迟没听见方槐柠的声音，钱坤以为他是拿不定主意，建议道：“你不是喜欢布丁吗？喝这个吧，也给萍萍点一份。”

回头又问栗亭：“是你做？”

栗亭点头：“我做。”

“哇。”钱坤感到意外。

方槐柠说话了：“那就这个。”

点完了单，栗亭便果断开始动手。钱坤和方槐柠都目不转睛地站在那儿看着他。栗亭手速超快，干净利落十分专业。

取了饮料坐下，方槐柠和钱坤各自喝了一口，发现水平真的专业。

没多时面试的魏萍也回来了，以她的综合素养，被录取是肯定的，明天开始上班。

魏萍兴奋地要分享刚才的经历，不过同座两人的注意力都有点涣散，尤其是方槐柠，目光总是不时地投向某个路过的服务生，让魏萍不禁好奇。

男朋友给她解答：“喏，他就是栗亭，没想到换到这家来打工了。”

魏萍显然有印象，惊喜地问：“就是你之前说的那个全能小哥吗？在哪儿，在哪儿？”

她对栗亭还挺好奇，听说对方能文能武，且在保研夏令营的时候帮过方槐柠他们的忙。

她自己为了去研究所做事特意攻读过相关信息，特别能理解跨行业的难度，对方还不是A大的学生。

这学校有高低，出来的学生水平却相近，可想而知里面的差距都是用努力弥补的，更别说他还到处打工。作为同专业的学生，简直让魏萍佩服得五体投地。

不过这一见之下，倒是被外表吸引了更多的注意力。

“是他啊？长得真好看。”

陆续有两桌的客人离开，栗亭走过去收拾，一手拿着盛了碗碟的托盘，一手抱起七八本书，轻松地在人群间穿行。路过他们身边时，有把椅子挡了半条道，魏萍见了想提醒钱坤给挪开，免得栗亭绊倒，结果一只手的速度比她更快。

方槐柠探过身敏捷地把椅子挪开了。

栗亭侧过头，虽然没说话，但感激地看了方槐柠一眼。

方槐柠回视，若无其事地坐回了原位。

这一番简短的目光交流被魏萍看在眼里，她好奇地问“头牌”：“你们俩很熟啊？”

方槐柠脱口道：“没有，不熟。”

魏萍狐疑地看着他，反手把自己面前的杯子推了过去：“那你可以解释下，同样是布丁奶茶，为什么你的布丁比我的多一半吗？”

风信子小舍的工作强度比起栗亭以前做的那些实在不算什么，回到家他还有心力看书写论文。

奋笔疾书到一半时手机有消息音传来，栗亭一看是一条系统通知。

——你的小牧场今天还没有进行账目记录，是否现在进行？

新的提示功能？什么时候有的？

他的软件都是自动更新，所以很多内容都是后知后觉更新了才发现。想了想，栗亭点开了那个很黄的App，果然里面的界面又有了微小的变化，还增加了详细的日期显示和背景字体的颜色选择。

栗亭换了一个看得更清楚的颜色，把今天的花销记录了一下，又算了算钱，写了两条备忘后并没有马上退出来。他忽然想到对方说这个软件是给客户设计的，那除了自己还有没有别人在使用？彼此的信息不会暴露吧？

不过简略地转了一圈发现只看得到自己发的内容，栗亭又放下心来。那个人看着还挺靠谱的，给自己的程序应该不至于不安全。

倒是游戏栏里能看得出有另一个人使用过的痕迹，所有的排行记录都是一个叫“F”的账号创下的。

F是谁？也是这款App的用户吗？

这里面的游戏还不少，益智类、竞技类都有，就是画面丑丑的，栗亭倒是不嫌弃，看着看着，忍不住打开一个玩了起来。

A大在其他国家有好几个兄弟学校，之前王复梁他们合作的德国学校就是其中之一。除此之外，还有不少他国交流项目在计院进行，所以时不时地就需要翻译帮忙。

于瑶晴在里面资历算浅，但她人长得美，性格开朗，来了才几天，就和研究所不少人混熟了，楼上楼下时不时就能看见她的倩影。

方槐柠在里间做实验，师兄吴毅走进来对他挤眼。

“真不给面子出去一下？人家这一下午都在门口晃悠过多少回了，见不到你不死心啊。”

方槐柠冷冷地看了他一眼。

“瞪我也没用，又不是我向她汇报你的行踪的。”吴毅摊手。

方槐柠拿起资料走了出去。

果然于瑶晴就在外头和几个休息的学生聊天。见了方槐柠，她刚要上前说话，“头牌”已经头也不回地走进了电梯。

离开研究所一路出了学校，拐了两个弯后进了风信子小舍。

女朋友在这里打工，钱坤自然也跟着换了据点，见到方槐柠出现他有点讶异。

“你怎么过来了？”他示意魏萍加杯饮料过来。

方槐柠在钱坤面前坐下，没回答对方的疑问，视线在店里绕着圈。

“因为有些人反季节，喜欢在秋天求偶。”魏萍端着饮料走过来，望向方槐柠，“她之前找过我好几回，说想来研究所帮忙，不过我和她不算很熟，所以没答应。现在好不容易进去了，哪能轻易放过你。我看你以后就到这儿避难吧，我们小舍多好，有喝有玩也不缺美人看。”

说完没得到回答，魏萍抬头，顺着方槐柠的视线看向远处，发现栗亭正在那儿踮着脚摆书。

魏萍说：“他真的很奇怪。”

方槐柠疑惑。

魏萍：“平时基本一个人待着，同事叫他聚餐也不去，老是板着脸。制服押金找钱的时候他竟然还点了三遍，当时领班的脸都绿了。别人都说老板怎么招了个情感冷漠症患者进来做服务生，不按常理出牌。”

“你也觉得他不好？”方槐柠问。

魏萍思考：“虽然他挺孤僻的，也不怎么有同事喜欢，又抠门，不过做事勤快，什么都会，而且力气真的好大，所以不喜欢也不讨厌吧。”主要是魏萍之前已经被钱坤、王复梁他们洗脑过栗亭有多厉害，上回还带那么重的伤坚持工作。在她看来，这种个性的人自我一点也算可以理解，彼此不干涉就行了。

不喜欢也不讨厌。

方槐柠觉得这个回答很好。

方槐柠没觉得栗亭有什么不可忍受的缺点，勉强要说就是太拼命。

那头钱坤听了魏萍的话故作生气：“才进来几天你就观察得那么仔细，天天盯着人家？”

魏萍毫无畏惧地承认：“对啊，我是盯着他。我长得那么漂亮，只有他从进店到现在一眼都没看过我，礼貌性的问候都没有，我能不好奇吗？我觉得他不是有心上人，就是哪里不一般。”

钱坤意外。方槐柠则手一松，勺子和玻璃杯磕碰发出老大一声响。

魏萍奇怪地看了他一眼，拿起手里的抹布擦掉方槐柠桌上溅出的果汁道：“干吗这么惊讶？我相信自己的直觉，当然也不排除他有心上人。他这样性格的人，也不知道会看上谁，难道比我还漂亮？”

魏萍嘀咕着，转身去干活了。

留下一边无语的男朋友和沉默的方槐柠。

书吧新开业优惠不少，魏萍走后，有别的服务生过来给两人发了会员的宣传单。

钱坤看了：“月卡和季卡？月卡消费打八五折，季卡打七折，如果一直常来好像是会比较划算，我应该办一张。”只要女朋友上班，他不忙的时候肯定要来报到的，钱坤很需要这个。

钱坤要了一张月卡的申请单，想到身边人，问：“槐柠，你呢？”他本想撺掇对方也办张月卡照顾女朋友生意，结果还没说话，方槐柠伸手也抽了一张表格。

钱坤一看，季度的？！

他这都不知道女朋友能干多久，会不会中途跑路，方槐柠这是比他还果敢勇猛啊。

看来“头牌”是真不喜欢于瑶晴，也真不想谈恋爱，才宁愿长时间窝在此处。见方槐柠利落地刷卡付账，钱坤真觉得自己特别了解好兄弟。

方槐柠便这么找到除家里、教学楼、研究所之外的又一个去处，就是风信子小舍。

当然他也不是一直泡在里面，基本保持着隔几天出现一回的节奏。每次都坐上几小时，有早有晚，和寻常顾客没什么差别，也算对得起那张价格不菲的季卡。

栗亭和他的交流不算多，除了点单领位，方槐柠只能看到他在吧台和店内到处忙碌的身影。

然后他就发现栗亭做事有很多小习惯。遇见难缠的顾客时，他的眉毛会微微下压，手指轻轻地搓动裤缝边，表示心里的不耐烦；拿重物前没准备动作，但是拿完会轻轻捂着胸口，应该是担心旧伤；最高兴的时候通常都是在点钱，那一刻眼睛眨动的频率会变快，睫毛扑闪扑闪，嘴巴也有个很浅的向上抿起的弧度。

今天魏萍是早班，到了傍晚就回去了。钱坤陪着她一起走，走前询问方槐柠，“头牌”表示自己再坐一会儿。

钱坤便道：“下周末正好是中秋节，我妈让你有时间跟我回家吃饭。”他家和方槐柠家有点亲戚关系，两家母亲是表姐妹，小时候关系很好。方槐柠的父母不在国内，钱坤家自然要多照顾一点。

下周合信工业那儿又有活，方槐柠卡不准时间，说到时再议。

钱坤和魏萍走了，方槐柠又待了几小时。眼看着书吧的人流渐渐变少，最后只剩几个学生留着看书。服务生也大半下班走了，但是栗亭还没有走，方槐柠知道他基本是最后几个走的。

不过这儿的老板对员工倒不苛刻，晚上时分，客人不多，服务生适当放松一下是在允许范围内的。

方槐柠在各种资料里抽空抬了一下头，注意到有员工坐下看起了书，栗亭也从吧台后走了出来，开了一台电脑。

他新剪了头发，挺着腰杆坐在那里。

发现他看的就是自己给的电子文档，认真专注。方槐柠不知为何有些慰藉，感觉比他拿了某个奖还要骄傲一点点。

这时手机响了，方槐柠一看来电，连忙放下东西走到店门外接起。

一个温柔的声音从那边传来：“柠柠，最近怎么样？”

迅速看完了一章资料，栗亭快下班了。他关了电脑去员工室换制服，合上门后听见隔壁换衣间有人在聊天。对方正八卦刚躲在角落搂搂抱抱的一对小情侣，聊着聊着又转了话题。

“你看见没，那个帅哥今天又来了？真的好帅。”

“哪个帅哥？”

“就是坐在窗口穿黑色T恤衫的那个，刚出去打电话了，站起来超级高。”

“哦，是方槐柠啊。”

“他叫方槐柠吗？哪个系的？”

“计算机学院的，你不认识方槐柠？我们学校很出名的帅哥了，不过他一般都只在计院出现。我之前见过一两次，最近才常看见，的确名不虚传。”

“可他怎么老往我们店里跑，总不会是我们的电脑比他们计院的还要好吧？哈哈哈哈，或者是看上我们店的谁了？”

“也许是看上我了？难怪我总觉得做事的时候背后热乎乎的呢。”

“你那是背上肉多，汗热吧，应该是看上我了。”

“对对对，看上你，那你还不赶紧去撩他。”

“我马上就去，说不定一击即中！”

“哈哈哈，不闹了，跟你说真的，方槐柠高冷，出了名地难撩。学校里盯着他的人不少，不过计院“头牌”油盐不进，还是不要浪费时间了。”

栗亭换完衣服出去，那两个女生也换完了衣服。栗亭走在她们后头，听她们还在那儿一路说。

忽然其中一个女孩儿指着外面道：“你看，十多分钟了电话还没打完，笑得那么温柔，真的高冷吗？”

“哇，还真是。”

“我看啊，这种男神难撩是因为早就有女朋友了吧。就算没有，应该也不缺暧昧对象。”

“有道理。”

方槐柠正说到一半，侧头就看见栗亭从店里走了出来。

栗亭直直地看着他，方槐柠以为小员工是有话要跟自己说，就算没有，正眼对上也该打个招呼。结果栗亭就这么转开了视线，和方槐柠擦身而过，像是陌路人一样。

方槐柠莫名其妙。

此时电话里的女声叫他。

“柠柠啊，柠柠，你在做什么呢？还在外面没回家吗？”

“啊？嗯，我在学校附近。”方槐柠道。

“这么晚了，是不是陪女朋友啊？”电话里的音调带了笑意，“如果有了的话，今年过年可以一起回来啊。”

“妈——”方槐柠无奈，“不存在这个人。”

“怎么会不存在呢？现在不存在，以后也会存在的。”方母斩钉截铁道，“我就不信你这样的年纪，还真没遇见过一两个能对你有影响的人，是不是你没好好感受啊？”

周末一大早田典就跟栗亭打电话。

田典说：“栗子，我到A大了，东西带来都摆放好了。你要是没空，我一人也能搞定，有问题随时打检修电话。”

栗亭今天的确忙，A大放假，学生不上课，很多人反而都出来玩了。校门口附近的这条商店街到处都是学生，他们的书吧也被挤得满满当当。

“那你先看着，我有时间再过来。”

挂了手机，栗亭把饮料备齐给钱坤他们端去，免得顾客自己来端中途受到擦碰。

今天王复梁和赵磅也来了，说是给魏萍捧场，当然方槐柠也在。店里的员工们对于他的出现已经开始见怪不怪了。

赵磅接过自己的大杯奶茶一看，问栗亭：“我要的是去冰的，你忘了吗？”

栗亭没听见，他正隔着玻璃看外面。

方槐柠循着他的视线望去，发现马路对面有一个人在朝这里招手，长长的头发，还是那套短袖热裤的运动装。不正是在医院见过的那个女生吗，也似乎是栗亭的……同居对象？

方槐柠又回头看栗亭，果然发现他在向对方轻轻点头，似乎对面前的工作心不在焉。方槐柠捏了捏手里的杯子。

王复梁委屈：“我……我的也没有去冰。”

栗亭这回听见了，转头要去返工：“抱歉。”

“算了，不……不用了，”王复梁摆手，“那……那边的客人叫你。”

等栗亭走后，赵磅对钱坤道：“这活累人啊，看服务生都忙死了，你怎么忍心让你老婆做这个。”

方槐柠忽然道：“自己乐意。”

钱坤点头赞同：“对啊，她自己乐意。这也算是一种锻炼嘛，没那么脆弱，而且累到了不还有我吗。”

“哟——”

赵磅和王复梁受不了他的“虐狗”。

方槐柠没兴趣听，把脸转向窗外，发现那个长头发的女孩儿没有走，正站在马路对面的一台娃娃机面前夹娃娃。又看向栗亭，果然发现他的视线也落在那里，向来不甚明媚的脸上多了一丝关心的情绪。

方槐柠拿出手机，打开小牧场，没去看账目也没看备忘功能，点开了一个赛车游戏。谁知看到下方的排行榜时，发现自己之前创下的最高纪录被人刷新了。

方槐柠蒙了一下，才意识到是谁玩的。看着那个顶在“F”头上的新字母“L”，他莫名被激起了好胜心。

还挺厉害。

于是接下来的时间，方“头牌”把心思全花在了刷新纪录上。

他平时话就少，兄弟们也觉得正常，就是有点疑惑，一个跟贪吃蛇差不多的游戏用得着玩得那么开心、那么投入吗?

半晌，成功拿回头名的方槐柠满意地抬起头来，马路对面娃娃机前的人已经不见了。

他又去看栗亭，发现吧台前也没人了。

方槐柠把杯子里的饮料都喝完后还是没看到栗亭出现，他忍不住拦住了路过的魏萍。

“到换班时间了？”方槐柠问。

“啊？”魏萍看手表，“没呢，还差一小时。”

说着转身去问领班：“今天人手够不够换班……什么？栗亭刚走了？他请假了？那今天只有三个人顶班？我要累死啦。”

钱坤连忙安慰女朋友。

赵磅和王复梁却看见方槐柠一愣后站了起来。

“干吗去？”两人疑惑。

方槐柠道：“去合信工业，走了。”

“啊？这么突然？”

“本来就要去的。”

方槐柠让钱坤跟阿姨打一声招呼说不去吃饭了，便果断离开。

第七章
守着财产的小地主

栗亭和田典在 A 大附近的商店街、地铁站还有公交站点都绕过了一圈，把货都备置齐整后，天已经黑了。

在这期间栗亭的电话一直在响，但是他没接。

最后两通是栗晗打来的。

“哥，你今天忙吗？要不要回来吃饭啊，我想你了。”

栗亭没回答。

栗晗顿了一下：“爸爸也想你。他想你回来吃饭，今天是中秋节，他还说有事告诉你……”

栗亭还是不说话。

栗晗叹了一口气：“我们等你哦，你想过来就过来吧。”

听他结束通话，田典问栗亭：“栗子，你回去吗？或者跟我去上班？”今天晚上他们的酒吧有活动，应该很热闹。想到这个时候栗亭一个人回家，田典于心不忍。

栗亭道：“我再逛逛。”

田典还欲再说，又忽然想到栗亭是打算去哪里，便道：“那你早点回来。”

合信工业是有活等着方槐柠干的，不过并不着急。他也不必选在节假日上工，然而习惯一个人的方槐柠并不觉得这一天和往日有什么不同。除了这原本满是人气的大楼又回到了清冷的氛围，只他一人独坐灯下忙忙碌碌，略显安静而已。

不过安静也有安静的好处，办事效率高了许多，只用了一半的时间，系统就已经调试好了。方槐柠却不急着走，今天天气很好，他给自己泡了一杯咖啡，站在玻璃墙外静静欣赏着黑幕上圆盘一样的月亮。

就在方槐柠沉思时，远处忽然闪过一道亮光，不过一瞬就又消失了，好像是手电筒还是什么电子产品的光。

方槐柠定睛细看了看，甚至关了屋内的灯，终于确认远处的暗色里原来坐了一个人。

那个背影，明明颇为模糊，却让方槐柠一下子就认了出来。

踏过崎岖的泥土路，方槐柠这是第一次绕过合信工业的大门，从侧向进入一旁未开发的地区。

大片的农田隐没在黑暗中，被月色映出朦朦胧胧的影子。那个人就坐在其中，并着腿，仰头望着天上的月色。

方槐柠没有放轻脚步，对方应该很容易听见他的动静，但是那人没有回头。

“时移路。”

方槐柠停下正想着怎么做开场白，听见这个一时纳闷儿：“什么？”

栗亭转过头，看着方槐柠的脚下，清俊的面容只剩月光晕出的轮廓。他说：“你踩过来的这条路，以前就叫这个名字，时移时移，时光转移，现在只剩一片荒草，这名字是不是很贴切？”

时移？

不知为何，方槐柠觉得这个名字有些耳熟。

他是土生土长的A市人，难道以前自己来过此地，或者听说过。

“你对……这里很熟悉吗？”既然如此，方槐柠就顺着这个话题问了下去。

栗亭似乎轻笑了一下，方槐柠没看清，不过却听到他说：“当然，我以前就住在这里。”

这里吗？

方槐柠紧张地环视了一圈周围，生怕看见什么草木棚的房子，如果栗亭接一句“现在我也住这儿，幕天席地地生活”，方槐柠说不定也会相信。

好在栗亭没有，而是反问道：“不好奇我为什么在这儿种地？”

方槐柠心道：难道不是为了赚钱吗？

地上的农作物已经开始发芽，绿油油的一片。方槐柠对农业方面不甚了解，一点都看不出这是什么菜。

栗亭像是猜到了他的话，又“哼”了一声，方槐柠这回确定他是真的在笑了。

可惜月色为什么不再亮一些，他看不清他的脸。

“为什么？”方槐柠配合地问。

栗亭伸出手指轻轻地在一棵小苗上点了点：“因为这块地是我的。”方槐柠讶然。

栗亭抬起头来和他对视，方槐柠总算看清了他的眉眼，是隐晦的夜色都遮盖不住的精致，还有嘴角那浅淡的一丝似笑非笑。

栗亭道：“我家以前是一个大地主，有很多很多的钱，但后来破产了，人也都死光了，没了房子没了财产，只剩这一块地被我继承了，所以我成了小地主，我当然要好好种地经营了。”

小地主……

许是周围幽暗的衬托，让栗亭脸上的阴沉之色都显得虚无缥缈，方槐柠看着栗亭说话时眉眼里流泻的狡黠。

小地主?

小骗子还差不多吧。

自己可不会再上当了。

栗亭发现方槐柠脸上没什么惊骇的神色，倒是看着自己的目光变得有些幽深。他别开眼，无趣地努了一下嘴。

“所以小地主是特意翻山越岭到自己的地里来赏月吗？”这里地处远郊，公交车沿途会看见不少小山，方槐柠这样说也不算夸张。

栗亭竟然认真地点了一下头：“嗯，我过来和我的财产一起团聚过节有什么不好？”

栗亭说得自得，并没有低落的情绪，可是这话在方槐柠听来却有些不舒服，酸酸的，像是不忍。

他又想到那天看见的狗血家庭剧，那两个家长模样的人。栗亭宁愿和满地的青苗一块儿赏月都不愿回去和他们一起，被比作邻居也未必是夸大。

也许小地主说的不全是假的。

方槐柠站累了，可看着满地的黄泥，他一点也没有同坐的想法。而且夏夜的农田里，到处都是嗡嗡作响的蚊子，穿着短袖的他已经被咬了好几口了。

栗亭倒是穿着安全的长袖长裤，像是感觉到身边的人不舒服，他也站了起来。

方槐柠看着他走到一边的草丛里，伸手在一团漆黑中摸了片刻后又走回来，朝着自己伸出了手。纤秀的掌心中躺着一个粗粗扁扁的绿色物体。方槐柠认出这好像是芦荟，但是不懂栗亭的意思。

栗亭无奈地白了他一眼，掰下一截用指尖捻出汁液后，拉过了方槐柠的手，上下抹了起来。

栗亭抹了一通，就着那捻出来的芦荟汁把手指按在了方槐柠手肘内侧一个渐渐鼓起的红包上，轻轻地揉了起来。

栗亭解释："芦荟止痒。"

没人说话，初秋夏末的窒闷仿佛在这一刻全数爆发了出来，热得方槐柠的鼻尖瞬时冒出了汗珠，后背都湿了。

栗亭仿佛也觉得有点闷，松开手将芦荟丢到一边，退开一步，睫毛快速地扑闪几下后，抿了一下嘴巴，转身走了。

时间不早了，方槐柠也得回去了，路就那么一条。于是，两人一前一后地绕着合信工业向公交站走去，路上各自沉默，尴尬依旧蔓延。

然而这一天奇怪的氛围还没到头，车是很快来了，却非常拥挤。原来前几站停靠的绿野生态园里正好有中秋赏花会，大批游客坐不上班车便改乘公交车，以至车辆变成了沙丁鱼罐头。

方槐柠看着那些人你挨我挤，脚步迟疑。

栗亭回头道："现在叫不到出租车的。"而再等一辆公交车怕也是这情况。

方槐柠犹豫了一下，不得已跟着栗亭挤了上去。

就方槐柠那个子，一下子就把仅剩的空间占满了。栗亭如果靠内，自己会把他夹在其他乘客中间挤扁的。所以方槐柠选择自己站到里侧，让栗亭倚着车门，这郊区一站路很长，上下车暂时不用担心。

在其他乘客的共同努力下，车门被成功地关上了，只是方槐柠和栗亭的距离也被挤得有些近。

方槐柠不得已垂下眼，这不看还好，一看更是吓了一跳。栗亭修长的后颈近在眼前，而那透白的皮肤上正躺了一个蚊子包。

小小的，圆圆的，鼓鼓的。

方槐柠想笑，原来对方也中招了，竟然一直忍着不说。

第二天。

栗亭还是忙，实在没空离店去干别的活，只能再给田典打电话。

田典白天都很闲，难得栗亭有要靠他的地方，没多时就抱着一大堆的货物到了这里。

“最近几天我都走不开，你替我看着点。”栗亭说。

田典拍胸脯：“放心交给我吧，保准你满意。你看我挑的货，多可爱啊，生意肯定好。”

说是这么说，田典不靠谱这么多年，栗亭还是不放心。好不容易得了点午休时间，栗亭搬了一把椅子坐在店外，一边监督，一边吃包子。

这时口袋里的手机响了起来，栗亭一看，是栗晗。

想了想，还是接了。

“哥，今天忙吗？”栗晗惯常的开场白。

栗亭说：“忙。”

栗晗语塞：“那……那你还能跟我说话吗？”

栗亭：“说吧。”

栗晗嘿嘿笑了：“哥，你最近在哪儿打工啊？”

栗亭咬了一口包子：“别绕圈，直说。”

栗晗一怔，叹气：“唉，那个……那天你没回来，爸爸挺生气的。他请了两个同学来吃饭，说是……想送你出国读书。”

栗亭不用多想就能猜出栗尔杨的原话应该是觉得自己现在文不成武不就，天天在垃圾学校和外头混日子，早晚要废掉。他这个教书育人的爹不得不亲自出手拉一把不争气的大儿子。不过出国读书倒是有点意外，意外大方。

栗亭扯了扯嘴角，没说愿意还是不愿意，问：“他还有钱送我出去吗？他不是说所有的钱那时候都替我善后用完了吗？”

栗晗没回答，似乎是不知道要说什么。

栗亭又问：“你妈妈呢？她也同意吗？”

栗晗过了一会儿才道：“她……她事前不知道。”

“那应该生气了吧。”

栗晗嗫嚅：“我也不知道她是怎么想的，她没告诉我。”

这么大个人了，怎么会不知道呢？但栗晗装傻，栗亭一般不会戳破。

“知道了，挂了。”

“等等，哥……爸爸要是再问起……”

栗亭道：“那你就去告诉你妈妈。”

钱坤和方槐柠约了下午一起锻炼，先到风信子小舍见面，然后去游泳馆。不过方槐柠到了书吧外却没有进去，因为他看到栗亭就坐在门边。

栗亭在吃包子，还是那种小松鼠的吃法，快速咀嚼吞咽，两三口就把手里的东西吃完了。他抓着手机，好像在和谁通话，脸上的神色似笑非笑，目光倒是落在远处，依然专注。

方槐柠似有所觉地转头，果然又看到了栗亭的同居人。“她”还是站在娃娃机前，一脸饶有兴致地观察。

“她”在看别人，栗亭却在看“她”。

方槐柠脚步一转往书吧的反方向走了。

栗亭挂上电话，正巧看见离开的方槐柠。他走得飞快，沿途甚至还差点撞到从其他店里出来的外卖小哥。

栗亭望着他的背影，直到人消失在街角。

栗亭的阅读速度还是很快的，才几天工夫就已经解决掉了方槐柠给他的文档，码了两篇论文交了。不过作业还不算完，他只能又打开柠檬树主页想再看看还有没有可参考的资料。一看之下栗亭惊喜地发现竟然又多了两个新的文件夹，依然分类仔细，标注重点。

栗亭看着那个新鲜的日期，眼内闪过一丝暖色。不过他又想，或许是对方自己要用的呢。那人手里的工作不少吧，又或者是给别人准备的。

下载了文档，栗亭晃着鼠标扫来扫去，最后落到了一边的日志目录，随意选了一篇点开。

这篇写的是方槐柠卖了一个设计给一个挺有名的公司，钱赚得不多，但得到了很高的评价。他字里行间的描述十分克制，可依然能看得出他的喜悦。下面的留言多是祝贺，但也有人开玩笑吐槽他宁愿第一时间自己发博也不愿意答应他们一起庆祝吃饭，饭桌上的女生不知道有多伤心。

方槐柠大概认识对方，不客气地回了一个翻白眼的表情。

那人诅咒他：“你就酷吧，哪天出来一个你想追也追不到的，看你怎么哭。”

方“头牌”报以冷漠脸。

栗亭又翻了好几页，直到他发现网页的角落竟然有一个统计模块，可以清楚地看到来访者的 IP，还有这篇日志被浏览的数量。栗亭这才觉得自己突兀了，他连忙把网页关掉，一边暗忖，对方应该不知道自己看了这些吧。如果明天见到人，就跟他打个招呼好了，也算感谢他的新文档，虽然不一定是给自己的。

栗亭难得有主动接触人的想法，只可惜最后却没有落实，因为他没遇到方槐柠。

不仅那天没遇到，之后有一个多星期，那个人都没有出现，连店里的员工都开始奇怪，计院的大帅哥最近怎么不见人影了。

“难道‘头牌’这么快就对我们店或者我们店里的某人失去兴趣了？”有人揣度。

“一定是我太高冷，吓得‘头牌’打退堂鼓了。”又有人说。

“他去A大图书馆看书了，我昨天在那儿看见他了。”

“啊？是我们服务出现了什么问题？那么重要的客人都留不住？！他都办了季卡了！”

“应该是比较忙吧。”

“别乱猜了，”魏萍做了总结陈词，“他本来就爱一个人待着，老往这儿跑才不正常。行了，把这些书收了，三号桌果汁好了没，栗亭呢，栗亭！”

方槐柠一个人站在车站等车，抬起头能看得见天上跟脸盆一样大的月亮。可那么大的月亮却一点也不亮，周围仍然黑漆漆的一片。

蚊子在耳边嗡嗡作响，越叫越大声，方槐柠避无可避痛苦不已，只能踩着地上的泥土在小范围内绕圈。不知等了多久，车终于来了。

车上已经挤满了人，方槐柠不愿意上去，却不得已被咆哮的蚊子撵上了车。同时一股奇怪的味道扑面而来将他包围。这味道并不似人群聚集的体味和汗味，而是湿热的乡野之气夹杂着清新的芦荟味，让方槐柠一闻之下竟忍不住嗅了又嗅。

车上的人很多了，行驶的车辆又拼命摇晃，抓不到扶手的方槐柠就像一条掉进激流中的鱼一样被车内汹涌的人群不断推挤，一路挤到了另一扇门边。然后一抬头，看见了一个熟悉的背影。

对方正望着车窗外，听见动静后慢慢转过了身，目光定格在方槐柠的脸上。

仔仔细细地看了一圈，那人感叹：“你怎么被蚊子咬了这么多包。”

那人又问："痒吗？"

方槐柠点头。

门边的人狡黠地笑了："我有办法。"

方槐柠眼中露出些疑惑，却见那人朝他伸出了手。

忽然一阵刺耳的声音响起，炸得趴在电脑桌前的人猛然坐了起来！

方槐柠左右找了一通，才意识到这动静是自己之前设置的定时程序，为了在电脑数据跑完时能提醒自己。

方槐柠起身，进洗手间用冷水洗了两把脸，额头抵在水池边深深地喘了两口气才平复下来。

这什么乱七八糟的梦！

方槐柠心里骂了两声痛快了点，他回到电脑前把扰人的定时装置踢进回收站，关了机器。

外面天已经大亮，方槐柠换了衣服去学校。

他没坐公交车，改坐地铁。这一路过去好几站都是大学，车厢内挤了不少学生。方槐柠已是选了角落贴墙而站，但还是能感觉得出一直有人对着他指指点点，窃窃私语。

他只能拿出手机，选择听而不闻。一开屏幕，手指已经比脑子更快地点开了大柚子 App。

记账记录下果然又多了几条。其实方槐柠虽然在做侵犯别人隐私的事，但他觉得自己还算侵犯得有底线。那个账目软件，有花销记录当然就有收入记录，而方槐柠从不偷窥栗亭进账方面的理财信息。栗亭有多少存款，每天收入是多少，把钱存哪里了，方槐柠都会主动屏蔽这些内容。他最多看看对方今天花了几毛钱，买了点什么打折用品之类的。

就好比现在，方槐柠知道栗亭今天又吃包子了。他已经吃了快一个星期的包子了，吃得倒是不少，一顿能吃五个，隔几天就吃。午饭包子，晚饭也是包子，馅料大部分都是菜的，就在商店街角的小摊上买的。

这人真是太不讲究了，是真喜欢吃还是因为忙得没空买别的？风信子小舍怎么也不提供员工餐？难道给得太少他吃不饱？那他喜欢吃点什么呢？商店街有一家烤肉饭特别有名，他肯定没吃过。

天马行空一通，回过神方槐柠才发现自己的思绪又跑远了。想这些干什么，对方吃的什么，有什么可吃的关他什么事，根本轮不到自己操心。

正要泄气地关上 App，忽然账目自动刷新了两条新记录。

猪兔 ×200，￥3600 元。

机器 ×3，￥2400 元。

方槐柠见了觉得莫名其妙。

这一前一后加起来就消耗掉了近六千元，对于之前买东西单价总是徘徊在两三元，用老人手机，电脑都是捡来的栗亭来说，这简直算是一笔惊天巨款了。

是什么让小财迷这样大出血？他又偷偷摸摸做了什么大事？方槐柠十分好奇。

那一头栗亭今天是下午的班，他桌上一边摊着账本，一边放着计算器，正认真地算着账，算好一笔，记录进手机里一笔。

田典坐在一边的电脑前，难得没有玩游戏，手指在键盘上磕磕绊绊地敲着。

栗亭奇怪地看了他一眼，问："这是什么？"

田典表情严肃："广告啊。"

"谁的广告？"

"我不是跟你说过的吗，我们酒吧老板要开新的饭店了，地址离A大很近。小眯他们都考虑过去帮忙，我也在考虑，所以开业前要先打点广告。但是那些同城网站为什么老是删我的帖，还封我的IP。唉，明明人家也打，是不是要钱啊。"田典生气，"幸好我有准备，小眯给我的，我换IP再发。哼，让你删我。"

栗亭看着他："你不是说签了三年的合同吗？还有几个月就到期了。"难道要和饭店再签约。

田典打字的手一顿，嘿嘿笑："这不是还没到时间嘛。"

栗亭不说话。

田典似乎猜到他怎么想的，转头安慰："栗子，当初那钱是我借的，人情也是我欠下的，我还清了就好了，跟你早就没关系了。而且怎么说这三年我也从那儿挣了不少钱，不算吃多大的亏。以后要是去了饭店，环境也比酒吧好多了。"

栗亭还是不说话。

田典凑过来捏他的脸：“不要担心我，我现在可好了，我们都会很好的。”

栗亭躲开，抬腿给了他一脚：“滚。”

田典嘻嘻笑着又去忙了，不过一会儿就没了耐心。等栗亭算完账，他已经趴在一边的板凳上睡着了。

栗亭无语地把他从那儿搬开，想了想，还是从房间里抽了一条毯子丢了过去。

都会很好吗？

也许吧。

栗亭原本想关电脑，可视线忽然落到桌面上那个新安装的程序上。

切换 IP？

栗亭眼睛眨了眨，反身坐下了，先把那个程序打开，待连接上后，又点开了浏览器，进入了柠檬树的加密空间。

他认为这地方应该不止自己一个人知道密码，方槐柠的几个室友大概也会来，所以这样应该就比较安全了。

魏萍正在擦桌子，抬头就看见久未光临的方槐柠走了进来，手里似乎还提了什么。

魏萍瞧着，渐渐瞪大眼：“哇，你竟然买了香米堂的烤肉饭过来？”

方槐柠目光在店里转了一圈，找了个位子坐下，随意问道：“你们吃饭了？”

魏萍可惜：“我吃了，不过有的人还没吃。”

方槐柠正要说什么，却看见店里的后墙上挂了新的员工值班表，今天谁当班简直一目了然，而其中并没有他想见的那一个。

方槐柠冷下了脸，忽然转手把烤肉推过去：“谁没吃就给他吧。”

魏萍讶异地看着他：“你特意来当外卖小弟啊？”

方槐柠道：“多买的。”

还有这操作？魏萍狐疑。

这时方槐柠的电话响了，他接起来，是王复梁打来的。

“槐……槐柠，我这里人好……好多，大概要晚一会儿。你要不先……先去学校吧，顺便帮我……占个靠后的位子，我可以在课上写……写论文，就是我上次跟你说……哎，等等，这不是栗亭吗？栗亭！”

魏萍原本都要把烤肉饭接过去给别人了，谁知“头牌”忽然一掌拍下，生生将餐食扣在了原地。

魏萍："莫名其妙。"

下午上班前，栗亭先去了一趟A大图书馆。他本打算问刘磊再借一下证件，结果人家不在。没有借书证，栗亭连图书馆的大门都进不去。

他只能抱着书在那儿看着，视线则左右轻扫。

"栗……栗亭……栗亭？"

忽然听见有人叫自己，栗亭回头，就见王复梁排在长长的借阅队伍中段，在一边打电话，一边对自己招手。

"真……真是你啊。"王复梁意外。

栗亭目光一动，视线在他周围转了一圈，然后慢慢收了回来。

"你在我……我们学校借了书？"王复梁问，"你要还吗？我替你还吧，你不要排……排队了。"

栗亭摇头："不用了。"

王复梁却很啰唆："这些书是……是计算机方面的？你对这个感……感兴趣？

"你这几本太……太难了，谁给你推荐的啊？你要是想入门，我这儿的两本不……不错，正好是之前替别系的同学借……借的。"

王复梁得知栗亭写论文要用，边说边拍着胸脯硬是塞了两本要还的书。

"我最会选书了，大家都……都说好……以后要借书，你直接找我好了，其……其他乱七八糟水平的人推荐的，你都不要相信，不用理……"

没有被挂断的手机那头，方槐柠："……"

美味的烤肉饭终究还是没送到栗亭手里，因为方槐柠赶着去上课。未免浪费，走前他还是让魏萍将其交予他人分食，但别说是自己拿来的，毕竟这玩意儿冷了以后油腻，味道也不怎么样，吃了反而不舒服。

至于其他的，以后再说吧。

栗亭回到店里的时候，看见的就是这么一幅画面：一伙人在感叹什么香米堂餐食有多好吃，又贵又要排很久的队。自己男朋友都未必愿意花这工夫，也不知道是哪个有心人，竟然舍得买来慰劳人民群众。

栗亭没有加入他们的谈话，只看了一眼垃圾桶里那个又大又讲究的餐盒，默默地拿出刚买的菜包子吃了起来。

这一忙又是一天，临到下班前照例有一段闲余时间，店里只剩三三两两的客人。栗亭从吧台后走出去看了一眼角落那个靠窗的位子。前一段时间有个人总是习惯性地选择坐在那里，大部分日子都是下午出现，关店前离开。自己打单时，他就坐在几步外的身后，低着头认真地看资料。书页的沙沙声不时飘进耳内，栗亭不用回头都能感觉到对方的存在。

只不过这个位子最近都没什么人坐了。

栗亭盯了那处半晌才转开眼，重新打开电子文档看了起来。王复梁强行推荐的书栗亭没有要，自己目前手里关于书的借阅关系已经够混乱的了，不打算再添一笔，而且从柠檬树下载的资料于他暂且足够了。

方槐柠给的电子文档有一部分是从原版书里扫描上去的。书的主人是谁自不必说，大概都是他以前看过的内容，里面还能找得到方槐柠当时记下的笔记和画的重点，字体就同上回在A大图书馆时写给栗亭的小字条一样，纤秀流美。

栗亭看得很认真，尤其是方槐柠添加的那些注释。他一路拉到页脚，一个类似签名的东西出现在了那里——字母“F”。

F——

栗亭又打开了别的文档，许多段落的结尾也都有这个字母。

栗亭细思片刻，掏出手机打开了那个很黄的App，先翻了翻自己的账目和备忘，和之前一样，所有记录都只他一人，看着非常安全。

他又打开小游戏目录，这些倒有别人使用过的痕迹，就是那个叫F的。

F……方……方槐柠？

其实不用多思考，结合前后逻辑，栗亭已经猜到十有八九除了他没别人了。

这个软件是对方以前使用过的，那现在还在用吗？

栗亭疑惑，开始寻找答案。他逐一打开App里的游戏，发现其他的记录都是很久之前的，只有自己不久前玩过的两个游戏，原本排行榜的第一位已经被他的L所取代。可不知何时，F又重新拔得了头筹。

这是不满自己的纪录被刷新，所以又把冠军夺了回去。也就是说他在把这个App给了自己之后也使用过，那他是看到自己那些账目记录了？栗亭忍不住猜测着。

相比较对后者的担心，其实栗亭更无语方槐柠的操作。

这破游戏都要计较，谁稀罕。

“幼稚。”栗亭吐槽。

今天窗边的那个位子仍然空置了一上午，中午的时候被一对小情侣占据了。

栗亭站在一旁时不时瞄上一眼，又转开头望向马路对面聚集的人群。

忽然吧台的电话响了，栗亭走过去接，是一个女生打来的，说是想买店里的风信子蛋糕。风信子小舍的饮料和点心质量都很高，其中尤以布丁奶茶和风信子蛋糕最受欢迎，只是他们只做堂食，可以打包，但从不外送。

那个女生的语气特别诚恳，缠着栗亭再三央求。

“送的地方很近，就在A大的计院大楼里，从你们店拐个弯就到。我要不是实在走不开，我一定自己来买。求求你了，帅哥，你就送一下吧，我可以出外卖费。”

栗亭抓着话筒，没有说话。

一边魏萍走了过来：“谁的电话啊，供货商吗？”

电话里的女生耳朵很尖，竟然一下就听出了来人。

“是魏萍吗？你们店里的魏萍？让她接一下电话吧。”

魏萍接了，但是脸色却不怎么好：“是你啊……你这要求是为难我啊。我虽然跟你是同学，但我又不是老板……我知道你这是为了谁，你的心思还不明显嘛，但这不是帮不帮忙的问题……而且我们这店里也没可以外送的人啊……”

“我去吧。”

一道低软的嗓音打断了魏萍的推托。魏萍回头就看见栗亭已摘了身上的围裙，手上不知何时提上了打包好的蛋糕。

魏萍意外：“你不吃午饭啦？不会又回来吃包子吧？”

栗亭没有回答她，只接过魏萍写好买家地址的字条，推开门走了出去。

时隔近两个月，栗亭又一次进了计院研究所。他坐了电梯上到六楼，问了一圈却没有找到订货的人。

洪月正巧路过，见了栗亭只觉眼熟，再一想把人认出来了。

“啊，是你。”那个在保研夏令营帮忙的学生，“呃……叫……叫栗亭对不对？你怎么会在这儿？打工吗？”

栗亭说明来意，洪月翻了一个白眼：“找她啊，她不在这儿。我正好要上去，你跟我一起吧。”

方槐柠这几天都睡不好，早饭只吃了几口，又忙了一上午，到了午饭间隙一看这订来的盒饭就觉得油腻，几乎没怎么动。

于瑶晴也不知道怎么听说了，带了一大包零食上楼，说让方槐柠挑。

方槐柠没来得及避开，被她撞了个正着。人家女生那么关心，他也不好臭脸相对，只摇着头拒绝，说自己没胃口，什么也不想吃。

于瑶晴没生气，笑着走开了。

方槐柠以为她是放弃了，没想到这姑娘一会儿又抱了一台笔记本上楼，说是有问题要请教他。

“我听说A大图书馆的系统你参与了设计，我们学生会也想换一下管理系统，你能帮一下忙吗？”

一旁有学生正巧路过，听见这话不可思议地看了一眼过来，又同情地扫向方槐柠，忍不住对于瑶晴道：“妹妹啊，你知道A大图书馆的这套系统卖了多少钱吗？”

于瑶晴一脸茫然：“啊？要钱的？”

对方无语：“不然呢。”

“要多少？”于瑶晴问，其实如果不多的话……

对方道：“把你读到博士的学费都拿出来也不够啊。”而且这可是方槐柠，你当路边复印店里的小工吗，“代码就是财富。一般情况下，不是动机不纯的话，是从来没有平白送人程序的道理的。”这比送钱还大方，钱还不是自己印的呢。

这话说得于瑶晴一张脸红成了猪肝色，显然是套近乎找错了方法。

“抱……抱歉，我不知道。”

方槐柠开口：“没那么夸张。不过学生会真的要换系统，你应该找资管处，他们会安排，不会要学生出钱。”也就是说远轮不到她私下来找自己。

又见于瑶晴尴尬得不知所措，却站在那里没有要走的意思。方槐柠揉了揉眉心，还是说：“算了，你给我看看吧，给点意见还是可以的。”

于瑶晴立刻被感动了，急忙把电脑递了过去，人也凑了过去，小声说：“这个系统其实也不急，就不麻烦你了。不过我还有一个别的问题，就是我的电脑最近老是不太好……”

那个围观群众一听这话直接吓跑了。

“我的妈呀。”

远处刚出电梯的人也听到了，忍不住叫了一声：“她竟然让方槐柠给她修电脑！”

“为什么都觉得计院的一定会修电脑？你这做翻译的，会不会修翻译机啊？”

方槐柠应声回头，看到了站在那儿的洪月。他刚才没被于瑶晴吓到，倒是视线落到洪月身边的人时，心里一颤。

他……怎么来了！

对于洪月的吐槽于瑶晴正一头雾水，那头的方槐柠已推开椅子站了起来。

方槐柠看着栗亭，正想问他来做什么，那边栗亭说话了。

他掏出一张纸，照着上头的名字念道：“谁叫于瑶晴？”

于瑶晴好像这才想起自己做了什么，连忙上前：“哦，是我订的蛋糕到了。”

说着，她从栗亭手里接过打包盒，半点不因围观群众那么多而害羞，直接递向了方槐柠。

“那个……我听说你一直去这家店，所以给你订了他们的点心。你午饭也没吃，稍微吃一些吧。”

方槐柠一怔，看看于瑶晴，再看看那熟悉的包装袋，最后视线转向了不远处的栗亭。

那头于瑶晴见他不动，忍不住问：“你不喜欢这个吗？”

“我只喜欢喝布丁奶茶。”方槐柠问栗亭，“能点吗？”

于瑶晴觉得莫名其妙。

栗亭回视着方槐柠：“你来晚了，没货了。”

说完，他潇洒地转身就走。

方槐柠忙了一天回到家，洗完澡躺在床上翻来覆去难以入眠。最后不得已又打开小牧场，却看到他创下的所有游戏纪录，那个原属于“F”的头排位子，在半小时之前全部被字母“L”取代了。

一个不留。

糟心！

时间不知不觉迈入了十月，各方组织迎来了欢快的小长假。

A 大和计院研究所也放假了。得知方槐柠休息，一大早钱坤和赵磅就敲开了他家的门，说要和他一起打游戏。以前其实几人也常这样，方槐柠有两台台式电脑，一台笔记本电脑，皆是顶级配置，操作起来爽翻天。

不过以往都还算配合的“头牌”，今天明显不在状态，副本过不去，boss 推不倒，飞着飞着都能把自己摔死。

钱坤当然觉出了不对劲，问：“哎，我说你是怎么回事啊？”

方槐柠没精打采地斜了他一眼。

赵磅却表示理解：“谁让你这么早就开打的，我们都没睡饱呢。哦，对了，我忘了你独守空房心里难受。”钱坤不住校，所以四人寝现在只有王复梁和赵磅。

说到这个，赵磅转向方槐柠讥讽道：“槐柠，你看这家伙，不过就是风信子关门几天，老婆跑到别地去了见不着而已，这人就天天魂不守舍、心不在焉。怎么着也是个大帅哥，你说说他多没出息，还好意思顶着这外貌活着呢。”

钱坤立马反驳道：“我哪有见不着，我这是不愿意和她一块儿！你知道她干吗去了吗？她去参加那个什么外语沙龙，往那儿一坐能说三四个小时的鸟语，换了谁谁受得了？你问问槐柠，如果是他有个外语系对象，他能愿意这么忍着？再喜欢都忍不了！”

赵磅：“他没有，这假设不成立。”

钱坤鄙视他：“反正跟你们这种人说不清。”

赵磅丢了鼠标：“行行，我还不想和你这‘怨夫’玩呢，没劲。”

钱坤也不是特别有心思，想了想：“要不我们出去晃晃？天气那么好，老宅在家得单身一辈子。”

赵磅无所谓，看向方槐柠，却见后者懒散地起身，走向房里。

“你们去吧，我再睡会儿。”

进了房间，方槐柠倒进了枕头里想补个觉，但翻来覆去半晌仍是没有睡意。他的手揉了揉床单，又不由自主地摸向床头的手机。

那天发现自己的游戏纪录全部被横扫后，方槐柠很惊讶，惊讶过后就是浓浓的心虚。

这个软件是自己给栗亭的，栗亭是不是已经怀疑自己偷窥他的隐私了？大半夜来这一出，目的是给予偷窥者警告？

若真如此，以小财迷的脾气，一定会非常生气。难怪那件事之后他已经几天都没有更新过任何信息了。

栗亭在到了风信子以后似乎没再在别的地方打工了，所以一旦风信子像现在这样休假关门，方槐柠和他便失去了联系。

方槐柠正要丢开手机时，一条通知忽然闪了出来。

——有一条新备忘添加。

方槐柠意外，栗亭这是又更新了？

紧张地点进去，果然是新的备忘记录，栗亭这是没怀疑他的意思！再看那写的内容，是一串的地址，从A大地铁站到西南门公交车站再到商店街，非常详细。但是也只有地址，目的为何，什么时间，都没有写，这让方槐柠一头雾水。

方槐柠盯着盯着，坐起了身。

门外钱坤和赵磅正暗暗讨论“头牌”这是什么情况，为何如此情绪不定。忽然房门被打开，方槐柠神清气爽地站在那儿。

“走吧。”

赵磅：“走什么？”

方槐柠：“出去晃晃。”

钱坤：“你刚不是说不……”

方槐柠：“听你的。”

钱坤和赵磅以为他们是闲着出来逛街的，可是走着走着，他们发现自己好像是出来马拉松的。

绕着A大来来又回回，当第三次路过商店街尾的馒头铺时，赵磅已是累得快没气了，连体育特长生钱坤都忍不住问方槐柠：“你这么暴走，是要打算捐肝呢。”

方槐柠的目光最后一次掠过闭店的风信子小舍，眼内划过一丝失落，不过目光一转又很快抬起头道：“随便走走，要不你们先回去吧，我再看看。”

“还看啊！”

不理身后哀叹的两人，方槐柠挥挥手，径自向前走去，拐个弯正好看见熟悉的公交车前来。他犹豫一瞬，在车门打开时坐了上去。

一路颠簸到了郊外，下车的时候日头正好。

非工作日的此地又恢复到了清冷萧条的样子，空荡荡的路上只有冰冷的建筑和乡野的农田交错排列，丝毫不见夜晚的迷蒙。

方槐柠踏着走过的路慢慢向前走。

不过倒是没想到会在田里看见别人，一个农民样的年轻人正在前头提着水桶浇灌那些农作物。

方槐柠疑惑地上前。

庄稼汉抬起头来，看见一个干干净净、斯斯文文的学生站在那儿也很纳闷儿。

“你……找谁？”

方槐柠问：“这是你的地？”难不成栗亭在为他打工？这也太匪夷所思了。

庄稼汉摇头，指了指远处：“那儿是我的，这里不是，我只是帮着看看。”

“帮……栗亭？”方槐柠问。

庄稼汉意外：“你认识亭亭呀，你是他的朋友？”

亭亭？叫得好亲密。

方槐柠皱眉：“我……”他们算什么关系，那将熟不熟的关系能算朋友吗？

好在庄稼汉不是太在意，已是认定对方和栗亭是相识的，只道：“亭亭不在的时候我就帮他看看，反正地都一样种嘛。”

“这还真是他的地？”小地主真的是个小地主！方槐柠吃惊。

“嗯，对啊，”庄稼汉点头，“那儿，那儿……还有那头，以前都是，不过现在都是我们的了，他只有这一块。”

“他……以前住在这里？”方槐柠想起栗亭说过的话，已经分不清什么是真、什么是假了。

庄稼汉拿起脖子上的毛巾擦了擦汗：“很早以前啦，有十多年了。你是城里过来的吧，你不知道，以前这儿可好看了，都是大院子小楼的，有钱人常来度假。后来两边的地皮被那个什么信的大公司买了，住户全搬走了，这儿也变农田了。”

搬走了？

但栗亭却还总是回来。

方槐柠看着那个庄稼汉的侧脸，渐渐想起对方就是上回栗亭的手受伤时帮着他推西瓜的那人。

“这儿的东西长好了，栗亭也要你帮着卖吗？”

方槐柠其实只是顺嘴那么一问，谁知那庄稼汉却急忙摇手：“怎么可能，这地里种的东西亭亭说过，只吃不卖的。”

只吃不卖？

“这么多？能吃得完？”方槐柠惊讶，这不符合栗亭的做事风格。

庄稼汉：“我也这么说，所以亭亭收成了每回都送我们很多。我让亭亭带回去，他说他也没有人能分。”

方槐柠心里一抽。

“其实吧，他对我们已经够好了，我也就帮点儿小忙而已。以前他妈妈、他外婆住这儿的时候对我们家那么照顾，现在人不在了，我们也做不了什么，只会种种地……”

像是觉得自己多嘴了，庄稼汉急忙喝了两口水，对方槐柠点点头走了。

走之前还自言自语地嘟囔：“这果子还差一个多月就能熟，到时候得多拿两个筐来摘……”

方槐柠听着，缓缓蹲下身，就见地上一蓬一蓬相连的小苗间已长出了颗颗尖秀的雏形，有白有绿，偶有些微红，显示着娇嫩的青涩。

方槐柠这回认出来了，原来栗亭种的是草莓。

他学着栗亭伸出指尖轻轻碰了碰那些青葱的叶子，顿时觉得可爱。

方槐柠抬头望向农田的某处，仿佛又看见夜色里那个背对着自己仰头赏月的人。

一个守着自己财产的小地主。

有点孤独，却又有点满足。

第八章
神秘的世界

方槐柠重新坐车回到市区的时候天都黑了，向来善于合理安排日程，极少自我放纵的他竟然这么漫无目的地游荡了一天。

看看时间快要八点了，方槐柠最该做的就是回家洗个澡，然后好好睡一觉。然而这腿在车门前来回走了一通，最后还是没忍住提前两站在 A 大附近下了车。

栗亭推着小电瓶车从车站前走过的时候就看见方槐柠一动不动地站在那儿，恍惚地对着马路上往来的车辆发呆。

栗亭瞧了一会儿他，方槐柠总算感觉到了什么转过头来。

见到是他，方槐柠面露惊讶。

栗亭却转开了眼，推着车继续朝前走，并没有打招呼的意思。

只不过他的小电瓶车自从修了再拿回来以后总是不得劲，这不推着推着就卡了壳。车上装的东西又实在太多，车子微微一顿就让后座的两个大袋子翻落了下来。

栗亭要停车去捡，两只手已先他一步把袋子抱了起来。

“谢了。”

栗亭道谢，伸手想接，对方却没给。

方槐柠站在面前，看看栗亭，又看了看把电瓶车位子全占满的大包物件，掂了掂手里的分量，问：“这是什么？”软软的，蓬蓬的，像是棉花一样的东西。

栗亭似乎没有详细对他解释的意思，只道：“货。”

方槐柠说：“你这放不下了，给你还是要掉。”

栗亭蹙眉，像是在想要怎么办。

方槐柠又问：“去哪里？”

栗亭说：“就前面。”

方槐柠抬手看看表，仿佛在想自己有没有空。半晌，他勉强道：“既然不远，我帮你拿过去。”说完已先走在了前头。

栗亭看着他挺拔的背影，片刻，抬步跟在了后头。

的确是不远，过了马路就到了 A 大前的商店街。方槐柠正想着这个小地主是不是要给风信子小舍送货时，身后的栗亭已经停了下来。

袋子被拖到某家店铺前，一解开，里头的东西跟爆米花似的涌了出来，其中有两只还顺着阶梯咕噜噜滚到了方槐柠的脚边。

方槐柠用空闲的手把地上的玩意儿捡了起来，一看是一只公仔玩具，鼻孔大耳朵长，肥丑得很有特色。

什么鬼东西？猪？兔？

方槐柠脑内一“叮”！

猪兔？

200 个？

3600 元？

是这个吗？

再望向栗亭，发现他打开了店铺前的一台机器，把这丑东西一个一个放进里头，反复调整角度，纠正方位，认真的表情跟写论文时一样。

“你……这……”方槐柠惊诧着开口，却又不知从何问起。

栗亭却猜到他想说的话：“我租的。”

“2400？”方槐柠脱口而出，说完差点咬掉自己的舌头。他怎么可能会知道这种精确的价格。

栗亭果然奇怪地看了他一眼。

方槐柠以为他会有疑问，结果见栗亭又把注意力放回自己手上的活计了，半晌只说了句：“老机器了，所以便宜。”

方槐柠松了一口气，顺着他道：“这成本算便宜？”

栗亭点头：“不包括调试维修的费用，而且最开始还需要人工监督。”作为新手，娃娃的摆放和吊中率都要人为反复琢磨研究，最开始的几天机器离不开人。

人工监督？！

方槐柠一听这话脑子亮了一下，好像有什么心结忽然被打开了。

他看看面前的娃娃机，又回头望向马路对面，这看过去不正是风信子小舍吗。当时那个“女生”就站在这头，栗亭就站在那头，边吃饭，边向这里张望。这地点，这距离，忽然让方槐柠有了一个大胆的猜测，栗亭其实并不是在看人，而是……

栗亭放完了一小袋娃娃，算了算数量，还差两个。他回头寻找，就见方槐柠低头捧着那只猪兔目不转睛地望着。

“你——”方槐柠正打算旁敲侧击点什么。忽见栗亭靠近，伸手一把扯过了自己手里抱着的东西。

方槐柠：“干什么？”

锁了机器，栗亭推上车要去下一个目的地。

既然已经知道栗亭在做什么，方槐柠根据备忘录上的情况猜到他应该要去地铁站。方槐柠正好要回家，于是理所当然地同行，也算给对方继续搭把手。

栗亭没有拒绝，就这么慢慢推着车走在方槐柠的身边。

又走了一会儿，穿过一座天桥，到了地铁站。

这一站就是A大站，因为放假的缘故，人流比平时少了许多，但还是有三三两两的人围拢在好几台娃娃机前，兴致勃勃地操纵玩耍着。

猪兔机器的生意竟然异常地好，才被认定的小地主又摇身变成了小老板。方槐柠对栗亭真是说一百句佩服都不为过。

栗亭默默站在一旁等顾客们如愿以偿地夹到一只娃娃后才从方槐柠手里拖过公仔，走过去添加新猪兔。

放好娃娃，栗亭又等在一边看着几个顾客操作，确认正常才满意。

方槐柠看着他像要离开，感觉自己好像没什么理由再和人继续同行下去了，毕竟他就要在这儿坐地铁回家的。结果栗亭走了两步，像是发觉另一个人没有跟上来，竟回头看了过去。

方槐柠听见栗亭说：“你没吃饭。”用的是肯定句。

是的，方槐柠在外头绕了一天，合信工业那儿哪来的饭吃，他都快饿死了。

所以，小老板的意思是？

栗亭张嘴，正要说话，忽然几声响拉过了他的注意力。

方槐柠和他一起回头，就见一对小情侣站在猪兔机前，其中男生发泄般地对着机器不停地捶打，引发了好大的动静。

嘴里还骂着：“什么破机器，骗钱！”

栗亭眯了眯眼，抬腿走了过去。

"一脚一百元，坏了三千元。"栗亭在那个男生背后冷冷地说。

"什么？"男生愤而回头，满脸的不快在看到栗亭时忽然笑了出来，阴恻恻道，"原来是你啊。"

栗亭倒没有遇见熟人的表情变化，朝他伸出手："三脚，三百元。"

"你……"男生怒起，把那娃娃机拍得咚咚作响，"我试了两回什么都没吊着。这东西骗了我女朋友的钱，你还敢问我要钱！"

"程鹏，你本来玩不起可以不玩，"栗亭语气依然淡定，"但是现在，你赔不起也要赔！"

这话说得直接让那个男生奓毛："栗亭，你想要我赔钱？做梦吧！"

栗亭目光一沉，男生被瞪得拔高了音调："怎么着？你这是想对我动手？之前在学校放你一马，这可是在外头，你要敢动我，我就直接报警抓你！你如果这回再进去，看谁还能保你！"原来他就是之前在学校找栗亭麻烦的那伙男生的领头人。

见栗亭不语，程鹏以为镇住了对方，嚣张地抬手指了过来。

"你学乖点以后就别那么横，这台机器是你的对不对，信不信我以后天天让你做不成生……"

话没说完，手腕被人捏住反方向扭到了自己面前。

"啊！"

程鹏吃痛，抬头望去才发现栗亭身边还有一个男生在。对方十分高大，正板着脸看着自己。

"这种行为很没教养，你洗手了吗？"方槐柠问。

程鹏气急攻心，拼命想甩开方槐柠抓住自己的手。一开始方槐柠几乎纹丝不动，后来见他脸都憋青了，便松了点劲，由着程鹏脱出手来。

可这一拉扯间，只听一声碎裂的脆响，方槐柠手腕上的东西也被拽了下来。

几人低头，看着地上的手表，还有那裂了几道痕的表盘。

方槐柠抿起嘴，这是他二十岁时父母送的生日礼物。价钱倒是其次，重要的是心意，他很不高兴。

而那头栗亭一直平静的脸上，眉头也深深地皱了起来。

"这可不关我的事，是你们……"程鹏企图推脱狡辩，可刚开口，程鹏的领子就被提了起来。

程鹏也不是一个好脾气的人，栗亭没动手，他倒先彻底打破了和平的局面，一拳朝栗亭挥了过去。

方槐柠伸手要拦，栗亭比他动作更快，不仅迅速闪开那一拳，还绕到程鹏的背后，用手肘卡住他的脖颈儿，两三下就将人制在了原地，单薄的身板力气大的程鹏丝毫不能动弹。

栗亭俯下身居高临下地问："把你刚刚说的话再说一遍？你信不信我……"

程鹏仍然嘴硬："你想干什么？栗亭……你还敢公共场合动我？"

栗亭面不改色："是你先动我的，而且我已经有过案底了，再多一个算什么？"

这话听得方槐柠一惊。

程鹏当然不会轻易认输，然而无论他怎么挣扎抵抗，被扭着的手都无法逃脱，脖子处火辣辣地疼，呼吸都开始急促起来，程鹏已经眼花了。

周围看热闹的人越来越多，程鹏只觉又痛苦又丢脸，身后的人却一点都没有松动的意思，显然比他有耐心多了。渐渐地，程鹏的心气越来越低，到最后，终于忍不住小声服软了。

"你先放手……我……我其实只是说说，我不会……不会真砸你的娃娃机的……"

栗亭："哦？"

"对……对不起……"

栗亭："还有呢？"

程鹏："高……高中的那些事儿……我……我们一笔勾销，我……我也不会再找你麻烦了……好不好……"

栗亭拧眉："我让你说这个了吗？"

程鹏气息急促："那……踹机器的三……三百元，我也赔你，就在口袋里，你自己拿……"

栗亭不语，只把人又往前推了推。

程鹏大叫："手表我……我真的没那么多钱……我赔不起啊……"

方槐柠把这一切都看在眼里，知道栗亭这么做其实是为自己的表讨个公道，顿时觉得十分暖心。不过为避免事态扩大，方槐柠决定开口。

"算了。"方槐柠轻轻拽了拽栗亭的胳膊。

栗亭没动。

方槐柠叹了一口气。

"栗亭，"他第一次叫了对方的名字，"表我自己修，别浪费力气跟这种人计较。”说着，一根一根掰开了他的手指。

这一回意外地没遭到反抗，栗亭顺势松手，由着方槐柠将男生解救了出来。

程鹏脱力地瘫倒在地，才歇了两口气就跌跌撞撞地爬起来想跑。

“慢着。”方槐柠忽然道。

程鹏学聪明了，立马从口袋里摸了三张红色钞票。

“滚吧。”方槐柠道。

程鹏心有不甘，但只能和他女朋友一瘸一拐地离开了。

方槐柠注意到栗亭的视线停留在那三张钞票上，心里好笑地递到了对方的面前。

方槐柠轻咳了两声，善解人意地说：“我这表不是国内买的，过年的时候可以自己过去修，认识人，能解决。”所以这钱，他不需要，而栗亭那台老机器遭受撞击，说不定真要找人来维护一下才行。

栗亭似乎思考了一会儿，权衡了方槐柠的建议后，接过钱放进了口袋。忽然，他脸色一变，在衣裤间一通乱摸，无果后又低头在地上四处搜罗起来。

方槐柠还从没看见栗亭这般紧张的样子，连忙问：“是什么掉了？”

栗亭道：“我的钥匙……我的钥匙呢？”

“家里的钥匙？”方槐柠跟着一道寻找，“什么样的？上面挂着醒目的东西吗？”

栗亭说：“挂了，挂着一个。”

他还没说完，方槐柠已经找到，就在栏杆的角落处，应该是刚才和那讨揍男纠缠时掉落的。

方槐柠将之捡起：“是不是这……”

话没问完栗亭已经一把把东西夺了过去，仔细地检查起来。

方槐柠注意到栗亭的表情。他在乎的似乎是那枚钥匙扣，一只有点陈旧的小机器人的钥匙扣。

机器人？

方槐柠仔细看去，只见那个机器人的四肢都可以活动，背后有“SMDS”什么的字样，表面的漆都已脱落，但能看得出原来的做工挺精致的。

不知道为什么，这机器人方槐柠越看越熟悉。

方槐柠想起来了。

"原来你也有这个。"

栗亭一怔："你知道这个？"

方槐柠颔首："当然。"

栗亭直直地望着他。

方槐柠道："《神秘的世界》对不对？以前订阅科学杂志三年以上的会员都能送一套这样的周边。六个机器人是一整套，我也有。"

栗亭仍是看着他："那你的机器人呢？"

"嗯？"这倒是问住方槐柠了。十来年前的玩具了，他凝神想了片刻，"不知道放哪儿了。"

栗亭听罢，垂下眼没再说什么。

错觉一般，方槐柠似乎在他脸上捕捉到了一丝失望之色。

还未待看仔细，栗亭已转过了身，沿着天桥向前走去。

方槐柠默默地看着他的背影，感觉自己好像说错了话。

结果栗亭走了几步又停下，回头奇怪地看向方槐柠，脸上的神色已恢复淡然。仿佛之前的场景重播一般，他问："你不饿？"

方槐柠这才记起之前小老板似乎有意请自己吃饭。

他帮了栗亭的忙，还因此损失了一块表，请一顿饭其实不算什么。不过放在小财迷身上，就是千载难逢的大慷慨了，尤其这是他继冷面之后的第二次请客。

方槐柠抿了抿嘴才忍住了嘴角弧度，走到对方身边冷静地说："饿。"

栗亭拍了拍自己装了三百元的裤兜："你有什么不吃的？"

方槐柠不吃的东西有很多，口味重的他不吃，稀奇古怪的他不吃，太垃圾、太黑暗的料理他也不吃，不过开口却道："都可以。"

三百元，虽然吃不了奢华大餐，但是也足够两个男生找家过得去的饭店吃个底朝天了。

栗亭又问："海鲜吃不吃？"

A 市属于内陆城市，这时节海鲜其实不便宜，这点钱只够吃点廉价的。不过方槐柠还是随和地点了头，廉价就廉价吧，无所谓。

正想着这附近有什么能吃的海鲜餐厅或者是排档，身边的栗亭已经一转身进了一家便利店。

要先买什么？

方槐柠觉得莫名其妙，但还是跟了上去。

栗亭停在便利店的一处货架前，对比了片刻，拿了东西出来结账。摸出三张红色钞票，抽了其中一张递过去给老板。

方槐柠看着栗亭，视线又慢慢下落到他的手上。

两桶方便面。

再定睛一看，海鲜的。

老板道：“三块五一桶，两桶找你九十三，要不要加两根火腿肠？”

栗亭：“不要。”

方槐柠：“……”

泡上面，栗亭递给方槐柠一碗，捧着自己的在便利店内的椅子上坐下。见方槐柠还呆站在原地，栗亭对他抬了抬下巴面露疑惑。

比起上回吃街边冷面坐地上，这次至少有桌有椅，已经是一种很大的进步了。

方槐柠对比之后，认命地走了过去。

这是他第一次在便利店吃东西，但看栗亭那熟门熟路的劲儿，显然是老顾客了。

方槐柠很想跟他说：“下次换我请你吧，你想吃什么，都可以告诉我。”

不过他也只是想想而已。

面很快熟了，栗亭掰开叉子正要大快朵颐，身边的方槐柠忽然起身，在柜台那儿绕了一圈后走回来，递了一样东西过来。

是一张创可贴。

“这里破了，包一下吧。”

栗亭瞧了一眼手背，这才发现被擦掉了点皮肉，应该是刚才和程鹏纠缠时不小心磕到的。

见栗亭不以为然，方槐柠径自撕了包装：“拆都拆了，别浪费。”

栗亭看了看他漠然的脸，勉强接受了。不过他似乎很少用这玩意儿，换了好几个角度都不顺手。

一边的方槐柠见了，自然地接过创可贴，替栗亭贴上了手背。

“是同学吗？”他问的自然是程鹏。

栗亭道：“你觉得像吗？”

方槐柠想，不像，像仇人。不过两个大学生能有什么深仇大恨，一见面就挑衅，跟中学少年似的。

栗亭道：“高中时候有一点小过节。”

方槐柠好奇：“跟那个……”他想问“跟你说的那个有关吗”。

栗亭比他直接："你说我的案底？"

方槐柠手一顿。

栗亭道："不是什么大事。"

方槐柠洗耳恭听。

栗亭看着他："就是不小心背了条……命案而已。"

方槐柠抬眼和他对视，表现得还算镇定："那受害者一定非常有钱。"才会和小财迷结下不可调和的矛盾。

栗亭有些意外方槐柠变聪明的速度，不太高兴地白了他一眼。

只许自己挠别人，不许别人逗他。

方槐柠对他的反应下了结论。

两人目光相对，一道不合时宜的铃声打破了有些凝固的氛围。

是栗亭的手机。

栗亭用贴了创可贴的手接起了电话。

田典的声音从那头传来："栗子你在哪儿呢？"

栗亭说："外面。"

"快回来啊，我们的房子要倒啦！"田典咆哮。

栗亭打开方便面盖，捞了一勺塞进嘴里，无比冷静："知道了。"

说完他直接挂了电话，转头看方槐柠盯着自己吃面，便用叉子敲了敲他的碗："你的好了。"

电话那头的人嗓门那么大，便利店只有他们两人在，那么安静的情况下，让方槐柠想回避都回避不了。

方槐柠捧着面碗，若无其事地问："有事？"

栗亭叉子不停："不知道。"

方槐柠看着栗亭香甜的吃相，把心里的猜测压了下去，也跟着吃了起来。

不知道为什么，平日避之不及的垃圾食品这回显得格外美味。直到看到对方打量的眼神，方槐柠才意识到自己竟然把泡面汤都喝完了。

"再来一碗？"发现方槐柠盯着面碗那依依不舍的神情，做东的小老板意思意思地问了一句。

方槐柠用纸巾擦了擦嘴，镇定道："不用了，我减肥。"

离开便利店，两人来到天桥下取停在那儿的小电瓶车，却发现它被后到的车堵在了最里面。

见栗亭要动手，顾忌他手伤的方槐柠先一步上前将拦路的车一辆辆地挪开。

栗亭默默看着他的动作。方槐柠力气不小，但养尊处优的少爷显然平日很少干这些体力活，没一会儿鬓边的发梢就汗湿了。

在只剩一辆摩托车时，栗亭道："我来吧。"

方槐柠没理他，上前推着车就走。

但是车没动。

再推。

还是没动。

方槐柠僵硬地看着栗亭走上前接过车把，轻松地一提一拽，那辆庞然大物就被他挪到了一边。

"别减肥了。"栗亭推出自己的小电瓶车跨上去道。

栗亭回到家，果然看见楼下围了不少人，连警车都出动了。

田典已经开始在饭店上班，黑白颠倒的作息修正了不少。从傍晚等到现在，田典一见栗亭就连忙扑了过来，惶恐地说："栗子，我们要露宿街头了！"

这地方偏僻，房租便宜，住了很多乱七八糟的人，素质普遍不高。这不，前有隔壁狗男女打架，后就有人为了群租竟然在一楼挖出了一间超大的地下室。本就年久失修的破楼，直接被搞得墙体开裂成危楼了。

警察说要排除危险后才能住人，具体回归日期待定，栗亭他们便被迫无家可归了。

田典已经把两人的衣服都收拾出来了，抱着行李哭丧着脸问栗亭要怎么办。

栗亭："找个招待所先住两天。"

田典正要无奈地点头，口袋里的手机传来了消息，是同事间的无聊短信。不过田典一看，忽然想起了什么。

"栗子，我知道有个地方大概可以住！"

钱坤隔几天会和方槐柠一块儿去游泳馆游泳，方槐柠不像自己对于运动特别热衷，他一般都是消耗到差不多的量便点到即止，很少浪费体力。但今天钱坤却发现"头牌"特别来劲，五十米的距离来回游了至少八趟依然没有罢休的意思。

钱坤喊道：“你吃兴奋剂了吗？”

方槐柠又是一个转身，游到他面前总算停下了：“你以前训练量是多少？”

钱坤本就是游泳选手，他打算毕了业就退役，专攻体育理论，但目前的训练量依然非同一般。

“你想干吗？”钱坤奇怪。

方槐柠用力捋了一把头发，露出其下深刻的五官：“以后咱们俩一起练，就按你的量来。”说完一返身又往前冲去。

“啊？”钱坤莫名，暗忖这家伙最近到底怎么了。

游完泳两人去了A大对面那个挺有名的火锅店吃饭。

一番大快朵颐后，钱坤叨叨着刚才的见闻：“我告诉你，我刚在淋浴间遇上个头发那么……长，细胳膊细腿的学生，害我以为是个女人，吓得我差点没尿裤子。”

方槐柠没心情听他乱侃，只拿出手机翻看。小财迷昨天许是回家晚了，没有记账，今天只写了孤零零的一条——机器损失费97元。对此，方槐柠不甚满意。

合上手机去付账，方槐柠刚掏出皮夹，就被钱坤抓着激动道：“喏喏，就是那个，快看。”

方槐柠：“什么？”

“我刚跟你说的那个吓我一跳的人啊，”钱坤指着一边，“没想到这么巧，他也来这饭店了！”

方槐柠顺着钱坤的手指落到某人的脸上：“你说的……是他？”

“对啊，是不是分不清男女！”钱坤一运动员，生活环境和方槐柠差不多枯燥，人生字典里还是第一次遇见这样的稀罕人种。

大概因为惊讶，钱坤这嗓门没控制好，惹得那头的人也看了过来。同样的惊讶也出现在了对方的脸上，下一刻那人直接朝他们走了过来。

“你好！你是……方……方槐柠对不对！”田典半点不认生地和他们打招呼。

又转向钱坤：“嗯，你……”

“我们刚在游泳馆见过！”钱坤忙道。

田典想起来了：“啊——我就在游泳馆楼下的饭店打工。店里的厕所坏了，就上来借用一下。”

回头发现方槐柠还直愣愣地看着自己，田典刚要开口，身后就有人叫他。

“田典，怎么还没结完账啊。你刚当上领班呢，说请客的小领导可不能没钱啊。”

“谁说的，就好了就好了。”田典应付完他们去看服务员拿来的账单，然后悄悄吸了一口气，“怎么这么多，你们店有没有折扣啊？”

在服务员表示没有的时候，田典整个人瘪了下去。

正在他懊恼地翻着支付软件时，忽听一旁的方槐柠问：“你们的房子怎么样了？”

田典确认了一下对方的确在跟自己说话后，一边疑惑这个帅哥怎么知道他们房子的事，一边诚实回答：“搬出来了，现在和栗亭一起住在我的员工宿舍里，就在游泳馆后面两条街的友友小区。”

友友？离自己家倒是近。

方槐柠点点头，拉着还有点恍惚的钱坤转身离开了。

倒腾一番，田典总算翻出了信用卡，咬牙付账时却收到服务员的回复：“你们这一桌的账已经结了。”

田典：“啊？”

服务员：“就刚才那个帅哥结的。”

友友小区已有些年头，但房间明亮宽敞。栗亭和田典暂时栖身的宿舍是一室一厅的格局。客厅和卧房都被改成了上下铺，每间可以住两到三人，淋浴和厨房共用，只可惜是半毛坯，生活设施不太完善，也算优缺点都有。

而栗亭和田典本来就是借住的，自然轮不到他们抱怨。尤其是栗亭，连饭店员工都算不上，相比于出租屋的环境，这里的小困难完全可以克服。

田典洗完澡在上铺打了两个滚后高兴地说：“栗子，我们老板竟然让我做领班，我真是做梦也想不到。”

看书的栗亭头也不抬：“任劳任怨，不提加薪，连保险都没交，换谁都要这样的包身工。”

“哎呀，你别这么说，这些年来我其实给店里闯了不少祸，老板没把我丢出去已经很好了。我们总要记些别人的好，就像你对我好，我一辈子都记着！”

栗亭对这种肉麻的话向来耳聋。

田典也不在意："对了，你猜我今天遇见谁了？"

栗亭没兴趣猜。

田典期待地等了半天后,只能自己道:"科学家！遇见科学家了啊！"

栗亭终于看了他一眼。

田典见对方有了反应，忙道："在A大门口的火锅店，和小眯他们一起吃饭时遇上的人。明明上回那么高冷，这次科学家不仅和我主动说话了，对我笑了，竟然还替我买了单！"

栗亭面无表情地看着田典激动地蹬腿："所以呢？"

田典兴奋："所以他到底是为什么这么做？是不是因为你？你和他到底有没有交情？"

栗亭关了手机上满是笔记的电子文档，淡淡道："不熟。"

田典狐疑："真的吗？"

栗亭又垂下了头，没有回答。

另一头方槐柠也躺在床上沉思。

他想着和栗亭邂逅以来的种种，想栗亭的遭遇，想栗亭的处境，想栗亭和他的朋友。曾经他觉得自己和栗亭就像隔山隔海各处世界彼端，毫无相似之处。而现在似乎那差距因为今日之事一下子被缩减到隔门隔墙了。

终于，这次漫长的假期到了尾声。A大开学了，风信子小舍也要重新营业了。

栗亭不到七点就出了门，不过刚离开友友小区他就发现前面出现了一个熟悉的身影。那个身高腿长杵在路边的，迎着阳光就跟拍电影海报似的人，不是方槐柠是谁？

方槐柠仿佛也刚看到他："这么巧？"

栗亭同意："巧。"

"你……"方槐柠看看栗亭，又看看身后的居民楼，有些疑惑。

栗亭："暂住这里。"

"哦，"方槐柠点头，没有多问，指了指对面的高层，"我也住在这里。"

栗亭忽问："你爬楼梯下来的？"

栗亭看着他头上的汗珠又摇头："没什么。"

栗亭要去商店街，方槐柠要去学校，两人同路。

到了公交车站，栗亭却径直走了过去。方槐柠以为栗亭刚搬来还不清楚路线，忍不住委婉道：“你今天没骑车？”

栗亭奇怪：“这么点路，还要交通工具？”

栗亭问：“你要坐车？”

方槐柠脚下一顿：“不是。”

栗亭点点头，没再说什么。

坐车不过两三站路，步行却要多三四倍的时间。秋日的清晨比不得盛夏，但在太阳下走上十多分钟，也是有点烤人的。

栗亭注意到方槐柠今天手里提了笔记本电脑，另一只手拿着一个大袋子，不禁多看了两眼。

方槐柠发现后朝他伸出手：“吃不吃？”

就见那袋子里放了各种早餐，从蛋糕到饭团一应俱全，栗亭感到很意外。

方槐柠解释：“给同学带的。”

又说：“应该多了，你没吃的话可以挑一个，不然也是浪费。”

栗亭忙起来没吃早餐的习惯，在方槐柠又催促了一次后，探手从袋子里掏了一个蛋饼。

咬了一口，竟还是温热的。

“谢了。”栗亭垂下眼说。

“不客气。”方槐柠若无其事道。

以往十来分钟就够了的路，今天走了近四十分钟才各自到了目的地。

方槐柠是A大计算机与科学协会的会员，那里简称计科协。这个协会由学校内相关专业的佼佼者们组成，平时研究课题组织活动。其中还有专门的竞赛部门，特别针对业内含金量高的比赛进行准备和培训。作为拿奖拿到手软的前辈，用学校的话来说，方槐柠有义务给学弟们辅导和帮助，分担教授的辛苦。而今天协会内早来的不少会员都有点震惊，“头牌”竟然请他们吃早餐了！

一个叫周明承的学弟捧着手里的肉松包不敢置信地对身边人道：“我今天这运气，是不是代表今年能拿个区冠军回来？”

然后得到羡慕的回答：“是啊，我也没吃早餐。”

方槐柠赶巧回头，对上那人的脸，愣了一下才认出来。

“你……”

这是栗亭的弟弟，他怎么会在这里。

周明承以为方槐柠是不高兴了，忙道：“方学长……这是我高中同学，他也是学计算机的，今天会里人不多，我就带他来参观下，一会儿就走。”

“方学长，你好。”没想到他说完，栗晗就站了起来打招呼，“好久不见。”

方槐柠看见他就想起那一晚撞破的狗血家庭剧。不过栗亭对人家没意见，自然也轮不到自己来干涉，于是方槐柠对栗晗点了点头。

“没事，坐一会儿吧。”

见手边还有一个热狗，方槐柠拿起递了过去。

栗晗受宠若惊。

方槐柠没再说什么，转身离开。

身后传来周明承意外的声音：“哇，你竟然跟我们‘头牌’很熟。”

中午，栗亭正坐在门口遥望他的娃娃机，手里的包子刚掰开要塞进嘴里，就看见方槐柠走了过来。

方槐柠问：“有位子吗？”

栗亭把包子放下：“要等一下。”

方槐柠朝店里看了一圈，又问：“钱坤来过吗？”

栗亭想了想：“没有。”

方槐柠皱起眉，看看外面，又看看手里的东西，忽然递了过来，又把早上的话说了一遍。

“吃不吃？”

栗亭盯着那只大餐盒，就见包装袋上写着“香米堂”三个大字，不甚理解。

方槐柠道：“钱坤的饭，没人吃就只好扔了。”

栗亭没动。

方槐柠转手要往垃圾桶去，胳膊忽然被拽住了。

栗亭接过那饭，打开扫了一圈后，将包子装回了袋子里，拆了香米堂的勺子，不客气地吃了起来。他没对餐食做什么评价，只说：“现在有位子了。”

方槐柠脚步轻快地进了风信子小舍，然后迎面对上了吧台后一脸深沉的魏萍。

魏萍牢牢地盯着面前的人，一字一句地问："钱坤去U市比赛了，你、不、知、道、吗？"

两人对视良久，方槐柠面不改色："什么？"

魏萍："你说呢？"

栗亭清早出门的时候，田典还在赖床，边做梦边疑惑栗子怎么越走越早。待田典终于打理妥当出门上班，却发现栗亭竟然还在！

田典惊讶："栗子？你干吗呢？"

栗亭回头看了他一眼："在锻炼。"

"在……小区门口？"

栗亭扭了一下有点僵硬的脚腕，走向一旁的车棚，不一会儿推着他那辆小破电瓶车出来了。

田典更奇怪："咦，你前天不是说这辆车漏电，暂时打算走路去打工吗？"

栗亭伸腿跨上去飙了出去："我现在累。"

田典看着他远去的背影，嘀咕："换谁一大早站在小区门口锻炼两小时都累啊。"

因为师兄吴毅半夜的一通电话，打乱了方槐柠第二日一早继续买早饭的计划。合信工业的系统出了点问题，需要他们俩赶去一趟。

果然第二天一路忙到快中午才轮到方槐柠吃饭。

扒着餐盒，方槐柠遥望玻璃墙的那头，心想今天真是个好天气，不知道田里的草莓长得怎么样了。上次那个青年农民说再过不久就打算收掉，但他们又吃不完那么多。

正想着，办公室职员的聊天拉回了方槐柠的思绪。

职员A："听说我们公司原本规模应该更大，但隔壁那块地没拿下来，所以缩减了一部分，好像是价钱谈不拢。"

"隔壁的地早年属于A市的几户有钱人，后来很多田地转租给了农民，他们可比拆迁户还要难对付。我们公司要得这么急，和他们耗不起。"

"我知道，我小时候来过这儿。十多年前吧，当时一排排的大房子可真漂亮，空气也好。最显眼的是有大片的牵牛花田，粉粉蓝蓝的太好看了，就在那儿，小土坡那儿。”

方槐柠继续扒饭。

职员B：“现在什么都没啦，只有农田了。不过我刚发现原来那里种了很多菜，还有水果什么的，草莓都长出来了，看着真想吃。”

“这么馋就悄悄过去摘两个呗，哈哈，反正也没人知道。”

“你们也太缺德了，这些农民哪有那么蠢，说不定就养了看田的狗，或者直接在下面埋了电网，来一个电一个！”

“你当拍电影啊，现在哪有这种高科技！还电网呢。”

“不信你问我们小工程师，他应该懂这些吧？有没有这种电网？进那田里偷东西是不是会被电？”

大家只是胡说八道，根本不指望那个小工程师会回答。

结果小工程师转过头来，认真地说：“会。”

众人：“会？”

小工程师补充：“不认识的去偷，会被电死。”

吴毅趁着午休跑去美女最多的行政部和人插科打诨了半天才回来上工，一进机房就见方槐柠坐在电脑前严肃地忙碌。

吴毅上前想劝慰劝慰小学弟应该劳逸结合，不然身体机能容易被荼毒，话还没说就被桌上一盘东西吸引了眼球。

“哪儿来的草莓？”

方槐柠反应过来时，一个草莓已经飞快进了吴毅的嘴巴。

“哇！”吴毅吃惊。

一方面是被方槐柠冷冽的眼神吓的，一方面是被酸的。

“这……这还没熟吧。”

吴师兄心虚地说，不知道为什么“头牌”今天显得格外小气。

方槐柠把碗抓了回来：“有吗？”

吴毅讶然，看来晚了，已经被荼毒了。

第九章
外星少年和乌鸦舰长

友友小区没开网，栗亭和田典的那台老电脑也没搬来，所以栗亭要看资料的时候只能借用书吧的机子。书吧的电脑不白借，栗亭不出钱，自然要出工。方槐柠记得风信子小舍的排班表，栗亭今天应该是白班，晚上六点以后就下班了，但对方常常过于卖力。从郊区到市区时都已经过九点了，方槐柠还是习惯性地早下两站，随意地从商店街路过一下。

这一路过就看见栗亭正从店门口的面包车里一箱箱地搬货。店内女生较多，今天送货的又只来了一个师傅。人手不足之下，栗亭没理由不扛重活。

不过瞧着栗亭忙得鼻尖直冒汗水，方槐柠站在一边眉头越拧越深。

偏巧在一边帮忙的人也不怎么靠谱。师傅让搭把手，那服务生抽了下层忘了上层，眼看麻袋摇摇欲坠就要朝下方的栗亭砸来！

方槐柠一惊，想都没想就冲了上去。可他到底隔了一条马路，眼看赶不及，幸好栗亭自己机敏，察觉到不对劲，利落地后退一大步，让那货物砸了个空，不过却和身后的方槐柠撞个正着。

那掉下来的一大袋东西似乎是面粉类，扬起的白色尘雾中，栗亭忍不住大咳了起来。

方槐柠赶忙上前拍他的背，又对身边愣着的服务生说："去倒杯水，拿块湿毛巾或是湿巾过来。"

栗亭被粉末呛住了，低着头咳了足有半分钟。勉强止住了咳嗽，一杯水迅速递到他面前，几张湿巾也跟着覆上。方槐柠先大概地替他擦了衣服，等栗亭喝完水，又抽了几张湿巾替他擦脸。

"谢谢。"

方槐柠收回手，捏了捏手中的纸巾道："不客气。"

领班这时才出现，看见一片混乱和栗亭的狼狈，便让他先下班去整理一下。

栗亭换下工作服，再出来时手里还抱了一个大袋子。

方槐柠没离开，见此明白，他这是又到了装娃娃的时间了。瞥到身边指挥着员工打扫的领班，方槐柠问：“店里怎么不再招点人？”

领班对这个老顾客很有印象：“唉，我们老板念旧，想招母校A大的。但你也知道你们学校的学生眼界多高，待遇低了哪里肯干。”

“可以多找点新生，”方槐柠道，“再开放下店里的软硬件，A大图书馆难进，书吧的条件好，如果能多点员工，延长使用时间，学生们还是愿意来的。”

“嗯，我可以和老板说说，”领班觉得有道理，“还要印点招聘启事贴出去。”

方槐柠看着栗亭在对面认真摆娃娃的背影：“可以去A大论坛发。”

“又不是没试过，会被删帖的，最多存活五分钟。”领班一边说，一边睨着方槐柠。开店几个月来他大概知道些方槐柠的名声，“你这专业能不能给我们提供个方便？可以的话我们一定非常感谢。”

领班其实也就在下班前闲聊着那么一说，结果却听方槐柠道：“一两个小时不可能，最多延长半小时。”

领班一愣，继而惊喜：“够了够了，那能不能下面再带点广告啥的。就一小点儿，我们店后面活动可多了，对学生真的优惠。”

方槐柠不语，没说好但也没拒绝。领班已经意会了，伸手要拍他：“哎哎，要能成，下回你带同学过来都免单。”

方槐柠躲开了他的手，抬头看见栗亭差不多搞定了，便随意和领班点个头向前走去。

时间不早了，又忙了一天，两人似乎都不打算步行回家，一前一后走过商店街，又在车站同时停住了脚步。这个点早已没学生往来，偌大的车站除了他们俩空空荡荡的。

沉默片刻，方槐柠先开了口：“那电瓶车，今天不骑？”他看见车就停在风信子小舍外，还以为栗亭会骑着走的。

栗亭：“漏电。”

想了想又说：“出门晚了才骑过来的。”

说起这个，方槐柠道：“我今天出门早，去……时移路那儿了。”

栗亭：“哦。”

方槐柠："后两天也要去。"

栗亭："哦。"

方槐柠不说话了。

栗亭从机器里收了一大袋的游戏币拿在手中叮叮作响。方槐柠看了一眼，虽然不明白一枚可以换多少钱，但大概也知道应该是不少的。

他又淡淡地问："生意不错？"

栗亭倒没谦虚："还可以。"

"另两处更好？"

栗亭点头："车站和地铁站人流量更大。"

方槐柠想了想栗亭三个娃娃机摆放的地点，跟着点头："挑的地方好，挺有眼光。"

栗亭理所当然地接受了赞美："半年。"

方槐柠："什么？"

栗亭说："这几个地方，我找了半年。"

方槐柠意外，他以为栗亭眼光毒辣，做事也向来爽快利落，就几个娃娃机而已，他竟然准备了那么久，真是谨慎。

栗亭看着远处的红色信号灯，感知到方槐柠的疑惑："你不了解我。"

方槐柠一愣，心内大叹：我已经很努力了！

栗亭又说："我其实做任何事都是这样。"

"怎么样？"方槐柠忍不住问。

栗亭转过头，看着方槐柠的眼睛："哪怕，再有兴趣，在没有百分百确定会拿下之前，都不会随便出手。"

他说这句话时，收起了狡黠灵动，瞬间露出一种猛兽的气势来，摇身一变成了爪牙锋利的大猫。捕食的大猫最善于观察猎物，轻易不会出击，而一旦出击，必然一击即中，绝不落空！

方槐柠被栗亭这种犀利的眼神激得微微勾起嘴角。

"我不这样。"方槐柠说，"如果是我，应该会试着先租一台试试水。观察虽然稳妥，但万事只有实践才能暴露出问题在哪儿。就跟学习一样，脑袋里想的理论知识只有应用到题目里才会知道哪里是难点，哪里应该逐个击破。"

而他，特别喜欢这种解题破迷的过程。若也用猛兽作比，那方槐柠更像狼，有的是足够的耐心和韧劲，可以一路追着猎物锲而不舍，直到将对方围得无处可逃，再心满意足地吞吃入腹。

两人彼此对视着，都从对方的眼里看到了诡异的好胜心。虽然这好胜心来得莫名其妙，彼此也未必完全参透个中缘由，但是却不妨碍他们的坚持。

直到信号灯变绿，远处的公交车慢慢驶来，才打破了这种气氛。

各自上车，各自思量。

栗亭调奶茶的过程中一直觉得自己背后有两道紧跟的视线，其实不止今天，这几天里都如此，自己做什么它都在一边窥视。栗亭那么敏锐的人，怎么可能发现不了。他慢条斯理地盖好杯盖递给其他服务生，甚至连工具都一并洗漱干净后才冷不丁地转过头去，一下就对上了来不及转头的魏萍。

忽然被抓包，魏萍有一瞬的尴尬。不过她也不是一般人，稍作调整就镇定下来，在栗亭纳闷儿的目光中大方上前。

“那个……我有事找你，”魏萍说着，从一边抽了一张纸，“是这样的，店里下个月有个活动。”

她一边说，一边打量栗亭，两人共事几十天，还没近距离地和对方正式接触过。这么一看，魏萍发现栗亭的外貌真的亮眼。他的五官秀美至极，糅合了女生的精致和男生的清俊。若不是平时老冷着一张脸，干些败坏大众印象的事，光凭这长相也会很受欢迎。

“什么？”

迟迟不见魏萍的后话，栗亭皱眉询问。

就是这表情，稍有怠慢他就满面不耐地居高临下，难怪旁人对他避而远之，真是暴殄天物。

魏萍道：“哦，下个月店里要搞一个光棍节的活动，我们从现在就准备预约布置了，当天会给特定的顾客提供优惠措施。老板说了员工也可以参加，所以现在要统计下人数，就是……单身的人数，你懂吧？到时候节日当天会发放小礼物以示安慰。”

“所以，你只要说你是圈还是叉就好。”见栗亭沉默，魏萍又催促了一声，“礼物还不错哦，我们老板可不小气。”

栗亭思考片刻：“圈。”

“圈？单身？”魏萍确认。

栗亭点了点头。

魏萍微笑，正要拿笔记录，忽然又顿住了手。

“哎，不对，我觉得我现在问这个问题好像太早了。这离光棍节还有一个多月呢，说不定形势就会有所变化对不对？毕竟……爱情来得太快就像龙卷风。”

问的是栗亭，但魏萍却好像已经得到了答案一样，一边唱着歌一边转身离开。

“离不开暴风圈来不及逃……你不要再想，你不要再想，哦——”

方槐柠又去计科协了，帮学弟们忙之余，他拿出手机上了小牧场。小财迷最近的账目非常单调，都是今天买了几只猪兔，明天打算再买多少猪兔。

今天栗亭是下午的班，方槐柠一边算着自己有没有时间晚上再去一趟风信子小舍，一边打开游戏玩了起来。自从大柚子的榜单被L君横扫以后，F君倒也不急着抢回头把交椅。相反，他非常享受这种追逐的乐趣。

将赛车玩到九千九，方槐柠看着顶端L君的一万积分，高兴地按了保存，又打开另一个小游戏继续刷纪录。

计科协的几个学弟都以为他在钻研学术，不敢打扰。直到那个叫周明承的小孩儿进门，方槐柠才注意到栗亭的弟弟今天也跟着他来了，正站在不远处微笑地看着自己。

协会内不止方槐柠一个大佬，有些硕博生也会定时来帮忙。今天就来了一个学长，比方槐柠晚到一些，一进门就指着他手里的书惊喜道：“这本书原来在你这儿？我找了很久！你看了多少啦？”

方槐柠说：“差不多看完了。”

学长羡慕：“槐柠，打个商量，这本书你等我看完再还行不？我很快的。”

方槐柠想到这些书的离奇来历，思考了一下点点头：“可以，我不急。”

虽然他现在满脑子都是别的，但不代表他忘了这茬。方槐柠有一种直觉，这事儿不简单。既然没人告诉他，那就只能让事情自己浮出水面了。

最早那本书是那个神秘人暑假前借下的，期限应该是两个多月。现在已经十月了，早超了借阅时间。方槐柠不还书，神秘人总会着急，而对方一着急，只能来找自己了。

所以，方槐柠的指尖在书面上流连。

这个有心人，到底是谁呢，应该很快就会知道了吧。

小组讨论间隙，方槐柠下楼买水。他有点犹豫要不要跑远些带一杯布丁奶茶回来，不过想到机子里还有随时要跑完的数据等着他处理，方槐柠只能就近去了超市，结果在那里又遇到了周明承他们。

得知“头牌”的需求，这个机灵的学弟硬是要代为跑腿。

方槐柠原本不愿，但栗晗也帮腔开口，热情实在难拒。

周明承风风火火地去了，留下方槐柠和栗晗站在外头。方槐柠是不会主动开口说话的，打开话匣子的任务当然就落到了栗晗的头上。

“上一次的事……我一直想感谢方学长，今天才有机会。”

方槐柠：“什么事？”

栗晗说：“饭店那次醉酒，劳你送我回家。”

方槐柠对那天的事记忆当然深刻，不过这个弟弟喝醉了的起因他倒是忘了。

“哦，是你哥送你回去的，你应该谢他。”方槐柠说着，又想起什么，淡淡地瞥了一眼栗晗。

那天眼前人早早就被扶进了屋，不知道有没有听见外面发生的家庭冲突。即便当时不知，但栗晗应该也清楚栗亭和家里的真正关系。这个弟弟对此是什么态度呢。

栗晗的表情有点不好意思：“嗯，我知道的。我也想谢谢他，不过我哥太忙了，我一直想请他吃饭他都没空。”

这点方槐柠同意：“他是很忙。”

他用的语气没什么特别的变化，但细听又能感觉出里头隐含的几分无奈、佩服还有种同情。

栗晗在研究所实习了近两个月，又在计科协跑了几回，见方槐柠的次数屈指可数，且每回对方都是众星捧月，惜字如金，难得今天搭了自己的话，还有继续聊下去的意思，栗晗自然开心，顺着道：“唉，我哥这个人就是这脾气。我怀疑他有重度存钱强迫症，非要整天忙忙碌碌的才安心。”

栗晗其实就那么随口一说，方槐柠却忽然转过头冷冷地看着他。

“如果能无忧无虑地生活，谁又会真的喜欢辛苦忙碌呢。”

栗晗当下就感觉到对方不高兴了，虽然疑惑，但还是连忙解释。

“我不是那个意思。其实我和我哥的关系很好的，他对我也特别好。

以前他读寄宿初中的时候，那么那么远，我还隔两周就去看他一回，只……”他本想强调一句“只有我去看他”，但想了想又把后话吞下了。

这话果然引得方槐柠的关注：“他在很远的地方上的初中？”

栗晗点头。

“那高中呢？”

栗晗说：“高中和我一样，A 市一中。”

方槐柠惊讶，他自己是三中的，以升学率出名的三中，在 A 市却仍比不上一中的盛名。听说那里的小孩儿家境大多优渥，校风算不上太好，但学生出路都不错，真学霸靠自己的本事，假学霸靠家里的本事。以栗亭的聪明才智，在这么好的高中上学为何会落到这么一个大学。

他本想追问栗晗，可最后还是没开口。他觉得就算要打听，也该栗亭自己来告诉他。

没听到方槐柠的后话，栗晗只好自己圆场：“我哥初中、高中、大学读下来朋友都不多，大概是性格比较独立，所以我没想到他和你关系还不错。”

方槐柠嘴巴微抿：“我和他……也就是普通朋友。”

“是吗？”栗晗笑得讨巧，“我还以为你们已经很熟了呢。我哥其实一个人就能送我回家了，但他还是让你帮了忙。这样看来，就算你们关系‘一般’，我哥应该也是非常欣赏方学长的，嗯……就像我一样。”

栗晗正想着后一句补充得是不是太直接了，没想到还听到方槐柠问：“欣赏？真的？”

栗晗以为他问自己，连忙用力点头，就见方槐柠眉间凝结的阴云散开了不少，脸上也明媚了起来。

这时周明承端着饮料回来了。因为走得急，杯子里的红茶都溅了出来。看着方槐柠袖口边被沾到的几滴浅红，周明承惶恐。他听说过“头牌”怕脏，自己这可是犯了学长的大忌。

结果却见对方面不改色地掸了掸衣袖，接过红茶，甚至温和地对自己道了一声谢后，迈步离开。

周明承恍惚：“方……方学长真是平易近人。”

栗晗：“我也觉得。”

阿昌发来消息说果子可以采摘了，栗亭便趁没班的时候去了时移路。

阿昌就是上回卖西瓜给他的人，栗亭和他认识很久了。这几年栗亭不在时，几乎都是阿昌在管理着那些田。

A 市的十月已经渐凉，其实早就过了草莓播种和收获的季节，但阿昌已经习惯了。不同于在别的事上那么面面俱到、十全十美，对于这块田，栗亭种植得十分随心。他想吃什么就种什么，能收成便分享，不能收成也不强求。就算吃不了，欣赏欣赏那在不该生长的季节顽强存活下来的生命也挺好。

不过一到那儿，阿昌就皱起眉来对栗亭告状："果子好像被人摘了一点。"

庄稼人对这事儿其实见怪不怪了，但是这附近都是大公司，里面的职员素质也挺高，没想到还会发生这种事。而且大片大片的好田地就在不远处，过去十多米还有果园，在这儿就能看见大颗的果实结在上头，这偷的人也太懒了。

栗亭蹲下身查看草莓的情况，被偷的倒是不多，但结的果也不多，所以每一丛一两根根茎被掐断的痕迹都格外显眼。

栗亭转眼，又看向一边的泥地，里面留下了几个浅浅的脚印。这小偷鞋底的花纹还挺别致，是一双好鞋。

栗亭收回视线起身："没事，剩下的都摘了吧。给我留一些，其他的你们拿走好了。"

阿昌"哦"了一声，手上开始卖力地干活，心里则仍在疑惑，这到底是什么人要偷那么难吃的果子，来了一回还来一回。

匆忙离开计科协，方槐柠便往风信子小舍赶。在店门口整了整衣衫走进去，扫过一圈却没看到理应在上班的人。

有人要给他领位，方槐柠却没动。

"你找栗亭？他刚打来电话说要换班。"身后响起魏萍的声音。

方槐柠："为什么？"

"我怎么知道，你干吗不自己问他。"

魏萍说完，观察着方槐柠有点心不在焉的表情，正要再问，忽然发现对方的视线落到了自己的桌上。

"这是什么？"方槐柠指着一张记了各种圈圈叉叉符号的纸问。

魏萍笑了笑，道："光棍节单身证明，我们店里过几天要办活动。"

方槐柠扫了一眼，在上面看到了栗亭的名字。

魏萍忍不住推了他一把："别在这儿杵着影响我们店里姑娘的注意力了，赶紧该干吗干吗去……哦，刚才钱坤来电话，说如果看见你了，让你有时间去他们家吃饭，你姨妈想你呢。"

钱坤的母亲是方槐柠母亲的表妹，说来算不上特别亲的关系，但自小两家人住得近。方槐柠记得他小的时候父母还没有定居国外，一周里总因为工作原因两地来回跑。因为没人带他，方槐柠就会暂住到外婆家去，隔壁就是钱坤的外公家。方槐柠的外婆和钱坤的外公是亲兄妹，所以钱坤的母亲也算是看着方槐柠长大的，两人感情很好。

姨妈做了一桌的菜，很多都是方槐柠喜欢吃的，一边问他一个人住得好不好，一边不停地往他碗里夹菜。

钱坤看不过去："妈，你儿子是我啊。"

表姨妈头都不回："萍萍在倒也算了，你还用我关心吗？一不留神就能吃一桶饭。"说着又心疼地看着方槐柠，"我们柠柠怎么这么瘦，要多吃点啊。"

"槐柠从小就瘦，光长个儿不长肉，"表姨父也道，"我记得他十多岁那会儿，裤子几个月就穿不下了。你外婆还偏舍不得给你穿旧的，硬是短一条买一条。"

"我知道这事儿，"钱坤满嘴都是饭，"因为旧的都给我穿了。"

"别瞎说，"表姨妈敲他的脑袋，"谁虐待你了！"

"那为什么我小时候的衣服永远都那么脏？"

"这个问题只有你自己能解答。"方槐柠道。

"我不信。我觉得你们的记忆都出现了很大的偏差，我们俩的衣服是不是还收在隔壁储藏室里？我们小时候的东西都还在吧？作为当事人一会儿我要去确认一下我小时候的待遇！"钱坤来劲了。

方槐柠一怔，小时候的东西？

表姨妈直接夹了一个鸡腿堵住儿子的嘴，就听方槐柠问："姨妈，我小时候的东西都还在吗？"

"在啊，你外婆不让我扔。"家里的房子都挺大，方家外公外婆去世后隔壁的两居室空置了下来，也没有租出去，里头的东西都保存完好。

吃了饭，表姨父拿着钥匙打开了隔壁两屋的储藏室，指着里头杂七杂八的一堆东西道："喏，都在这儿了。"

“哇，我的大富翁，我的变形金刚，竟然都在。”钱坤跟在后头东摸摸西摸摸，不停地感叹。

“嗯，那时候这里空置下来，就把两家的杂物放一起了。”

扫视着蒙尘的空间，方槐柠心里也升起诸多感触。

忽然视线落在前方的纸箱上，那里面都是方槐柠小时候看的一些书。方槐柠打开，见到几本熟悉的封面。

《神秘的世界》？

五十多册，全套竟然都在这里。

“外婆外公一直收着这些吗？”方槐柠意外。

表姨父笑了：“这个怎么能丢呢，连我都知道。你忘了吗，你小时候写的科幻作文还是小说来着，在里面发表过的，有好几期，可把你外公高兴得逢人就夸，他当然要藏着啦。”

似乎是有这么一件事，方槐柠想起来了。自己也是有过热血时期的，记得还把这些脑洞连着日常全记在日记本里了。

果然，没翻两下就找到了他的日记本，方槐柠摩挲着那硬面封壳，问：“杂志和这个都在，那有没有一套作为周边一起赠送的小机器人？”

“机器人？”这个表姨父就茫然了，“不知道，我没见过。”

钱坤道：“你干吗？那个现在很值钱吗？有人收？”

方槐柠挑眉：“有，我啊。”

表姨父为难：“这都是十多年前的了，储藏室也一直没整理，一下子想要找到有点难度。”

方槐柠也明白，想了想只能暂时放弃，抱起那箱书和笔记本道：“算了，等我有时间自己再过来看看吧。”

表姨父道：“行，那你早点回去，一会儿要下大雨，小心淋湿了。”

A市市中心的雨还没有下下来，但是A市郊区已经下过一场大雨了。

怕那些反季草莓因此遭殃，栗亭索性把所有的果子都摘了带走。

因为抱着书，方槐柠坐的出租车。车在路口停下的时候，他正巧看见戴着草帽的“小农民”刚下了公交车在等信号灯。

“小农民”这一看就是去种地了，衣服裤子上全沾着泥巴，脸都灰扑扑的，手上提了一大袋草莓。

方槐柠急急忙忙下车，但还是晚了一步。信号灯已经变绿，“小农民”过了马路。

然而隔着长长的斑马线，“小农民”似有所觉地回过了头，遥遥和方槐柠对上了视线。

方槐柠犹豫要不要过去，却忽然感觉帽檐下的一双大眼睛给了自己一个白眼，然后栗亭就这么提着草莓进了友友小区。

平白中了一箭的方槐柠摸不着头脑。

我怎么惹他生气了？

栗亭回到宿舍第一时间就想洗澡，可推开门却发现里头格外热闹。小小的一室一厅塞了至少十来个人，有打牌的，有喝酒的，还有人在浴室呕吐，显然是酒吧里的那群员工选了这儿开小聚会了。

田典还没回来，作为这里唯一一个外人，栗亭的身份颇为尴尬。

果然他一下就收到了不少冷嘲的视线，只怪之前类似揍蔡洋的事栗亭没少做。员工们不喜欢田典，也更讨厌总给他们找麻烦的栗亭。不知道当班时因他惹了客人挨了多少骂，扣了多少钱。加之栗亭那副态度，谁能受得了才怪。

栗亭进屋拿衣服，坐在衣柜前的人也没有挪一下屁股的意思。栗亭这脚都已经踹到他的椅子腿了，想了想还是忍了下来，毕竟不是自己的地方。可当他打算去洗漱时，里头那个在吐的，就是上回打架时在酒吧后街抓着他不让他逃的服务生，直接当着栗亭的面关上了门。

栗亭的眉头彻底皱了起来。

屋内的人大都见识过栗亭的暴脾气和战斗力，一时都害怕他忽然发难，人人防备。

好在栗亭只是不爽地扫了他们一圈后，拿上东西摔门走了出去。

"哐当"一声，毛坯房的门把手被直接撞歪了。

莫名中了一箭的方槐柠心情不太好，他心情不好就要通宵干活。所以回家前他进了附近的餐厅，想打包一份夜宵，回头就看见才进了友友小区的人又从里头走了出来。

方槐柠顾不上夜宵，快步绕到另一头过了马路。

栗亭正想着自己应该去哪里好，忽然天上一道惊雷乍起。他一抬头便看见站在路口的方槐柠。

方槐柠抱着一箱书，姿势特别自如，见了"小农民"语气也自如地道："没回家？"

像是怕栗亭误会，方槐柠瞥了瞥对面的餐厅："我买夜宵。"

栗亭在他空空的手上转了一圈，点头："哦。"

方槐柠本等着栗亭的后话，“小农民”却并没有告诉对方去向的意思。

不过方槐柠自己观察出了一点线索。栗亭身上的污泥仍在，一手拿着草莓，另一手提了一个半透明的新袋子，里头装了衣服、拖鞋，还有洗发水。

他这是要去澡堂？

栗亭是一个很能藏住情绪的人，但却不太藏得住怒意。他只要不爽了，那冷气能散出几公里。

看着栗亭压下的眉毛，方槐柠确认他现在心情很是不佳。难道刚回去发生了什么事，让他这样跑出来，气得澡都来不及洗。

而他打算去哪里洗澡？

“嗯，那个……”

栗亭本已要走，忽然顿步。

方槐柠迟疑了一下道：“你……要不要来我家？”

栗亭感到很意外。

方槐柠努力让表情显得自然又不至于太过热情：“这附近没浴场，马上就要下雨了。如果你需要的话，我那儿可以。房子我一个人住，无所谓。”

想了想又补充：“如果你介意就算了。”

果然，栗亭似乎在犹豫，眼珠在薄薄的眼皮下轻轻转动，而几声轰雷巧合地在此时增添了氛围，银色的闪电划破夜空，预示着一场大雨即将来临。

方槐柠见栗亭捏了捏手里的袋子，便先转身向家的方位而去。没一会儿果然听见身后传来轻轻的脚步声，方槐柠没压住偷偷翘起的嘴角。

他的家在二十八楼，小区的环境比得上栗尔杨的素美花园，当然也比友友小区好上太多。

方槐柠掏出钥匙开门，一套特别现代化的公寓出现在栗亭的面前。二室二厅的格局，一眼望过去十分宽敞，且装修考究。

方槐柠这儿除了几个室友偶尔光顾，很少来客人，故而没准备家居鞋。正想着要把自己那双给栗亭穿，就见栗亭已经赤着脚踩了进来。

他穿的袜子有些旧，但洗得很干净，就是上面印了两只特别显眼的橙色鸭子，显得脚瘦瘦小小的，让方槐柠有点在意。不用想也知道，一定是超市的打折款。

方槐柠又看了两眼才勉强把视线移开，带着栗亭进了浴室。

“浴缸、淋浴间都可以使用。这个是热水，这个是冷水。”方槐柠详细地给栗亭讲解了一遍。

栗亭点头，等了几秒忍不住回视过去。

方槐柠呆了一下，才想到要退出去。

他坐到了电脑桌前，调大音箱，又打开了游戏。

王复粱正好在线，看见一只柠檬十分高兴，便让他带自己新注册的号去打副本，然后——大蛇王100发了一个组队邀请过来。

方槐柠正要同意，忽听浴室传来一声轻响，像是什么东西被碰倒了。方槐柠紧张，屁股从椅面上抬起片刻，没再听见异动后才悄悄又落了回去。

望向屏幕才发现王复粱正在激动地暴跳，私聊频道里多了一连串的刷屏。

大蛇王100：“槐柠？？”

原来他被一只柠檬砍了一刀。

方槐柠惊讶，立刻打字道歉。

一只柠檬：“对不起，走神了，不是故意。”

大蛇王100：“我这个小号血条很短，经不起你的伤害，你可不要跟我开这种玩笑。”

一只柠檬：“知道了，组队吧。”

王复粱补了血，又发了组队邀请过来。

方槐柠再一次要接受，浴室的水声却停了。显然栗亭洗澡非常利落，方槐柠的余光瞟到一个影子一晃而过。

方槐柠的手轻轻一抖。

大蛇王100应声惨叫，血条只剩百分之一。

方槐柠暗道糟糕。

一只柠檬：“不好意思。”

大蛇王100：“你在干什么？！！”

一只柠檬：“我给你补血。”

方槐柠心怀愧疚地送了很多补血包让他恢复元气。

大蛇王乖乖地站在那里，没有开语音，但字里行间充满疲惫。

大蛇王100：“你被盗号了吗？”

一只柠檬："没有，只是手滑，组队吧。"

其实他并不是很想玩下去，但这种时候只能担起责任了。

一只柠檬主动发去了组队邀请。

两人正要并肩作战，方槐柠家的浴室被打开了。

栗亭穿着短袖T恤衫和及膝的短裤站在那里，头发还有些湿，脸红红的，整个人仿佛笼罩在一层蒙蒙的水汽里。

方槐柠一分神，仿佛听见什么在耳边炸开了。

那是一只柠檬的大招音效。

一个熟悉的影子被炸得像流星一样带着一团巨火飞了出去，他们还没来得及进副本，被炸飞的自然就是大蛇王100。

很可惜，这是一个可以杀队友的游戏。

方槐柠直接合上了笔记本的屏幕！

吵闹的音效忽然断开，室内重新回到了一片静谧中。

方槐柠呆了一下，从书房走了出去。

"洗好了？"

栗亭点点头，站在门边打量着书房的布置，里面放了两张书桌，上面有两台价格不菲的电脑。

方槐柠忽然道："外面下雨了。"

是的，不知何时雨已经落了下来，还不小。

栗亭走到阳台边看了看外头，微微皱眉。

"伞也不好打。"方槐柠也跟着走过来。

栗亭明白他的意思，这时候出门，澡就等于白洗了。于是，他只能选了一个餐桌边的位子坐了下来。

余光瞥到方槐柠在屋里奇怪地转圈，栗亭疑惑："怎么了？"

"你是不是还没吃饭？"方槐柠说，"但我好像忘了我的夜宵。"

栗亭思索了片刻，站起来问："你这里有些什么？"

方槐柠回头，发现栗亭已经进了厨房翻找起来。

方槐柠这儿没什么食材，不过料理工具倒算齐全，油盐酱醋也有。

栗亭翻了一圈冰箱，找到了几个鸡蛋，一块火腿，还有两包方便面，便拿出锅来开始烹调。

方槐柠跟着进来默默看着栗亭动作，原来对方不止奶茶调得好，做菜手法也干脆熟练。他那个进口的不锈钢炒锅特别重，连方槐柠都必须双手提拿，栗亭却一只手就把那玩意儿提了起来，利落地翻面，动作一气呵成。

伴着刺啦刺啦的翻炒声，另一种香味渐渐在这个小空间里弥漫。这些年，这里从来都只有方槐柠自己，如今却多了一个人，让一直过于洁净冷寂的厨房多了丝人气和浓浓的烟火气。

恍然如梦。

栗亭的表情十分认真，嘴巴微微抿着，不时随着调味料的增加而轻轻翕动嘴唇。方槐柠看了一会儿，视线又落到他有些陈旧的家居服上，发现左肩膀处有一个指甲盖大小的小洞，栗亭穿着自己带来的拖鞋，已经脱了那双抢眼的橙鸭袜子。

炒面很快做好了，两人一起在餐桌边坐下。栗亭推了一盘到方槐柠面前，拿起另一盘吃了起来。

红红的火腿伴着黄澄澄的鸡蛋，加之炒面的爆香味，简直让人食欲大开。方槐柠匆匆欣赏了几秒就忍不住尝了一大筷子，入口的瞬间就觉得自己以前吃的外卖全变成了猪食。

“味道不错。”方槐柠斯文有礼地评价。

栗亭说：“你这里材料比较少，只能做成这样。”

栗亭吃饭的速度也很快，没多时大半碗就下了肚。在还剩两口时，他的筷子慢了下来，把面轻轻卷起，无意间问：“你洗了鞋子？放浴室外小晒台上的。”

方槐柠没有多想：“嗯……前两天下雨弄脏了。”

栗亭蹙眉：“A 市前两天下雨了吗？”

方槐柠一怔：“合信工业那儿下了，路边挖了土。”

栗亭“哦”了一声。

方槐柠：“怎么了？”

栗亭摇头，两三口解决了碗里的东西：“你这鞋子鞋底不错，随便问问。”

方槐柠松了一口气：“在国外买的，国内好像没这牌子。”

扫完了夜宵，雨却还没停。栗亭无聊地坐着，眼睛落到门边的箱子上，是晚上方槐柠一路抱回来的。

方槐柠注意到，便把箱子打开给栗亭看。

“我的，之前一直放在外公家。”

栗亭脸上本没什么表情，却在看见里头的东西时猛地睁大了眼。

他果然很在意这个，观察着他的方槐柠暗忖。

本打算说一句自己以前还在这杂志上发表过小文章，但又觉得这话过于自吹自擂了，方槐柠便打消了念头。

谁知栗亭自己从箱子里取了一本书出来，随手翻了几页，正巧停在了方槐柠的故事上。当时他用的笔名就是他的原名，“方槐柠”三个大字明晃晃地杵在正中，想忽略都不容易。

接收到栗亭促狭的眼神，避无可避的方槐柠只有道：“小时候随便写的。”

又反问：“你不会看过吧？”

栗亭似笑非笑：“没有。”

这是方槐柠中学时期的作品，现在看来肯定羞耻。方槐柠本害怕栗亭真的看过，但听他说了没有，方槐柠又忍不住有点失望。趁着方槐柠收拾碗筷，栗亭站在窗边默默看着外面。雨不仅没有停止的迹象，反而开始电闪雷鸣，像极了两人在合信工业第一次偶遇的那天。

方槐柠走出来看着栗亭的背影，斟酌了片刻，认真建议：“你要不要留下？”自己非常习惯熬夜，晚点睡没问题。但栗亭工作那么辛苦，明天还要早起的话，现在就应该休息了。

见栗亭回头，方槐柠又道：“一个人睡床，另一个人睡沙发。”其实方槐柠的床完全能容纳两个男生。不过他不知道栗亭习不习惯和人同床，所以舍弃了这个建议。

栗亭看看沙发，再看看里屋的床，视线在两边游移。

就在方槐柠打算说自己睡沙发也可以时，栗亭在沙发上坐下了。

这是同意了？

栗亭果然采纳了他的建议：“那就麻烦了。”

“不麻烦。”方槐柠忙道。

取了干净的枕头和被褥给对方后，方槐柠去冲澡了。出来的时候，栗亭已经在沙发上睡下了。

方槐柠匆匆一瞥便迅速进了屋，本想习惯性地关门。结果犹豫了一下，还是直接倒进了床褥。

关了灯，空间里多了一个同类的存在感无法忽略，隔了略远的距离，方槐柠毫无睡意。

忽然一声低语在黑暗里响起：“乌鸦舰长的结局是什么？”

方槐柠吓了一跳：“什么？”

原来“小农民”还没睡？！还有乌鸦舰长是什么？

脑子转了好几圈，方槐柠终于记起了这个名字。这不是他以前发表在《神秘的世界》刊物里某个故事的主人公。

栗亭不是说没看过自己的文章吗？方槐柠震惊。十多年了，连他自己都快记不起这些情节，栗亭竟然还记得。

思绪一番起伏后，慢慢找回记忆的方槐柠道：“为了救队友死了。”

不少构思的过程他已经忘了，但这个故事的结局方槐柠还真有印象，因为这是他写过的唯一一部悲剧。曾经还因为不符合青少年读物的风格，硬是被建议改成欢乐版，年纪还小的方槐柠因此还不高兴了一阵。

“死了？”栗亭感到意外。

方槐柠：“对，是悲剧。你不喜欢悲剧吗？”

栗亭过了一会儿才回答：“我无所谓悲剧还是喜剧，只要是这故事应有的结局就行。”

方槐柠不知道为什么，觉得这句话有些伤感，正琢磨着，又听栗亭道：“我也写过一个故事。”

“哦？”方槐柠打起精神，“是什么？”

“写的……是一个外星少年生活在一个小星球上的故事。”

栗亭慢悠悠地说，他声音本就好听，此刻多了一丝放松，在寂静的夜色中更显温软。每一个字出口都像是摆着尾巴的小金鱼一样，扑腾的水花晕出一圈圈的涟漪，欢快地往方槐柠的耳朵里钻。

“小星球上鸟语花香、山清水秀，外星少年每天在那里逍遥地生活。直到有一天，他的家人同伴因为一种可怕的病毒相继死去，外星少年只能被一些怪兽接到了更大的星球住。”

方槐柠疑惑：“哪里来的怪兽？怎么会来接他？”

栗亭道：“怪兽是少年的远亲。家人同伴死之前把整个小星球的可再生能源都送给了怪兽，只为拜托它们照顾少年。”

方槐柠顿了一下：“那外星少年去了吗？”

“去了，不然他还能去哪儿呢。”

“所以和怪兽在一起的他是不是再也没有以前逍遥了？”

栗亭轻笑：“一开始是这样，但后来少年想想也没差，在哪儿不是要活着。而且他发现，原来那个小星球本来就是个养生舱，同伴所中的病毒也是十几年前他的家人被怪兽迷惑而自愿感染的，所以结局从一开始就没办法改变了。”

方槐柠这一次沉默了很久，没等到他回答的栗亭自己把话接了下去。

“不过少年的结局和你的那个故事不一样。他最后逃离了怪兽星球，自己造了一个新的星球。他终于又可以像以前一样继续逍遥了……是不是很圆满？”

方槐柠“嗯”了一声：“这个故事发表在哪本杂志上呢？”

那头的人爽快道：“《栗亭的世界》”

方槐柠：“那现在还能订阅吗？”

栗亭想了想：“老的已经停刊了，新的还没印出来。”

方槐柠说：“我会等的。”

黑暗里，似乎又响起了栗亭的一声哼笑，这一次显得有些轻快。

栗亭没再说话了，方槐柠也没有，两人就这么静静地躺着，氛围竟前所未有的融洽。

第十章
三个问题

不知不觉外面的雨停了，天际微亮，一点晨光将偌大的室内映得轮廓初现。

躺在沙发上一直睁眼对着天花板的栗亭慢慢坐了起来，他看了一眼里屋同样辗转反侧大半夜，在破晓前才迷蒙睡去的身影，默默走到餐桌边，拿起放在上面的袋子进了厨房，没一会儿捧了一只大碗又走了出来。

放下后，看见一旁还摊着的几本杂志，栗亭静静注视了半晌，没忍住伸手在翻开那一页的正中轻轻地抚了抚，然后转身取过一边的外套披上，再看了看熟睡的人，便踏着黎明前还未褪去的夜色，悄悄地离开了。

回到友友小区时屋内已平静，整个大厅却一片狼藉，啤酒瓶、烟蒂到处堆积，一室的刺鼻气味还未散去，简直和栗亭刚身处的洁净空间形成强烈的反差。

他皱着眉向另一间房间走去，沿途还踩到了一个睡在折叠椅下的醉鬼，换来对方一声咒骂。

栗亭脚步不停，推开房门正看到迷糊着起身的田典。

田典就是被那鬼叫声吵醒的，惺忪的睡眼在看到栗亭的那一刻猛地清醒了过来，一把跳起紧张地扑上前。

“栗子栗子，你一晚上去哪儿了？我打了你好久的手机你怎么不接呢？”田典昨天加了个班，结果一回到宿舍就见一群闹翻天的人，而本该休息的栗亭却不见人影。想明前因后果的田典气得拿出领班的架势，把这些家伙全赶了出去。

“没听见。”栗亭只挑了最后一个问题回答。

打工狂人会没听见手机响？田典奇怪，又见栗亭手里提着装衣服的袋子，更是惊讶：“你在外面睡的？”还洗了澡！以他对栗亭的了解，栗亭是一个防备心很重的人，认环境，认同居人，也认床。他们搬到这里后，栗亭也是好几夜辗转难眠，直到最近才好一点，更别说自己当初和他一块儿住，用了多长时间才让栗子习惯自己。而这样的栗亭竟然外宿了一晚。田典如何能不好奇。

敏锐的栗亭当然也察觉到了田典的情绪。对方未免有些太大惊小怪了，毕竟以前自己上夜班彻夜不归也是常事。

“是不是有人在找我？”栗亭问。

田典一惊：“啊？”

栗亭：“蔡洋？他出院了？还是他先找了你？”

田典忙道：“没有没有，他没有找我。是我听说的，他还气着你，所以你要小心点。”

栗亭不以为然。

方槐柠这一觉睡得迷迷糊糊，一直在做着光怪陆离的梦。

梦里他变成了乌鸦舰长，开着飞船在宇宙里穿梭。飞着飞着在一个星球上遇到了一只巨大的流浪猫。哗哗的大雨中，流浪猫蜷缩在蓬草丛中摇着尾巴可怜万分，大眼睛里全是乞求。舰长的心立刻被同情击中，清空了舰上所有的东西邀请大猫入住。

此时大猫忽然开口说话，发出的还是软糯的少年音。大猫告诉舰长自己的遭遇，询问舰长能不能帮忙打跑侵略自己星球的怪兽。

舰长看着大猫水汪汪的大眼睛，不过脑地开口保证：“我愿意。”

说完猛地扑过去用力抱住了大猫，却忽然发现自己抱住的是一只装满了炒面的大碗。他的嘴、脸都彻底埋进了碗里，抵在满满的火腿鸡蛋上，粘了满头。

方槐柠惊惧地睁开眼，发现是梦。

他的思维最近总是过于活跃，跟感染了兴奋病毒似的不停地出现乱码。看来，要找时间清理一下乱七八糟的脑内存了。坐在床上用力抹了抹脸，方槐柠这才去看时间，竟然已经快十点了。

猛然想起屋里还有个人，方槐柠赶紧跳下床走出去，却见到沙发上的被褥被叠得十分齐整，客厅已经恢复了空荡。

什么时候走的？

方槐柠懊恼地去洗漱，忽然看到客厅餐桌上多了一碗又大又红的草莓。水灵灵、鲜嫩嫩，一颗一颗小心地摞成了一座小山。

方槐柠心内一动，赶紧跑去洗漱，接着重新走回来拈起一颗在指尖看了又看，半晌才小心翼翼地放进了嘴里。

不同于他之前鲁莽采摘到的那些，这碗里的显然是被精挑细选过的优良果子，多汁饱满，满口香甜。

是真的香，真的甜。

算借宿的谢礼吗？

因为难得地起晚了，方槐柠直接去了研究所。老倪今天来了，见到姗姗来迟的他没有责备，只拍了拍方槐柠的脑袋关心道：“看看这黑眼圈，是不是缺觉多梦没休息好？”

吴毅插嘴道：“师弟，趁这月多补补觉，下个月大概要忙了。”

方槐柠疑惑。

吴毅：“我们组之前一直申请的那个项目批下来了，赞助也找到了，挺阔的一个公司，就是想亲自见见老倪。老倪答应了，所以过一阵我们大概要陪着他一起去一趟U市。”

方槐柠：“过一阵是什么时候？”

吴毅：“还不确定，一周、两周、三周都有可能。你是不是担心你的课？离不开的话告诉我，我可以帮忙找你们老师。”

方槐柠暗忖：这忙你可真帮不了。

忙完手里的事，方槐柠又接到计科协的电话，想请他有空过去一次。方槐柠看看手表，还不算太晚，于是准备先去计科协，再去风信子小舍。

出了实验室却在走廊看到了不该在此出现的栗晗。

栗晗抱着一堆的东西正笑着和一个学姐说话，回头发现方槐柠，立时惊喜地笑了。

“方学长，我过来看看大家。”

那个学姐道：“晗晗真的太乖了，走了还惦记着所里，给我们带了那么多吃的。”

“没有啦，我实习的时候你们本来就对我照顾太多，我哪里能忘记……”

方槐柠听着他们你来我往，并不打算加入，点了一下头要离开，进电梯时栗晗却跟了上来。

“方学长要去计科协吗？我正好也要去。”

方槐柠没回答，不知为何，他觉得栗亭弟弟的态度有点奇怪。

栗晗没听到回答也不在意，又道：“听说刘储平老师要开高校讲座了，会到我们学校来。没想到离开A大研究所以后还能跟他学到东西，真是太好了。”

“是吗。”

方槐柠礼貌地应了一声，又听栗晗说：“我哥的学校竟然也有。”

方槐柠微侧过头：“什么时候？”

电梯门开了，栗晗和他一起走了出去：“好像是这个月月末，我们学校是下个月月初。那么多场讲座，刘老师的学生应该会去帮忙吧？”

方槐柠若有所思：“是需要学生整理资料。”

栗晗小心地看着他：“可惜倪蔚年老师近些年很少出去做讲座了……”

刘磊给栗亭来了电话，口气有些着急，说A大图书馆提醒他证上的两本书已经逾期未还了，这几本又是精装，再拖下去罚款会堆叠。

栗亭听罢去了A大图书馆，一查之下果然是没还，而且剩下的几本也快到期，就持书人的阅览速度，栗亭不觉得他会那么慢。既然如此，那就是故意的了。

农夫与蛇。

不，不是蛇，是一条胃口很大的大鳄鱼。

栗亭敲着手里的借书证沿着林荫道慢慢地走，忽然似有所觉地向对面看去，透过斑驳的树丛就见两个人一边说话，一边向着另一头走着。

一个高个儿的背对着自己看不到表情，另一个矮个儿的倒是能看清，满脸的笑容，仰着头眼带热切与崇拜地看着面前的人。

而他的这种模样对栗亭来说并不陌生。

看着消失在转角的两人，栗亭皱起了眉。

在栗亭看不见的地方，方槐柠也在皱眉。他自小就是众人瞩目的对象，对栗亭这个弟弟的热情并不陌生。不管他对自己抱有何种目的，见识过那晚家庭狗血剧的方槐柠都没有与对方做朋友的想法。

于是这同行的脚步越走越慢，最后方槐柠忍不住打断了对方的滔滔不绝。

“我忽然想起还有点事，不去计科协了。”方槐柠说完转身就走，一边离开，一边暗叹，看来下回见了这个弟弟，应该绕道走了。

到了风信子小舍后，方槐柠却没看见栗亭人。魏萍倒是在，一见他就说：“人没来，我们的班表调整了。”

方槐柠皱眉：“什么时候？”

“就这两天，因为店里招了不少新的服务生，综合素质很好。这还要感谢A大论坛忽然大发慈悲没及时删掉我们店的广告帖，几天就把要招的人都招齐了。”

方槐柠嘴角抽了抽：“所以？”

“所以我们以后上工的时间都短啦，换休轮休都很方便，想请假只要说一声就行，老学长真的太好了！”

选修的上机课上，方槐柠在发呆，一边的王复梁则在跟赵磅热络地交谈。

“你小号装备被人捡走了！”赵磅嗤笑。

王复梁委屈地看了一眼方槐柠的背影：“因为我死了！惨死！”

风信子不去，小牧场不用，聊天软件不回，自己能和对方联系的还有什么东西？方槐柠努力开动脑筋。

啊，还有柠檬树！当时给栗亭下载资料用的柠檬树，那些电子文档他应该看得差不多了。如果栗亭还需要，有可能还会上那儿去取用。

“不错！”方槐柠轻拍了一下大腿，打开网页。

“你也觉得我可怜吧？”王复梁听了深感安慰，幸好“头牌”还算有点良心。

曾经方槐柠很喜欢在柠檬树上分享一点专业日常，结果不知道经过哪些渠道的传播，越来越多的陌生人跑他这儿来闲逛。他们有的并非对计算机感兴趣，而是被一些无关紧要的外在因素所吸引。受到干扰的方槐柠只能把一些隐私内容锁了起来，现在只有一半对外公开，他也是偶尔才会登录。

所以，当他进入个人主页看见那私密空间这两个月多出的浏览数量时，方槐柠一度怀疑自己是不是不小心又把这片区域公开了。

多了那么多点击量，却没有被人破解的迹象，而唯一知道密码的人只有……

方槐柠心头一跳，急忙打开后台查看访客记录，发现几乎隔一两天就会有人登录，每次登录的IP地址却五花八门。以方槐柠的专业程度，几乎一下就能知道这些全部都是代理软件的功劳。

所以——

栗亭这是做什么？

故意换IP也太欲盖弥彰了。

这时手机有条消息进来，是钱坤发的。

“你猜我在什么地方看到了什么人？”

方槐柠不甚礼貌地好奇了一下。

“谁？”

“叮咚！”

钱坤直接发来了一张照片：“就是现在！”

方槐柠一看，差点没惊掉下巴！

王复梁久久没听见“头牌”的话，以为对方也在惭愧，便又道：“虽然我很惨，但我绝对没有怪那个罪……罪魁祸首的意思。以我的为人，怎么可能因为队友把我反反复复、反反复复、反反复复地害死，让我的小号爆出去一件极……极品装备，然后又丢下我偷偷摸摸地下……下线，连一句道……道歉都没有这么一点小事就翻脸不认人呢，太不讲义气了！你说对……对不对？”

赵磅看着他。

王复梁重复：“对不对？”

赵磅：“你问谁？”

王复梁沉默，缓缓向后转头，就见原本应该在背后认真反省的人已不见了踪影。

“槐柠呢？”王复梁问。

赵磅：“早就走啦。”

比起无视自己，王复梁对眼前发生的事更不敢相信。

“‘头牌’竟然……逃……课……了？”

栗亭每天上工八小时，隔四小时有一次休息。

他站在转角的尽头和人打电话。

“你那些书不用担心，如果逾期要赔钱会有人替你赔的。”

刘磊坚信这钱绝对不会是栗亭这个一毛不拔的铁公鸡出："谁赔？"

刘磊记得上回在图书馆撞见过方槐柠，栗亭之后对此的解释是有人对方槐柠有好感，自己替那人帮方槐柠借书。刘磊却对这借来借去的关系一头雾水。

"你……你们俩怎么回事？"

栗亭没回答，要不是为了让刘磊不要亲自去找方槐柠问东问西，栗亭也不会和他解释那么多。

刘磊却还是不放心："过几周就是期中考了，到时我可是要借书的。"

栗亭想了想："到时如果你的借书证不能用，我可以用别人的借书证帮你借。"

"谁的？"刘磊。

栗亭道："方槐柠的。"

刘磊："不是，我说……你们俩到底什么情况？"他已经彻底晕了，这世界什么时候这么复杂了。

栗亭的耐心告罄，挂了电话。

把手机锁进了员工休息室的柜子后，栗亭整了一下衣裳，沿着长廊走了出去。

方槐柠急急忙忙换了衣服，依着钱坤的指示走进了游泳馆，左右查看一圈却没有发现要找的人。

"咦？你怎么这么快就到了？今天不是有课吗？"钱坤猛然从后头扑上来，钩着方槐柠的脚将他拉下了水，"走走走，游两圈。你说要和我一样的训练量？这几天没见人，是不是放松了？"

方槐柠糊里糊涂地被钱坤带着在水里游了几个来回后浮上来喘气，一仰头正对上一双俯视的眼睛。

就见栗亭穿着短袖短裤坐在高高的观望台上，脖子上挂着小哨子，手里还拿了一面小旗子，和钱坤拍给他的照片一模一样，架势十足。

小服务生真的摇身一变又成了救生员？！

方槐柠不敢置信。

他到底还有什么不会的。

栗亭扫视了一圈方槐柠，从脸移到对方还算健硕的身材，又移回他的脸上后，再度投来一个白眼。

方槐柠："我怎么了？"

人坐得那么高，又在工作中，方槐柠想询问点什么都不方便，只能继续锻炼。他一边游一边想，栗亭能胜任这位子，看来有点水下功夫，不知道自己和他比谁比较厉害。

胡思乱想了半天，待“头牌”完成运动量后，观望台那儿却没人了。

方槐柠急忙寻找，转头就见那个小救生员正赤着脚在池边走来走去地巡逻，眼睛牢牢盯着水里的四面八方，半点不马虎。

方槐柠看着他朝自己慢慢走来，心里憋了多日的疑问又冒了出来。

你怎么不去风信子了？

你为什么偷偷摸摸地浏览我的柠檬树？

可是当对方真的站在自己面前时，方槐柠又不知从何说起，只能呆呆地站在那里。直到一阵水花飞溅，方槐柠被浇了一头一脸的水，被彻底浇醒了。

回过神就见站在岸上的小救生员若无其事地收回扑水的脚，仿佛只是路过一样负着手继续往前走去。

方槐柠顿了一下，已错失了反击的时间点，只能面无表情地狠狠将头发向后捋去，看着对方慢慢走远。

终于，到了太阳落山，方槐柠出了泳池随手抽了一条浴巾围在了腰间，向换衣间走去。

他沿着救生员的下班方向走，顺利地在洗漱台前看到了正在洗手的栗亭。方槐柠没有急着换衣服，他就这么站在他身边，慢条斯理地洗起手来。

“怎么来这里兼职？”

栗亭：“想来就来了。”

方槐柠看着镜子里的他：“你有救生员证？”

栗亭甩干手上的水：“大一考的。”

这时洗手间里涌进了不少人，方槐柠和栗亭一起退了两步。方槐柠余光看见钱坤也跟着进来了，正在找他的样子。还有话要说的方槐柠为避免被打扰，直接推着栗亭一起进了身后的小隔间。

门自动合上，两个男生一下子就把这两平方米不到的小空间挤满了。方槐柠和栗亭面面相觑，一时都有些尴尬。

最后还是栗亭先开的口：“你把我衣服弄湿了。”

方槐柠一呆，低头就见小救生员身上的T恤衫染湿了一块。

方槐柠连忙退后一步，严肃地道歉：“不好意思。”

栗亭仍是站在那里不说话，眼睛眨巴眨巴。

方槐柠在他这样冷静却又专注的目光下咬了咬牙，刚要开口，身后的门却被敲响了。

“槐柠？槐柠？你在不在？”

方槐柠刚提起的勇气猛地泄了。

“这小子不会走了吧？”钱坤一间一间地找着。

方槐柠无奈，只能凑近栗亭道：“我想请你吃个饭，你什么时候有时间？”

栗亭挑眉：“做什么？”

方槐柠在钱坤一声声的呼唤里压低着嗓音：“我有点事想跟你说。”

栗亭不语。

方槐柠心急了：“今天？”

栗亭摇头：“不行。”

方槐柠：“明天？”

栗亭摇头：“也不行。”

“那什么时候？”方槐柠眼神犀利，“下周？”

栗亭点头。

“可以。”

方槐柠正要高兴，又听他说：“不过下周我也忙，具体时间到时候再定。”

说完这句，栗亭轻巧地推开了挡路的人，拉开门走了出去。

钱坤在外头和栗亭擦肩而过，没几秒又看见方槐柠从同一个门内出来了。

钱坤茫然：“哎？”

方槐柠没说话，一脸高深莫测地离开。

栗亭下班离开游泳馆后直接下到了一楼，拐了一个弯儿进了一家叫“九月私房菜”的餐厅。

没到饭点，服务生和领班都在休息。领班一见是他，便把人拉到一边坐下了。

“怎么样怎么样？上了两天班还习惯吗？”田典关心地问。

栗亭：“还好。”

田典拍大腿：“我那时上楼借厕所看到招聘启事就知道适合你。

这游泳馆挺高级的，会员费贵，客人不多，工作强度也不大，比你以前做过的那些露天水上乐园轻松很多对不对？我就跟你说科学家什么的都在里面运动了，环境肯定不差。”

栗亭没回答，只低头看手机。田典发现他有电话打来，但栗亭也只是看着，并没有接的意思。

电话响了片刻停下来，没两秒又开始响，锲而不舍。

栗亭摁了挂断，那人再打，栗亭再摁，直到彻底终止那个来电。

抬眼就见田典瞪着自己：“你这是总算想通了？”

栗亭：“什么？”

田典指着未接来电：“栗晗，你那个好弟弟，你总算看透他的为人了是不是？”两人认识这些年，唯一让田典困惑的一件事就是，那弟弟明明是那么“作”的一个孩子，对待自己都苛刻的栗亭却对他特别宽容，有时候让田典都有些嫉妒。

“我知道前几年他对你有过一些付出。你向来记别人的好，但你也要看他得到了多少啊！行了，现在还不晚，以后你的生活里不会有这些极品，好日子才刚刚开始。”田典高兴地拍拍栗亭的肩膀。

栗亭甩开他的手，收起电话走出了餐厅。

才走了两步，他忽然停下警惕地转头，在四处扫视了一圈却没有发现什么异样，栗亭脸上若有所思。

终于在游泳馆成功地和栗亭偶遇了，方槐柠以为这回总算掌握了对方的动向，谁知第二天又扑了空。

下午去风信子，还是扑了个空。

连着几日再度失联，焦躁的方槐柠不得不感叹，栗亭太贼了，自己真的看不透他。

栗亭的确两个地儿都没去，他回学校上了几天的课，毕竟没多少时间就要期中考试了。他的学校是破，但就栗亭那九成的缺勤率仍能安稳地读到现在，就是因为他成绩过得去，几乎不挂科。不管哪一门课程，只要他学了，就算做不到最好也不会最差。他不是一个喜欢失败的人，打工如此，学习也如此。

下了课，梁玉走过来对栗亭道：“其实这学期的老师挺上道，会画考试范围。你要忙的话不用天天来，我可以给你留一份。”

说完却没听见对方答复，梁玉顺着栗亭的视线看去，发现他在看对面操场的通知栏。

上面放着一条通知——A大计算机学院刘储平教授今明两日将莅临我院大礼堂开设讲座。

这所学校很少会有这么大牌的教授光临，那血淋淋的红字特别明显。

梁玉道："就我们学校那垃圾的计算机系，两个班的人连大礼堂都坐不满，还请那种大学的老师过来，这是太阳打西边出来了？"

栗亭："坐不满吗？"

"肯定坐不满，所以才这么滚动通知，大概是希望别系的同学也去捧捧场吧。其实这是个好机会，那种大学的教授见识广，就算不是本专业的听听也有收获，我们系就有不少人要去。"

栗亭没说话，忽然从课桌里抽了一个袋子递给梁玉。

梁玉难以置信："送我的？"

栗亭："谢礼。"怎么说也算是让对方帮了不少忙。

梁玉心里一跳，伸手捏了捏，薄薄的，会是什么？

揣摩了各种特别、不特别的谢礼，等栗亭起身离开后她连忙打开，然后从里面抽出了一沓厚厚的打折优惠券，有游泳馆的，还有书吧的。

Z大位于A市北角，离市区有近十公里的路程，算是相对偏远的校区了。周边交通也不算发达，所以刘储平教授坐着校方派来的车在大门口下来的时候看见方槐柠出现还是挺意外的。

"你怎么在这里？"

方槐柠正看着Z大的校牌，听见动静转过了头。

"过来找个人。"他随口道。

"这么远找谁啊？"刘教授身边带着的小帮手，也算是方槐柠的学长开玩笑地问。

方槐柠没回答。

一旁还有Z大的老师在，刘教授也不好多聊，只让方槐柠一会儿有空可以到大礼堂来找他们，顺便帮帮忙，下午要回学校的话还能捎他一程。

方槐柠应了，待刘教授离开后，便往Z大的教学楼而去。

这所大学其实有些年头了。早些时候是一所高职，近十年才升了本科，现在里面还有不少专科的学生在，所以教学楼的硬件设施都比较陈旧，绿化也不太好，一眼望过去显得不太有朝气。

不过方槐柠没带着任何比较的心思。相反，只要一想到栗亭这么能干的人都在这儿读书上课，他就觉得这Z大小小的也挺不错，不像A大，上个课跟去远郊一样累。

向沿途的学生打听了外语系怎么走，被告知在七楼，方槐柠认命地爬到了最高层。本以为还要摸索一番才能找到，谁知今儿赶巧了，楼梯一拐就看见铁门那头的教室里一个熟悉的人影靠在窗边和人说话。

不是栗亭是谁。

站在他面前的是一个戴眼镜的女生，方槐柠走过去的时候就看见栗亭从书桌里拿出了一个纸袋递给那个女生。

栗亭的表情淡淡的，但是说出的两个字却让方槐柠意外。

栗亭说："谢礼。"

方槐柠帮了栗亭不少回，也得了他不少谢，但是得到的"礼"也就一碗冷面、一碗海鲜面和一碗草莓。而方槐柠当时已经觉得挺满足了，现在却看见他给那个女生一个厚厚的袋子，方槐柠忍不住皱起了眉。

他看看那表情激动的女孩儿，又看看离开教室的栗亭，想要追，却发现面前的铁门打不开。

方槐柠几乎有砸门的冲动了，他快步转身，哪儿还有栗亭的身影。

刚还觉得这Z大小小的很方便呢，没想到一下子就打了自己的脸。

方槐柠又绕着教学楼逛了两圈依然无果，想着下一步如何，就听路过的学生不少都在谈论刘储平的讲座。方槐柠看看时间，脚步一转向大礼堂去了。

在后台的办公室里找到刘储平，帮着刘教授整理了一会儿要说的内容，方槐柠先一步进了大礼堂。此时离讲座开始还有二十分钟，里面已经坐了大半的学生了。

方槐柠挑了右手边最后一排的位子坐下，拿出手机一边随意浏览着，一边看向大门处。

于是接下来进门的同学第一时间对上的就是方槐柠看过去的视线，就他那模样自然引得不少人猜测，学校里什么时候多了这么一个大帅哥。

就这样一直等到快开场，偌大的礼堂已坐得几近全满，方槐柠却还是没有看见栗亭。刘教授的讲座很难得，对栗亭学习计算机有很大的帮助，可栗亭又不是这个专业的，虽然总是看自己给他的电子书，但未必会过来听类似的讲座。毕竟他那么忙，说不定现在已离开学校去哪个犄角旮旯打工了。

方槐柠无奈地叹了一口气，却见一人走进了门内。

那人一路大步流星，半点没朝方槐柠那儿看，到了教室直接就在最角落的位子坐下了。那处前方有一根柱子遮挡住了台上的视角，周围没什么学生要坐，故而还空了几个位置。

这时刘储平出现了，讲座也开始了。

刘教授的素养非常好，年轻开朗，语言幽默，一点也没有名牌大学出来的距离感，描述用词都很亲切。

他像是知道现场在座的有很多非计算机专业的学生，选择的切入点也很有趣浅显，一下子就活跃了气氛。

说着说着他拿出一段计算机方面的影片放给学生们看，可以让人更直观地了解他一会儿要阐述的课题。

台上的大屏慢慢降下，室内的灯也被调暗了许多。

刘教授的课方槐柠上过很多次，这视频他也看过八百遍了。听着背景音响起，他慢慢起身，走向礼堂的后方，选了倒数第二个位子坐下了。

教室很暗，但那么大个人靠近，角落的那人不可能感知不到。但栗亭仍是专注地直视着前方，连个斜视都没有给过来。

还真是故意不理自己？

明明灭灭的光影闪烁在栗亭的脸上，也映出其五官轮廓。方槐柠看了两眼，视线又缓缓落到对方的手上。

那人的手指微微屈起，缩成一只虚虚的小拳头，就这么轻轻地搁在扶手上。

方槐柠转开目光投向了前方，手也放在了扶手上，指甲轻轻地刮着木质的花纹。

此时，一直沉默的人忽然说话了。

栗亭问："你的偶像是谁？"

他的眼神认真，问的语气也不似玩笑。方槐柠动作一顿，抬头就见屏幕里正在介绍计算机的研发者。

他微敛心神道："当然是图灵。"

栗亭又问："你觉得人类厉害，还是电脑厉害？"

这种既空泛又幼稚的问题不像小财迷会感兴趣的，更不像他会在此时问出的，对象还是方槐柠这种专业人士。“头牌”要是严肃地回答，必定冗长又无趣；不严肃地回答，那更没意义。

可方槐柠听罢却一蒙，思考良久幽幽地说：“当然……是人类厉害。”

栗亭又问：“那你以后想……”

这一次方槐柠脱口而出抢答道：“我以后想成为什么样的人？我以后想成为一个电脑工程师，可以造出最厉害的电脑型人类……”

说罢方槐柠自己也难以置信地转头看向栗亭。

台上的视频播到了尾声，礼堂内的灯重新亮了起来。刘储平回到台中，继续侃侃而谈。

栗亭却没有再听下去，他轻轻抽回手，站起身走了出去。

留下没回过神来的方槐柠。

他在想，什么时候这三个问题也有人问过自己。

他曾经这样回答——

我喜欢图灵，我要成为一个电脑工程师，我想造出一台了不起的机器人！

充满热血的，充满幻想的，甚至充满纯真的那个遥远的过去，到底是什么时候。

脑子里忽然闪过一瞬的记忆，但是快得让方槐柠没有来得及抓住。然而不管源头是什么，栗亭又怎么会知道这些！

想到这里，方槐柠急忙起身想追上前问个清楚。然而刚出大礼堂，他的手机就响了起来，来电的号码属于倪蔚年的办公室。

方槐柠不得不停下脚步通话。

“喂？槐柠吗？”

说话的却不是老倪，而是他的师兄吴毅。

“你现在在哪儿？是不是不在学校？”吴毅口气没了以往的调笑，还挺严肃，“之前我和你说的那个项目情况有些变化。投资公司的大老板听说这事儿后也要过去，或许还会追加一笔款项。不过他就明后两天有时间，所以我们要提早出发了。你今天行的话尽量赶回来把课业处理一下吧，明天过来和我们一起集合，然后直接去机场。”

吴毅说完却没听见方槐柠的回答，他疑惑道：“怎么了？有什么问题解决不了吗？”

方槐柠看着远处已经消失的人影，憋出了两个字。

“没有。”

栗亭在第二天下午的时候才知道方槐柠离开A市的消息，那日他去了风信子上班，遇上了午班的魏萍。

魏萍道："这儿留两个座，一会儿我男朋友和方槐柠要过来。"

忽然又一拍脑袋："啊呀，我搞错了，留一个就好，方槐柠不过来，他去出差了。"

栗亭擦桌子的手一顿。

魏萍道："大概要十天半个月才回来呢，这季卡办了还挺浪费的。"

栗亭把抹布在手里卷了卷，没回答，转身进了后台工作区。

栗亭今天准时下了班，还去超市买了点菜。

一盘盘美食一端上桌，田典就迫不及待地夹起一筷子，可刚放到嘴里就变了脸色。

"甜的腌萝卜？新菜色？"又指了指一边的四季豆，"用醋代替盐是为了减肥吗？"

栗亭自己尝了一口，直接放下了碗。

田典盯着心不在焉的室友，眼睛骨碌碌转了两圈："栗子，你的娃娃机赔钱了？"

栗亭手里的碗筷碰撞发出一声脆响。

"没有，菜烧坏了，叫外卖吧。"

外卖很快送来了，两人吃完之后，洗了澡爬上床。

拿着手机打开小牧场，等待程序缓冲的时候却看见聊天软件有消息弹出来。栗亭不用这东西，也很少有人会找栗亭。

栗亭点开那条消息，一个"我已经看破你了"的贱贱表情包直接跳了出来。

栗亭抽过床头的一本书，甩手往上铺飞去，也不知砸在楼上那人哪儿了，立时换来一声号叫。

栗亭打算退出软件，忽然又看见朋友圈里有一条更新提示。他盯着那个小红点看了半晌，点了进去。

他加过的人本来就少，没被栗亭屏蔽的用户更是少之又少。所以那条几个小时之前由一个头像是柠檬的人发出的旧朋友圈，在栗亭的主页上仍处于前几条。

一只柠檬说："去A市出差几天，很快就回来。"

配图是一张在飞机上隔着玻璃拍的照片，另外还附了一个有点无奈的小表情。

栗亭默默看了一会儿玻璃上的倒影，把画面切回了小牧场。

这次同去A市的除了倪蔚年，还有所里的一个研究员，然后是方槐柠和吴毅两个学生。本来许妙妙也该去的，但有可能要应酬吃饭，老倪考虑到女孩子不方便，就没让她来。

投资的公司是一家金融机构，对他们还是特别客气的，一下飞机就有人等着，把他们接到了酒店。房间很不错，竟然还一人安排了一间房。

放下行李后大家去吃饭。投资人方面老倪其实不缺，只是真的能看到他这个项目前景的且懂行的合作者很难得。所以老倪一直和对方聊到近九点，几人又约了明天见面的时间后，便各自回房。

方槐柠洗了一个澡，这才有空看手机。

打开聊天软件后发现早上发出去的那条朋友圈已经被点了无数的赞，下面还有几十条留言，大多在惊讶方槐柠竟然会在朋友圈出现，还有一部分是赞扬“头牌”年纪轻轻已经能和老板出去谈项目了。

关了聊天软件，方槐柠还是没忍住打开了小牧场，然后他发现栗亭的账目竟然更新了，显示着今天他又预订了多少猪兔，买了什么菜，订了外卖，一条一条写得清清楚楚。

方槐柠仔细地看了之后，又打开备忘录，那上头竟然也多了很多条目。是后两天栗亭要做的事，几点到几点要做什么，几点到几点要去哪里，事无巨细，简直就是起居注。

方槐柠郁闷，这个人是不是知道自己会看他的小牧场？他什么时候知道的？他这是在干吗，故意气我吗？

这么坏又这么狡猾！

方槐柠没忍住把手指点上了那个备忘录。这是他第一次在栗亭的日程表上落下属于自己的痕迹。

方槐柠选择了两天后的日期，一个一个打下字来——“我就回来”。

想了想，又选了回来后的一周，全都打上了——“吃饭”两个字。

反复看了好几次这些备注，方槐柠颇为满意。

正要关上手机，忽然备忘录上的字发生了变动。方槐柠以为是眼花，再刷新一次后，果然见到他写下的“吃饭”前面多了两个字。

“没空”。

"没空吃饭"。

方槐柠心里一紧，第一天没空，再刷新，第二天没空，然后是末端的周六、周日，两边都被毙，直到只剩周三那一天。

方槐柠屏息，然而这一回连着刷新了好几次铡刀都没有落下，他这才确认，周三是有空的意思。

方槐柠立时乐了，小心翼翼地在周三一栏里加了一个微笑的表情。

一刷新，表情旁边就多了一个翻白眼的小圆脸。

方槐柠看着看着，竟忍不住笑了。自己当初怎么会做出这么一个表情包呢，太可爱太传神了。

又刷新了几次都没再看见备忘录更新了，方槐柠失望之余又琢磨着，这东西虽然一起玩挺有意思，不过长此以往好像不适合聊天。而且栗亭不太喜欢用那些聊天软件，这小牧场里是不是该加点什么。

越想越觉得有道理，刚刚还因为奔波半日应酬半日一身疲惫的方槐柠，此刻精神抖擞地从床上坐了起来，搬来自己的笔记本，认真地投入专业领域。

隔天一早，吴毅在餐厅里看见顶着黑眼圈的方槐柠，不由得惊讶。

"哇，我们只是在投资人面前混个脸熟而已，现在还远没到呕心沥血的时候呢，你不用这么拼吧？"

方槐柠喝了一口黑咖啡自言自语一般道："不拼怎么行。"

吴毅："怎么了？"

接着又是忙碌的一天，方槐柠跟着老倪去了投资人的公司，了解了他们的发展方向和合作意向，晚上投资商给他们摆了一桌丰盛的筵席。老倪其实不太喜欢这一套，更不喝酒，但是投资商的面子不能不给。人家也不为难他们，简单地喝两杯也算是应酬上的礼节，作为学生还是要替老师出点力的。

吴毅酒量不错，方槐柠就差一点了，一杯下肚脸皮泛出了绯红色。

幸好大家都是点到即止，又说了几句，相谈甚欢地约下一次会面，然后彼此告别。

方槐柠虽然有些醉意，但神思还算清楚。回到房间后，明明前一晚也就睡了没几个小时，但一想到明天就能回 A 市，他这兴奋劲竟然越发高涨，正犹豫着要不要继续修改小牧场，视线忽然落到了一边打开的行李箱上。

最上头放着两本书，是他离家前顺手带来的，想在无聊的时候翻看一下。一本是《神秘的世界》，另一本则是和科学杂志放在同一个箱子从表姨家拿回的当年他写的日记。

方槐柠将两本一起拿过来，想了想，靠在床头伸手翻看了起来。

第十一章
小灰人

方槐柠记日记的习惯是从小学开始养成的，起初是用硬面本。他语句精练，倒也不耗本子，两三年用上一本。

后来上了高中就习惯用电脑了。而到大学，柠檬树里的那些日志也是他热爱记录日常的直接体现。

方槐柠因为长相和头脑的关系，从小在学校就受欢迎。

偏偏他本人并不是喜爱热闹的性格，许是因为父母时常国内国外两边飞，不在自己身边，他习惯独处，也热衷独处。即便外公外婆对他非常好，方槐柠的童年大部分都是一个人过的。

不像隔壁钱坤那样淘气，他总是安静又干净，放了学也总是第一时间回家，不是看书就是看电视，各种各样的书籍和故事充斥在方槐柠的生活里。

然而方槐柠并不孤独寂寞，相反，他的日子过得丰富又充实。他的日记里，满满的都是他欣赏各种作品的读后感和观后感。哪个人物很了不起，哪段情节又酷又帅，这日记里简直是一个多姿多彩的小世界，让方槐柠看得感触颇多。

不过这只是这本日记前半本的重点，随着时间的推移，渐渐地，后半本日记里小方槐柠的字里行间开始频繁地出现另一个人。

一个叫“小灰人”的人。

200× 年，4 月 8 日，雨。

昨天晚上把小灰人介绍给我的《隐形人》看完了，结果今天上课忍不住睡着了。但是老师竟然没有发现！难道我也和格里芬一样喝了隐形药水？

200× 年 7 月 4 日，晴。

今天外婆给我吃了一种很奇怪的水果，长得好像恐龙蛋，但是味道甜甜的。我告诉小灰人，他说他已经吃过了。他还说他吃过真正的恐龙蛋，比鸵鸟蛋要硬一点，连蛋黄都是硬的，这怎么可能呢？我没有那么好骗的！不过鸵鸟蛋真的很硬吗？

200× 年 12 月 15 日，晴。

小灰人下午把他在网上找到的炼金术的秘方发给我了。他说他已经试着炼出一点点了，就是颜色不太稳定。那个化学公式我看不懂，我们还没有化学课，但我觉得很奇怪，很不值得相信，我须要查一下资料。

200× 年 12 月 20 日，多云。

公式是假的，小灰人又骗人！

小灰人……

小灰人……

全是小灰人。

方槐柠当然知道“小灰人”，那是他小学到初中几年一个比较亲密的笔友。不，不应该算是笔友，他们更多的是用电子邮件联络的。

方槐柠那时候已经向《神秘的世界》投过稿了。

这个杂志有好几个年龄版本，全国发售，销量特别高，有些学校还要求订阅。方槐柠经过层层选拔，成功地在上面发表过两篇小故事，并因此在学校和 A 市都得到了“好学生”称号的嘉奖。方槐柠本就受欢迎，那时候学校的小朋友更是崇拜他，他在杂志上公布了自己的邮箱，短短几天就收到好多邮件。

方槐柠当时还特别享受这种喜爱，一封一封打开了看，还让外公给他读。不过和柠檬树里的留言一样，大部分都是小朋友简单明了的好感表白，只有少数在和他讨论他写的那两个故事。

方槐柠挑了几封回复，并和他们进行了交流。不过几个往复之后，只有一个叫“小灰人”的信友和他保持了联系。

小灰人也喜欢科幻题材的东西。他说他的名字来源就是这个，罗斯威尔小镇掉下的飞碟，来自外星的少年——小灰人。

两个人兴趣相投，常常分享生活中的一些有趣琐事。那段时光里的很多内容，方槐柠都有些模糊了，但是那种轻松和快乐的感觉他却始终记忆犹新。

不过这种联系保持了两三年后就突兀地被斩断了。小灰人不再回复他的邮件，方槐柠的信件发过去也全都石沉大海。之后隔了很久，小灰人才说他搬家了，离开了原来的地方。那里很远很远，没有电脑，也不太方便寄信，他们大概没办法经常联系了。

方槐柠记得自己当时非常失落，又给小灰人单方面写了几次信。果然什么都没有收到后，他就渐渐地不再上那个邮箱了。而那个纯真年代的玩伴也在他的脑海里留下了一个既清晰又模糊的影子。

方槐柠一边想着，一边快速浏览着日记。他是跳着看的，大概是因为没了小灰人，生活中少了许多乐趣，加上当时的方槐柠已经要读初二了，在日记本的末段，他的记叙风格急转直下，变得越发简略，甚至贫乏起来。

来到最后一篇，方槐柠只记录了三句话。

第一句，他写了要和这本日记和日记里出现的一切暂时告别了。

第二句，他写下了用过的邮箱和密码，像是怕以后的自己把这些都遗忘了。

第三句稍长：前两天有 A 市三中的建模和机器人兴趣小组来他们学校表演，特别厉害特别了不起。他想去三中，然后上 A 大。这样，也许有一天他也能造出高智能的机器人来，就像那时候对小灰人说的长大以后的梦想一样。

日记完结了。

方槐柠却看着那最后一句话，久久回不过神来。

高智能机器人？

长大以后的梦想？

仿佛天降一道流星直接打在了脑袋上，炸得方槐柠蒙过之后猛地清醒了过来。

外星少年、小灰人。

方槐柠恍惚起身，坐到电脑前，打开浏览器，一字一字地把那最后一页上的邮箱地址给输入了进去。其间，他的手指忍不住微微颤抖着。

方槐柠害怕这个号早已经被注销，毕竟已经过了十来年了。

然而在一阵漫长的缓冲后，页面成功地出现了。又是一番账号解冻的杂事，各种流程全走一遍。许是天可怜见，最终他成功地登录了那个几千个日夜都未再踏足过的古老领域。在邮箱被打开的一瞬间，足足近百封邮件出现在方槐柠的面前。

方槐柠急忙从第一封开始翻起，但可惜的是，因为容量的关系，最早的那些没有被留存，他只能看到两人后两年的联系内容。

挑了最遥远的开始一封一封地点开。

200× 年 3 月 5 日

你怎么又问我真名？我跟你说了我来自外星球了，就是小灰人！

刚才去田里摘了一只大橘子，拍给你看看，好不好看？我的晚饭！我们田里的狗又凶又笨，我天天去还不认识我，要不是阿昌，我大概又要被咬了。再这样我就要用捕鼠夹对付它们了！

200× 年 4 月 10 日

我吃橘子当晚饭是因为做饭的阿姨和外婆都要照顾我妈妈，没时间给我做。不过也无所谓，我喜欢吃橘子，柚子也喜欢。对了，我做了一只超大的风筝，成功地把苹果送到了天上。我决定再做更大的，看有一天能不能把那两只狗也送到天上去，你等我的好消息。

200× 年 5 月 1 日

我们学校也放假了，不过我没有像你一样出去旅行。我也不喜欢旅行，这里挺好的，我习惯了。

你推荐我的《时间机器》我看完了。我能看懂原版的，我外婆从小教我英语。

我告诉你！我怀疑真的有时间机器。我前两天在河里游泳的时候，感觉好像看见了未来。河里有光出现，光里面还有很多高楼大厦，我们的屋子却不见了。我不喜欢那样子，我觉得我家现在很漂亮。

200× 年 7 月 4 日

我没有淹死，也没有幻觉，更没有骗你。我游泳很好的，我自己练出来的。

你发给我的照片我看到了，原来你去了太平洋那头。我还没有见过太平洋呢，是不是真的很大？

上个月我的电脑坏掉了，我不会修。好在外婆终于想起来发现了，又给我买了一台。电脑这个东西真麻烦，你说人类厉害，还是电脑厉害？你以后想做什么？你的偶像是谁啊？

一路怔然地浏览下来，无数的文字让方槐柠如遭雷击。而当打开下一封时，他更是整个人僵在了那里。

那封邮件没有很多字，只有几张照片，照了一排特别漂亮的小洋楼别墅和一大片唯美的紫色牵牛花花田，伴着远处的果园，就像童话里的世界一样。

200× 年 10 月 15 日

好啦，不能发我的照片，那我就把我暂住在地球的家拍给你看看，时移路，漂不漂亮？

方槐柠看着下方附着的这句话和“小灰人”三个字，终于重重地闭上了有些发红的眼睛，恨不得给自己一拳！

用了一整夜的时间，方槐柠勉强将这上百封邮件看完了。回过神来早已天光大亮。他坐在桌前久久未动，直到师兄吴毅在外头敲门让他整理一下准备去机场了。

方槐柠恍惚地回过神，又恍惚地打包行李坐上了车，一路上思维涣散。一直以来，对于栗亭，横亘在方槐柠心中的心结就是两人怎么都熟络不起来的关系。而如今，栗亭摇身一变，成了与自己神交已久的童年玩伴，那种隔阂自然就消弭了。

方槐柠理应十分激动喜悦才是，可他此刻却只剩满心的懊悔和郁闷。

栗亭和小灰人身上那么多的近似点让他懊悔：明明一个狡黠，一个调皮；一个聪明，一个机灵。但自己偏偏就跟瞎了眼一样，完全无视掉那么多的相关线索，引以为傲的洞察力也跟着化为负值。要不是看到日记本，自己几乎从来没往这方面想过。

而栗亭和小灰人身上那么多的差异点则更让他难过，是什么让那个曾经无忧无虑、自由自在的外星少年变成今天这样精打细算、阴沉孤僻的小财迷呢。

方槐柠不敢深想。

他一路从酒店思考到机场，进了候机室后又忍不住翻出手机把那些邮件看了一遍。尤其是小灰人当年跟他告别时的最后一封邮件。那时的小灰人字里行间已少了活泼和跳跃，不过十岁出头的孩子用词却冷静简练，仿佛一下子长大了许多。

而那时的自己一点也没察觉。方槐柠仔细地回忆当年接到这封信时的感受。他郁闷难过，甚至有种被好朋友背叛的愤怒。

毕竟，他曾以为这是小灰人找到新世界的美好迁徙，却又哪里知道那是外星少年被迫背井离乡的孤独流放。

这十年，栗亭到底经历了什么？方槐柠在心里重重地问。

头顶的广播通知他们准备登机，方槐柠关上邮箱，想了想，又打开了聊天软件，发了一条朋友圈。他本打算只给一人单独可见，可是琢磨过后又怕消息被忽略，还是选择了多人可见。

发完后，方槐柠收起电话，与师兄和老师一起登了机。

风信子小舍中，魏萍果然第一时间注意到了那条消息。她看不懂这话是什么意思，但直觉应该和那人脱不了关系。果然抬头发现栗亭也在看手机，表情竟是说不出的凝重。

自从上回打开这个聊天软件后，栗亭就没有再关闭提醒通知。此刻一打开就见一个柠檬头像出现在第一排。对方又发了一张机场照片，这次拍得很近很清晰，下方配了几句简单的话——

一只柠檬：

对不起，现在才找到去你星球的飞船。

我很快就回来，我的朋友小灰人。

“栗亭？栗亭？怎么了？”

魏萍见栗亭久久没动，忍不住上前关心。

“没什么。”栗亭回过神，表情是正常的，出口的语气竟褪了冷意，带了几分绵软。

这时他的手机响了起来，栗亭呆了几秒才想到要接。

来电人是田典：“栗子，你现在有空吗？方不方便到我饭店来一趟。”

栗亭听出他语气里的迟疑："怎么了？"

"那个，不是我，"田典犹豫，"是栗晗，他过来找你，却被人打了。"

栗亭紧紧皱起了眉。

九月私房菜离风信子小舍不远，栗亭开着电瓶车没一会儿就到了那里。早上饭店还在做准备工作，没什么客人。栗亭走进去找了一圈，就见田典站着，身边还有一个微胖的男人，栗晗则蜷着腿缩在角落。

看见他，田典连忙迎上："不是特别严重，就是擦破了点头皮，脸上被人打了一拳而已，你别紧张。"

栗亭已经看到栗晗的脸了，对他来说的确不严重。但这伤放在栗晗身上，效果就不一样了。

栗晗的脑袋上贴了一块大大的纱布，嘴角隆起了一个青色的大包，含着两泡眼泪的眼睛哭得又红又肿，一见栗亭更是撇着嘴可怜得不行。

栗亭问："他怎么找到这里的？"

田典道："你是不是没告诉他你在哪里打工？电话又不接，他找不到你只能找我了。你猜怎么着，他竟然找到我以前工作的地方，然后又一路摸到这里，结果……"

"结果什么？"栗亭脸色不好。

"结果……就被人堵在饭店门口了。"说到这个田典有些心虚。

栗亭又去看栗晗，栗晗含混不清地跟他告状。

"我才走到门口……一个很高的男人就拦住我，把我拖到逃生通道里。那里还有好几个人，他们……他们以为我是你，就把我打了一顿……呜呜……"

当然最后肯定是认出来不对劲，不然哪里会只有这么轻的伤，栗亭心里有数。

他走上去拉住栗晗："我送你回去。"

栗晗满脸委屈："哥，好疼啊。"

栗亭不怎么温柔地在他的伤口上摸了摸，带着人往外走。

田典在后面叫住他："栗子。"

栗亭回头。

田典严肃地说："你小心一点。"他想让栗亭暂时别一个人乱跑了，但是他知道栗亭做事向来都有自己的主意。

坐了两个多小时的飞机，还未过中午方槐柠就落了地。原本他应该跟着老师和师兄先回A大，不过方槐柠对老倪说想先回来，被批准了。

方槐柠迫不及待地坐上车，忍不住第一次拨通了栗亭的电话。可是响了半天，却无人接听。

难道在忙？

方槐柠给钱坤打去，钱坤才游完泳，说没看到小救生员上班。方槐柠转而给魏萍打，得知小服务生刚刚离开了风信子，但没说去哪里。

方槐柠思考了一遍，打算直奔友友小区。他在这儿见过栗亭出现，大概知道他住在哪栋楼，但具体几楼几室就不清楚了。方槐柠一边给栗亭打电话，一边左右徘徊，想试试能不能碰个运气。

许是他今天运气还不算太坏，没过多时竟然看见一个熟悉的身影从远处走来。

这不是那个同居人又是谁!

“咦，科学家？你怎么在这儿？”

“栗亭在哪儿？”

两人一见对方几乎同时发问。

田典比他更惊讶，看看科学家这一脸焦急，再看他身边的行李，这是一下飞机就来找栗亭。

“你找他有事？”

方槐柠捋了一把额前的头发：“对，他现在在哪里？”

“他啊……”田典瞧着这大帅哥脑袋上翘起的碎发，暗忖这急得连形象都不顾了。

田典对上方槐柠深沉的视线，陷入了沉思。

“他……”满肚子的话亟待询问，但现在最重要的还是先找到人，于是方槐柠忍着纷乱，继续道，“他去哪里了？”

“栗亭回家了，不是这里，是他那个不着调的家。”田典看着对方，“应该一会儿就回来，要不你跟我上去等吧。”

方槐柠当然同意，提着行李直接跟着田典上了七楼，一进去就被这过于朴素的环境震惊了。

田典招呼他坐，却见科学家站着不动：“哎，你可别嫌弃，这儿比起以前那个出租屋已经算不错了。”

这还算不错？

方槐柠扫了一圈，心里不太舒服地挑了一张相对新一点的凳子坐下。

田典仍是看着他，视线直愣愣的，好像还没从刚才那个消息里回过神来。方槐柠在这种沉默的注视下不得不开口道："他为什么回去？"

说起这个，田典暂且搁置了惊讶，露出惭愧的表情。这个烂摊子的源头还是他。

"是我给栗子惹的事……"

他不得已说起蔡洋那事的前后经过，包括栗亭为了自己受伤。

"栗子是被我拖累的，我老是拖累他。"田典低下头自责道。

原来栗亭那次是因为这个事才住院，方槐柠后知后觉，但来不及多琢磨，又问："那个蔡洋现在在哪里？"他抓到了栗晗，但没抓到栗亭是一定不会轻易死心的。

田典其实也害怕这个，这才特意辞了下午的班回来等栗子。

"我不知道，他之前悄悄在饭店出现过，但是一会儿就不见了，应该不至于胆子大到一路跟着栗子吧……"可是这话越说他自己也越心虚。

方槐柠再次拿起手机给栗亭打电话，这一次手机直接变成了忙音。

方槐柠脸色一变，站了起来。

九月私房菜离素美花园有些距离，栗亭骑着小电瓶车载着栗晗回去。栗晗坐在后头牢牢地抱着栗亭的腰，把脑袋靠在他的背上。虽然很安静，但栗亭知道栗晗还在掉眼泪，因为自己的T恤衫都被打湿了一块。

行了几十分钟后，小电瓶车在别墅前停下了。栗亭等了片刻还是没见栗晗反应，他微侧过头看了对方一眼，问："很疼？"

栗晗起先不说话，过了半天才轻轻点了点头，然后又摇了摇头。

栗亭很了解他，一下切中栗晗的要害："比起伤心，男生遇到这种事不是更应该生气吗？"哪怕对着自己骂脏话也比抱着自己哭要强。

栗晗终于抬起头来，眼睛已经快肿成了核桃，怨怼又委屈："从来……没有人打过我。"爸爸没有，妈妈也没有，亲朋好友更不可能。今天的事让向来乖巧讨喜的栗晗自尊心上受到了近乎毁灭的打击。比起肉体，他的心里显然更痛。

栗亭跨下车来，没有安慰也没有心疼，依然冷静地说："以前是没有，但这世界那么大，怎么可能人人都怜爱你？你又为什么一直都要那么执着于得到所有人的喜欢？”

这话说得栗晗一愣，且不说栗亭平时从来没用这种教训的语气对他，就算哥哥想传授什么人生大道理给自己，也不该是现在。他不是应该对自己道歉，说今天的事是他不小心连累了自己才对吗？

而且什么叫“执着于得到所有人的喜欢？”最近自己欣赏的一个人就一点也不正眼瞧他。

想到这事，连带着刚才发生的一切，让栗晗更伤心了。

“你是在说方槐柠吗？他躲着我，却关心你，你是不是觉得很得意？”栗晗一冲动，口不择言。

听见这个名字，一直面无表情的栗亭目光一闪，眼底染上了一丝冷意。但耐心极差的他竟然没有动怒，他只是沉默良久，道：“栗晗，你该长大了。”

栗晗重话出口也知道不对了，就像过往无数次那样，他眼泪上涌，连忙道歉。

“对不起，哥哥，我……”

哥哥？

栗亭摇头，打断了他：“好哥哥、好弟弟的游戏，我又还能陪你玩几年呢？”

这句话很轻，却比任何责备都重，一下子把栗晗砸蒙了，脸色煞白地站在那里。

栗亭却没看他，直接锁了小电瓶车走到别墅前敲门。人都送回来了，没道理丢下就走，那两位也该见一见。

用人很快开了门，一见是栗亭眉头立马皱了起来。可当看到不远处的栗晗时，用人脸色大变，大声地叫起了“栗先生，栗太太”。

没一会儿狄薇就走了出来，栗尔杨今天也在家。两夫妻见到两兄弟的表情和那用人如出一辙，只是狄薇显然更夸张一点。她越过栗亭，大步冲出去拉住了儿子，紧张地看他的脸。

“晗晗，这是怎么了？怎么受伤了？快给妈妈看看，不哭啊，不哭……”

栗晗频受打击，被这么一问，哭得更凶了，眼睛仍是不敢置信地看着他的哥哥。

而他这个目光在狄薇看来就是明显的信息传递，她和栗尔杨也一道望向栗亭，眼中满满的质问。

栗亭不用他们开口，想也知道这人一次两次从他手里被送回来不是醉就是伤，怎么解释都觉得多余。而且栗晗今天的确受自己牵连，所以栗亭很简练地承认。

“想打我的认错了人，打了他，我道歉。”

狄薇听罢，一手给儿子擦眼泪，一手已紧握成拳。她愤怒地看向栗尔杨，似乎想让丈夫给自己出头。然而当栗尔杨开口又是那几句老套的说教时，狄薇受不了地打断了他。

若换作平时，她也许还能勉强维持姿态，可是事关她的宝贝，狄薇哪里顾得上那些惺惺作态。她指着栗亭，眼中火光凶猛，声音都激动得拔高了几分。

“栗亭，我知道你从来没有把我们当成你的长辈。你没规矩，你闯祸，你叛逆，我都可以不放在眼里，你恨我怨我也可以冲我们来。但是栗晗不一样，他从小就和你亲近，以为你有多喜欢他。可栗亭你扪心自问，你真的把他当弟弟了吗？”

不同于对面激动的一家三口，栗亭面对这种控诉不以为然，嘴角甚至不屑地上扬了几分。

而他的这种无动于衷，也终于惹怒了一边的栗尔杨。

栗亭蓦地抬手，一下就拦住了向自己的脸挥来的巴掌。

他阴沉地看向企图对自己动武的所谓父亲，冷冷地说：“三年前你打不了我，今天也别想。”

栗尔杨刚要大骂，栗亭已经转向了狄薇。

然后栗亭笑了，他说：“你错了，我的确没有那么喜欢栗晗。但是我也不讨厌他，因为我同情他，就像我可怜你一样。”

狄薇额角青筋直跳：“你什么意思？”

栗亭轻松地甩开了栗尔杨的手：“你口口声声说爱儿子，却不知不觉把他养成了自己最恨的女人的样子，你难道不可怜？”

看着狄薇震惊的表情，栗亭笑意更深：“我说的不对吗？想要所有人的喜欢，虚荣又任性，天真又残忍，永远自我，永远长不大，太像她了。不过她比栗晗更笨一点，她眼光还差，所托非人，直到死前才顿悟过来。而这样性格的人绝对没有好下场，遇上了你们两个真卑鄙小人的时候，注定家破人亡，晚景凄凉。”

栗亭又看向栗晗：“这样的人，我为什么要讨厌他，这难道还不值得同情吗？”

如果栗亭只是言语攻击或者辱骂，面前的几人或许还能厉声反驳。

可是他切入的角度实在太诡谲犀利，一下子竟然把栗家夫妇都说呆了。尤其是栗尔杨，似是想到陈年往事，还有记忆中的那个女人，他嗫嚅着要开口，竟半晌难以成言。

栗亭没兴趣欣赏他们的表情，他任务完成，转身就要离开，却忽然听见一声悲伤的抽噎。

“哥哥……”

栗亭回头，看向可怜巴巴望着自己的栗晗，这次语气已带上了警告。

“你做什么我都懒得和你计较，但是，离方槐柠远点。”

说完，直接推开杵在门边的用人，走了出去。

跨上他的小电瓶车，栗亭一路开出了素美花园。沿途还要经过大片的富人区，他看着时间，想着飞机就要降落了，便着急地打算抄小道走。然而才刚转了弯，栗亭就察觉到不对劲，从后视镜中能看到有一辆面包车一直在跟着他。

栗亭加大油门，想要甩掉对方。那辆车却贴得越来越近，在一个丁字路口处，迎面竟然又来了一辆车，直接将栗亭夹击在了中间，逼得他不得不停了下来。

栗亭看着车门打开，两辆车上同时下来七八个高大的男人，最后蔡洋那张熟悉的脸从车内慢慢出现。不同于栗亭对他的冷漠，蔡洋看着栗亭的表情是狠戾中带着浓浓的兴奋。

“终于逮到你了，让我好等。”蔡洋龇着牙笑道，“这次怎么都不能让你跑了……”

意识到情况不妙，方槐柠一边按住惊慌失措的田典，一边脑子飞转。

他努力镇定道：“蔡洋虽然没动你，但不代表他不会再找你麻烦。你就待在这儿别乱跑，也许栗亭一会儿就会回来。他打工的地方我会让我的朋友们留意的，半小时后如果还没消息，你就报警。”

“那你呢？”田典着急地问。科学家不会想自己去摸索着找人吧，A 市那么大，他能去哪里。

方槐柠眉头紧拧：“我会找到他的。”说着，他拉开门拖着行李离开了友友小区。

今天飞机落地的时候天气还很好，可现在已乌云翻涌，天际阴沉沉一片，又要下雨了。

方槐柠脚步飞快地穿过大街，一边给钱坤和魏萍他们打电话，让他们帮忙看看风信子和游泳馆的附近，一边直接回了家。

上楼开了电脑，方槐柠进了小牧场。

这个 App 本来就是方槐柠给自己做的，栗亭无意中闯入了他的私人领地，窥得方槐柠的心血，但其实也将栗亭手机中的隐私全摆在了方槐柠的面前。

小牧场在被安装成功的时候，就等于机主默认获取了栗亭手机里的全部权限，包括栗亭的通讯录，他的短信，他的操作记录，甚至他所有的程序密码，当然，还有栗亭的活动位置，一切只看方槐柠想不想知道。

此时已轮不到方槐柠多做选择，他打开后台，直接通过 GPS 查找并定位栗亭的手机所在。只要栗亭不关机，小牧场就不会被彻底关闭，他也一定能找到对方！

就在方槐柠操作忙碌的时候，钱坤和魏萍先后打来电话，都说没有看见栗亭。窗外一阵轰雷滚过，倾盆大雨忽然从天而降，这让方槐柠忍不住想到前两个雨夜他们的相遇。

第一次在车站遇到了栗亭，第二次把栗亭带回了家，而这第三次栗亭在哪里呢，会不会遇到坏人、遇到危险，他又什么时候可以回家？

方槐柠心急如焚。

终于计算机缩小了查找范围，一点一点把目标精确到城、区、街、楼……方槐柠跟着那地址，眼睛也一点点发亮，最后竟愣在了原位。

直到外头又是一声炸雷响起，他才猛地起身，两三步迈向玄关，一把拉开了门。

门外，栗亭一身湿漉漉地站在那里，无辜地看着他。

栗亭浑身都湿透了，应该是从大雨里一路走来的缘故，凝结的发丝垂落在颊边，一缕一缕地往下淌水。

方槐柠惊愣了一瞬，赶忙伸手将栗亭拉了进来，哪里顾得上地板脏不脏。

“你去哪里了？怎么不接电话？你遇到谁了？有没有什么事？”

栗亭默默地看着满脸焦急紧张的方槐柠，任由对方抬高自己的手，到处仔细地查看。

半晌，像是欣赏够了这样的表情，栗亭才开口道：“我没事。”

方槐柠哪里会信，仍是拉着人不松手，又听栗亭说：“我觉得好冷，我想先洗个澡。”

方槐柠回过神，这才发现对方全身湿透，也不知道他淋了多久的雨。方槐柠暂且收起满腹疑云，见栗亭行动没有什么太大的不便，就领着他进了浴室。知道栗亭没带换洗的衣裳，方槐柠还进房拿了一套自己的新T恤衫和裤子递给了对方。

关上浴室的门，方槐柠仍是担忧，凝神注意着里面的动静。好在栗亭动作很快，没多时就打理干净走了出来。

方槐柠立时迎上，一脸凝重地盯着他不放。

栗亭面对拦着自己的大高个儿颇为无奈："我很累，能不能让我坐下？躺下也行。"

方槐柠的T恤衫松松垮垮地挂在栗亭瘦削的身上，裤子也长得过了膝。方槐柠扫过栗亭暴露出来的四肢，没发现什么明显的伤痕，不免松了一口气。

见栗亭的神色真的十分疲惫，方槐柠直接抓着人进了房间："就在这儿睡一下吧。"

栗亭看着那铺着浅蓝色床单的大床和其上单独一只的枕头，爽快地坐了上去。正要躺下，却又被方槐柠阻止了。

就见这人快步离开，没一会儿拿了一大块浴巾走了过来，小心地覆上了自己的头顶。

方槐柠说："把头发擦一擦再睡，不然会着凉。"

栗亭没反抗，乖乖地让他摆弄。

"好了。"

擦完头发，方槐柠扶着栗亭重新睡下，但是人却没有走开。

"你室友都告诉我了。"方槐柠说。

栗亭对上那双沉沉的眼睛，有点意外方槐柠竟然摸去了自己的宿舍，知道他了解了来龙去脉，也知道他是真的急了。

栗亭承认："我把栗晗送回家以后，出来被人堵在了半路。那叫蔡洋的还砸裂了我的手机屏幕，让我没法接电话。"

方槐柠一惊："他为难你了？"

栗亭："没成，被我逃了。"

据田典说上次蔡洋在酒吧后街和栗亭对上时，身边带了两三个男人都没能困住栗亭。这次他有备而来，帮手肯定只多不少，方槐柠不信栗亭那么容易脱身。

栗亭知道没法随便对付过去，只有道："是有些困难，所以花了点力气。”面对那么多男人，栗亭也知双拳难敌四手，所以只绕着他们跑。拳脚虽然没怎么挨，但是胸口的旧伤在奔逃中拉扯到了，现在闷痛，让他十分疲惫。

“而且运气不错，遇到一个帮手。”若真只有自己，到头来还是危险。

“谁？”方槐柠疑惑。

栗亭说：“不认识，算是校友吧，正好住在那儿。”

“大学？”

“高中。”

方槐柠还要再问，栗亭却合上了眼：“总之，那蔡洋以后应该不会出现了。”

方槐柠不太明白，但看着床上的人苍白的脸色，他还是把啰嗦的追究都吞了回去。

“先睡会儿吧。”

他给栗亭拉了拉被子。

栗亭没动，直到听见房门被合上的声音，脑袋才轻轻地在枕头上蹭了蹭，闭上眼放心地睡去。

这一觉睡得还挺沉，再醒来周围已是一片漆黑。栗亭撑着坐起身，刚打算下床，房门已经打开了。方槐柠开了灯，端着吃食站在门边。

“点了外卖。”方槐柠走过来道。

栗亭一看，是一碗鱼汤泡饭。洁白的汤底加鲜嫩的鱼肉，十分可口鲜美。但是对于饿了快一整天的栗亭来说，这东西完全不够塞牙缝。

他有点不近人情地问：“你喂猫呢？”

方槐柠当下心想：难道不是吗？

嘴里还是解释：“你刚淋了雨，暖暖胃，不够还有别的。”

碗端到了面前，栗亭却没动，只是看着方槐柠。

方槐柠会意，微微弯起眼：“我吃过了。”

栗亭这才接过了筷子。

栗亭的力气大，饭量当然也大。方槐柠坐在一边，默默地看着对方用着松鼠嚼的吃法足足解决了三大碗汤泡饭，勉强果腹。

栗亭吃饱喝足又躺了回去，耳边听着方槐柠收拾碗筷的声响，半晌又进了洗手间洗漱。磨叽着洗完，又磨叽着出来，却磨叽着迟迟没有进房间。

栗亭感觉到那来来回回在房门前徘徊的脚步声，终于忍不住开口问：“你想让我去睡沙发就直说。”

方槐柠连忙进门，眉头紧皱：“没有。”

栗亭看着他：“那你去睡沙发。”

方槐柠暗道：怎么可能？

最终还是拿着枕头，掀开被子，小心地躺在了栗亭的身边。

卧室的床非常大，栗亭微微蜷起身，小小一只躺在那里，根本占不了多少面积，和方槐柠以往自己睡的时候其实差不多，只是那巨大的存在感却怎么都令人难以忽略。

黑暗里没人说话，只能听见两人轻轻的呼吸声，一个有些急促，一个倒是平缓，平缓得像在等待什么一样。

方槐柠是装了满肚子的话上的飞机，本想一见到人就对他掏心掏肺。可是真见到了，“头牌”的手却在被子里握紧又放开，放开又握紧，紧张得一时竟不知从何说起。

明明一口气可以写三百行代码都不带转弯的人，现在却反复思量，百般演练。栗亭现在那么累，我要不要等他彻底睡醒再好好跟他说？

因为太过在意，反而不知所措。

就在方槐柠纠结犹豫的时候，身边的栗亭倒是先动了。他缓慢地翻了个身，又翻了个身，然后越翻离方槐柠越远。两人之间原本一抬手就能碰到的距离也被越拉越大。

方槐柠当下就觉得他是不是又要逃走了。

所以当栗亭一路翻到床边，方槐柠一伸手就把栗亭用力地拽了回来。

“你要去哪儿？”他紧张地问。

栗亭无奈道：“我想拿杯水喝。”

栗亭解释完，方槐柠却还是没有松手。栗亭不得已从鼻子里哼出了一声沉闷的痛呼。

方槐柠赶紧扳过栗亭的肩膀：“怎么了？哪里疼？”

栗亭配合地转向方槐柠，两人在黑暗里面对面。

见栗亭抚着肋下，方槐柠暗骂自己粗心，松了手上的力道，松松地揽着栗亭，一只手在他背上轻轻拍，好像这样就能缓解对方的痛苦一般。

栗亭嘴角微垂，睫毛渐渐垂落，昏昏欲睡。

忽听方槐柠轻问：“怎么弄的？”

他问的当然是栗亭的伤。方槐柠记得上次去医院时，医生告诉过他栗亭的肋骨以前就断过，没养好落下了病根。

栗亭沉默了片刻没回答，就在方槐柠以为他睡着了，或是不愿告诉他时，栗亭才道："打架。"

这个答案方槐柠早有预料："高中吗？"

"嗯。"

"为什么？"

栗亭微微抬起眼："还能为什么，心情不好。"

那么软糯的声音说出这种狠戾的话来，一点杀气都没有。但方槐柠却知道，现实没有那么简单。听那个弟弟说起过，栗亭的高中是在A市一中读的，那个学校的校纪校风出了名地混乱，而以栗亭倔强尖锐的脾气，想也知道定会得罪人。

"他们打了你，所以你也打了他们？"方槐柠问。

栗亭摇摇头："你不了解那所学校的人，少爷小姐多，打架不必亲自来，外校多的是小流氓。"栗亭的模样又那么具有欺骗性，谁都觉得能压他一头。

方槐柠皱起眉。

栗亭道："不过，他们找人堵我，我怎么会让他们好过。"

其实栗亭要是个软柿子，被骂上几句打个一拳这事儿也就过去了。偏偏他是一根金刚石做的硬骨头，别说要他服软，他不打到你服软他还不罢休。于是鸡毛蒜皮的小口角成了深仇大恨一般的敌对，小架变大架，突击战变持久战。出事那天，外校的小流氓已经堵了他半个月了，天天没法善了。

栗亭的耐心终于耗尽，在后门把挑衅的几个男生全收拾了以后，拖着伤痛的身体硬是死撑着回到学校，把那个罪魁祸首从隔壁班一路拖到楼下，当着那么多同学的面打了个半死。

"就是运气差了点，挑错了时间。"栗亭对于那段经历只有这个总结。

方槐柠的眉心已经快打结了，这是他没法想象的生活。

"什么时间？"

栗亭想了想："一中九十年校庆。"

方槐柠："怎么？"

栗亭："那天市领导、校领导都在，记者好像也在。"

方槐柠："所以……"

栗亭："所以我就上报纸了。"

想也知道那报道会写得多么惊心动魄、绘声绘色。

他忽然想到栗亭和程鹏对上时那人说过的话，他说栗亭有案底。

栗亭："那个人被我打伤了，所以他们家告了我。"

方槐柠拍打在栗亭背上的手停了，看着他的目光又深又重："是因为这样，所以大学……"

栗亭目光一闪，低下了头："学校要开除我。据我那个做教授的父亲转述，他用尽了所有的人力和财力替我保住了这个学籍。他想让我转学或者复读，好好听话。我觉得没必要，打人的确是我的错，我宁愿承担后果，负法律责任。所以最后停了大半年的学，进了这么个学校。"

栗亭用的语句特别干脆，方槐柠却知道这不可能三言两语就说得透。虽说有案底的学生一样可以进大学，但是栗亭那事有新闻媒体传播，且众目睽睽之下，性质和社会影响就不一样了。

那一刻等于断绝了他去一等学府的所有机会。栗父从事教育事业，不应该不清楚个中情况，但以栗亭的脾气，直接选择了釜底抽薪。

久久没听见方槐柠的回答，栗亭好笑地抬起头来。

"去哪里对我来说无所谓，金屋一样可以养草包，草屋也未必挖不出金条。"

在栗亭看来，方槐柠不了解自己。狄薇其实有些话没有说错，他就是好斗孤僻又叛逆，甚至自私市侩、利益至上。他和方槐柠完全就是两种人，或许高才生和自己真正接触后会大惊失色也未可知。

然而方槐柠听了这话，却只想到这些糟心的波折没有任何人替栗亭分担，从头到尾只有他一个人独自面对，相反还受到周围那么多的诋毁和误会。

没有家人，缺少朋友，唯一和栗亭有过些童年牵绊的自己，也跟瞎了眼一样，那么多线索摆在面前都察觉不出。幸好栗亭那么坚强，那么勇敢，那么独立，才在与自己重逢时依然优秀。

忍不住再度想到那本日记和邮件，方槐柠胸口刚纾解的气又堵了起来，他忍着激动问："你为什么不告诉我？"

栗亭疑惑道："什么？"

方槐柠看着他漂亮的眉眼："《神秘的世界》。"

栗亭睫毛一颤，好像还是不懂。

方槐柠懊恼，甚至有些委屈。如果栗亭早些对自己挑明，很多事就不用兜转那么久了。

栗亭和他对视了一会儿，像是明白了一点："你说……小灰人吗？"

方槐柠握着他的手紧了紧："是，对不起，我竟然没有把这些想起来。"

栗亭听着，挑了挑眉："你以为小灰人是我？"

方槐柠一怔。

栗亭摆过头，看着虚空中的一点，轻道："很抱歉，说这些也许会煞风景，但就算让你失望我也要坦白，那不是我。"

方槐柠："可你……"

"我知道一些内里的过往，只是因为看过你写的那些邮件而已，"栗亭冷静道，"小时候看的。"

"那谁是小灰人？"方槐柠情绪翻涌，望着栗亭朦胧的侧脸。

栗亭抿了抿嘴："是我的一个小表弟。我们一起住在时移路，他是那本科幻杂志的读者，很喜欢上面的故事，所以每次看了都会跟我分享，包括你写的那些，还有你们之间写的邮件，他的网名就叫小灰人。"

"那这个'小表弟'现在在哪里？"方槐柠看着栗亭转来转去的眼睛，又问。

栗亭想了想："死了，病死的，大概怕你伤心，就故意断了联系吧。骨灰就撒在我种的那块田下面，天天给我的农作物做肥料，所以我过年过节才想到要回去看看他……"

话才说到一半，栗亭就猛地顿住了。

方槐柠说："如果'小表弟'是小灰人，那'小表哥'就是小骗子。"

第十二章 栗亭的世界

再睁眼已经是第二天的清晨了，屋里的窗帘还拉着，方槐柠迷蒙了一会儿才发现身边的床位已经空了。方槐柠猛地起身，生怕和上次一样醒来栗亭又跑了。他着急地下床，刚要往大门处去，就听见外面有动静。

走到厨房边，就见栗亭站在灶前，手拿锅铲正在做早餐。

微微侧头，栗亭斜了一眼方槐柠鸡窝一样的发型和呆呆的脸，道：“做什么？”

方槐柠回过神说：“没，我只是想告诉你，家里还有很多食材。”

这个栗亭当然知道，不同于上一回来时的空空荡荡，这一次他打开方槐柠的冰箱和橱柜，发现里面被各种食物塞满，大多还是考验保质期的生鲜食品，让栗亭很是莫名其妙。

“你会烧？”不然为什么买这么多。

方槐柠理所当然：“不会。”

栗亭瞪着他。

方槐柠却回以浅笑。

去洗漱回来后，桌上已经摆了好几道早餐。栗亭做了鸡蛋卷和玉米饼，还熬了粥，光看那色泽就知道味道一定上乘。

果然，方槐柠尝了一口后，险些抛下他二十年的优雅教养，恨不得连筷子和碗都一起嚼下去。

这手艺拉到饭馆立马就能上岗。

活脱脱的小厨师！

用餐的时候谁都没说话，两人都低头闷吃。直到吃得差不多了，方槐柠忍不住夸了一句：“很好吃。”

栗亭点点头，神情淡然，一夜之间又回到了往日的样子。

吃完早餐，栗亭清理桌面，方槐柠本想帮着洗碗，可生疏的手法展示了两三下，就被栗亭鄙视到一边去了。

利落地收拾了厨房，栗亭说："我走了。"

方槐柠面露不悦，他还以为两人能有一天的时间好好谈谈小灰人呢。

栗亭解释："我今天期中考。"

这个理由让方槐柠无法反驳，他只能表现得不要太沮丧："昨天忘了说，你回来之后我跟你那个室友打过电话了。"

栗亭点头："我知道。"

方槐柠送人到门口："你以后如果要用电脑，就过来吧，我的计算机要比书吧的好。"

栗亭继续点头，弯腰穿鞋，拉开门的时候方槐柠再次开口。

"明天别忘了。"

栗亭一顿，看向他的眼里终于带了一丝笑意。

"什么？"

方槐柠严肃地上前："周三，你说你有空的。"

栗亭想了想："有吗？"

方槐柠："有。"

栗亭挑眉。

方槐柠凑近："五点，晚上，A 大门口。"

栗亭敏锐地往后一退，拉开门走了出去。

"行吧。"

栗亭没骗方槐柠，他的确今天考试。他先回宿舍换了衣服，遇上等待已久连班都没去上的田典，被对方一番紧张地盘问。栗亭把昨天对方槐柠说的那些又简略地告诉了他，这才勉强脱身。

考完试，栗亭去修他的手机。他的电瓶车当时被砸得挺惨，应该是彻底报废了。修手机的店家建议他的手机也报废，因为维修的钱怕是比新买一台还贵。

"你这内存太小了，屏幕也小，怎么打游戏？同学，你看这一台，虽然价格高，但是性价比也高，大点的软件运行起来超快，一点也不卡！"

栗亭站在柜台前听着对方在那儿口若悬河地介绍，盯着那个价钱良久没动。

周三那天方槐柠很早就醒了，应该说前一晚他睡得并不怎么好，做了一晚上奇奇怪怪的梦。一会儿梦见自己约小骗子吃饭却打不通他的电话了，用电脑定位后，发现对方显示的位置已经离开地球；一会儿又梦见自己吃饭的时候迟到了，赶到那里发现站在A大门口的是一个灰皮肤、大眼睛，只有自己一半高的外星小灰人。方槐柠问他“你是谁”，对方回答：“你怎么不认识我了，我是小表弟啊。”

然后方槐柠就睡不着了。

想到今天的饭局，在床上翻来覆去一通，方槐柠索性起床去学校。到研究所楼下的时候，他看到有些时间没见的于瑶晴站在那里。她其实一直在所里往来，只不过方槐柠尽可能避开了她。今天他原本也没在意，偏巧于瑶晴在和一个有些眼熟的男生说话。方槐柠认出是那个叫刘磊的男生，他和于瑶晴也认识？

想到那些书，方槐柠又想起自己曾经抄过一次书单，而那天到图书馆就遇上了于瑶晴，会不会书单被她看见了。替自己借书的难道是她？如此说来倒也合理。

方槐柠琢磨着进门，却被师姐许妙妙叫住了。

许妙妙文青打扮，长相仙女，是A大出了名的大美女，也是倪蔚年最得意的门生之一。不过她比方槐柠还神出鬼没，大部分时间都待在实验室，说起话来跟半年没吃饭一样。

“槐柠啊，A大图书馆刚才给我打电话了，说系统有点问题，让我去看看。A大图书馆那么远那么远，他们竟然让我去看看，他们竟然不知道什么叫远程。”

方槐柠沉默了一下：“一会儿我去吧。”

许妙妙点头，慢悠悠地回了实验室，路上遇见吴毅问她吃过早餐没。

许妙妙：“没有吃，食堂那么远那么远。”

吴毅、方槐柠：“……”

去A大图书馆前，方槐柠把那些借的书都带上了。自己现在有了别的事要惦记，借书的人是谁，是不是于瑶晴，方槐柠都懒得花心思，也懒得知道了，所以就还了吧。

去到A大图书馆后，方槐柠和管理老师沟通了问题，不是很复杂，方槐柠很快解决了。想到师姐那个样子，他又把自己的手机号留给了对方，万一系统再有问题就直接找自己。

管理老师让工读生过来记录。那个工读生说：“你打一下我们咨询台的电话吧，我用来电显示保存。”

方槐柠照办，然而才输了前几个数字，手机里就跳出了这个完整的号码，显示一个多月前A大图书馆曾打过自己的手机。

方槐柠奇怪：“你们之前找过我？”可A大图书馆的人哪里来的自己的电话，之前搞系统的时候也是直接联系研究所的。

工读生不记得了：“有吗？”

方槐柠也觉得奇怪。

工读生看他抱着书，问：“方学长，你要还吗？给我吧，不用排队了。”

方槐柠也没客气，又听对方道：“原来之前找的就是这几本，好像有人也问过这些书，幸好方学长下手快。”

方槐柠认出这个人似乎就是当时替自己查过书单的那个：“谁？女生吗？”

工读生摇头：“男生。”

方槐柠：“谁？”

工读生：“啊？不是我们学校的，一个送外卖的，你应该不认识。”

送外卖的？

方槐柠心头一跳：“是谁？”

工读生听他的声音都沉了，忙道：“他叫栗亭。方学长你不用管他，下回他要再来，我保准找保安赶他出去。”

听见这个名字，方槐柠的脸色一下就变了，在阳光与霜冻间来回切换，忽明忽暗。

工读生被他的目光扎到，以为自己犯了什么错，再看向手上的书，他忽然想了起来。

“对了，这些书不是栗亭那天拿着的吗？”他在这儿帮了三年的忙，记书名对他来说再容易不过了，“那天，他……”

“他怎么了？”方槐柠追问。

“他还让我给别人打了电话，说让他来拿书的，不过我没打通……”说到一半，工读生联系到之前方槐柠问A大图书馆电话的事，望着眼前人好像明白了什么。

方槐柠表情凝重。他也想起来几个月前他抄书单的那天，除了于瑶晴，他还遇见了一个人，那个人就站在自己脚下的位置，睁着大眼睛回过头和自己对视。

所以，从一开始就是你吗？

方槐柠面色几番变化，最终还是没忍住，弯起眼，绽放了一个灿烂的笑容。

栗亭周三那天又考了两门课，坐车回来已经五点过二十分了。幸好赶到A大门口的时候，一眼就看到了站在巨型雕塑下的方槐柠。

今天天气有些凉，他穿了一件中款的黑色风衣，里面是白色T恤衫，下身是牛仔裤和球鞋。非常普通的一身装扮，可沿途路过的女生几乎每个人都在看他。

栗亭大迈的步子收了收，慢慢走了过去。

离着还有些距离，方槐柠就抬起了头，看见是他，原本没什么表情的脸上忽然多了一抹光彩。

走到近前，栗亭发现方槐柠剪了头发，刘海和鬓角都剪短了很多，越发显得五官俊朗立体。

栗亭扫了他两圈，说出口的话还是十分冷静："来晚了。"

方槐柠也挺冷静的："我也刚到。"

栗亭看了一眼方槐柠脚下被踩得快成碎屑的落叶："去哪儿？"

方槐柠说："先吃饭吧。"

他本来想约栗亭到香米堂的，但是这个时间位子难订。而且商店街人那么多，老熟人也多，万一中途有些什么干扰就糟了，所以方槐柠带着栗亭去了另一家餐厅。

走前方槐柠还十分友好地征询了一句："你有什么不吃吗？"

栗亭觉得这句话有些耳熟："没有。"

方槐柠满意地点点头。

转了两条街，栗亭遥遥看见了远处的店牌，脚步一顿。

方槐柠下巴抬了抬，又问："海鲜吃不吃？"

方槐柠到底和小财迷不同，说吃海鲜就真吃海鲜，而且不是那种沿街的大排档，而是环境幽雅颇有格调的餐厅。

两人坐下，方槐柠问栗亭要点什么，却见栗亭看着菜单上的价格没说话。

方槐柠："你都请了我两顿大餐了，我也该破费一次了。"

栗亭：总觉得这些话有点深层含义。

最后还是方槐柠点的，要了不少招牌菜。这地方也是他反复考量过的，经济方面的情况当然也在预想之内。栗亭是一个小财迷，想必平时很少会光顾这种价格的餐厅。但是方槐柠之所以还是决定带他来，就是单纯地想让栗亭尝尝这里的味道。

栗亭在乎金钱，可他并不惶恐于金钱带来的差距。栗亭节俭却不贫穷，抠门却不自卑。他做了那么多底层职业，却从来没有哪一次在客人面前落过下风。管你是国色天香，还是土豪财主，该臭脸还是臭脸，想鄙视就鄙视。

那种吃了一顿大餐就觉得自己和对方有差距因而产生的自轻自贱，方槐柠相信在栗亭身上是不可能发生的。他比谁都看得起他自己，所以方槐柠不想委屈自己，更不想委屈他。

果然，栗亭很坦然地接受了这一桌美食，吃得津津有味。

不过方槐柠还是发现他只吃生蚝、刺身和海参之类的东西，虾蟹他几乎都没动。

“不喜欢这些吗？”方槐柠问。

栗亭快速咀嚼：“麻烦。”

栗亭平日里几多奔忙，能好好坐下来吃顿饭的时间都屈指可数。久而久之，他已经习惯了各种简餐，怎么方便怎么来，馒头、烧饼那种随时能揣怀里带走的是他的最爱。鱼虾这些浪费时间的玩意儿，栗亭都不记得自己有多久没碰了。哦，对了，几个月前去栗尔杨家好像吃过，不得已而为之。

方槐柠听得筷子一顿，他以为自己已经考虑得十分周详了，结果还是不够完美。

方槐柠内心懊恼，默默戴上手套，拿过了面前的斑节虾。栗亭饶有趣味地看着他慢条斯理地剥壳，剥了一个又一个，待到装了满满一小碗的时候，方槐柠却没有吃，而是将那整碗虾肉都推到了栗亭面前。

栗亭一怔。

“你怎么……给我剥了这么多啊？你自己怎么不吃？”

话不是栗亭问的，而是隔壁桌一对男女，女生对着男生笑问。

男生回答：“因为我想对你好啊。”

这话一落音，方槐柠连忙转开了眼，片刻才回到了桌面，却见那碗又被推回来了一点。

方槐柠失望，却听栗亭道：“一起吃吧。”

方槐柠一顿，笑了。

好不容易磨叽着把这顿饭吃完了，两人离开了餐厅。沿着长街慢慢地向前漫步，在这期间两人都没怎么说话。

方槐柠在看到栗亭口袋里的新手机时疑惑地问了一句："怎么买的这款？"

虽然是旧版，但比起栗亭以前的那些山寨老人机好上几百倍，这对小财迷来说简直是大破费。

栗亭道："正好打折。"

方槐柠奇怪，但也没有追问。

两人一路游荡到了A市的中心花园，那儿有一处非常大的广场。有商城有喷泉，虽然今天不是周末，但是人潮依然汹涌。尤其是附近还有好几所大学，一到晚上，满广场的小情侣。

栗亭和方槐柠在广场上吹了一会儿冷风，看着身边一对对或相依或拥抱的身影，方槐柠拢了拢身上的外套，问："冷吗？"

栗亭正在看大屏幕上的广告，听罢摇了摇头。

"你冷？"

方槐柠只有道："有点。"

这两天A市降温了，栗亭看着对方身上有些薄的风衣，心里吐槽：谁让你瞎耍帅的。

嘴里道："那做点暖和起来的事吧。"

方槐柠一愣。

却见栗亭忽然伸手指向远处的林荫道："从那儿开始。"

方槐柠："干什么？"

"跑一跑就热了，二十圈怎么样？"

栗亭说着往那头走去。

方槐柠不得不跟在他的后头。

林荫道在广场的背面，少了舞乐光影，只有埋在树丛间的夜灯在走入其中的栗亭身上洒下一道道零碎的昏黄，晦暗而幽静。

方槐柠看着他，正打算告诫对方"昨天胸口还疼呢，不能乱折腾"时，却见前方的人放缓了脚步，半明半暗间，慢慢向自己回过头来。

须臾，方槐柠快走了一步，小心翼翼地在幽寂的夜色里上前，和对方并肩走在了一起。

深秋的夜里，却不再那么凉了。

上一回两人从友友小区走到A大的时候，方槐柠觉得这条路有些累。然而今天，他却觉得转瞬就到了。

小区楼下，栗亭说：“我走了。”

方槐柠说：“好。”

两人却谁都没动。

栗亭问：“你还有话说？”

方槐柠想了想：“本来是有很多问题想问，但除了最后一个，其他问题我觉得我好像知道了。”

栗亭莫名：“其他什么问题？”

方槐柠只说了一个名字：“刘磊。”

栗亭笑了：“这代表什么？”

方槐柠：“代表……我知道了。”

栗亭却摇头：“你不知道。”

方槐柠看着栗亭在月色下弯起的眼睛，没了阴沉，只剩满满的灵动荧光。

他心内的疑惑在对上这两道目光时便化为了泡影。

方槐柠什么都不打算再问了。

方槐柠第二天中午到风信子小舍的时候栗亭还没忙完。临近 A 大期中考，A 大图书馆的位子又开始紧俏，连带着风信子的生意都水涨船高。

方槐柠也不和其他人挤座位了，他就站在吧台那，看着栗亭在那儿不停地洗杯子。

没多久栗亭就忙完了，今天他口袋里没揣包子，解下围裙跟着方槐柠出了风信子。

“去哪里？”

一顿午饭而已，还要跑出去吃，换作以往栗亭哪里愿意。

方槐柠领着他从 A 大的树林小道走，回答道：“去食堂。”

栗亭奇怪这 A 大食堂怕是方槐柠自己都没怎么去过，为什么忽然想到要带他去。

的确，方槐柠自从搬离 A 大后，除非前室友要求，不然他一个人很少会过去吃饭。主要是他一落单，类似于瑶晴之类的角色就会平白冒出来很多。

进了食堂，方槐柠选了一个僻静的位子让栗亭坐下，自己拿了饭卡去买饭，顺便问栗亭要吃什么。

栗亭想了想，竟然报了一串菜名。面对方槐柠的意外，栗亭说：“我以前常来。”不过都是给别人带饭，他自己从来没吃过。

方槐柠也明白过来，点点头，排队去了。

栗亭远远地看着他，A大有四个食堂，这里地处计院和法学院正中，不少都是计算机专业的学生，所以很多人都认识方槐柠。正如栗亭所想，大家都惊讶于“头牌”的出现，有些小声议论，有些则大方地走上去跟他说话。方槐柠的气质又恢复了高冷，认识的就应上两句，不认识的勉强瞟过去一眼算是礼貌。

买完餐，方槐柠端到了栗亭面前。在栗亭选择的基础上，他又加了很多种类，一边递过筷子，一边把饭卡也递了过去。

栗亭没动。

方槐柠拿着卡说：“我在的时候我们一起吃，我不在你也可以自己过来吃。当然，大部分时候我都会在。”

栗亭还是不动。

方槐柠无奈：“真这么喜欢吃包子？”

栗亭：“你说呢？”

方槐柠有备而来：“我没说把卡白送你。”

栗亭问：“怎么？”

“跟刘磊一样，租的。”

栗亭：“多少？”

方槐柠思考了一下：“一个月两百，两个月一百五。去掉我的一半，再打个折扣，一学期十块吧。”

栗亭：数学可真好。

方槐柠：“钱我刚都充进去了，不吃就浪费了。”

说着硬是把卡推了过去。不知是不是感觉到了方槐柠的坚持，又或是有别的打算，栗亭最后竟然把卡收下了。

吃完饭，方槐柠还要回研究所。今天什么时候能下班还不清楚，两人晚上不能一起回去了。

从食堂出来站在树下，方槐柠和栗亭暂时告别。刚吃饭的时候，他问栗亭要了他的新手机，栗亭爽快地给了，方槐柠摆弄了好一阵后还给了他。

“我走了。”

“嗯。”

“明天见。”

“嗯。”

话说完了，两人却都没挪步。

又站了一会儿，栗亭的午休时间短，不得不赶回去上班了。正要转身，忽然脚下一滑，不知踩着什么了，竟然被绊得失去了平衡。

按栗亭的身手，哪能那么容易中招，只是因为站在他身后的是方槐柠，栗亭没防备。眼看趔趄着要向前摔倒，一双手稳稳伸出，飞快地扶住栗亭的胳膊，然后若无其事地放开了，一套动作一气呵成。

“小心点。”隔着两旁往来的人，方槐柠认真地叮嘱。

栗亭猛地回头，盯着那人正经的脸看了片刻后，点点头。

刚要转身离去，又忽然回头伸出手，从对方身上取下了一片落叶。

随手扔了，栗亭面不改色道：“你也是。”

下了班回到宿舍天已经黑了，田典竟然还没回来。栗亭等外头那些员工都洗了澡以后才去洗漱，上了床打开手机。下午经了某人的手，他新手机的桌面上果然多了一个熟悉的大柚子 logo。

栗亭点开了。

界面和之前比似乎有些不同，栗亭正要细看，上方忽然跳出了一个对话框，一个柠檬头像的人发来了消息。

F：“还没睡？”

栗亭回复。

L：“嗯，哪来的柚子？”

F：“稍微做了下改版，加了会话功能。”

这功能说加就能加。栗亭不懂这个，觉得有点不可思议。

F：“除此之外还有点别的改动，你可以先尝试看看。要是哪里不懂再问我，应该不难。”

L：“哦。”

L 发了一大串白眼的表情。

F：“怎么？”

L：“正在尝试。”

F：“……”

F 发了一大串爱心的表情。

F：“我也尝试下。”

L：“……”

F：“今天又降温了，宿舍里冷吗？”

L：“不冷”。

F：“有空调？以前住的屋子有空调吗？”

L：“空调是什么？”

F：“地球上的发明，你们星球不用吗？”

L：“不用，我们有天然能源取暖，钻木取火。”

F：“那我们地球也有天然的。”

L：“什么？”

F：“友情。”

L 发了一个白眼的表情。

平日里两人面对面，一个高冷一个孤僻，虽然不是说不到一起，但那微妙的冷场偶尔还是会冒头。而现在透过这小牧场，两人就这么不着边际地聊了起来，恍惚间仿佛回到了过去的某个时间节点，一切还是从前，一切都没有变。

那头依然是那个奇思妙想又机灵多智的外星少年。

不知不觉已近午夜，考虑到栗亭第二天还要上班，怕对方休息不够，方槐柠还是先说了晚安。

得到回复后才依依不舍地关上了对话框，方槐柠又打开了备忘录。

新版的小牧场备忘录被他改成了双人的。L 君和 F 君各占一边，两人可以分别更新自己的日程，也可以看到对方的。

毕竟两人都挺忙的，时间也不固定，有了这个他们就可以随时随地填上自己的下个行程安排，对方打开后完全可以一目了然，什么时候见面都方便。

而且方槐柠考虑到了隐私的问题，单元格上设置了锁定按钮。如果栗亭有些什么计划不想给自己知晓的话，他允许对方进行隐藏。

浏览了一圈还算满意，方槐柠在 F 君的备忘栏里写下了他的第一条正式记录。

F 君：

201× 年 11 月 10 日

我的朋友小灰人回来了。

刚要关闭，却发现L君也更新了备忘录。

方槐柠打开一看，微微错愕，又忍不住勾起了嘴角。

L君：

201× 年 11 月 10 日

《栗亭的世界》复刊了

昨天晚上没见面，隔日方槐柠特意起个大早，买了早点在友友小区门口等人，然后和栗亭一起走去了A大。

照例告别后，方槐柠去了机房。

他今天有课，巧的是，信息工程的学生好像也有课。于是，他在走廊里遇到了那个叫刘磊的男生。

对方正在吃早餐，身边还站了一个女生，大概是他的女朋友。

刘磊一眼就看到了他，热情地和方槐柠打招呼。

许是想到栗亭的那张借书证，方槐柠对这个男生也挺有好感的，不似寻常那么冷淡，客气地对他也点了点头。结果刘磊身边的女孩儿见了这互动，便问了两句，然后意外地看过来。

“原来你就是方槐柠？我们学生会要做个系统，之后大概需要你多帮忙了。”

方槐柠当下没明白，不过很快就知道什么情况了。

第二节课的时候研究所打来电话让他回去一趟。方槐柠去了，上了楼就听吴毅跟他说：“郭老师找你。”

方槐柠奇怪。

吴毅道：“新case（事件），学生会的小系统。你知道谁申请的吧？资管处这次批得那么快，还点名要你做，于大美人这回为了追你可是下血本走关系了。”

方槐柠眉头蹙起。

吴毅安慰道：“真不乐意就当赚个小外快吧，反正没几天就能搞定的事。”

话刚落，楼下的郭老师就来找方槐柠了，于瑶晴也跟在一边。学校里需要什么新系统新研发的活计找研究所帮忙很正常。一般的学生能接手该是求之不得，赚钱还赚经验，哪怕有别的任务要忙，也会想法子挤挤时间。于瑶晴也觉得方槐柠应该不会拒绝，他虽然高冷，但在学术方面还是非常认真的。

谁知郭老师这话才说出口，内容都还没介绍完呢，就听“头牌”摇头：“对不起。”

郭老师一愣：“怎么了？有困难？”

方槐柠点头：“有点忙。”

郭老师：“老倪最近项目这么紧张吗？他不是一向都给你们留很多自由时间？还是你私人方面的问题？”

方槐柠继续点头：“我自己的。”

郭老师倒是不勉强：“那好，槐柠你想好喽，你不接这任务我就分配给别人了。”

方槐柠：“嗯。”

郭老师走了，于瑶晴站在一边，脸色有点苍白，也有点尴尬。

“你真的很忙吗？”她不死心地问。

方槐柠坚定道：“对。”

一边的吴毅看着转身离开的落寞美人儿，可惜道：“计院的男神好冷酷。”

方槐柠手机振动，拿出一看，是小牧场提示L君更新了备忘录。

“我没骗她。”方槐柠边看边说。

这U市的项目还没开始，方槐柠手里都是一些比较琐碎的事。对此，吴毅奇怪：“你忙什么呢？”

十一点下班，一点半游泳馆上班。

看着L君今天的工作安排，方槐柠给对方回复过去，一边往外走，一边对吴毅笑了笑。

吴毅：这什么人生赢家的笑容？

钱坤在风信子给方槐柠占了座，一见到人就指着面前颜色诡异的饮料说：“是兄弟就替我分担一点。”

方槐柠的目光在店里绕了一圈，成功地在角落发现某人的身影后才转过眼来：“什么东西？”

“毒……补品。”钱坤发现魏萍走来的身影，连忙改口。

魏萍怀里抱了一堆小礼盒，正挨桌地发放。到了方槐柠这桌，她高兴地问钱坤：“我调的新品味道怎么样？等等，再给你加点牛奶。”

说着又拆了一盒牛奶，倒进已经喝了小半杯的杯子里。

又给灌满了。

钱坤很忧伤。

栗亭也走了过来，手里端了一杯透明的饮料，放在了方槐柠面前。

方槐柠问："这是什么？"

栗亭："新品。"

方槐柠："你做的？"

栗亭点头。

方槐柠抿了一口。

栗亭看着他。

方槐柠眼神享受："好喝。"

虽然之前方槐柠同样给了钱坤夺命连环 Call，但神经大条的体院男根本没多想，只是纳闷儿方槐柠和栗亭的关系什么时候那么好了。

看看自己面前浑浊的那杯，再看看方槐柠清澈透底的那杯，钱坤很羡慕。

魏萍："问你话呢？"

钱坤痛苦道："好……好喝。"

魏萍满意地走了。

栗亭下午是游泳馆的班，方槐柠则要回学校。

栗亭从安全通道走，在转角处听见有人说话。他探头朝下看去，发现一个熟悉的身影和另一个男人并排靠在楼梯转角聊天，一个瘦一个胖，一个长发一个短发，两人脸上的笑容都很灿烂。

栗亭看了一会儿，什么也没说就上楼了。

几个小时后，方槐柠也出现在了馆里。看了观望台上的栗亭几眼，方槐柠做起了准备动作——弯腰、屈腿、展臂、拉伸。他身材不错，肩宽腿长、肌理匀称，站在岸上十分惹眼。

忽然一声尖利的哨响划破游泳馆上空，方槐柠刚入水，就见上方的小救生员伸出一指，遥遥指向两个夹着浮板和泳圈，企图从岸边往深水区靠的女生，目光冷厉。

"离那儿远点。"栗亭不客气地警告。

成功把人吓走后，他才瞪向方槐柠。

方槐柠笑了笑，潜入了水底。

钱坤也来了，和方槐柠一道游了几圈。

两人好像在做什么比试似的，第一次五十米往返，方槐柠输了。钱坤是短道运动员，爆发力极强，方槐柠差他挺大一截才到终点。然后第二回，第三回。到第四回他们游了个长途。不知道是方槐柠太兴奋还是钱坤状态不好，最后一次八百米，方槐柠竟然以很微弱的优势赢了体院的大佬。

栗亭就见对方脱水而出，一边重重喘气，一边向自己看来，眉尾微挑，闪过一丝得意。

栗亭回以白眼。

到了下班时间。

栗亭没来得及换衣服，先进了洗浴间洗手。这时身后的浴室门打开，一只手探出将他一把拉了进去。

栗亭看着面前的方槐柠："你干吗？"

方槐柠顿了一下，有点不好意思地说："我好像有点儿拉伤了。"

栗亭心说，让你逞能，面上却蹙起眉："我看看。"

后出水的钱坤急着给魏萍打电话，边走边道。

"老婆，你确定那个饮料没问题吗……不……不是难喝，怎么会难喝呢，是有点太刺激了，好像伤害了我的神经中枢。你知道吗，我刚才一阵眩晕，游泳都输给槐柠了……当然不是因为我虚，方槐柠的精力怎么可能有我充沛，他……"

钱坤猛地顿住，盯着远处被栗亭搀扶着从淋浴间出来的方槐柠。轻道："老婆……那个饮料真的没问题吗？我好像都开始产生幻觉了……"

现在有了方槐柠，栗亭就不必再借用风信子的计算机了。这天做完了兼职，两人约好一起回了方槐柠的家。

见栗亭一进门就去了厨房，方槐柠怕他辛苦，便跟在后头说可以叫外卖。

栗亭拉开冰箱，指着里面新鲜繁多，且明显是当日刚采购的食材，意思是那这些怎么办。

方槐柠义正词严："网上生鲜正好打折，放着也没事。"

栗亭不理他，径自做起了饭。

方槐柠这时又注意到栗亭赤着的双脚，连忙转身离开。过了一会儿又走进来，手里拿了一双毛茸茸的拖鞋。

“天凉，穿这个。”

方槐柠调整了一下小灰猫拖鞋的立式大耳朵，把鞋子往栗亭脚下推了推，面不改色道：“门口超市正好打折。”

栗亭睨了一眼方槐柠正经的脸，又扫过拖鞋上的外文标签，最后还是穿上了。

方槐柠没离开，就站在后头专注地看着他，不时想搭把手什么的。不过栗亭那刀法和手艺利落得根本轮不到他帮忙。

方槐柠好奇地问：“怎么会的？”

栗亭回忆了一下：“有一天晚上，放学走夜路被人不小心敲了一记闷棍，睡了一觉以后醒来就会了。”

方槐柠一愣，弯起了眼：“外星人？”

栗亭颔首：“植入了芯片，所以我会的才多。”

方槐柠抬手摸了摸栗亭的后颈：“技术不错，没有疤。”

栗亭被他摸得脖子一缩，转身拿辣椒的时候，软软的小猫棉拖鞋直接从方槐柠的脚上踩过。

方槐柠忍下闷哼。

栗亭又道：“能吃是自己学的，好吃是在餐馆看人做学的。”

方槐柠敛了心神：“大学？高中？”

栗亭顿了一下：“初中。”

方槐柠想到栗亭所读的寄宿制初中，那时候他就要一个人照顾自己了吗？他想要说什么，可栗亭已经把切好的食材下了油锅，油烟机的轰轰响起盖过了方槐柠的话。

很快，简单的四菜一汤就出了锅，两人围坐在桌前下筷开动。

方槐柠的父母早年时常离家，后来高中时外公外婆也相继过世。除了偶尔去钱坤家蹭饭，方槐柠也算很久没吃过这种家常菜了。他独立惯了，以前并不觉得总在餐厅或用外卖解决有什么不好，但现在瞧着面前的普通饭菜，他觉得很感动。

就好像有了一个新的家。

不同于“头牌”的细腻心思，比他更少体会家庭温暖的栗亭早就有了一颗钢铁般的心。身边的人悲伤春秋时，他都已经半碗饭下肚了。

抬头看方槐柠咬着土豆丝脸颊泛红，栗亭奇怪地问：“很辣？”他记得自己只放了一个朝天椒啊。

方槐柠忙把菜咽下："不辣。"

回味了一下后又忍不住低声道："很甜。"

栗亭筷子一顿，哼了一声，大概是想冷冷的，但是听来却软软的。

吃完了饭，栗亭借用了方槐柠的一张书桌。方槐柠介绍给他一个国外的书库网站，方便栗亭以后看书。当然他的柠檬树还是会继续为他更新资料，或者他要是对纸质书感兴趣也可以去 A 大图书馆借。

"用我的借书证。"方槐柠强调，别再用什么刘磊的了。

不过方槐柠也发现栗亭对于数码科技产品的了解比较落后，也不知道初代小牧场他到底费了多少工夫才成功地安装到手机上。而每每接触不明知识的时候，也是栗亭最乖顺的时候。方槐柠一边说，他就一边听，表情特别认真。

方槐柠见栗亭在那儿挪了半天鼠标还没找到书库的入口，不禁抢过了鼠标的操控权。

"这些都是小程序，可以不用管，从这里进去……"

方槐柠躬下身，低声问："明白了吗？"

栗亭转头，看着对方深邃的眼睛："一半一半。"

方槐柠："那以后应该常常过来，多多学习。"

栗亭转开脸坐正了身体，严肃道："以后时间不定，还是现在就开始学吧。"

坐到一边不打扰栗亭，方槐柠本来想看书，不过翻了几页发现看不进去。方槐柠最后关了音箱，上了游戏。

打了几轮后胖勃和王大舌上线了，几人进了一小队里说话。

一只柠檬："钱坤呢？"

大蛇王 010："我刚在群里问他了，他说他不舒服。"

一只柠檬："哪里不舒服？"

大蛇王 010："说是生理心理受到了双重伤害，要卧床一周。"

一只柠檬："……"

方槐柠没理他们俩的胡侃，转头看向不知何时解决完作业正好奇盯着自己屏幕的栗亭。

"要玩吗？"方槐柠切小了聊天窗口问。

栗亭摇头，他很少有空闲时间玩这种东西，技术也不怎么样。

方槐柠像是猜到了，鼓励道："我可以带你。"

栗亭没吱声，似在犹豫。

方槐柠果断地在栗亭那台电脑上也打开了游戏，给他注册了一个账号，手把手地教了起来。

游戏这玩意儿其实很耗时耗力，重心大多放在学术上的方槐柠在服务器里的排名也算不上太靠前。不过他舍得砸钱，操作也厉害，所以带个小号不是难事。

而另外两个队友就见一只柠檬说着说着忽然丢下一句有别的事就退了队，然后和另一个名为“小灰人”的新号一道组队了。满级大号不仅陪着练新手任务，还亦步亦趋地护在身边，又当护盾又当奶妈，简直无微不至，把公会里的一干人都惊到了，频频发来问询。

栗亭很少有这样放纵逍遥的时刻，加之新鲜感，一晃眼几个小时就过去了。

方槐柠注意到栗亭抬头看了一下时间，便问：“要走了吗？”

栗亭点头。

于是方槐柠一路陪着栗亭走到友友小区楼下，告别的时候方槐柠道：“我想……过几天和朋友们一起吃个饭介绍一下你。”

栗亭抬起头。

方槐柠小心地问：“好不好？”

栗亭沉默片刻后道：“不行。”

方槐柠暗叹一声，刚要说没关系，又听栗亭道。

“几天后不行。”

方槐柠：“那……”

栗亭盘算：“下周吧。”

方槐柠看着对方那皱着眉不怎么乐意，但是又有些无奈的表情，忍不住笑了：“好。”

第十三章 终身会员

方槐柠今天中午有一个实验要赶，没有时间和栗亭一起去食堂吃饭。不过他下午会早点过来，两人约了见面。

十一点三十分，风信子的饭点一到，栗亭口袋里的手机就响了，是小牧场自动弹出的聊天窗口。

F君："吃饭了吗？"

栗亭看了一眼，把手机塞回去继续洗杯子。

十分钟后。

F君："吃饭了吗？"

栗亭仍是没回。

十分钟后，信息再度锲而不舍，内容一字未变。

F君："吃饭了吗？"

栗亭不得不回应。

L君："吃了。"

这回好半天都没消息，栗亭以为对方放弃了，忽然小牧场提示程序已更新。栗亭觉得莫名其妙，拿出一查，发现更新的是账目系统。只见那处也同样被划分成了L和F两片区域。L的那一片种类繁多且详细，而F那头却只有一栏，是新添加的。

——食堂明细。

L君："什么东西？"

F君："刚下楼时遇到了一个学长。原来学校的一卡通查询系统是他们做的，我请他复制了一份过来，拷贝进小牧场App了。以后食堂卡的消费就能一目了然，随时查询余额，是不是很方便？"

L君："……"

F 发了个微笑的表情。

栗亭盯了那个小脸几秒后，不甘地脱了手套，拿起口袋里某人的饭卡去了 A 大食堂。

饭刚吃完，账目栏里果然出现了一笔新的消费记录，旁边竟然还能发表情。栗亭瞧着一旁迅速多出来的爱心表情，总是覆盖在眸中的冷灰色调闪烁了一下，继而慢慢晕散，泛出了几丝暖意。

正打算再发一个白眼回击，忽然抬头看见一个熟悉的人影出现在了面前。

栗亭脚步一顿。

对方也看见了他，同样有些意外："哥……"

栗晗叫出这个字的时候表情变了几变，有尴尬，有纠结，最后还是勉强挤出了一丝笑意。

栗亭面无表情地"嗯"了一声。

栗晗觉得这应声与以前似乎并无不同，暗暗松了一口气，又上前几步，笑容也真诚了一些。

"你……在这儿打工吗？"

栗亭没说话。

栗晗忙道："我只是和同学到商店街来吃午饭。"这话倒是不假，今天能遇上实属巧合。

栗亭点点头，擦过他欲走，却被栗晗一把抓住了。

"哥……"栗晗换上难过的神色，"你真的不理我了吗？"

"你想说什么？"栗亭回头。

"我……我想说……"栗晗满肚子委屈，憋了半天竟说了一句，"我们买了新房子，过几天就要搬家了。"

栗亭像是没听见一样。

栗晗着急："如果你还在为那件事不高兴的话……好吧，我听你的话还不行吗。我不找方槐柠了，我会找别人的。"

栗亭一愣，看着栗晗认真的表情，眼中冷色不仅没消减，反而愈盛，他一点一点抽回了自己的手。

栗晗茫然之下终于生气了："你……你到底还想要我怎样。这个不对，那个也不对，我不明白！"

栗亭头也不回，拔腿离开。

"等你一无所有的时候，你会明白的。"

方槐柠从实验室出来就被倪蔚年叫住了。过一阵，德国那边的兄弟学校有访问学者要来，老倪想让方槐柠一道帮着接待，彼此熟悉熟悉。

“妙妙我就不指望了，吴毅有别的任务，只有你。正好那边好几个合作项目都是多国参与，你可以试着和他们的老师学生们接触看看，学习学习，以后也未必不是一项选择。”

见方槐柠微愣，倪蔚年拍他的肩膀，笑呵呵道：“其实现在还早，但机会从不嫌多，未来的选择也会随着时间而变化。但我们必须随时做好准备，对不对，槐柠？好了，休息去吧。”

倪蔚年走后，方槐柠仍在思考，直到被小牧场的消息提醒拉回了思绪。一看之下，发现本来和自己约好要见面的栗亭竟然有了别的行程。

方槐柠：“怎么了？”

今天天气有些阴沉，栗亭戴着草帽努力地翻着地，一口气忙了两三个小时才想起来要歇一下，抬头就见方槐柠站在不远处看着自己，也不知道什么时候到的。

栗亭丢下锄头，摘了草帽。

方槐柠道：“今天怎么想到要过来？”

栗亭接过他递来的水喝了一大口：“天气不好，来看看。”

方槐柠环顾四周，不同于上回，这一次的地被栗亭分割成了好几块，每一块小区域种的似乎都是不同的农作物，不过方槐柠依然不认识。

“种的什么？”方槐柠盯着栗亭被熏热的脸，掏出手帕让他擦鼻尖上的汗珠。

栗亭乖乖地回答：“大蒜、洋葱、韭菜、大葱。”

方槐柠：“……”

栗亭问：“你来是要帮忙吗？”

方槐柠迟疑：“我能帮些什么？”

栗亭朝着一边努了努嘴：“施肥。”

栗亭擦擦手，又问：“你们那里的系统那么全面，有没有浇灌系统也可以复制一份放在手机里？这样每次施肥就能第一时间知道了。”

“没有吗？那算了。”栗亭遗憾地把手帕交回方槐柠的手中，安慰道，“其实不必你帮忙了，我已经自己施过肥了。”

方槐柠捏着手心里对方擦过的手帕，只觉得捏了一枚炸弹般。

最后，他还是认命地收起手帕，见栗亭虽已收工却没有离开的意思，而是抬腿朝着另一头走去。

方槐柠奇怪地跟上。

栗亭步伐缓慢，走得悠哉，仿佛闲逛一样。

前方是一处很大的果园，两人自其中穿过。方槐柠看着两旁的景致，十二月的时节，远不是成长季，很多果树的枝头都是空空荡荡的，更显出此地的萧瑟。

栗亭道："等到开春，阿昌大概又要买新狗了。"

这话说得突然，方槐柠这次却记忆良好，忙问："以前的两条狗呢？"

栗亭说："早就上天了。"

又难得解释："不是我做的。那时候我还没来得及动手，它们就自己上天了。"

方槐柠笑："我知道。"笑完却又不知为何觉得有点难过。

栗亭走出果园又停下了，指着远处道："那里，以前就是大片的牵牛花田。从这里的大房子看出去，花开的时候满满的蓝紫色，特别壮观。"

方槐柠顺着他指的方向望去，却只见满目荒地。

"大房子的房主很喜欢那片花田，但可惜的是牵牛花只有早晨开放，一到了午后就会蔫成一片。而房主每天都是午后醒来，所以她从来都没有见过花开。"

方槐柠心里一紧。

栗亭的表情却很淡然，眼睛微微眯起，像在回忆什么。

"我小时候每次午后去看她，她都会很伤心。她一伤心就会拉着我不停地讲故事。那故事又冗长又老套，你要不要听？"

方槐柠看着栗亭，点了点头。

栗亭抬腿捻了捻地上的黄土，忽然蹲下身拿起一根树枝涂画了起来。很快，一幅简笔画就展现在了方槐柠的眼前。

小农民还会画画?

方槐柠惊讶。

长长的头发，姣美的五官，窈窕的身材。

栗亭指着那幅画道："这是一个公主。"

方槐柠看出来了。栗亭的画风和他的字一样，不同于漂亮的长相，而是颇为粗犷。不过虽然线条潦草，但的确能觉出功底。

"公主原来住在城堡中，"栗亭继续画，又在公主身边加上了一男一女，像是国王与王后，“很多人喜欢她，父母、亲人、朋友，因为她长得美丽，也因为她从小就身体不好，需要被宠爱，被照顾。”

栗亭把这幅画加了一个框，就像童话故事的书页一般。

“公主很善良，可惜公主也很任性。她明明可以有更丰富多彩的生活，可是她享受这些喜欢，也依赖这些喜欢。渐渐地，各种恭维和赞美不知不觉成了公主活在这个世界上最大的意义。”

第二页，栗亭在公主身边又画了一个高挑的男人，头上戴着王冠。

“她住在城堡的时候遇见过很多王子，”栗亭手腕一转，把王子抹掉了，“可她全部都看不上眼。她想要更好的，却永远不懂得知足，直到有一天……”

栗亭回到第一幅画上，在国王的身上打了一个叉。

方槐柠蹙起眉。

“父亲去世了，公主失去了宠爱，也失去了很多家财，连带着以前很多围绕在她身边的王子也一并失去了。”

栗亭的嗓音软软的，脸上却是截然相反的讽刺表情。

“她郁郁寡欢，总想着能回到从前，可偏偏事与愿违。”

方槐柠注意到，栗亭画出的公主依稀开始走形，没了长头发，没了瓜子脸，也没了纤瘦的身材。

“病痛让公主的美貌开始消退，她渐渐变成了普通人。可她的想法依然固执，她只想要王子。”

“她遇到了吗？”方槐柠问。

栗亭笑了下，又画了一个男人。

方槐柠看着，觉得这个男人长得很像王子，可又知道不是。男人的头上有着邪恶的犄角，这是恶魔。不，也许在外星少年看来，该称之为怪兽。

“怪兽其实远远比不上以前的王子。他贫穷、瘦弱，可他又温柔、有才。他甚至告诉公主，他拒绝了一直追求自己的另一个美艳的女巫，选择了相貌和地位都不复从前的公主。他在公主最悲伤最无助的时候到来，久未得人奉承的公主以为她终于遇到了真爱。于是，公主怎么都不听母亲的劝告，义无反顾地和这个怪兽在一起了。

“多么感人的爱情。”栗亭评价道。

抬眼见方槐柠面色凝重，栗亭笑问：“你是不是猜到后面的情节了？这故事果然老套。”

“是……在孩子出生以后吗？”方槐柠有些不忍。

“哪有那么久，”栗亭仔细盘算，“半年……不，怀孕五个多月吧，公主就发现怪兽其实一直有和那个美艳的女巫保持联系。准确地说，大概他们从头到尾都没有真正分开过。

“得知真相的公主伤心欲绝，但天真的她竟然还企图挽回。纠纠缠缠良久，公主甚至以为把孩子生下就可以一切重来。直到女巫的孩子也出生，公主才彻底死心，不得不带着孩子和母亲离开了城堡，搬到了很远很远的一座大房子里疗养身体。”

方槐柠有些惊讶地看着栗亭脸上的微笑。他知道栗亭冷静，他是自己见过内心最强大、意志力最坚韧的人。有时候方槐柠甚至都有些看不透栗亭在想些什么，好比现在，为何他还能淡漠如斯。

栗亭问：“你生气吗？”

是因为这个故事，还是因为自己？

方槐柠反问：“不该生气吗？”许是他自小生活环境单调，对于这些只在社会新闻或狗血电视剧里看到的情节缺乏一些接受度吧。

栗亭听罢，竟认真地摇头：“不该。”

方槐柠诧异。

栗亭慢条斯理地继续用树枝在地上勾勒线条：“因为那个公主几乎将她的后半生都用在这件事上了。每天，悲伤、悔恨、痛苦、愤怒充斥着她的思绪和行为。她不仅看不到牵牛花田，她连自己的母亲，自己生的孩子都看不到。

“她是病得很重，但比她身体病得更厉害的，是她的心。”

这话一出，以前那些未在意过的细枝末节一下子全冲进了方槐柠的脑子里。

邮件里的小灰人每天都四处奔窜，想吃什么就吃什么，想玩什么就玩什么，上天下地，霸占四方。方槐柠曾以为这是他无忧无虑的体现，却不知这何尝不是他缺乏约束的表现。

他没有长辈来管教，没有朋友可分享。他说过，外婆要照顾他的母亲，所以他用橘子当晚餐。电脑坏了近一个月，外婆才发现。外婆只偶尔教他英语，小灰人一个人吃饭，一个人看书，一个人摘果子，一个人学游泳。陪伴他的除了那两条狗，怕是只有隔着几十里还从未见过面偶尔才联系一次的自己。

这样的小灰人，自己刚才还怪他太坚强。

“也不知幸或不幸，那个公主殿下在最后忽然醒悟过来了，不过代价却是她母亲的离世。”

栗亭的树枝没有像对待国王那样把第一幅画的王后也划去，他只是伸出手轻轻地在那浅淡的轮廓上摸了摸，又回头继续着他的画。

“缠绵病榻许久，她已经和其他亲朋好友都失联了。公主怕自己走后孩子无依无靠，更怕他被送去福利院。思来想去良久，无可奈何的公主不得不选择放下积攒多年的仇恨，竟然主动把孩子送回了怪兽的身边。”

方槐柠看着栗亭，他想他明白代价是什么了。

果然，栗亭道：“代价就是她留下了这里的一块田地，其他的全部拱手赠予那一对狗男女，只希望两人可以看在钱的分上不那么亏待这个孩子。当然，这是她对那两人的要求。她对那个孩子却另有期望，怕是这么多年来唯一的期望。

“她说：‘希望你有自己的人生，希望你别再被这段过去和这几个人干扰，也千万千万别再像我一样……’”

栗亭一笔一画地在最后的画上写下字后，拍拍手站了起来，笑着对方槐柠道。

“所以，他做到了。”

方槐柠看着这张笑脸，只觉心口狠狠一震。他点头，重重点头。

外星少年活成了和他母亲截然相反的人。也许孤僻，也许防备心重，可他独立自强，坚韧挺拔；也许市侩，也许斤斤计较，可他果敢机敏，无所不能。

他谁都不靠，他打跑了怪兽，他建造了自己的世界。

方槐柠垂首看着栗亭最后所画的那幅图，一个瘦小孤独的小灰人，却驾驶着一艘巨大的飞船飞向宇宙，图下则用锋利的字体写着——

《栗亭的世界》第一期，完。

方槐柠心中激荡难平，他再也忍不住，伸出手牢牢地抱住了眼前的人，一字一句道：

“谢谢你告诉我。对，你做得很好。你是我见过最了不起的人……”

王复梁和赵磅一坐下就开始打量这间火锅店的包厢。

“槐……槐柠怎么想到要请我们到这里吃饭？比学校门口我们常去的那家店要贵……贵那么多，位子又难订。”

“肯定是有事儿，”赵磅看向对面一脸便秘状的钱坤和神态自若的魏萍，“你们俩是不是知道什么？”

钱坤捂着额头有气无力：“我不知道，不要问我，我身子虚弱。”

赵磅莫名其妙，又去看魏萍：“槐柠今年的生日早过了，他是不是又拿奖学金了？搞得那么郑重，难不成是特奖？还是说捞了一笔巨款？”

王复梁正好奇，就见方槐柠走了进来，一扫往日的高冷。虽然脸上还是没什么表情，但步伐如风，看得出心情不错。

魏萍问：“还有个人呢？”

方槐柠说：“有点事，要晚点到。”

说着方槐柠的手机响了起来，他一看到号码立马接起。

“喂，车站和地铁的机器都好了？嗯，你现在过来吧，要不要我出去接你？好，知道了，我等着，你慢些，不着急……”

挂上电话就见两张呆滞的脸，方槐柠从容面对：“不好意思，临时有点问题，他这就过来了。你们饿的话，我们可以先叫点点心垫垫肚子。”

谁？

没一会儿方槐柠的手机又响起来了，这回是小牧场里的消息。方槐柠一看，站起来说：“他不知道是哪间包厢，我出去接一下。”

望着匆匆忙忙离开的方槐柠，赵磅和王复梁对视了一眼。

不久包间的门就被推开了，门外的两人一道走了进来。

王复梁和赵磅一愣。

方槐柠把身边的人拉近了两步，认真地对在座的人说：“大家之前应该都见过了，不过这一次我想重新郑重地介绍一下，这是栗亭。”

“我和他其实很早就认识了，过去也有过一些渊源，但一直都没有遇到的机会，我觉得……”方槐柠转头看了眼栗亭，“很可惜也很遗憾，幸好能够重逢，我想这一次，很多事应该都不会错过了。”

“什么？原来你们俩很久以前就认识？”

“同学？”

“邻居？”

相较于桌边诸位的各种猜测，栗亭倒是面不改色，径自拉开椅子坐下了。

方槐柠也没有详细解释的意思，只是淡淡一笑，在栗亭身边落座。

很快菜上了桌，栗亭不用方槐柠张罗，自己就夹着吃食利落地涮了起来，半点不因周围打量的目光而有所拘谨和腼腆。

“行了，既然早就是朋友，那更不用拘谨了。”赵磅说。

“栗亭啊，你是槐柠的朋友，自……自然以后也就是我们的朋友，以后万一有什么事直接开口，哥几个都愿意两……两肋插刀。”本就对栗亭很有好感的王复梁立时高兴道。

“是啊是啊，来来来，赶紧吃。”

而一桌理工男没有刨根问底的心，也因为美食当前，渐渐找回了自己的战斗力。一来二去，大家都开始吃得热火朝天。

在这期间魏萍还叫了几瓶啤酒。方槐柠本来以为栗亭不喝，结果他端起杯子就灌了大半杯下去，面不改色心不跳。推杯换盏间，只剩满满的饱足感。

饭局之后，方槐柠把几个醉鬼送上了计程车，又和魏萍他们告别，才和栗亭踏上归程。

“头牌”今晚喝得不多，但他的酒量本来就浅，加之心情舒爽，明明眼神还算清明，神思却越发多了一种轻飘的迷醉感，脚也像踩在云端一般。

走着走着，方槐柠忽然停下了。

身边的栗亭莫名地朝他看来。当看到方槐柠直愣愣地盯着自己笑时，栗亭忍不住翻了翻眼皮，面上像是嫌弃，手却拖着这大高个儿一路前行。

“你是不是醉了？”栗亭问他。

方槐柠眯起眼：“没有，我只是高兴。”

“高兴什么？”

“就是高兴……”方槐柠笑意更深了。

栗亭骂了一句，嘴角却勾了起来。

方槐柠之前去U市的项目终于启动了，除却去学校上课，他的闲余时间开始被急剧压缩。别说去风信子和游泳馆，有时候中午去一趟食堂的空当都未必挤得出。而他和栗亭的交流基本就靠小牧场来维系了。

F：“今天午饭大概要晚一会儿，要做实验，你如果饿了就先去吃吧。”

L：“知道了。”

F：“不过现在有点时间，可以聊两句。”

F：“你那里忙吗？在做什么？”

L 发了一张照片。

F：“做新点心？”

L：“风信子雪花酥。”

F：“颜色好多，很漂亮。”

F：“我想吃白色的那个。”

L：“那是我的手。”

F：“哦。”

L 发了一个白眼的表情。

F 发了一个微笑的表情。

话说到一半，面前实验室的门打开了，一个叫康强的学长走了出来，见到等待的方槐柠呵呵一笑。

“方学弟，不好意思啊。你很着急用吗？但我还要点时间。”

方槐柠眉头微皱，A 大院内的实验室设备虽说都先进充裕，但也有新旧好坏之分。方槐柠想要的就是稍好的那间，他为此提早了三天申请安排。而这个康学长比他晚了两天，上午却早他一步自说自话地占用了那里。面上好声好气地说一会儿就好，结果拖拖拉拉到现在。

“头牌”不喜交际，但不代表他不明白这些弯弯绕绕，搞学术的恶性竞争可比学校厉害多了。方槐柠今年刚大四，又跟了名导，又是到处接项目，这进度岂止是领先别人半个身位，怕是再过两年，这些人连看都要看不见他了。

不遭人妒是庸才。

方槐柠看着对方的笑脸，把人看得嘴角的弧度都僵硬了的时候，终于点了点头。

虽有名师加持，但方槐柠资历尚浅，到所里不过小半年，这点包容前辈的肚量他还是有的。而且他十分讨厌类似的钩心斗角，计院“头牌”和人抢实验室，要是传出去，也太跌份儿了，他不屑。

于是方槐柠一言不发地坐了回去。

F：“果然没时间吃午饭了，对不起。”

F：“你自己去好吗？”

说完这句却没收到栗亭的回复。

想着对方应该也有很多事要做，方槐柠失望地放下手机。他以前从来不觉得自己的生活太忙碌，现在却巴不得二十四小时无所事事。

方槐柠胡思乱想着，一抬头却发现脑海中的某人就站在了眼前。

他惊喜地站了起来："你怎么过来了？"

栗亭外面套着羽绒服，里面还穿着服务生制服，手里则提着两只包装精美的纸盒，给方槐柠递了过去。

"喏，吃。"

方槐柠看着他被冻得红彤彤的双颊和鼻尖，感动极了。

"给我？"

方槐柠打开纸盒一看，一排漂亮的风信子雪花酥码在里面，触手温热。最近 A 市急剧降温，这么冷的天，栗亭是用什么样的速度才能送到手里还是这个温度的？

眼看栗亭放下餐盒就要转身离开，方槐柠一把抓住他。

方槐柠："你吃过了？"

栗亭不语，大眼睛在周围转了一圈，想抽回手。

方槐柠只盯着他："一起吃吧。"

栗亭蹙眉："我吃了。"

"那再吃一点，"方槐柠忽略他的谎话，拉他坐下。

此时一道幽幽的低唤响起。

"槐柠啊。"

方槐柠一愣，再看向走廊那头，镇定地招呼。

"学姐。"

许妙妙慢悠悠地走过来，对于栗亭就跟眼瞎了一般，只看着方槐柠道："槐柠啊，可不可以让我也一起用下实验室呢？我有点数据要处理。"

方槐柠瞥了一眼实验室紧闭的门："大概要等等，现在有别人在用。"

"为什么？"许妙妙不明白，"吴毅说今天是你的日程，谁在里面？"

说完直接去敲门。

面对前来应门的康强，许妙妙奇怪地问："你是谁啊？你为什么要插队？"

康强原本颇为不耐，结果一见来人，立马换了笑脸。

"妙妙！呃，我……我是郭老师的学生，你不认识我吗？我们上次在特奖答辩的时候见过的。你得奖的 PPT 就是我放的。啊，实验室我只是借用一下，很快就好了。”

许妙妙比方槐柠大三岁，已经是研三了。听了这话，她摇摇头：“排队那么累，你应该自己去排，不能插队，你出来吧。”

说完又愣在了那里，片刻过后转头问方槐柠。

“槐柠啊，我是不是也插队了？”

方槐柠说：“没关系，你可以和我一起用。”

“唉，这样不好。”许妙妙思考了良久，问，“你是不是要做U市那个项目的实验？作为交换，我帮你弄吧，虽然有点累。现在你去吃饭好了，我都没有吃饭呢。”

被忽略的康强一听，又连忙自荐：“妙妙，我可以请你吃饭。或者你觉得累的话，实验我也可以帮忙。”

许妙妙继续摇头：“这个实验我做百分之八十会成功，你的话，大概百分之九十不会成功，谢谢你。”

眼看许妙妙飘进了实验室，有人叫了一声：“等等。”

方槐柠意外地看向忽然出声的栗亭。

栗亭走到许妙妙面前，将手里的一盒雪花酥递了过去。

“交换。”

方槐柠吃惊。

许妙妙呆了一下：“啊，这个点心好漂亮我有点想吃。不过这样的话，等式好像又不对了。”

栗亭看着她：“那怎么办？”

许妙妙思考，看向方槐柠：“既然如此，那我只能明后天也来帮你了，唉。”

说完，她才满意地接过了栗亭的礼盒。

怎么会又忘了栗亭从不吃亏！

那头许妙妙和方槐柠说着明天实验的事，这边被忽略的康强仍是不死心地凑上前问栗亭。

“你是不是书吧的？你们那个点心我也想订几份，能不能送？”

栗亭却正眼都没给这插队的一个。

“不送。”

康强一听这高冷的口气不爽了：“哎，凭什么方槐柠订了就送啊，你这是什么服务态度？”

“他是会员。”栗亭说。

“书吧吗？那我也可以办。”康强不甘心。

“不行。”栗亭拒绝。

“什么会员？月卡还是季卡？”

方槐柠那边已经安排好了，有了时间两人就能去吃饭了。他站在远处对栗亭招手。

栗亭拔腿就走，走前不屑地丢下一句话。

“终身会员。”

一转眼，时间已近一月，除了之前那一顿海鲜餐，两人几乎没怎么出去好好吃过饭。趁着元旦就要到来，方槐柠想着无论如何都要挤出时间好好玩玩。

仔细地拟了行程，还特意订了中心广场某家很红的寿司餐厅，又在小牧场上商定了时间后，方槐柠那日早早去了游泳馆。

栗亭上午还有半天的兼职要做，下午才能和方槐柠一起离开。最近A市已进入严冬，游泳馆的人流只有平时的一半，兼职人手也忽然紧俏起来。

方槐柠一年四季都坚持健身，馆内的水又有恒温系统，游起来一点都不冷。反倒是每每抬头看着坐在上方只穿着薄薄的运动服，光着脚一坐就是几个小时的栗亭，方槐柠都怕他冻坏了。

栗亭一直都坐在深水区，方槐柠便基本保持在以他为圆心的二十米范围内游动。他时不时抬头瞧瞧对方，两三个小时倒也一下就过去了。

临近饭点，泳池里只剩两三个顾客了，救生员也准备换岗。方槐柠等着栗亭下了观望台，看着他冻得有些发红的脚，道：“要不要冲个热水澡再走？”

栗亭点头，忽然猛地变了脸色。

方槐柠还没反应过来，身前的人已经飞速脱了外套，判断位置后一个猛子扎进了深水里，朝着几十米外的水波起伏处游去。

栗亭自夸过他的水性过人，然而真见识到了，方槐柠才知道小救生员的泳技有多厉害。就见对方像只小海豚一样迅速蹿了出去，破开水面来到池中，一个挪转后潜了下去。

缺少临危经验的方槐柠已经反应过来是有人溺水了，他连忙也跟着跳下水游向那里。

等他到的时候，栗亭已经把人从水里捞起来了。是一个高大的壮汉，不知是有高血压还是心脏病，刚才晕了一下，一出水又醒了过来。可察觉到栗亭从背后夹着他的腋下要拖动自己时，壮汉竟还迷糊地反抗起来。

栗亭不得不下死力气制住他，好在还有方槐柠帮忙，最后总算有惊无险地将人弄上了岸。

馆里的其他救生员也赶了过来，检查急救，叫了救护车。

方槐柠把人丢下就去看栗亭。刚才在慌乱间，他余光瞥到了一丝鲜红，这下果然见到栗亭的脚背被掀掉了一大块皮，正往外不停地冒着血。

“栗亭！”方槐柠的声音都变了。

“没事。”栗亭倒是淡定，从一旁员工拿来的医药箱里取了棉花捂住伤口，说，“磕到池底擦破了点皮而已。”

这哪里是擦破！方槐柠赶忙凑近，又发现栗亭的手臂上也有破痕，交错了好几条，是刚才救人时被抓的。

“救护车到了，去医院吧。”其他员工说着就把那个顾客抬了出去。

“我们也去。”方槐柠道。

栗亭心说哪用得着那么讲究，救人遇上不巧的时候就是这样。结果却见方槐柠眉头紧蹙。栗亭于是选择了闭嘴。馆里的负责人听说这事也过来了解情况，栗亭对于他的夸奖慰问只是默默听着。

换了衣服的方槐柠走过来道：“这周他都休息了。”

负责人看看栗亭，又看看这个大帅哥，点点头：“呃，可以，不过下周……”

“下周再说。”方槐柠道。

高才生对自己很少会这般霸道，栗亭觉得有些新鲜，没有反驳。

方槐柠把衣服披在栗亭的肩上，转身在他面前蹲下了。

栗亭一呆。

方槐柠微微侧头：“我叫了出租车，已经在楼下等了，走吧。”

栗亭看着对方紧拧的眉峰，心里一软，配合地趴到他背上。

去到医院，方槐柠坚持要栗亭挂破伤风和消炎针。医生也建议这样处理，最后栗亭被迫坐在了注射室。

这个季节的医院人满为患，在各种哭闹嘈杂声中，方槐柠把从楼下小吃店买来的水饺放在栗亭面前。

他知道栗亭喜欢吃辣，见栗亭没动，便道，“有伤口先别加料，这两天饮食要清淡点。”

栗亭问：“你呢？”

方槐柠：“我一会儿吃，我不饿，你这空腹不能挂水。”

栗亭慢慢把饺子咬进了嘴里。

吃完了饺子，方槐柠让栗亭休息一会儿。栗亭认床，在外头几乎无法入眠，不过身边正好多了个空位，方槐柠便坐下了。栗亭眯着眼靠在了他的肩头。闻着方槐柠身上熟悉的味道，栗亭竟然不知不觉睡了过去。

睡得也不熟，迷糊间能感觉到方槐柠在和人说话，听了一下才认出那是田典的声音。

田典说是店里的厨师在楼下看到栗亭被背着出了游泳馆便告诉了他，他就急急忙忙地赶来了。

怕打扰到栗亭，两人去了走廊聊。

栗亭睁开眼，看着方槐柠站在门边的背影。他和田典不知道说了点什么，田典最后竟红了眼睛。

进门的时候方槐柠表情也有点深沉，当看到栗亭醒了又恢复了寻常样子：“挂完了，我们走吧。”

等医生拔针的时候，栗亭注意到田典身边还站了一个男生，圆墩墩的，面容倒是白净。

田典说：“栗子，忘了介绍，这是许昊。之前蔡洋总是来我们店里的时候，就是许昊帮的我，今天也是他先看到你的……”

栗亭想起来了，那天自己去九月私房菜馆见栗晗的时候，这个男生就站在田典身边，难怪他认识自己。

那个许昊十分腼腆，听了田典夸赞的话，一张圆脸涨得通红：“没有，我也没做什么，是那些人自己做了亏心事吓走的。”

栗亭看着他，难得对对方点了点头。

离开的时候，田典在旁边一直默默地看着方槐柠和栗亭。直到要上车前，他忽然对方槐柠道：“这两天麻烦你了。”

方槐柠说了什么，已经坐上车的栗亭没听见。他只看见田典笑着对他们挥了挥手，然后和那个许昊一道离开。

方槐柠没问栗亭意见，直接把他接到了家里。进门放在沙发上后，他低头看栗亭脚上的伤。因为包了好几层纱布，栗亭没办法穿鞋。就那么短短的一路，两条小腿就被冻得冰凉。

方槐柠说：“洗个澡吧。”

栗亭同意。

方槐柠给他拿了换洗的衣服，还是之前栗亭来借宿时穿的那套，又把人小心地扶到了浴室，还贴心地给浴缸放满了水。

试了下水温，方槐柠问：“你一个人行不行？”

栗亭点点头。

“脚注意别碰到水，如果站不稳你就叫我，我就在外面……”方槐柠叮嘱。

等方槐柠也洗完澡，两人一起坐在床头。

“还疼吗？”方槐柠问。

栗亭以为他在问自己的脚，不在意地哼笑了一声。可是后来栗亭发现方槐柠看的却是自己的肋。

栗亭问：“田大恺跟你说的？”

方槐柠：“嗯？”

栗亭道：“就是田典。”

方槐柠：“他只是把你们俩当初认识的事告诉了我。”

田典原名田大恺，自小离家没文化，因为性格软弱和一些奇怪的打扮，常遭遇嘲笑耍弄和各种欺骗。在遇上栗亭之前，田典的处世观就是希望有人可以好好照顾自己。

“他怎么告诉你的？”栗亭问。

方槐柠道：“他说四年前他被人骗得最惨的时候想跳河自杀，是你路过救了他。”

那一天也是寒冬，就像今天一样，栗亭为救人跳下了冰水。当时他身上本就带伤，为此加重了伤势，在床上躺了近一个月。

栗亭没说话。

方槐柠看着他：“田典一直觉得是自己拖累了你。”

栗亭嗤笑了一声：“他已经把这情还我了。”

方槐柠疑惑。

栗亭道：“他送了我一大笔钱，是他问一个破酒吧的老板预支来的，代价就是要在那里做牛做马五年。”栗亭忘不掉那一段时间田典天天捧着用报纸包的钞票在各种打工场所堵自己，一次次被他拒绝最终号啕大哭的样子。

“我的命是你救的，如果你不收我的钱，我就不要这条命了！”那时候的田大恺一把鼻涕一把眼泪威胁自己的样子，栗亭至今记忆犹新。

方槐柠明白了：“这是你第一年的学费。”

当时栗亭说在校庆打架的时候，方槐柠只觉得少年时的栗亭性格尖锐又叛逆。但是在得知栗家的那些往事后，他才明白栗亭的这个选择有多独立和硬气。

栗尔杨帮栗亭保住了学籍，还要求他复读一年，或离开 A 市，等暴力事件在媒体那里平息过去后，再听他安排考一个上得了台面的大学。

但栗亭怎么会愿意呢？即便他以后真的去了名校，并且功成名就，但这一生怕也就脱不掉栗尔杨的掌握了。

可坚持了自己的选择，便意味着栗亭彻底斩断了和栗家的关系。他受着伤，却还要攒上大学的钱。

“我不懂那些，但是栗子说他们那所大学的条件不太好，加上他之前的经历，助学基金只能申请到一点点，其他的生活费都要靠他自己赚。”注射室外，田典红着眼睛对方槐柠回忆，“他其实高中的时候就一直到处打零工了，后来没了钱便只能变本加厉。哪怕之后我们两个一块儿慢慢地攒了点儿小本，他还是放弃不了这样的生活，好像只有天天忙忙碌碌，才能带给他足够的安全感。”

“栗子很坚强，但他其实也没那么坚强。”

方槐柠想着田典最后的话，忍不住抿了抿嘴唇。

“所以，你想说什么？”栗亭问。

方槐柠看着栗亭，想到和栗亭认识时的点点滴滴。打工时的小服务生、小救生员、小财迷……每一个都那么生机勃勃。也许栗亭很辛苦，但是他绝不痛苦，那是他选择的生活方式，那样的他也是最鲜活的，最耀眼的。

“我想说，”方槐柠转头，“如果你觉得累了，随时可以回来休息，我是你最忠实的盟友。”

回来，回到这里来。

这里以后就是栗亭的避风港。也许栗亭更喜欢也更习惯靠自己，但是方槐柠会努力给予他更多依靠。

栗亭明白了方槐柠的意思。

方槐柠没有让他别再那么做了，或者努力学习走他这个年纪该走的路。他选择理解栗亭，也尊重栗亭。

栗亭眨眨眼，眨去了眼底涌起的温热。

方槐柠微笑，关灯睡了。

夜色中，栗亭默默地看着身边的人，良久才闭上了眼。

一夜安眠。

第十四章
遇见和幸福

栗亭就这样在方槐柠家里住下了。

每天早晨栗亭都会做好两份早餐，晚餐有时两人也会一起吃。

方槐柠这些年来独居，把自己的生活安排得也算井井有条，但理工男的生活更像是一台精密的机器，星期几采购，星期几打扫，每日都按部就班地照做。

他甚至专门搞了一套算法来推演什么季节、什么温度洗什么材质、洗多少件衣服才能达到洗衣机的效率最大化，简直可怕。

但是栗亭来了就不一样了。方槐柠的被褥依然干净，却多了阳光的味道。餐食也多变了，天天都是不同的口味。还有一打开家门就能感受到另一个人存在的温暖，这些都让方槐柠几乎每天不想出门。

这一天，他匆匆结束研究工作就往家里赶。和栗亭一起吃了晚餐后，两人一起坐在沙发上看电影。

相处的几天里，以前莫名缭绕在他们之间的那种隔膜终于消失殆尽。现在两人就算半天不说话也不会觉得尴尬冷场。

方槐柠注意到栗亭在叠风信子的制服，问："你要上班了？"

栗亭点头："脚都快好了。"

就那么一点擦伤硬是在家歇了一个礼拜，放在以往，这对栗亭来说简直难以想象。

方槐柠点头："那好，我明天和你一起走。"

他知道栗亭不是笼中鸟。栗亭更像猎鹰，哪怕他现在飞得还不够高，但总有一天他会有自己的天地，方槐柠始终坚信。

方槐柠轻叹一声："能天天闲着就好了。"

栗亭听见了，他说："再等等。"

方槐柠明白他这是还有放不下的人和事："我知道，田典会找到自己该有的生活的。"

栗亭点头。

栗亭回了风信子上班，结果头两天就遇上个大任务。A大外语系近日要搞活动，原本从不做外送服务的书吧老板，因为是外院老校友的缘故，破例承接了这笔生意，使得员工的工作量也大大增加。

这项外卖任务还得靠栗亭，一箱奶茶两箱蛋糕提了就走，害得魏萍跟在他身后紧张得不行。

结果栗亭没出错，别人出错了。在去往研究所的路上，店里一道送外卖的小男生打翻了三杯奶茶，还不小心溅了栗亭一身。

"愣着干什么，赶紧擦啊！"魏萍在后头叫道。这可是A大的主干道之一，这么一摊污渍留着被校方知道，很有可能找风信子的麻烦。两旁全是往来的学生，几人忙蹲下收拾，在各种注目下颇为狼狈丢脸。

魏萍的心情很差，心里把那个不顶事的小男生骂了一通。偏偏远处传来一阵喧闹，魏萍抬头看去，就见一伙人被簇拥着朝此地走来，像是什么参观团。

因为之前在计院研究所帮过一段时间的忙，魏萍认识不少那里的人。此刻一眼就看到几个计院有名的教授、副院长、研究员，还有一些优秀学生代表都在那些人里。当然方槐柠也在其中，且尤为显眼。

身边有人问："这是谁来了？"

这里往来的都是计院学生，自然了解："好像是兄弟学校的访问学者，横幅不是拉出来了吗？布劳恩教授还有A国的格兰教授都来了，今天还有讲座，去晚了肯定没位子。"

要和他们撞上也太尴尬了，魏萍无语，心里祈祷这些人别吃饱了撑的往这儿走，栗亭也别抬头。

好在对方临到门边就拐弯儿朝A大图书馆去了，并没有注意到这里的小事故。

但这里面可不包括方槐柠，他身上不知道装了什么栗亭雷达，隔了两片花坛和一棵大榕树都能一眼发现蹲在地上的人。

"是方槐柠，他也在接待团里？"

"他肯定在啊，去年奖学金答辩的时候，A大副院点名表扬了他，满口欣赏。不过换我我也喜欢，帅得人神共愤。"

“啊，他过来了！”

魏萍听着身后的八卦，一抬头果然看见那人撇下身边的各位大牛往这里来了。魏萍一惊，连忙双手交叉想让人赶紧回去，还嫌他们不够引人注意和丢脸吗？

方槐柠却没有理她的抗议，直接走到了栗亭面前，伸手扶起单膝跪地的人。早晨A市还结了一层厚霜，栗亭的裤子都有些湿了。

“摔跤了吗？”方槐柠担心地问。

栗亭没什么表情，也没像魏萍那样觉得丢人：“没，是奶茶摔了。”

“别擦了，可以请学校的保洁人员过来，”方槐柠说着，掏出手帕去抹栗亭身上的奶茶，“你们人手不够？要不要请人帮忙？”

栗亭摇头：“不用，我可以。”

方槐柠还待再说，那边有师兄在叫他了。

栗亭接过他的手帕，示意方槐柠走吧。

方槐柠也知道现下不是多言的时机，不得已先离去，走前又反复叮嘱让他小心。

栗亭一脸淡然地重新把蛋糕和奶茶摆放齐整，轻松地一手两箱，继续往前走去。

不过走了两步又停下了，把手里已经脏成一团的手帕折好，小心地塞进了口袋中，然后继续前行。

陪着访问学者转了大半天，方槐柠收获良多。

这次一道来的还有一位叫李阅的学长，是之前A大的交换生，也是A国格兰教授的得意门生之一。他听说恩师这回前来，特意作陪探望。

李学长没有继续搞学术，而是毕业后自学了金融。这几年凭着计算机和其他方面的知识，创业非常成功，在很多国家都有了成就，属于很有名的荣誉校友。他风趣幽默，给院里所里的不少学生说了这些年在外面的见闻，让他们大开眼界。

听完了教授的讲座，其他领导去吃饭，李阅学长就邀请学生们去了他其中一间工作室参观，方槐柠也去了。

工作室离得不远，算不上特别豪华，但设备齐全，业务精湛，让这些象牙塔里的孩子惊叹之余十分羡慕。

李阅还挺喜欢方槐柠的，就专业领域和他聊了不少。“做学生，怎么学的、在哪里学的其实都不重要，重要的是未来要怎么学，未来要去哪里学。我们这一行出路很多，就看你自己想如何选了。”

方槐柠默默点头，答应了李阅如果以后假期有空就过来实习。

离开的时候，方槐柠在楼下看到一个熟悉的人影，姿容艳丽，步伐窈窕。

他盯着对方，又退回来问李学长：“对面那家是什么公司？”

李学长抬头看看：“一家搞网贷投资的，租过来没两个月吧。”

方槐柠皱眉：“投资很赚钱吗？”

李学长哼笑：“你别告诉我你不知道。这个行业有赚也有不赚，但内里水深，小玩一下还可以，没点门路的搞大了十有八九难以收场，对面这家……”

李学长鄙夷地摇了摇头。

方槐柠转头看着那个妇人走远的方向，若有所思。

到家很晚了，方槐柠洗了澡躺上床，本想不打扰对方的，可翻来覆去半天，还是没忍住给L君发了消息。

F：“睡着了吗？”

L君过了五分钟回复。

L：“睡着了。”

F：“那现在是一边梦游一边跟我说话？”

L：“嗯。”

F：“做的什么梦？”

F：“发财？”

L：“不是。”

L：“发财不是梦。”

F：“……”

兄弟学校的访问学者在A大留了一周，方槐柠也兢兢业业地陪了一周。A国的格兰教授主要的研究方向和倪蔚年近似，方槐柠在他身边短短几天受益匪浅。格兰教授对他的印象也好，后两年他们有不少和A大合作的计划，他邀请方槐柠感兴趣的话可以一起来参加。

访问团走了以后，不知不觉一月便已过半，A市进入严冬时节，学生们也即将迎来寒假。

田典也有一周的年假时间，打算和许昊一起去旅行。

临睡前田典问栗亭：“你呢？过年怎么过？”

栗亭正蹲在淋浴间里搓衣服，转身灌清水的时候肥皂泡险些溅了做梦的田典一身。

“不知道，起开点。”栗亭道。

洗完衣服出门时，栗亭听见隔壁房间的其他服务生也在说过年的事。他们大多都不是本地人，放了假便要回老家。栗亭听他们高兴地计划着，似乎并不太理解这种期待之情。

新年，是他生命里十分陌生的词语。

方槐柠没有期末考，栗亭却有。他出考场的时候，在外头遇见了梁玉。

梁玉给了他一张单子：“我有个朋友发我的，在 C 区。虽然是私人会所，但还挺正规的，有钱人唱 K 的地方，外国人不少，之前电视台还在那儿举办过唱歌比赛。他们过年的时候要人，服务生时薪一小时能有一百五到两百，还不包括小费，懂外语的话会更高。”这时候难招工，但梁玉知道栗亭没这个顾虑。节假日工资翻倍向来是他的最爱，过年也不例外。

不过栗亭这回拿着单子却没说话。

“怎么了？没时间？”

梁玉观察着栗亭的表情。这些年来他总是独来独往，梁玉多少能察觉到他家庭不睦。这回过年却突然有事了？

梁玉正要细问，一声低唤打断了她。

“栗亭。”

梁玉和栗亭一起回头，就见一个高大帅气的男生站在他们教室的楼道口，目光有点严肃地盯着自己，几秒后才转向栗亭。

“栗亭。”他又叫了一声。

见栗亭向他走去，梁玉追问：“那个兼职……”

栗亭侧头：“再说吧。”

丢下这一句，他便和那个男生一道离开了。

“你来做什么？”下了楼，栗亭问。

方槐柠：“哦，正好有空，过来看看你。”他在小牧场上的备忘录上注意到栗亭的考试时间。方槐柠一通计算后，特意把下午调了出来。

“那个……刚才那个女生是同学吗？”方槐柠状似随意地问。

栗亭“嗯”了一声：“怎么了？”

方槐柠心道：你看不出人家喜欢你吗？上一回自己撞上这两人就觉得哪里不对了，这回就更确定了。不过看见栗亭那张毫不关心的冷漠脸，方槐柠又立马止住了跳跃的思维。有时候他会心疼栗亭在人际交往上感情通道的封闭，但有时又会忍不住庆幸自己能成为这种人的挚友。

“没有，随便问问。”方槐柠淡定地说，“带我参观一下你的学校吧。”

栗亭对此没意见，一路领着人从几幢楼间穿过。今天的两场考试都结束了，校园里大部分学生都已离开，教学楼显得十分空荡。

栗亭表面上经常逃课，但对自己的学校竟还挺了解的。

“大一的时候，认真上过半年课。”来到楼道尽头的某间阶梯小教室，面对方槐柠的疑惑，栗亭解释了一下。

想也知道，千辛万苦凑来的学费，他怎么可能不想好好读呢。可是栗亭似乎就是和学堂的缘分不够深。首先是和同学间的关系不融洽，从寝室离开。再因为要打工，多少影响到了课时。加之还有老对头程鹏时不时地找碴儿，林林总总或客观或主观的原因叠加，他便成了今天的逃课王栗亭。

虽然栗亭口气冷漠，但是方槐柠仍能觉出他其实也有对美好校园生活的希冀。谁不想有一个青涩快乐的青春时代呢，只可惜他错过了。

方槐柠偶尔也偷偷地幻想过，栗亭那么聪明，如果不是当年校庆的一时冲动，或许他们也可以成为校友。

或许他们可以并肩在校园中，一起住宿，一起上课。不过幻想也只是幻想而已，栗亭那么现实，怕是早就将这多余的不可能丢弃在脑后了。而他们虽然没有走那条阳关大道，却一样独辟蹊径，最后在终点交会。

能相遇，就很好了。

从学校出来，两人又去吃了个晚餐，回到友友小区已经天黑了。

栗亭上楼前，方槐柠道：“我过两天就开始放假了。”

栗亭“哦”了一声。

方槐柠犹豫：“我要回一趟 A 国。”

栗亭看着他。

方槐柠：“我父母希望我去看看他们。”

栗亭把手插进口袋。

方槐柠：“我提早过去，也就四五天，除夕前就回来。我和你一起过新年。”

栗亭没说话，方槐柠看着他淡淡的表情，不知为何就觉得心里有点不忍。

栗亭能感觉到方槐柠的纠结，夹着纸的手指摩挲了一下，还是放开了：“知道了。”

方槐柠：“你别待在宿舍了，那几天还是可以住在我家里。”

栗亭思考了半晌，皱起眉。

虽然满脸的不高兴，但是方槐柠知道他这是同意了。

“我就回来。”方槐柠再三保证。

方槐柠走的那天，栗亭没有去机场送他。栗亭不想搞得那么煽情。他甚至还去风信子上了一天班，虽然很快因为放假这里也将歇业几天。待晚上回到家里，他用方槐柠给的钥匙打开了门。

栗亭小时候就住大房子，他不喜欢大房子。本以为这个房子还算适中，但少了一个人以后，栗亭发现这里也很大。

从包子铺买了包子回来吃，栗亭懒得再做了，就想拿这个当晚餐。

可是刚在餐桌边坐下，手机忽然响了起来。

栗亭拿出来一看，是小牧场的消息。

F：“吃饭了吗？”

栗亭一惊，这个人不是在飞机上吗？

不等他回复，消息又紧连而至。

F：“冰箱里有点心，微波炉加热一下就好。”

F：“后面几天也有，每天都会送来，不吃就浪费了。”

F：“不要吃包子。”

栗亭明白了，这不是实时消息，这是方槐柠编辑的定时留言，特意在饭点发送的。

栗亭心里一动，表面上却仍是不予理睬。然而他不确认，那条“不要吃包子”的消息就开始每十分钟提醒一次，叮叮咚咚，锲而不舍。

栗亭无语，只能回了过去。

L：“知道了。”

F发了一个微笑表情。

栗亭暗忖：这是软件真的那么高级，还是对方把他的生活习惯摸得一清二楚？

拿出冰箱里的餐食，栗亭发现都是在附近几个很有名的餐厅预订的，一加热就可以食用。栗亭一边看着那个流氓软件，一边把那顿食物解决了。

吃完了饭也洗完了澡，栗亭上床休息。

翻了个身，小牧场又响了。

F：“家里的物品，你如果找不到，等我飞机降落以后可以打我电话。”

F：“如果着急用，也可以打下关键字搜索。我大致列了一份收纳表格，会自动回复方位。”

F：“还有电器使用说明也可以查询。”

栗亭握着手机，慢慢在回复框里敲下字。

L：“烦。”

F君秒回一个爱心的表情。

L发了一个白眼的表情。

F发了一个爱心的表情。

L：“讨厌你。”

F发了一个爱心的表情。

L：“啰唆。”

F发了一个爱心的表情。

L：“回什么都是爱心吗？”

F发了一个爱心的表情。

L：“等你回来。”

F：“我很快回来。”

栗亭再接到方槐柠的消息已经是第二天早晨了。方槐柠发来的是视频邀请，栗亭接受了。

手机的画面闪烁过后便出现了一张熟悉的脸，方槐柠正坐在书桌前，穿着一件薄薄的毛衣，背后似乎是一大排的书架，房间里有些昏黄。

方槐柠说：“在家吗？没有去上班？”

现在是A市的八点，栗亭正在看书。

“放假。”栗亭说。

以往栗亭什么时候有过放假的时间，哪怕风信子歇业了，栗亭也早早就觅好他处赚钱。

“抱歉，我中间转了一次机，到这里的时候你们那儿应该是凌晨了，所以我就没有马上联系你。”

方槐柠怕半夜发消息把栗亭吵醒，却不知道栗亭昨夜根本没有睡熟。

栗亭“哦”了一声。

方槐柠又问：“吃早餐了吗？”

栗亭看着他，似乎在用眼神诉说“你那么了不起，还用问我？”

方槐柠：“我家的智能冰箱是带摄像头的，还连接了我的手机。”以前主要目的是了解储藏食品的保鲜度，但现在似乎多了很多用处。

方槐柠微笑。

栗亭磨了磨后槽牙，拿着手机去了厨房。

栗亭动手热早餐，穿上围裙把手机特别随意地搁到了墙边。方槐柠看不到栗亭的脸了，但是能看见他脖子到腰腹处的半身。围裙上胸口处的小灰猫图案就杵在镜头前，随着栗亭的走动摇来摆去。

栗亭做了麦片粥，端到桌前坐下吃了起来。他用的是方槐柠的汤勺，比普通调羹要大那么一点。偏偏栗亭的嘴很小，每次塞进嘴里一大勺，方槐柠都替他吃力。但栗亭十分坚持，还吃得特别香，一勺一勺频率超快。

方槐柠看得有趣，似乎体会到了为什么某些人喜欢看吃播了，还会拼命给主播刷礼物，如果小牧场也有这个功能的话……

莫名察觉到某人思绪乱跑的栗亭瞪了他一眼，问：“你呢？”

方槐柠收起各种异想天开：“我们这里是傍晚，一会儿再和我父母吃晚餐。”

栗亭：“哦。”

方槐柠：“你知道我在哪里吗？”

栗亭：“Y 市？”方槐柠走之前告诉了他。

方槐柠弯起眼：“不是，我父母临时通知我，所以我到了 Y 市又转机到了 D 镇，因此耽搁了点时间。”

说着方槐柠起身来到窗边：“外面很美，你想不想看看？”

不等栗亭回答，他手里的手机已经转了视角，随着方槐柠屋内的窗帘被拉开，一片金色瞬间洒满了屏幕。

栗亭被晃了眼，直到镜头重新对焦，他才看清了里头的画面。

只见一片蓝色的花田蔓延在方槐柠的身后，被头顶金红的夕阳染成了醉人的深紫色，一望而去，仿若梦境。

栗亭愣在了那里。

方槐柠的声音在他耳边响起。

“虽然和牵牛花不一样，但远远看去颜色是不是很像？这是矢车菊，这个小镇的特产，花期特别长。我查了一下，花语似乎是‘遇见和幸福’。”

栗亭眨眨眼，呢喃：“很漂亮……”

方槐柠微笑，过了一会儿才把镜头转回到自己：“我父母在这里买了一个牧场，我觉得你会喜欢的。”

栗亭只是怔怔地看着方槐柠，良久都没有说话。

有帮佣来叫方槐柠吃饭，他不得不暂时中断了和栗亭的通话。

方槐柠来到桌边，方父和方母已经坐在了那里。

他们两个都是早年就离家到这里工作的，这么长时间来，已经是企业的高管了。方父方袁栈是车辆设计工程师，方母邱瑜则是市场部的总监，两人皆持有一部分公司的股份，所以方槐柠的家境十分优渥。

一见儿子，方母关心道：“奔波了近二十个小时，柠柠睡得还好吗？”

方父面容严肃，属于方槐柠冷漠脸的升级版，他道：“你母亲应该早点告诉你我们到这里了，这样你可以提早计划。”

方母皱眉：“这个地方不是前几天才成交的吗？我早就想过来了，不知道是谁一定要等合同完善才愿意过来，老古板。”

方槐柠镇定地喝了一口水，直接跳过后话回答前一个问题：“睡得挺好的。”

方父道：“学业还顺利吗？你的毕业论文怎么样了？”

方槐柠：“还好，一直在准备。”

方父：“你之前发给我的邮件我看到了，你的想法还不错。你询问过你们导师了吗，他是什么意见？”

接下来的时间，方家父子便对于方槐柠的论文展开了漫长的讨论。方槐柠小时候多半时间都在外公外婆身边长大，方父方母知道他习惯了国内的学习环境。等到他大学成人，他们也信任地由着方槐柠自己选择决定在哪里继续求学，只给予适当的提点。而且以方槐柠的独立性格，他本来就喜欢足够的空间和点到即止的关心。两方彼此十分了解。

又聊了一会儿，邱瑜见方槐柠嘴角一直带笑，问：“你这次回来心情很好？”

方槐柠颔首：“最近过得很好，交到了很好的朋友，而且我很喜欢这里。”

“哦？交到了什么好朋友？”邱瑜好奇地问。

方槐柠：“嗯……是小时候的朋友，失联了很久，没想到这次还能遇上，觉得非常幸运和高兴。”

小时候的伙伴，却能让向来对人际关系不甚热衷的儿子如此在意，方父方母都有点好奇。

“有什么特别吗？”

“是很好的人，而且非常厉害，”想了想，方槐柠补充，“在校大学生，母亲很早就去世了，父亲再婚对他不是很照顾，他自己搬出来住，自己赚钱交学费和房租。他性格比较孤僻，不太喜欢热闹，但十分独立自强有想法。因为他常年做很多兼职，所以社会经验很丰富，有自己一套待人接物的方式。他长相出色，是外语系的学生，会三国语言，会游泳，会做饭，会理财，会种地……”

眼见儿子越夸越顺口，父母两人都露出了惊讶的神色。

“如此优秀的孩子……”

“是的，我和他相处得很好，如果可以……过一阵我想带他过来这里玩。”方槐柠望着父母道，“这里那么漂亮，也让他看看。”

邱瑜自然同意：“好啊，这里比我之前发给你的照片还漂亮对不对，不过隔壁镇那一座也好看。但给了你两个地方选，你选了这里。”

“因为这里不仅很漂亮还很特别。”所以那时候他一看见照片就做了决定。

“他应该也会喜欢的。”他用很轻的声音自言自语般道。

方槐柠再和栗亭视频的时候轮到他做吃播了，端着一份三明治吃得正香。

栗亭正半靠在床头，整个人慵懒地窝在被子里，手机似乎被搁在了肚子上。栗亭一点也不在乎摄像的角度，就这么低下头俯视着屏幕里的方槐柠。

方槐柠说：“你那里很晚了吧，早点睡。”

栗亭说：“哦。”

然而两人都没有关视频。

方槐柠等着他。

栗亭道：“你关吧，我再看会儿书，我不累。”

方槐柠：“晚上睡得不好吗？”

栗亭：“没有。”

方槐柠：“那你看吧，视频就开着好了，我也有点资料要整理。”

栗亭想了想，把手机摆到了一边，拿起书来。

方槐柠吃完了三明治，果然打开电脑准备论文。等到他半晌再望向屏幕时，就看见栗亭歪在床头睡着了。

方槐柠轻轻地说了一句：“还有两天，我就回来。”

没想到睡着的栗亭睫毛一颤，回道：“我知道。”

方槐柠结束视频出去时，外面的父母已经在餐桌边吃午餐了。

见了他，邱瑜招呼用人给儿子端餐食。方槐柠表示自己已经吃过了，不过为显礼貌，他也没有走开，而是坐下来，眼睛则看着远处墙上的电视。

天气预报说，明后天有大风和雷暴雨，让居民注意防护。

方父道：“一月的雷暴天气应该是最少的，这气候有点反常。”

方母：“一会儿玛丽小姐让我们一块儿去看看前面的羊，晚上别给雷吓死了。”夫妻二人对牧场的经营还是不太懂的，所以请了当地人来帮忙管理。

听着两人鸡鸭牛羊的话题，方槐柠看着电视，有点担心地蹙起了眉。

栗亭醒来的时候手机就放在枕头边，已经没电了，外头的天蒙蒙亮。栗亭睡不着了，起来给手机充了电，又去厨房做了麦片粥。

这次把粥吃完了才接到方槐柠的视频邀请，一打开看到的竟然是颇为狼狈的方槐柠。他戴着一顶草帽，衣袖裤脚全部卷起，身上大半都湿了。

他一见栗亭就道：“我们这里下了大雨。我刚去外面锁了一下羊圈，一会儿还要出去。”

方槐柠就站在家门口，栗亭能看见他身后瓢泼的雨幕把背景都浇得朦胧了。

栗亭皱眉：“你不冷？”

“这里温度还好，等忙完了我再洗澡。”方槐柠说着露出一个无奈的表情。本来是来度假的，结果变成了卖苦力。

栗亭：“农夫不好当？”

方槐柠张口就想同意这话，然而一想到栗亭在田地里如鱼得水的样子，而自己只做了那么点事就喊累，他调整了脸色：“也还好。”

“哦”，栗亭眯起眼，“西边十点钟方向。”

方槐柠：“怎么了？”

栗亭：“有只羊刚跑出来了。”

方槐柠：“那什么，我先去忙了，一会儿再聊。”

方槐柠说是一会儿，可到了晚上栗亭也没等到他的消息。他吃完了晚餐坐在沙发上打开了电视。都快要记不起自己有多少年没看这玩意儿了，可惜频道一一调下来，栗亭都找不到感兴趣的，最后又关了。

想了想又去开了电脑，找到方槐柠之前给他注册的游戏登录进去。方槐柠在的时候，带着他顺利地冲了好几个副本。当时栗亭打得也挺好的，可是今天才过了几分钟，他就已经死了三回了。

栗亭觉得没意思，又退了出来。

转了一圈，还是拿起了手机登入了小牧场。

这时终于收到了方槐柠的信息。

F：“我这边的雷暴很大，好像影响了通信，网络不稳定，没办法开视频。”

L：“那就别开了。”

那头过了好久才回。

F：“消息也有些滞后，我刚查了一下航班，不少都延迟或者取消了。运气真是不好，希望等我回来的时候天气能好些。”

L：“不好怎么办？”

栗亭这句话发过去，那头又是半天都没回音。直到栗亭躺在床上将睡未睡时，手机才重新响了起来。

F：“实在不行我就只能坐我的舰艇回来了。”

F：“一定会回来的。”

栗亭看着最后一句话，缓缓地闭上了眼睛。

然而第四天，他却整整一天都没联系上方槐柠。

栗亭看新闻，A国的D州突发恶劣天气，不少当地居民受灾，通信网络和电力也一度中断，航班九成停飞。不过政府已经在抢修了，情况不算太严重，没有人员伤害，预计一到两天就能恢复正常供给。

栗亭换了好几个台，连着把这新闻看了几遍才关上电视。

不同于A国，A市这两天的天气特别明媚，每日都阳光普照大地，一点都没了前几日的严寒。栗亭站在窗边默默地看着对面人家窗户上新贴的大红色春联，小区门口也挂上了喜庆的灯笼。

栗亭这才明白，还有两天就是除夕了。

第十五章 你不知道

那一头的方槐柠急得像热锅上的蚂蚁，这种完全不可抗的天灾，让人有劲都没处去使。

外面的雨还在下着，比前一阵小了些，却还有许多航班在排队，这速度排到明后天都未必排得完。偏偏 D 镇的网络也时好时坏，最多只能开个网页什么的，真要跨国通信，它就死机了。

看着自己打下的大片信息只能在小牧场的通话框里滞留，方槐柠捏着眉心无言以对。

方母像是知道儿子烦心，走过来给他递了一杯水："是我们的错，早知道就不该选这个时间过来，也不该让你特意回来。"

方槐柠摇头："这和你们没有关系，只是碰巧而已。"

"可这样你有可能没办法回去过年。"方母叹了一口气。

方槐柠眉峰紧拧："不一定，我想再查查航班。"

没想到儿子竟然还不死心，方母有点讶然。

方槐柠一会儿盯着电脑，一会儿又盯着手机，一会儿又在房间里走来走去。他知道栗亭不会责怪自己，甚至都不一定会在意。但方槐柠只要一想到阖家团圆的日子，栗亭一个人孤零零地被留在那个房子里，心里就有种说不出的难受。

可是刚才航空公司发消息过来说，他预订的明天一早的航班被取消了，其余的航班也都是待定状态。看来自己这次真的要对栗亭食言了。

方槐柠闭了闭眼，想努力说服自己接受这个事实，忽然余光一瞥，愣在了那里。

刚到这里的时候，他满脑子都是和栗亭保持联系，后两天则满脑子都是给牧场帮忙。对这房间的摆设装饰，方槐柠几乎没怎么上心，如今才注意到书架上的东西。

方槐柠走过去，拿起一只手掌大小的小机器人。架子上还有四只，一共五只，和栗亭的那只一看就是同一系列。

方槐柠盯了良久，走出房间问楼下的母亲。

“书架上的东西都是哪里来的？”

邱瑜：“是我和你爸爸从 Y 市的房子里带过来的。”这以后也算是方槐柠的房间了。虽然只是假期过来住，但为了有点家的气氛，方父方母就取了方槐柠房间里的一些东西捎过来，大部分是儿子小时候的玩具和书籍。

方槐柠恍然大悟：原来这一套纪念品竟然在A国，在Y市。为什么？

似乎是当年他寒暑假回这里看爸妈的时候一起带过来的，也就是他和小灰人联系的那几年。

联系的那几年？

当时回看邮件的时候，关于这段日子的内容特别少。可是他明明一直和小灰人通信，为什么寒暑假了反而联系变少了呢。

当时沉浸在刚记起小灰人的震惊中的方槐柠来不及细思，如今却觉得自己好像还遗漏了什么。

他努力琢磨，忽地一个激灵。

方槐柠想起来了！

也是通信问题，那时候他用的邮箱到了国外信息就常常会滞后。所以，他曾经还用过另一个邮箱和小灰人联系。

想到这里，方槐柠急急忙忙回了房间。

这么些年他注册的密码也就那几种，虽然记忆模糊了，可是凭着惯用的几个字母数字一番排列组合，方槐柠成功地找回了那个邮箱，并像第一次那样，运气很好地打开了。

这些毕竟有他和栗亭共同的美好记忆，能找回来方槐柠十分高兴。可是当那个页面刷出来的时候，方槐柠怔在了那里。

里面的确躺了不少陈年的信件，可除此之外，还有好几封未读邮件，最晚的一封就在三年前。

寄信人——小灰人。

200× 年 7 月 9 日 晴

是的，学校放暑假我就来看我爸爸妈妈了，以后我们就用这个邮

箱联系吧。之前那个我发了好几封你竟然都没有收到，真是奇怪。

太平洋真的很大！但其实我也没有见过。我的飞机是从陆地边起飞的，我爸爸说这样是为了我们万一掉下去，不会马上死掉。我不太懂，我要再看看书。

《神秘的世界》上一周也说了太平洋，你买了吗？

方槐柠

200× 年 7 月 12 日 有雨

我知道飞机为什么一定要在靠近陆地的上空飞，我研究过！那是为了怕撞到海里的宇宙飞船！你有没有想过飞船为什么叫飞船？其实是因为它可以在天上飞，也可以在海里飞，所以外语里也叫 ship（船）。如果没有遇到特殊情况，飞机和飞船是不可能相遇的，就像地球人和外星人也很难遇到。

每一期杂志我都买了，最近还有送小机器人的活动，我已经订好了。

小灰人

200× 年 7 月 20 日 晴

飞机的情况是这个原因吗？可是我看了书是另一种解释啊，但是你说的感觉也很有道理……我再去问问我爸爸吧。

我最喜欢机器人，所以小机器人我上周就拿到了。其他都很酷，但是送过来的时候好像坏了一个，我用胶水也没有粘好，好可惜。

对了，之前你问我我忘了回答，我的偶像当然是图灵！最近我做了好几本数学游戏题，里面说到图灵机。你知道图灵机吗，有了图灵机就可以解开一切算法，太了不起了！人类建造了电脑，所以人类是最厉害的。而我的梦想就是学习图灵，成为一个电脑工程师，然后造最厉害的电脑型人类！

方槐柠

200× 年 8 月 4 日 有一点雨

那套纪念杂志我订了两套，小机器人我也有两套。我本来想送你一套，但是你和我讨论了数学，我决定暂时不送给你了。

我最讨厌数学！！！

我以后一定要去一个没有数学的学校学习没有数学的课。

再见。

小灰人

200× 年 8 月 12 日 晴

对不起，我不知道你不喜欢数学，数学那么有趣……那下次我不说了。你如果生气了，就暂时不要送我机器人好了，等你不生气了再说。

为了道歉，早上阿姨做苹果派的时候我和她一起做了，也做了一份你的。

（附上一张照片）

看到了吗？上面写了你的名字。

致小灰人。

我要开学了，所以下周就会回去了。我有点舍不得这里，但是我又有点想外公外婆了，真是矛盾。

这里的风景很漂亮，如果你也能来玩就好了。

（附上两张照片）

方槐柠

200× 年 8 月 17 日 有很大雨

这个食物长得好像我家的坐垫，不过还是谢谢你们。

但是你的碗里怎么还剩那么多菜？那是萝卜吗？你不喜欢吃萝卜？你是不是挑食？

我已经不生气了，我不会让数学战胜我的。等你回来我就把小机器人给你吧，你要好好照顾他。

你那里也不错，和我这里差不多漂亮。不过我还不能到你那里去，我能看懂原版书，但是我的口语还不太好。

小灰人

200× 年 8 月 20 日 晴

这个萝卜是我妈妈做的，不知道是她做得怪怪的，还是这里的萝卜就是怪怪的。

所以我没有挑食，大部分蔬菜我都吃，菠菜、青椒、芹菜、胡萝卜我都喜欢吃。

谢谢你把小机器人送给我，我会珍惜的。

那等你能完全说好口语，我再邀请你吧。

我明天一早的飞机，要早点睡觉了，等我回去再聊。

拜拜。

方槐柠

陈年的已读信件就中止在这里，等方槐柠回国又用回了老的邮箱，不过和小灰人没交流几次就彻底断了联系。所以方槐柠怎么都没有想到小灰人会往这个地址继续寄信。

然后他又发现剩下的几封未读邮件中，有一些是在对方给另一个邮箱发送了告别信之前寄来的。

鼠标移动到第一封上，方槐柠努力稳了稳心神，才将其打开。

不同于之前大段大段跳跃可爱的文字，后续的信件内容忽然变得特别简短，基本只有两三句话。

200× 年 4 月 1 日

这世界上有天堂吗？

地球的外面是宇宙，宇宙的外面会不会就是天堂？

飞船可以到宇宙，飞船能不能到天堂呢？

方槐柠愣怔，手指顿了下，才点开下一封。

200× 年 5 月 3 日

对不起，不能给你小机器人了。

我搬了家，走的时候弄丢了很多东西。机器人也丢了，只捡回了一个。

对不起。

200× 年 7 月 21 日

我不喜欢我的新家，我想时移路。

我偷偷回去了一趟，可是我没找到它。

时移路去哪儿了？

200× 年 8 月 29 日

你果然看不到这里的信，也好。

我就要去新学校了，会在原来的地方跟你告个别的。

方槐柠看出来了，那冷静的语调和用词已经不再是小灰人，而是如今的栗亭。

在这封邮件之后很长一段时间，栗亭都没有再来信。大概就是小灰人所说的，他就读的那所初中非常封闭，没有网络。

直到三年后，信件又陆续出现，不过也间隔得非常非常久，几乎是一两年才有一封。

而在方槐柠看来，每一次几乎都是栗亭的人生节点。他觉得方槐柠看不到这些信件，所以他似乎是在对方槐柠说，但其实也是在对自己说。

200× 年 6 月 21 日

我毕业了，回 A 市了。

要上高中了，这所高中还不错。

201× 年 4 月 8 日

开始打工了，有点累，但也不是太难。

今天赚到了五十块钱。

201× 年 7 月 1 日

《神秘的世界》改版了。

一点也不好看，但我还是买了。

你买了吗?

201× 年 1 月 2 日

我本来已经想好了要去的学校，一个没有数学的科系。

但是大概去不了了。

201× 年 5 月 7 日

我又搬家了，

新室友是个傻子。

看到这里，方槐柠的指尖已经无力。还剩三封，他却迟迟都没有勇气继续下去。

他将小机器人在掌心来回翻转良久，又给自己做了无数心理建设后，才终于咬了咬牙继续看下去。

201× 年 6 月 7 日

今天高考

A 大再见。

201× 年 11 月 5 日

读了半年大学。

终于把口语练好了。

201× 年 12 月 30 日

我今天看见你了。

你一点也没变。

最后几个字落下，方槐柠看着三年前的日期，重重地捂住了脸才没有让眼中的泪水流下。

他忽然想起自己在撞破栗亭用刘磊的借书卡为自己借书时，兴奋异常地跑去告诉对方这件事。

他说“我知道你怎么想的了”。

当时栗亭如何回答的?

栗亭浅浅一笑，却说：“你不知道。”

方槐柠当时不明白，可他现在似乎终于懂了。

是的，相比栗亭，自己真的什么都不知道。

这两天太阳一升起栗亭就起床了，但是今天他在床上看了半天天花板，却仍然没有日光照进来。他走到窗边才发现昨天还阳光明媚的 A 市今天竟然下雪了。

白色的雪花像棉絮一样飘荡在空中，栗亭定定地望了片刻，进房间换了衣裳，然后撑开一把伞，开了几天都没有出过的屋门，向外走去。

较之平时，路上的行人很少。沿街的店铺也大多闭店歇业了，只有少数几家开着，无不张灯结彩，喜气洋洋。

栗亭走到车站，花了比以往多一倍的时间才等到了车，颠颠簸簸地坐到了时移路。

老远就见一个人影站在田地间，雪花朦胧了视线，栗亭心内一跳，走近了才发现原来是阿昌。

“你知道我要来？”栗亭问他。

阿昌叹了一口气，心道哪年过节你不过来。上回见栗亭，瞧着比以往高兴了许多，还以为这次会不同。

阿昌道：“家里也没什么事，出来看看就遇上你了。”

栗亭点点头，把伞收了。

阿昌见他开始卷袖管和裤腿，有点着急：“今天还要忙啊。天气不好，早点回去休息吧。”

栗亭说：“就是天气不好才要忙，不然一场雪过后，菜都要冻死了。”

阿昌见此，便一道帮忙。

栗亭由着他搭把手，不过眼看时间不早了，还是赶了人。

阿昌犹犹豫豫的，直到听见栗亭冷冷地说：“你再不走，我又要送你菜了。这点都给你拿回家。”

阿昌这才不得不匆匆离去。

又忙了半天，把冻得蔫了的菜收了一些，栗亭后知后觉地饿了。他在路边找了一块石头坐下，摸出了一直揣在怀里的馒头。

小牧场已经两天没有响了，也没人管他吃什么了。栗亭看着手里冷硬的馒头，慢慢往嘴里塞去。

“不是说了要好好吃饭吗？”

栗亭一顿，维持举着馒头的姿势良久。直到身后传来沙沙声，他才如梦初醒般回过头去。

雪下得更大了，很快就将整条时移路都铺成了银白。而那个本该在大洋彼岸的人却站在不远处，衣衫有些凌乱，面色也很疲惫，身边还放着行李箱，直直地看着自己。

“你怎么……”

面对栗亭的茫然，方槐柠微笑着说：“我说过的，如果不行，我就坐舰艇回来。”

其实是方槐柠在看完那些邮件后，忽然疯狂地开始寻找所有能离开D镇的交通工具。最后他找到了两列凌晨的火车，幸而还有几张余票。

方槐柠连忙订下，然后将所有行李打包，抱歉地和父母匆匆告别后离开了那里。

走前，母亲邱瑜叮嘱他："柠柠，我们知道你一向有自己的主张。可你一个人在国内，真的遇到没办法处理的问题时，请一定记得告诉我们。"

方槐柠心中温暖："谢谢，我会的。爸爸妈妈，新年快乐。"

坐了一夜的火车，又在机场耗了几个小时，再转两趟航班，方槐柠差不多用了快两天的时间才从大洋彼岸回到这里。近四十个小时没怎么休息，方槐柠却也不觉得疲惫，只是面容略显狼狈。

方槐柠没有细说个中艰辛，但栗亭又不是傻瓜，怎么能猜不到他耗费的工夫。看着方槐柠不同于以往的憔悴模样，栗亭不高兴地说："不过年就不过年，你这舰艇的油钱都费了不少吧？"

岂止是不少，方槐柠怕航班耽误，买了好几张那个时间段不同公司的机票和火车票，简直是一笔巨款，不过他不会那么傻地告诉栗亭的。

方槐柠只是认真地看着他："因为我答应你了。"

栗亭张了张嘴，没说出话来。

忽觉手心一软，栗亭低头发现方槐柠塞了一块用糯米纸包着的海绵蛋糕给自己。

方槐柠道："在机场买的，虽然冷，但总比馒头要好，先垫垫肚子。"

栗亭接过，问："你怎么知道我在这儿？"

方槐柠："我之前给家里打了几个电话都没人接。"想也知道这个时间栗亭会去哪里。好在机场本就在郊区，过来反倒不远，方槐柠就拖着行李直奔此处。

栗亭捏了捏手里的蛋糕，小心翼翼地咬了一口。虽然冷，却仍能吃出满嘴的甜。地上摆了两只大袋子，方槐柠提起一只就见里头装满了菜。

栗亭解释："大部分都还没长好，但我没架暖棚，再冻下去会更坏，就把其中能收的先收一点。"

方槐柠却盯着那个袋子不动了。

芹菜、青椒、菠菜、胡萝卜……若换作以前，方槐柠怕都不会多想。可如今，恨不得将邮件里的每个字都用金刚石刻在心上的他，哪里会再忘记。曾以为栗亭的真实想法难以捉摸，到现在才发现，每一分每一秒都在那里，是自己忽略了。

“栗亭……”

方槐柠声音颤抖，刚要说些什么，却被迎面的冷风呛着不停地咳了起来，咳得面颊通红，眼泪都溢出了眼眶。

栗亭伸手顺着他的背，又扫扫那两袋不轻的玩意儿和方槐柠的行李，斟酌道：“拿回去也不怎么好吃，不如就……”

结果话没说完，那菜就被方槐柠抢过去抱在了怀里。

“一定好吃！”方槐柠肯定。

栗亭奇怪，但他本就不喜浪费，最后还是自己提了东西走在前头。

这时间出租车难叫，两人不得已等公交车。在站点方槐柠还遇上了之前帮忙给合信工业做系统时办公室里的几个员工。

几人和方槐柠打了招呼，等车一来，又一齐涌了上去。

前一站的绿野生态园新年又搞活动了，公交车被游人挤满。最后上去的方槐柠和栗亭再次卡在了门边。

车子上了路，于他们两人来说，一切都仿佛时光倒流。同样的位置，同样的人，同样的视角，却有着完全不同的心境。

剩下的车程谁都没再说话。

一个多小时后，车子在小区附近停下了，方槐柠和栗亭下车，一路踏着碎雪回到了属于他们的家。

进了屋，方槐柠径直走到书桌前，从自己行李里拿出了几样东西，仔仔细细地摆放在上面，然后转头看向栗亭，并对他伸出手来。

栗亭呆愣着，似乎忘了要做什么。方槐柠见此只有自己动手，从他口袋里轻轻地摸出了那串钥匙，又小心地解下上面挂着的小机器人，和自己的那五个一道归拢在了一列中。

“你看，他们又在一起了。真好，是不是？”方槐柠拉过栗亭，高兴地说。

栗亭看着那六个机器人，其中五个显然保存完好，连颜色都是鲜艳的，而另一个却因为长久地独自在外被磕碰、摩挲掉了不少漆，显得可怜又陈旧。可这些都没有关系，因为它们还是一整套。只要在一起，就是完整的。

栗亭看着小机器人的眸中掠过了一瞬似悲伤又似喜悦的水光。半晌，他重重地点了点头。

是的，又在一起了，哪怕它们原本不是一套，可现在成了一个新的完整体，真好。

栗亭回过神时，就听方槐柠问："什么时候……什么时候再遇见我的？"

栗亭明白他的意思，本想说忘了，可临到嘴边还是说出了答案。

"第一次……在图书馆，你从我身边走过，"栗亭眯起眼回忆，"我看着你进了大门，但我没有学生证，我不能跟着你一起进去。

"第二次，是在食堂门口。我给别人买饭，你和你的同学一起说说笑笑地走出来。

"第三次，在你的宿舍里。你的室友订了外卖，我去送的时候看见你坐在书桌前看书。

"第四次……"

栗亭自己也不记得说了多少，抬眼就对上方槐柠满目的歉意。

"对不……"

可是嘴巴却被捂住了。

"你不必为我过去的生活负责。我有现在，就够了。"

半夜，栗亭被热醒了。

睁开了眼发现周围还是一片黑暗，只有幽暗的月光从窗外洒落进来。栗亭抬手摸了方槐柠的额头，果然滚烫。

栗亭转头看了看时间，凌晨三点。

方槐柠朦胧地睁开眼。

栗亭说："起来看医生。"

方槐柠："我没事。"

黑暗里能看见栗亭明亮的大眼睛一闪一闪，应该是有点不高兴了。

方槐柠不得不又软下声音。

"我只是累到了，没有别的感冒症状，所以睡一觉就好了。我想休息，明天吧。如果明天还不好我们再去医院，行不行？"

发烧让他的声音越发低沉，夜色中听起来还莫名增加了一分病气，似乎动摇了栗亭的坚持。

没一会儿，方槐柠果然又睡着了。

栗亭却睁眼看着天花板，感受着对方散发到空气中的滚烫温度，披衣下了床。

一个小时后，方槐柠被栗亭拍醒。

栗亭端着一只碗站在床头。

“吃。”言简意赅。

“是什么？”

方槐柠勉强抬头，就见一碗冒着热气的葱花小粥，是栗亭刚在外头忙了半天的成果。

“喝了再睡，不想喝也要喝。”栗亭强硬。方槐柠下了飞机就匆匆往时移路赶，还记得给自己带吃的，可他自己怕是吃得好不到哪儿去。

方槐柠没胃口，但看着栗亭凝重的脸，他只能半靠着坐起身，想伸手接碗，却差点翻倒在床上，亏得栗亭拿得稳。

栗亭不得不坐到床边，替他扶着碗。

方槐柠喝完了粥，栗亭又从方槐柠家的医疗箱里翻出了退烧药。给他吃了两片后，两人这才重新躺下。

黑暗里，栗亭迷迷糊糊地听见方槐柠虚弱地说了一句。

“新年快乐。”

栗亭笑了。

美好的夜，适合做美好的梦。

第二天栗亭醒来时，方槐柠竟然不在床上。

这四五天栗亭都睡得不熟，直到昨晚才沉沉入眠。这一觉把他前几天的困倦都补了回来，连方槐柠醒来都没发现。

洗漱过后去了厨房，栗亭见到方槐柠站在料理台前正做着早餐。

方槐柠发现他，笑着问：“醒了？”

见对方气色不错，似乎已经退烧了，栗亭问：“你在做什么？”

方槐柠道：“煎两个蛋，很快就好了。你先去坐着吧。”方槐柠把栗亭往外推了推。

栗亭只能坐到客厅里，眼睛转了两圈后又落向了厨房。

站在那里的方槐柠身量高大，掂着锅的动作却有点笨拙，和平时众人眼里高冷的A大“头牌”完全不同。

因为母亲的情况，栗亭从小就习惯了一个人。时移路虽然是一个疗养胜地，但毕竟是郊区，离最近的小学非常远。外婆要照顾妈妈，有时候就让用人送他上课。那时候调皮的栗亭会趁机逃学，耍小机灵绕一大圈又偷偷摸摸跑回来玩，反正也没人知道。

至于为什么会忽然给杂志上的小作者寄信，栗亭回忆起来也有些记不清了，应该就是一时觉得好玩吧。周围小孩儿很少，他没什么朋友，便抱着试一试的心态随便发了一封邮件过去，好像还瞎写了很多感想。没想到对方竟然回复了很长的一段内容过来，特别认真有礼，还对他表示了感谢。很少受到这样对待的栗亭顿时觉得受宠若惊，一来二去，两人竟保持了联系。而那个人应该是他的第一个朋友。

方槐柠之于栗亭的意义，起初也只是一个解闷的存在，相信对方应该也是这样看自己的。不过经由时间的叠加，彼此都慢慢催化出了相依相伴的感情来。文字和照片终究是平面的，遥远的那个人更多的还是通过自己的思维和幻想来铸造出的活灵活现的他。方槐柠眼中的小灰人和小灰人眼中的方槐柠，一半是对方，一半其实是他们自己。

所以当离别忽然到来时，栗亭才会这般舍不下。

舍不下方槐柠，舍不得过去的自己。

不过人总会长大，他终究一点点学会了在回忆中面对现实，又学会了在现实中摆脱回忆。他一直在往前走，可记忆中陪伴着他的小作家方槐柠却一直停留在那本书里，和时移路一样，好像还随时随地等着自己一转身就回到过去。

这也是为何当在现实中再遇到对方时，栗亭会如此惊讶，又如此好奇吧。

小灰人不再是小灰人，乌鸦舰长还会是乌鸦舰长吗？

想也知道不可能了。

所以栗亭只是想观察对方，并未想再有交集。

栗亭对方槐柠说他不用道歉，是真心那么想的。方槐柠之于他，是童年玩伴，童年笔友。那三年很美好，但牵绊不该如此之深。是栗亭自己的经历使得他赋予了这份友情过重的意义，这本就与方槐柠毫无关系，他凭什么要为此负责？

栗亭曾经也问过自己，和方槐柠之间的友谊是如何绵延到今天的。

然而现在，就在方槐柠望向他的现在，栗亭却忽然明白了。这颗友谊的种子在年少的一封封信件往来中被深深地埋下，又在那三年的擦身而过里灌溉发芽，最后则在一次次的彼此牵挂中生长开花。

A 市近些年已不允许放鞭炮，方槐柠和栗亭又不喜爱看那些吵吵闹闹的节目。但既然决定一起过年，总要想法子做点年节日常。最后，在方槐柠的提议下，两人一道包了一顿饺子。

说是一道，但其实从擀面到剁馅再到包，基本是栗亭动手。只因若让精益求精的理工男操刀，光是调整饼皮面积和馅料比例，就能花去他们一整天的时间。正好从时移路带回来的那些菜全都有了用武之地。除有点素之外，口感还不错。当然，就算是生的，方槐柠都会觉得极其美味。

吃完了饺子两人又窝到了沙发上，方槐柠用笔记本看资料，栗亭则拿了本书靠在一边，各自忙碌。

这时手机响起，是栗亭的。

一条消息，田典发来的。

栗亭打开，一张照片和一段留言跳了出来。

“栗子，你记不记得，四年前的今天，就是你把我从水里救起来的日子？

“但你大概忘了，四年里的每一天，也都是你把我一次次地从水里救起来的。

“如果我亲口问你，你一定说是为了还我那一万块钱的情谊，但是我知道你不是。你从来不跟我说我应该勇敢，应该改变，应该如何，应该怎么做。你只会保护我，替我收拾烂摊子。但是看着你每天那样认真地活着，我终于也开始知道应该怎么活了。

“也许现在的我还不够好，比不上你，但比起当年那个要死要活、懦弱无能的田大恺，比起一遇到事就一把鼻涕一把眼泪的自己，现在的田典真的坚强了很多，而这一切都是因为你。

“我很想说谢谢，说一万遍谢谢都不够。但我知道你不喜欢听这些。所以我说，我会过得很好的。现在，未来，都会很好的，而你也一样。

“从今以后，我们都会一直开心下去，对吗！”

文字下面还附带了一张照片。照片里两个人，一个笑得欣喜快乐，一个笑得腼腆。不用多言，只看那画面都能感觉到满满的快乐扑面而来。

栗亭低着头久久未动，面上虽无表情，但那只捏着电话的手绷得有些紧，能看见手背上凸起的骨节。

过了良久，栗亭放下了手机，他听见方槐柠小心地问：“现在呢？”

栗亭看着窗外对家红艳艳的春联，道：“那栋危楼听说前两天加固好了，我们签的合同还有三个月才到期，如果不住，真的很浪费。”

方槐柠胳膊一僵。

“所以？”

栗亭转过头：“所以我决定问那个房东要租房补偿。”

快开学前，栗亭正式搬到了方槐柠家。

他离开了宿舍，田典也搬出去住了。三人约定找个时间再好好吃顿饭告别。

而在开学后，栗亭迎来了大三下学期，方槐柠则迎来了他本科生涯的最后一个学期。

栗亭自己对吃食半点不讲究，但是他每天都会早起给方槐柠做早餐，甚至午餐。对此，方槐柠怕栗亭回到家还那么辛苦，总想给予帮助，可多半换来的都是栗亭的嫌弃和鄙视。方槐柠不帮忙，栗亭大半个小时就能搞定餐食；方槐柠一帮忙，他还得匀半个小时出来收拾厨房。

晚上方槐柠都尽可能去接栗亭下班，然后一道回去吃晚餐。两人一起坐在餐桌前，未必要山珍海味，未必要相谈甚欢，有时候只是静静地分享一碗汤，一条鱼，再交换几个眼神，就能知道对方这一天过得好不好。

因为之前等价交换的事，许妙妙在实验室帮了方槐柠几天忙。本来重点不在这个项目的仙女师姐对方槐柠的论点和想法产生了极大的兴趣，竟然主动向老倪申请跟方槐柠一组。强强联手的结果就是，两人很快便有了基础的成果，甚至其中一些亮点直接拿出去就可以开新的课题和论文了。老倪很满意，发到U市的客户那里去，人家也是惊喜万分，还追加了投资。

师兄吴毅都不得不感叹，槐柠啊，今年的奖学金又要拿到手软了，再努力一把准备准备明年的特奖吧。

不过唯一的坏处就是方槐柠变得更忙了。

晚上方槐柠和栗亭一起回家，方槐柠想叫出租车，栗亭却坚持要坐公交车。天气依然很冷，下了站还要走上一段路，两人并肩踏在雪地上。

方槐柠一路都有点沉默，此时蓦地开口问道："你……以后想做什么？"

他以前也好奇过，但后来又告诉自己这都不重要。不管栗亭选择什么，自己都会支持他、帮助他，甚至替他完成。但是忽然间，方槐柠觉得他也该了解了解栗亭的理想，了解栗亭心里所希望的未来到底是什么样的。

他以为栗亭可能还没想好，或者打算继续维持现状，又或者像以前一样瞎说一通，结果栗亭竟然认真地说："开一家店吧。"

方槐柠意外："什么样的店？"

栗亭道："想卖什么就卖什么的店。"

听起来很荒唐，但细想又特别符合栗亭自由不羁的性格。他不喜被那些规矩和人际关系束缚，想必只有在自己的店里才会彻底安心。

方槐柠笑了："很好。"

栗亭那么有商业头脑，技能又那么多，不管在哪里，不管卖什么，应该都能发家致富。

方槐柠问完就见栗亭看着自己，似乎在疑惑方槐柠的答案。

对啊，栗亭曾经不止一次地询问过方槐柠的理想，可那全是小时候的回答。现在的方槐柠还保有着当时的初心吗？又或是早有了新的目标或远大的野心。

方槐柠沉思了一下，道："我很喜欢我的专业，但是如果想要有更好的生活，现在还远远不够。"

不管是理想追求还是职业追求，不管是为了别人还是为了自己，美好的遇见造就美好的生活。他应该更努力才行。

三月的一天，已经忙了好一阵的方槐柠约了栗亭一起看电影。

刚过饭点他就到风信子来接人，还遇到了钱坤。

魏萍下周就要离职了，待她正式上班后她和钱坤两人的相处时间也会急剧减少，所以钱坤一有空也会过来坐坐。

一见方槐柠，他就咧开嘴："你完了。"

方槐柠觉得莫名其妙。

钱坤对着吧台抬了抬下巴。

方槐柠注意到桌上的一大堆礼物："这什么？"

钱坤："你说呢？"

方槐柠蹙眉。

钱坤摊手："上个月我听你吩咐把送到学校的那些巧克力都挡了回去，寝室里的让赵胖他们挡了。没想到这个月她们直接送到这儿来了，消息还真灵通，到明年是不是能直接送你家去？"

方槐柠其实不在乎巧克力送到哪里，反正他也不会收，更不会拿去分给别人或者丢了，毕竟也是别人的心意，所以最好的办法就是装作不知道。

没一会儿栗亭忙完了，方槐柠赶紧上前，没想到却有人先他一步挡住了栗亭。

一个方槐柠觉得有点儿眼熟的人。

栗亭也想了几秒才记起来这家伙是谁，竟然是那个叫汪勤的男生。

汪勤踌躇着开口："不好意思，我想请问一下最近栗晗有没有和你联系过？"

栗亭说："没有。"

汪勤见栗亭表情冷漠，连忙道："呃，你别误会，我和他最近也没怎么联系。主要是最近两周栗晗都没来上课，他的室友和老师说他病了。我怕有点别的状况，所以就想问问。"

栗亭奇怪："什么状况？"

汪勤拿出手机："这是他一周前给我发的消息。他本来打算出去旅行，但好像因为钱的事和他爸妈吵了一架。他爸妈心情不好，栗晗也被气病了，他妈妈就把他关了起来。"

栗亭似笑非笑："你觉得他父母会伤害他？"

汪勤也是去过栗家的，隐约知道这两兄弟的情况。想到那对溺爱的父母，也觉得自己跑来问这哥哥的行为有点傻，便尴尬地对栗亭点点头，转身离开了。

栗亭看着对方的背影消失，一转身差点撞上身后的方槐柠。

方槐柠："你父……栗晗的父母最近心情不好吗？"

栗亭莫名其妙地看着他。

方槐柠："随便问问。"

栗亭换下制服两人直奔电影院。今天厅内热闹非常。入座后，方槐柠见栗亭观察着周围，于是问道："你之前来过这儿？"

栗亭说："来过，打工。"

影院的灯熄灭，电影开始了。

方槐柠订的是时下流行的科幻片，但不是打打杀杀的那种，而是偏文艺风。他不确定栗亭会不会喜欢，所以开场后就一直注意着对方的反应。栗亭默默地坐着，方槐柠起先看不清他的表情。直到大屏幕忽然变亮，方槐柠才注意到栗亭的眼神。

栗亭做事向来认真，炒菜时，看书时，工作时，但大多是责任范围内的职业素养和习以为常。

方槐柠几乎记不得自己什么时候见过对方用这样感兴趣的目光注视一样东西了。这就是很普通的未来元素电影，普通的情节，普通的对白，普通的画面，能找到几十部同类型的片子。可对于忙碌万分的栗亭来说，这应该是他为数不多的休闲体验了。说是在这里打过工，想也知道小工作狂哪里有这闲工夫自己下场去看。连借书都只会借工具书的男生，一个曾经生活中不能没有想象的少年，却最终选择摒弃想象来交换生活。这不是遗忘，他只是习惯了让自己不去想念。

方槐柠想着，静静地看完了这部并不怎么精彩的科幻片。

看完了电影，两人又去了上回因泳池救人事件没去成的寿司店吃饭，然后才一道回家。

今天的天气不错，虽然未开春，但是冬天已要过去，空中的寒气所剩无几，吹来的凉风都温柔了许多。

晚上行人不少，往来的大多是他们这个年纪的小年轻。在转角等红灯的时候，栗亭的手忽然探进了方槐柠的裤袋里，从里面摸出了一张卡来。

“什么时候弄的？”

一张影城的会员充值卡。

方槐柠道：“有优惠，就办了。”趁着栗亭之前去洗手间的时候。

借书卡、饭卡、书吧季卡再到现在的电影卡，自从两人认识到现在，方槐柠感觉自己都要变成一个集卡狂了。

栗亭把那张卡在手里摩挲了下，又放回了方槐柠的口袋里。

“别浪费，以后有时间就去吧。”方槐柠建议。

栗亭的回答是轻轻瞪了他一眼。

第十六章
最好的态度

四月，方槐柠的毕业论文进入中段审核期，他将大部分的重心都移到了这个上头，实验暂且放到了一边。

在这个忙碌的时间节点，方槐柠接到了一个人的电话，竟然是几个月前才见过一面的李阅李学长。当时交换过联系方式，看着来电号码，方槐柠有些意外。

方槐柠以为对方是因为学校导师的事或者想找实习生才联络他的，结果李阅却是为了他手里那个正在操作的 U 市项目。

几个大牛的研发方向和一些项目对外不算什么秘密，但是内里细节就应该只有小组中的人知道了。可李阅一开口就点明了这个项目的关键点，有些还是方槐柠上个月才写到材料里上报给投资方的。

所以，这是什么情况？

方槐柠沉默。

感受到他的惊讶和防备，李学长连忙安慰："你别紧张，这消息不是你们组内泄露的，是我从 U 市那边知道的。啊，也不对。"

李阅想了想，把语言重新组织了一下。

"就是你们当时把资料发到 U 市公司，除公司的人看过后非常满意外，还有另一个人也非常满意。他想找人也研发一套这样的系统，所以找到 A 大计院毕业的我，而我又恰好知道了你是这个小组的，所以就找到了你。"

方槐柠被他绕了一圈后问："那个人是谁？且不说 U 市那公司随意泄露研发资料有违合同。就算我们不追究，那个人如果想请我们帮忙研发，也应该试着找倪老师或者 A 大。"怎么会跑来找一个没什么决定权的自己。

“你觉得我会不懂法或者不知道这些该走的基本流程吗？”李阅笑了，“之所以跳过这些来找你，总有我的道理。槐柠，我不会害你的，你要觉得不放心，大不了我现在给你的导师打个电话。真出了事，我第一个给你作保。而这件事要是成了，该有的手续一个都不会少。”

就上回所见，方槐柠对李阅的印象是非常好的。这样一个荣誉校友和成功人士也没必要搞些套路诓什么都没有的自己。方槐柠一番思忖后问：“所以现在是什么意思？”

“没什么意思，就是那头想先和你聊聊。你愿意吗？不是我多嘴，这真是个好机会。”

方槐柠听着李阅在那儿反复地游说，也有点起了好奇心，最后斟酌着答应了。

第二天他就按李阅给的地址到了对方的公司。李阅也在，非常周到地一路带着方槐柠进门，然后又送到楼上。

这是家搞网游的工作室，成立好几年了，大概占了两层楼的面积，规模不大，但是名号作为宅男的方槐柠倒还真听说过。且王复梁和赵磅玩过这家的好几个游戏，评价很高，方槐柠狐疑的心微微放下了一点。

秘书把两人带到了总经理室外，说让他们稍等。李阅连忙客套地点头，表示总经理事务繁忙，他们等一等也是应该的。那姿态与其说是谦逊，倒更像是讨好了，方槐柠的不解又加深了。

坐在会客室的沙发上，他一边打量李阅那明显有点紧张的坐姿，一边莫名地产生了一点错觉。他总觉得有一个熟悉的声音从不远处的办公室传来，十分类似他小时候寒暑假曾经在表姨妈家的客厅里听到过的动静，有些嘈杂，也有些亲切。

噼里啪啦……嘭！

这时，秘书倒了一杯咖啡送进了办公室，趁着门缝未合的时候，方槐柠抬眼看去，对上里头的场景蓦地一怔。

就见一个头发很短长相有些凶狠的男人衬衫的衣襟大开着，跷着二郎腿坐在椅子后头，一手夹着烟，一手摸着一张牌，正在——

打麻将！

“哎，都跟你说他做条子了，你还放炮瞎啊。”

随着身边人的一声哀叫，那个男人勾起嘴角笑了笑，把烟往嘴上一叼，手指轻轻推倒了牌。

“和了。”他说。

“哎哟……”

“第几盘了，你说说……”

在一片长吁短叹里送完咖啡的秘书匆匆退出，合上办公室的门，也将吵闹隔绝在了里头。

方槐柠稍稍侧头去看身边的李阅，却发现他目不斜视，仿佛什么都没听见一般。

然而没一会儿，事情就发生了变化。秘书桌前的电话忽然响了起来，她接起一听，连忙放下走到办公室边敲了敲门。

“廖先生，王先生坐电梯上来了。”说完她便若无其事地退了回去。

就在方槐柠还有点茫然的时候，身边刚还神游天外的李阅已经迅速站起身，和秘书一道朝着电梯走去。

一分钟后，电梯门打开，一个十分优雅俊秀的男人走了出来。秘书和李阅见了他点头问好。

“王先生。”

不同于之前方槐柠被冷落的待遇，这个“王先生”在得知方槐柠的身份后，很是礼貌地和他握了握手。

“你就是方同学吗？非常感谢你能过来一趟，我很喜欢你的设计，我们坐下来好好聊聊吧。”

王先生说着，就带两人往办公室走去。

在他握上门把的时候，方槐柠不禁有点屏息。他倒不是替里头那个人害怕，而是替他觉得尴尬。让外人撞到这种领头人不务正业的场面，绝对不是一件光彩的事吧。

可是，当门打开，王先生走进去看见的却是四个认真工作的男人，尤其是首座的总经理，衣衫微微有些混乱，表情凝重，面前还堆放着各种文件资料，很是专注。

看见来人他颇为惊讶，掐了烟起身问：“你怎么来了，不是说了有问题告诉我就行了吗。”

王先生笑笑，转身示意方槐柠他们坐下才道：“怕你太辛苦。”

总经理廖先生：“还好，能挺住。”

王先生来了，其他三个合伙人都借口还有要务先暂时离开了，留下王先生和方槐柠仔细讨论了起来。

原本方槐柠已是不抱希望了，不过这个王先生虽然是外行人，但诚意倒是非常足，表示了对方槐柠的欣赏，并且开出的条件优渥得让方槐柠有点不敢相信。

而那个廖先生从头到尾都没说话，只在自己说要回去考虑之后，捏着手里没点的烟意味深长地看了一眼李阅，嘴角是笑着的，却差点把李阅看得吓呆了。

方槐柠敏锐地感觉到了那股煞气，转而看向王先生。

王先生仍是笑着，俯身从地上捡起了一样什么东西。

方槐柠眼尖地发现，那是一个麻将。

廖先生也看见了，立马垂下了眼看文件，将存在感尽力低至零点。

王先生把那个麻将捏进了手心，道："方同学可以好好想，不着急。"

方槐柠看着对方面不改色的脸，忽然有些佩服："我会的。"

王先生满意，亲自将他们送了出去。临走的时候，方槐柠注意到他将那个麻将扔进了廖先生还没来得及喝的咖啡里。

离开网游公司，李阅没说话，似乎还有点沉浸在刚才被吓到了的恐惧里。直到两人分开时，方槐柠才道："李学长……"

李阅打断他："槐柠啊，我跟你直说吧，这家公司的总部在U市，廖先生不是老板，只是个合伙人。虽然他有点贪玩，但人还是很认真的。而且他们的来头不一般，这家公司的发展前景肯定很好，合作绝对不亏，或许对你未来的前途都有很大的帮助。不过你要真不想答应，其实他们也不会为难你。"毕竟人才那么多，也不是非他一个，就是可惜了王先生还有U市那位对方槐柠的青睐。他们想要的就是这种还没被发掘的校园人才，极其聪慧却又充满新鲜的创意和灵感，前途不可限量。

方槐柠道："李学长，你不用担心，这件事我会好好想的，我想问你的是别的事。"

李阅："什么事？"

方槐柠："上回我去你那里见过的那家网贷公司，最近怎么样了？"

见李阅莫名其妙，方槐柠解释："我有个认识的人好像在里面投了生意。"

"这么巧？"李阅惊讶，继而又感叹，"你要早点说也许还能提醒一把，但现在已经晚了。"

"哦？"

李阅："这家公司之前有个经理还跑来我们这儿招揽生意，所以我手下的员工对他们有点了解。上个月那家网贷公司就被查封了，里面的一个负责人逃跑了，剩余的大股东都有重大资金问题，好像被警方扣押了。你那个认识的朋友还是亲戚什么的，如果投了钱就赶紧去立案，虽然很难拿回来，但如果是股东……”

李阅没说完，方槐柠却明白，如果是股东，很有可能也会染上官司。

和李学长告了别，方槐柠坐车去了九月私房菜馆。今天晚上，他们和田典还有那位许厨师约好了吃饭，许厨师的家就住在这附近。

方槐柠一路都在想着应不应该告诉栗亭。虽然他私心是希望栗亭和那对夫妻一辈子都不再有瓜葛，省得糟心。不过若那对夫妻真的出了大事，方槐柠又觉得栗亭的知情权还是要有的。至于他想不想理会，那就是他自己的选择了。

方槐柠进门的时候，提着在路上买的水果和吃的。栗亭也已经到了，正坐在桌前帮厨房里的大厨择菜。

方槐柠刚要说话却被田典拉到了一边。

田典拿出手机给科学家看：“昨天的新闻。”

方槐柠见之讶然。

——某大学教授挪用项目资金投资网贷近日破产被捕，其家属也有参与……

没想到不等自己开口，现实已经做出了选择。方槐柠看向远处栗亭的背影。

田典用口型道：“他肯定知道了。”

方槐柠思忖了一下：“我们都别提，他想说自己会说的，不想说就当没这事。”

田典意外，继而感动地看着“科学家”：“好的。”

吃饭的时候大家都与平日一样，栗亭的表现也很正常。田典给他夹了虾，他特别嫌弃地丢回了人家的碗里。直到方槐柠重新给他一个个剥了，栗亭才毫无心理负担地吃了下去。

许昊的手艺很好。面对田典这个朋友的“恩人”，许厨师几乎是拿出了所有的热忱来招待。

吃好饭，栗亭和方槐柠告辞。

从田典的住处离开，只剩方槐柠和栗亭二人的时候，栗亭的情绪也没显得有什么异常。他甚至还问起了方槐柠白天去那公司的事儿。得知对方的所见所闻后，栗亭想了想，道：“如果你考虑之后愿意接这个设计，那你做完初步框架可以第一时间把它传给那个廖总经理看。”

方槐柠奇怪：“为什么？”

栗亭眨着眼睛：“他给那个李学长那么大的诚意想招揽你，但他又打麻将对公司不上心，所以你给出的方案他肯定会通过但是不会看。这样等东西到了那个王先生手里，后者会和前者意见不同让你修改。如果他们真的财大气粗，你就应该能拿两份钱了。”

栗亭：“一份是你辛苦劳动的代价，一份是他们走捷径让人为难的代价，不对吗？”

方槐柠看着对方那又认真又偷偷算计的小表情，真是佩服至极，怎么会有这么坏的小机灵鬼！

洗澡的时候，方槐柠一直都在想新闻里的那件事。洗完后纠结地走出来，却看见栗亭侧着脑袋躺在床上睡着了。

栗亭今天只上了半天班，昨天更是休息了一天，不应该那么疲惫。

方槐柠注视着对方宁静的睡颜，蹑手蹑脚地坐到了另一边，刚打算把灯调暗些，却听见栗亭问：“你开窗了吗？”

方槐柠“嗯”了一声：“冷了？”

栗亭也“嗯”了一声。

快五月的天气，夜里再凉又能冷到哪儿去，方槐柠知道栗亭这是心里有事。

栗亭忽然道：“栗尔杨中风了。”

方槐柠：“什么时候？”

“就这两天吧，受了刺激血压高了。”栗亭的语气很平静。

“狄薇，就是栗晗的母亲，这些年都有做投资，之前一直收益不错，不过近一年却选错了项目和合作伙伴，似乎不怎么合法，而且亏了。她想翻本，便私自挪用了栗尔杨账户里的项目资金来填补漏洞。栗尔杨后来才发现，为了面子和工作便包庇了她。没想到几天里窟窿就越来越大，最后反而连家产和前途一起赔掉了。”

方槐柠看着黑暗里栗亭清透的眼睛：“你弟……栗晗告诉你的吗？”

“嗯，”栗亭爽快地承认，“今天上午打的电话。”

栗亭眸色一转，他好笑地问方槐柠：“你知道从哪里打的吗？”

如果是普通的地方，对方不会这么问自己。

方槐柠摇了摇头。

栗亭道：“看守所。”

方槐柠一愣。

栗亭："这事儿都发生快两周了，以栗晗的脾气如果早知道不可能现在才告诉我，除非……"

方槐柠明白了。

除非那对父母不让他说。他想到之前那个叫汪勤的男生来找栗亭说栗晗一周不见人，想必他被关在家里不全是爸妈生气责怪的问题。

"警察没找上门之前，他们都在想应付的对策。他们怕栗晗多嘴，而栗晗自己应该也觉得丢人，所以不愿意出门。"栗亭对这一家人太过了解。

但是现在栗晗却给栗亭打了电话，还是在看守所里。

方槐柠皱眉："他母亲让他打的？"

目的为何已经不必言说了，方槐柠只是有点惊讶于对方的厚颜无耻，这个时候倒想起家里还有一个人可以帮忙了。

方槐柠："那……"

栗亭是怎么想的呢？

"我挂电话了。"栗亭直截了当道。

当年他答应母亲的事他做到了，上一辈的陈年旧事他没有报复、没有纠缠，他只过自己的日子。他当年就连恨都没有给那些人留下，如今自然也不会给出不存在的爱和在乎。

这个答案倒让方槐柠不意外。其实无论栗亭做什么选择，方槐柠觉得都可以理解。但是听着这话，方槐柠心内还是觉得有点酸酸的，不是为那对夫妻，而是为栗亭。

比起仇怨，漠视才是面对给你带来不幸和伤害的人最好的态度，为他伤神的力气都懒得耗。但是这世界上能有几个人能做到这样的大度和漠然？而栗亭，又是失去了多少才换来如此的波澜不惊？

方槐柠摸了摸栗亭的头："嗯，挂了就挂了吧。"

上两周魏萍就从风信子离职了，她在书吧工作的时候和栗亭的关系一直不冷不热，不过相比于栗亭和其他同事的关系已经算是熟络了。

她走的那天，不少同事都准备了小礼物，魏萍也给了回礼。到栗亭的时候，魏萍以为这铁公鸡不会有所表示，没想到栗亭竟然也拿了一份礼物出来，用报纸包着的。

是一本书，看背面书贴还是他们店里的，应该是用员工价一折买下的。

栗亭道：“不管天气热不热，我觉得你都会需要。”

魏萍打开一看——《餐食料理基础培训》。

之前书吧给外语系做的外送非常成功，使得这个生意被不定期地保留了下来。如果订单量不大的话，一些其他系的老会员顾客，风信子偶尔也会接单。

不过A大有些兼职服务生不愿跑腿，魏萍不在，这活计就又落在了栗亭的身上。好在相比于以前，现在这么点工作并不算很累，不忙的时候还能趁机逛逛校园。

这一天A大又有活动，学生会订了十个小蛋糕希望可以帮忙送到，他们提早就预约了，加了定金又态度客气，所以店长应了。

栗亭和另一个大二女生同事一起去的，结果没送到学生会，而是送去了大礼堂后台。

原来今天是A大期末各院的优秀学生表彰大会，前台学生不停地上去领奖，后台则各种流程忙作一团。栗亭他们在后头绕了好几圈，才找到订蛋糕的人。

“啊，抱歉抱歉，我给忙忘了，你们把东西放这儿就好，钱我一会儿给你们打到店里。我现在要上台，先走啦！”

那好像是今天的女主持人，丢下这句话就匆匆忙忙跑了出去。

栗亭和女生同事自然也只能暂且离开。他们不能跟着对方，只能从台边一路绕出去。巧的是，栗亭才走出去，女生同事就拉着他轻声道：“看那边。”

栗亭抬头，顺着对方的指尖就看见坐在第二排一个身高腿长，外形极其亮眼的男生。

这时台上有学生领完了奖，主持人重新就位，念起了台词。

“下面有请计算机学院领导……”一长串的废话后，“还有今年计算机学院的优秀学生方槐柠，上台领奖。”

话落，第二排的男生便在一片瞩目中站起来朝台上走去。

礼堂内响起掌声，显然比之前一拨人要热烈得多，还有不少人举着手机跟着上台的身影追拍。

“这个奖很厉害的，每年每院也就那么一两个人。”

女生同事见了忍不住赞叹。

“外校人总觉得A大学生了不起，但其实越好的大学，内部学生的等级反而越是壁垒分明。优秀的和普通的，差异有时大到让人怀疑自己的智商。那种失落感才最可怕，明明都是一样的环境，在同一个屋檐下上课生活，却未必有同一种未来。而‘头牌’以后应该就是最辉煌的那种吧，其他人追也追不上……”

台上的方槐柠虽然面无表情，但姿态从容，听着主持人和院领导的各种赞美依然淡定稳重。直到对方示意他发言，他才接过话筒，简单地谢了导师和领导，展露出了出众的谈吐和气质。

发现栗亭没有说话，只盯着远处的人，女生同事才觉得自己这话说得有点不合适。在风信子虽然也就几周，但女生同事也早就认识常常出入书吧的方槐柠了，更加知道身边的男生和计院“头牌”关系很好，而且栗亭好像不是A大的。

这会不会伤到对方的自尊心，毕竟男生也不是人人都那么大方，何况还是以小气出名的栗亭。

她正想说点什么化解尴尬的气氛，栗亭已经转过头向外走去。

那一瞬间，女生同事正巧看见了他眸底的神色，并没有她想象中的妒忌或者羡慕，连往日惯有的冷意都收去了不少，取而代之的是一种让女生同事都意外的情绪——欣赏。

出了礼堂，栗亭口袋里的手机响了起来。他一看来电号码，难得地露出了意外的表情。

思考了几秒，栗亭接通了手机，里面传出一个中年女人的声音。

“是栗亭吗？我是杨老师。”

栗亭所处的大学虽破，但也是大学，也有辅导员。而这个杨老师，就是栗亭的辅导员，从进校起就对他放任自流的辅导员。

“你填在学生资料里的联系方式都不正确，这个手机号还是我从梁玉那里找来的。”

栗亭没管对方是怎么找到自己的，他只是默默计算着自己的出勤时间和各科的作业完成情况，算出应该不至于要挂科退学后才问：“有什么事吗？”

杨老师顿了顿，道：“手机里说不清，你须要到我办公室里来一趟。”

“栗亭？”说完却没有马上得到回答，杨老师觉得对方大概也听出自己语气里的严肃了，不由得放缓了一点声音，“你先过来吧，有问题我们一起商量商量。”

栗亭不知何故，又回头看了眼自己身后 A 大那矗立在艳阳之下的礼堂，慢慢说：“好。”

方槐柠在台上的时候远远地看见了一个熟悉的人影，栗亭雷达让他一眼就认出了是谁。不过当他领完奖急急忙忙下台的时候，门边站着的人已经离开了。

走得这么快？怎么也不等等自己？

他下午还有点事，回到家的时候栗亭已经回来了，温热的菜摆满了一桌，应该刚做好不久。

没在客厅看见人，方槐柠顺着房间找去，最后在书房寻到了栗亭的身影。

栗亭低着头坐在书桌前，桌上是一摞书。

方槐柠走过去，拿起一本翻了翻，全是栗亭的专业课本。

“怎么在这里整理东西？不饿吗？说了不用等我的。”

“见这些东西堆着灰，打算清理一下。”栗亭抬头，从方槐柠手里接过书。

“整理什么？这些书你不要了？”方槐柠意外。栗亭搬来的时候带得虽不多，但每一本应该都是反复翻阅过的。半旧不新的书上布满了他记录的心得痕迹，怎么可能忽然就嫌弃了。

栗亭把书丢回桌上：“我明年毕业，今天回学校看见有学弟学妹在找。我留着其实也没大用处，就想卖给他们。”

“你今天回过学校？”方槐柠又轻易地抓住了重点，今天栗亭不是没课吗？

“嗯，有点事。”栗亭点头，避开了方槐柠的目光，径自走了出去，“刚才不饿，现在有点饿了，走吧，去吃饭。”

方槐柠看着栗亭的背影，又回头扫了两眼那些被弃置的书，若有所思。

第二日两人本说好一起吃饭，结果栗亭发消息给方槐柠说临时有事来不了。方槐柠没有介意，然而第三天第四天，连续半周方槐柠都被放了鸽子，他难免有点郁闷。

周末的时候，栗亭又上午就出门了。方槐柠给他打电话，问他在哪儿，栗亭说在学校。方槐柠说巧了，自己刚去那附近办点事，要方便的话两人一道走。

栗亭在电话里犹豫了一瞬，然后说好。

结果方槐柠真赶到他们学校的时候，却不见人了。

方槐柠在校园里绕了一圈，没有选择打栗亭的电话。他就这么站在教学楼下，静静地看着安静的校园。

“栗亭半小时前才走的。”

方槐柠闻声回过了头，看着站在自己身后的女生。他记得自己上次来时，见过她和栗亭在教室里说话。

梁玉：“你难道不是来找他的？”

方槐柠没回答。

梁玉笑了。

方槐柠别开眼，欲错身离开。

梁玉忽然道：“你不知道吗？栗亭好像遇到麻烦了。”

方槐柠步伐一顿，转过了头。

吴毅进了研究所大门，摁亮电梯正要上楼，余光却瞥到安全通道口站着一个熟悉的人影，一半隐在暗处，不甚显眼。

“槐柠？”吴毅眯起眼，看了一会儿才确定对象，“你站在这儿干吗？”

方槐柠在看墙上的研究所楼层指南。不同于大厅中的金属板制作，这份还是纸质的，上头有些办公教室都有了变化，纸的边角也微微卷曲，字迹都有些泛黄了，应该是建楼初期贴上的。许是院里领导念旧，这地方也不起眼，一直都没撕下来。

听见动静，方槐柠没有转身，问：“你觉得我们学校如何？”

吴毅奇怪，还是答：“当然好啊。”

方槐柠：“当初你要是进不来，你还打算去哪里？”

吴毅看了看方槐柠：“我是保送生。不过呢，A 大要真落榜，倒是还有几个其他选择。”

“要是其他选择也进不了呢？”

吴毅：“我不至于这么惨吧，人生一片黑暗啊。”

这个“头牌”同学是怎么了，忽然问些没头没尾的问题，课题采访吗？

方槐柠：“这就人生黑暗了吗？”

吴毅挑眉："不然呢。以你师兄我过目不忘、举一反三的非凡智商，那么聪明却没书可读，这不黑暗不惨吗？"

方槐柠低下头，若有若无地笑了一声，很低，竟像是叹息。

"槐柠？你没事吧？"这家伙今天怎么这么伤春悲秋的，"中午吃饭噎着了？"

"没有，"方槐柠挪了挪脚步，朝电梯走去，"我只是在等老倪。"

上了楼，门一打开方槐柠就看见了导师倪蔚年。

老倪出来倒茶，被几个学生包围着问问题，抬头看见方槐柠，笑眯眯地对他招了招手。

"你昨天的实验结果给我看看。"老倪说。

方槐柠取了资料，跟在了他的身后。

老倪没进大实验室，而是在几个小实验室附近转了转，选了其中一间走进去。

不过这间实验室不是空的，里头还坐了一个沉浸在代码中的仙女。老倪和方槐柠看了她一眼后，都不在意地继续关上了门。

方槐柠把大数据调出来给倪蔚年看。

"之前您让我把毕业论文发给格兰教授，我发了，最近几个月，也都和他保持联系。如您所说，我的毕业论文和格兰教授现在的研究项目方向有些近似，所以他很感兴趣，给了我不少建议。"

倪蔚年看着方槐柠，笑了："你有什么打算？"

方槐柠道："是有点……打算。"

老倪见他神色间还有一些犹豫，便拍了拍他的肩膀："槐柠，我们说过的对不对，机会要自己去创造和把握。我们的人生就像一场数学题，解开答案的方式从来不止一种，聪明的学生就该尝试多种方法。而不管选择哪条路，愿意去走，就绝不会是失败的人。"

方槐柠心内一热："老师……"

"放心，我总会支持你的。"老倪笑了笑，朝外头走去，"过几天我会约格兰教授聊聊的。"

路过坐在门边位子的女生身边时，老倪又疼爱地摸了摸她的头："妙妙，不要老待在实验室，有时间也出去谈谈恋爱吧，这样才是大学啊。"

等到老倪走后，许妙妙才反应过来，她茫然地转过了头："谈恋爱？谈恋爱已经很麻烦了，还要出去啊？"

第十七章 方槐柠的世界

转眼又到了A大的考试周，人满为患的A大图书馆再次带动了风信子的生意。栗亭忙了一早上，再抬头看时间发现都快中午了，方槐柠一会儿就要过来。

栗亭想着快把书摆完就要赶紧出去给他腾个角落的位子，不然由着他杵在店里，实在很惹是生非。

不过不等栗亭解决手里的活计，就听见有人在叫方槐柠，似乎是一个女生，声音还没门口的风铃大。但对栗亭来说，这个名字却是怎么都不会忽略的。

没一会儿方槐柠的声音也响了起来，和栗亭只隔着一排书架的距离，在同那个女生说话。

女生道："你别排队了，我这位子给你。我同学走了，我坐隔壁桌去。"

方槐柠说："谢了。"

"别客气，"栗亭听见那头传来了椅子轻微的摩擦声，应该是那个女生站了起来，"你行程是定在九月吗？"

书架后栗亭的手一顿。

方槐柠"嗯"了一声："还要看导师的安排。"

女生："这样也好，祝你去到那里也能顺利。"

方槐柠："谢谢。"

栗亭把最上面一排的书都码整齐后，又呆望了几秒才转了出去。

方槐柠惊讶："你没在仓库？"他记得今天小牧场的备忘录上明明记录着栗亭的工作内容是理货的。

"刚过来。"

栗亭说着望向隔壁桌，认出刚才和方槐柠说话的同学就是见过两回的叫洪月的女生。

洪月也认出了栗亭，微微一笑。

栗亭转过了头，盯着方槐柠，嘴唇动了一下，出口的却是："喝什么？"

方槐柠说："都好。"

栗亭走到吧台后忙活了一会儿，端了一杯颜色纯净透明的液体放到了方槐柠的桌上。

"新饮品？"方槐柠期待地接过抿了一口，继而眉头一皱。

栗亭看着他的表情："怎么？"

方槐柠："味道有点特别"

栗亭："不好喝？"

方槐柠："不是，大概是不习惯。"

说着又喝了两口。

方槐柠："嗯，现在觉得还挺好喝的，还有点回味。"

方槐柠欣赏地微笑："是什么饮料？"

栗亭："盐水。"

学校已陆续开始答辩了，在外奔忙的大四学子不少都重新出没在了校园里。在此之前，魏萍已经被一家外企直接录用了，成为标准的职业女性。而钱坤因为在校的体育荣誉拿到手软，理论课也过得去，最近也收到了不少学校的聘书，正在一家家考虑中。至于赵磅，凭着家里的关系物色到了一家还不错的小公司实习。唯一比较惨的是王复梁，几个月前考研失利，抱着对专业和妙妙女神的无限热爱，正努力恢复状态，打算明年再战。

不管如何，大家也算各有着落，就目前的情况来看，大家吃一顿少一顿，毕业后再想聚就没那么容易了。于是趁此机会，方槐柠把栗亭也接来了，众人找了一家新馆子吃一顿好的。

最后选的馆子在中心广场楼上，有点贵，但因为是网红店，十分热门。方槐柠他们等了半天，前头还卡着十几桌人，后头更是数不胜数。

注意到栗亭长时间身处等位的人群里，表情已经微微开始不耐烦，方槐柠小声道："大概还要一会儿，如果不想等了我们可以先走。"

栗亭透过玻璃不爽地瞪了几眼那些个早吃完了还在磨叽聊天的人，

转头四顾了起来。

方槐柠："找什么？"

栗亭捻了捻手上的纸："你不是要走？那找人把这号卖了。"

最后两人的选择是默默地在后门找了处人少的地方坐下继续等待。

此时一道温和的声音叫住了方槐柠。

"方同学。"

方槐柠抬头，意外："王先生？"

上回遇见的那家网游公司的老板正从餐厅的后门走了出来，似乎刚用完餐。而另一个老板廖先生也在，衬衫松垮着，西装被他随意地提在手上。

不过廖先生却没看方槐柠，他的视线落在方槐柠身边人的脸上，忽而一笑。

"哟，巧了。"廖先生说。

没想到那个王先生看过去也笑了，不过笑容温柔多了，他说："又见面了。"

方槐柠觉得莫名其妙，看看他们又看看两人的目光落处——栗亭。

栗亭仍是面无表情，扫过王先生，又给了廖先生一个白眼，很不给面子地对方槐柠说道："不认识。"

王先生一愣，失笑。

廖先生也在笑，眯起眼吊儿郎当地看着栗亭："我就算了，王先生怎么说也救了你两回命。你就这么对我们，没良心。"

方槐柠蹙起眉。救栗亭？什么时候？

虽然他很想问问清楚，但是方槐柠更不喜欢有人对栗亭用这种轻佻的语气说话。他目光冷了下来，上前一步挡住了廖先生的视线。

廖先生一顿，饶有趣味地看向了面前和自己差不多高的男生。一个搞学术的年轻人怒起来没想到还有点小气势。

廖先生笑得更欢了："你紧张什么，A 市一中以前欺负他的那个被收拾得可惨了，这可是只会咬人的小老虎。"

说完，廖先生拉着王先生要离开。

王先生却仍在看栗亭。

栗亭和他对视了两眼，还是说了一句："谢了。"

王先生点头，忽然转头望向店里。没过两秒，里头一个经理模样的人就匆匆忙忙地跑了出来。

王先生说："给他们找个位子。"

说完对栗亭笑了笑，又对方槐柠说了一句"设计的事有想法随时可以给我们打电话"这才跟着廖先生离开了。

然后方槐柠和栗亭他们就被经理领进了一间特别大的包间，全程特殊化服务，彻底贯彻了"顾客是上帝"的宗旨，搞得王复梁、赵磅他们频频感叹这家店的觉悟如此高，难怪客人这么多。而魏萍和钱坤则反复怀疑方槐柠是不是入股了，不然怎么会是贵宾待遇。

原本说好 AA 制，不过结账的时候被方槐柠抢先了。他以前也总干这事，然而这回几个室友不乐意了。

"你说我这也拿工资了，虽然不多，但怎么能光吃不出力呢。"赵胖子不好意思，他吃的还是最多的那个，虽然今日一见，才发现栗亭也吃得多。

王复梁也不同意："你以前老说自己奖学金拿得多爱请客，可你这一走肯定得少拿不少，兄弟哪好意思。"

"你会不会聊天，"钱坤听不下去了，"槐柠这回缺了几个奖，等以后出去了还怕拿不到？！"

"你才小点儿声！怕别人不知道！"赵磅也骂他。

王复梁做和事佬："栗……栗亭去……去洗手间了！他又听……听不到你们说……说槐柠要出国的事！"

众人："嘘——"

那头一伙人吵成一团，几步远的走廊上魏萍无语地捂着额头，又抬头瞟向站在身边看不出什么情绪的栗亭。

魏萍想解释："其实，槐柠他……"

栗亭道："不对。"

魏萍："嗯？"

栗亭："我算过价钱，结账多的一百是包间的钱。这属于隐性强制消费，应该扣了。"

这个是重点吗?

回去的路上，方槐柠和栗亭都有点沉默。今天公交车人很少，他们并肩坐在最后一排，一道静静地看着窗外流泻的景物。

最后还是方槐柠先开了口。

"是上回蔡洋的事吗？"他思来想去，栗亭能让别人相救的该是这一件。“他们就是你上回说的 A 市校友？”

栗亭侧过头，知道他在说廖、王两个的事，“嗯”了一声。

“我被堵的那里正好是他们住的地方。”

那时候蔡洋带了那么多人，栗亭却只有一个，再怎么跑也难逃各条前路被挡。而那个姓廖的当时就站在一楼的院子里有趣地看着他四处奔逃，直到王先生走出来也看见了，才让人出手相救。然后一群安保人员就把蔡洋带来的打手和他本人送进了警局。

说起来，这的确是一个人情。

只不过栗亭没法感谢他们而已。

方槐柠看出来了，他又想到那个廖先生说的话。当年 A 市一中有人纠缠栗亭，难不成这才是他打架的缘故？拼着在校庆上鱼死网破也要让对方好看。

栗亭感觉到方槐柠眼中骤起的深沉，淡淡地道：“是什么原因都无所谓了，反正已经收拾了。”

“那他们上一次救你……就是那时候？”虽说是陈年旧事，可一想到栗亭受了那么多苦，方槐柠难免有怒气。

“校庆那天姓廖的也在，他好像是荣誉校友，”栗亭回忆了一下，“而那个被我打伤的又刚好是他们家的亲戚。姓廖的说本来我应该要上法院，后来他放了我一马，还大发慈悲地让我去了现在的学校。”

其实是因为那天廖、王两人去医院看望病人，王先生无意中注意到了另一间病房的栗亭，了解起因经过后，觉得错不在栗亭身上，于是金口一开，被打伤的一家人便不再追究了。

说到此栗亭觉得好笑：“栗尔杨也说过我能上大学是他的功劳，我以前可真的信过他。”

方槐柠心口一紧，似有话讲：“栗亭……”

已经到楼下了，栗亭却没等他的后话，勾了勾嘴角，径直上了电梯。

栗亭今天没有上班，不过也没有休息。他睁开眼的时候方槐柠已经去学校了。

栗亭洗漱过后坐到餐桌边，上面已经放了一份温热的早餐。

方槐柠做的是蛋饼，味道中规中矩。方槐柠在的时候，栗亭总是嫌弃他厨艺不好。方槐柠不在了，栗亭面不改色地就把他做的东西全吃下了肚。想了想，又去盛了两大碗的麦片粥，终于饱了。

看了看时间，才刚过八点，栗亭又跑去把留下的床单给洗了晒了，然后还把家里都打扫了一遍后掐着点出了门。

六月末的天气，A 市已经是个大火炉了。栗亭接到方槐柠的消息，让他务必打车出门的时候，他都已经走到 A 大门口了。

栗亭绕去洗手间洗了把脸，等脸上的热意褪下去一点，才往大礼堂走去。

他到得晚了一些，进门的时候毕业生代表已经上台发言了。看见出现的是洪月，不少学生惊讶地在下面交头接耳，问为什么不是方槐柠。

不过到最后方槐柠还是上了台，领了一个“优秀毕业生”的奖。颁发毕业证的时候，校长还拉着他说了很多的话，像是含着满满的期许，方槐柠则沉稳以对。

考虑到天气太热，毕业典礼的必有流程都是在室内进行的。可拿到毕业证的很多学子还是忽略了灼烤的温度，来到室外抒发自己激动的心情。王复梁和赵磅啰啰唆唆地聊个没完，努力把日常吐槽贯彻到最后一天。钱坤则不停地和周围的同学拥抱寒暄，带着一种即将退伍的老兵般的仪式感和荣耀感。而往日坚强的魏萍表面上嬉闹爽朗依旧，回头却也没忍住偷偷红了眼睛。

有些人狂欢，有些人则伤感。然而无论哪一种，大家其实都是抱着想把属于自己的最后一点青春留在这里的心情。

更有一些人趁着这最后的机会，做一些平时想做却没来得及做的事，见一见再不见就再也见不到的人，好比跟男神表白，好比和男神拍照。

所以结果就是，从室内到室外短短五分钟的路，方槐柠走了半天都没走出去。

等他好不容易脱身出来的时候，栗亭已经在树荫下站了半个小时了。

方槐柠：“抱歉，耽误了一会儿，怎么待在这么热的地方？”

栗亭正盯着那头的建筑群，片刻才转头望向方槐柠。

方槐柠和远处其他学子一样穿着一身黑色的学士袍，可因为挺拔的身材和亮眼的气质，让他又显得那么与众不同。

方槐柠也认真地回视：“谢谢你来，明年我也会去的。”

栗亭道：“我会比你省事得多。”

果然还是不高兴了，方槐柠正想着说点什么，栗亭又侧头去看前方的几幢高楼。

他目光冷静，可方槐柠还是发现了里面隐藏的点点情绪。栗亭竟像是对这里比自己还要不舍。

“要不要再看看？”方槐柠问。

“这里我比你熟。”栗亭说。

方槐柠一怔，挤出了一丝微笑。

栗亭却洒脱地转身向前走去。

方槐柠连忙跟上。

两人并肩走了几步，方槐柠忽然说：“我知道了。”

栗亭脚步一顿。

“之前我去你的学校找你，遇上了你那个叫梁玉的同学，是她告诉我的。”

栗亭回过头。

方槐柠上前：“你可以告诉我。”

“告诉你有用吗？”栗亭不甚在乎的样子。

方槐柠却很认真：“有用。”

栗亭一呆。

“我订了机票，”方槐柠说，“下周的。”

栗亭蹙起眉，还不太明白方槐柠的意思。

方槐柠解释：“暑假到了，适合去旅行。”

栗亭看向他。

方槐柠拉住了他：“我们一起。”

栗亭：“到哪里？”

方槐柠微笑：“太平洋的那一头。”

大部分行李都已经打包好了，栗亭站在书桌前一边听着方槐柠给家里人打电话，一边轻轻摩挲着桌上的小机器人。

须臾，他对方槐柠道：“还要买点东西。”

方槐柠愣了一下，捂住话筒想跟栗亭说自己一会儿陪他去超市，没想到转身人已经走了。

电话里邱瑜问：“你们是明天傍晚的飞机吗？”

方槐柠回神：“嗯，中午可以到。”

邱瑜想了想：“你跟他说了吗？”

方槐柠：“还没。”

“你就不担心他不高兴吗？”

方槐柠望向窗外，远远的，一个熟悉的身影慢慢向小区外走去。

方槐柠说：“我了解他……”

昨天A市创下了入夏以来的最高温，炙烤之下医院也变得人满为患，住院部都不例外。

栗亭穿行在连走廊两边都躺了人的普通病区里，面上带着与周边丧气截然不同的冷漠疏离。

正寻找着记忆里的病床号，没想到迎面就撞上了熟悉的人。

对方看见他也惊了一下，继而瞬时闪过各种情绪，有愤怒，有怨怼，有悲伤，也有想念，可一番纠结，最后全化为了眼中的泪水。

不过又不同于往日，这一回那泪并没有溢出眼眶，而是被生生憋了回去。

“你终于来了。”

听着这句咬牙切齿的话，栗亭面色不变地看着眼前的栗晗。

仅仅几个月没见，曾经养尊处优的小少爷就成了另外一个人。他头发凌乱，衣衫陈旧，眼窝和双颊都瘦得凹陷了下去，过去白净的面上甚至还残留着未刮净的胡楂儿。

栗晗手里提了两个热水瓶，脚在原地踩了踩，一边转身，一边道：“爸爸在1174病床。”

可是栗晗走了两步，却发现身后的人没有跟上来。

他回头就听见栗亭说：“我不是来看他的。”

栗晗一愣，难以置信：“爸爸都这样了，你还在生他的气吗？他嘴上不说，但是我知道他很想你的。我妈妈她……我妈妈她也……你为什么还在怪我们？”

这是栗晗现在最大的痛处，说到此他难受得浑身发抖，但是眼泪却仍是没有掉下来。

栗亭将他的样子全都看在眼里，出口的语气还是冷静的。

“你没问她做了什么吗？”

栗晗茫然：“她犯了错误，一直都在接受问询。”都这样了，还能如何？！

“上个月她在看守所里让你给我打电话帮忙，我把电话挂了后，她有没有说什么？”栗亭又问。

“她……她……”栗晗支吾，他当然记得妈妈因为栗亭拒绝照顾栗尔杨和自己气得半死，甚至声称他们一家不好过也不会让栗亭好过，“她做了什么吗？”

“她翻出了不少陈年旧事。”栗亭说。

“什……什么……”栗晗对上栗亭冰冷的眼，有一种不好的预感。

“你父母近几年的资金流向被盘查得彻底，有些是明面上看得见的，有些则去向不明。警察追问那些不明不白的钱去哪里了，你知道你母亲怎么说的？”

栗晗张了张嘴，没发出声音。

栗亭给了他答案：“她说是栗尔杨当年为了摆平我的案子，为了让我进大学，所以全拿去息事宁人了。这笔钱数目可不小。”虽然栗尔杨往常也总这么说，但栗亭左耳进右耳出，可如今被狄薇在这种情况下坦白给警方，那性质就不同了。

“你怎么……知道的？”栗晗颤抖地问。要是真的，这也是看守所里的事，栗亭哪里听来的。

问出口后，栗晗又忽然自己琢磨过来了。

他讶然地看着栗亭：“难道……你……你被找上了？”他想问“哥哥你没事吧”，可栗亭毫无温度的目光让他说不出任何关心的话，那些都显得如此虚假。

好在栗亭回答了他：“我的辅导员找我问了话，不知道栗尔杨是不是真的那么做了，又或者做得太隐蔽，好在最后没有找到切实的证据。”

可是栗晗知道，这件事于外界来说，有没有证据已经不重要了，他们一家谁都逃不过被牵连的结局。

不管狄薇这一招是为了隐瞒他们真正的资金流向，还是想拖栗亭一起下水，她都做到了。父亲、儿子，在外人眼里，蛇鼠一窝。

栗晗僵在那里，手里的水瓶都差点没拿住。

栗亭又走近了两步：“所以，你觉得我还有必要再见到他们吗？”说绝一点，栗亭甚至连栗尔杨什么时候死，狄薇什么时候出狱都不想知道，他们的下场即是他们的报应。

“那……那你为什么要来，来看我的笑话吗？我是不是终于如你所愿变得落魄潦倒，变得和你一样了！”栗晗因为父母才升起的愧疚，转瞬又因为想到自己同样悲惨的际遇而消失殆尽。

栗亭眯起眼，直直地望着面前那张扭曲的脸，像是看够了一样，他轻轻地点了点头。

“是啊。”

栗晗面皮颤抖，终于掉下了泪。

“我恨你，我讨厌你！从小到大，我其实一直都讨厌你，最讨厌你！我根本不想有你这个哥哥！”

栗亭的手在裤边轻轻摸了摸，继而从口袋里摸出了一张东西拍在了栗晗的胸前。

“巧了，我也一样。”

说完，他转身离去。

栗晗低头一看，就见那是一张暑期外卖员的招聘单。他气得眼前一黑，再度吼叫出声。

“栗亭！你等着，虽然我现在很苦，但我不会让你看笑话的。你等着！我说到做到！”

栗亭没有回答，只是踩着那不同于曾经软糯娇气嗓音的嘶吼声一步一步越走越远。

恍惚间，周围的病人都被他甩在了身后，充满消毒水味的明亮长廊也渐渐褪变为昏黄压抑的走道。也是这样的距离，这样的位置，有一个孩子曾经执着又天真地对着另一个漠然远去的身影一遍一遍地喊道。

“哥哥！你等着，虽然这里很远很远，但我还是每周会来这个学校看你的！你等着，我说到做到！”

沿途转了一趟机，十几个小时后，栗亭和方槐柠终于降落在了A国的D镇。

方槐柠租了辆车，自己从机场开回了家。D镇和国内有十多个小时的时差，他们到达大牧场的时候，天已经黑了。

方父方母暑期没假，人在Y市工作，这里只有几个留守的工人在，户与户之间离得又很远，栗亭望去，只觉得到处都是大片大片沉没于夜色中的黑暗。

方槐柠领着他进了屋。室内特别大，楼上楼下一共三层，布置偏复古，但处处又见巧思，像极了电影中的田园风格。

“累了吧，先洗个澡然后休息，明天我们再好好看看玩玩。”

父母的房间在二楼，整个三楼都是留给方槐柠的。显然是知道了他要来，屋里都打扫得特别干净，厨房里也有很多新鲜的食材可随时取用。

趁着栗亭洗澡，方槐柠简单地做了一个三明治当夜宵，然后两人再稍稍整理便睡下了。

一楼是客厅和花园，父母的房间在二楼，整个三楼都是留给方槐柠的，不过只有一间卧房。

床很大，还是新的，栗亭蜷着一动不动，但是方槐柠却知道他没睡着。

“不习惯吗？”方槐柠问。

栗亭：“没有。”

方槐柠却知道他认床，这回连国家都换了，哪怕栗亭面上依然冷静，方槐柠还是可以察觉到他有一种强烈的不安，对环境的不安，似乎还有对别的什么的不安。

他想对栗亭说些什么安慰的话，却还是没有开口。

到底有时差，没多时两人还是睡着了。尤其方槐柠，一觉下来再睁眼时，栗亭已经不见了踪影。

外面的天早就亮了，方槐柠匆匆忙忙洗漱齐整下楼去找栗亭。当他来到客厅时，却被眼前的画面搞得一怔。

本该在Y市努力工作的方父方母大方地坐在了餐桌边，远处还放着他们的行李，显然是刚到不久，连房间都还没去。

方槐柠惊讶，刚要问“你们怎么来了，栗亭又去哪儿了”，就见栗亭从厨房走了出来，手上还端着两大盘的早餐，一一放在了方父方母的面前。

方槐柠想到要给他们互相介绍，邱瑜已经先开了口。

“我们已经打过招呼了。”说着又转头对栗亭道谢。

栗亭点点头，脸上的表情没什么大变化，但细看还是能感觉到他眼中的冷意都敛去了。

待他又进了厨房，方妈妈才转过头笑着对儿子说：“是个小帅哥。”

继而又低头望向盘子里的食物，火腿煎蛋、烤土司，还有蔬菜色拉和一点烤饼，特别普通的A国早餐，但是卖相却十分出色，一看就让人食欲大振。

“厨艺好像也不错。”方妈妈又说。

话刚落栗亭已经回来了，这回端的是他和方槐柠的那份。方槐柠立时接过，给栗亭拉开椅子，自己则坐到了他的身边。

“嗯……你们怎么会过来的？”父母的假期一般都会放在圣诞节和新年，寻常时间很少凑在一块儿，更何况之前两人还说，最近是公司旺季很难休息。他边问边朝栗亭看去，因为事前没有告知，生怕栗亭会不自在，但是观察之下发现栗亭情绪稳定，姿态闲适，并没有什么排斥紧张之意，方槐柠这才微微放心。

方妈妈没说话，专心地切着盘子里的早餐，叉起一口放在嘴里，忽然睁大眼，惊叹地看向栗亭。家里的食材什么水平她自然清楚，越是日常的东西越考验烹饪者的功力，火候、油温、手法每一项都很重要。

没想到一个初出国门的东方小孩儿竟做出了十分地道的外国滋味，简直色香味俱全。就算之前听过儿子夸奖，但自己亲自尝到还是觉得惊喜。

方妈妈问：“这烤饼里的酱汁真好吃，是你……”

栗亭不卑不亢道：“我调的。”

方妈妈露出了赞赏的目光。

她那边忙着了解栗亭，这头只有方爸爸来回答儿子的话。

“因为玛丽小姐给我们打电话，说牧场的栅栏有点问题，所以我们过来看一下，过两天就走。”

话音刚落就见方槐柠不太给面子地显出了一丝无语的神情。

这借口，就不能换一个好点的吗。上次大暴雨栅栏坏了还是他修的呢，父母俩来了有什么用？

不善于吹牛的方爸爸大概也觉得言辞有点空洞，轻咳了一声又补充道：“不过我们刚才进门的时候发现栅栏好像没什么大问题，大概是玛丽小姐搞错了吧。”

“栅栏是坏了，”方槐柠承认，“我昨天来的时候也看见了。”

“那是谁修的？你吗？”问是这么问，但儿子的水平他们也不是不知道的。那么一长排木栅栏，又粗又重，修葺起来可不是简单的体力活。就算他想插手，短时间内大概也是心有余而力不足。

说罢就见儿子视线转动了一下，慢慢向其挚友落去。

方爸爸一愣。

像是察觉到围过来的目光，栗亭把煎蛋咽下，随意道：“我修的。”

察觉到父母的震惊，方槐柠快慰又骄傲地想着，这还只是开始，后面几天你们会习惯这种常态的，毕竟自己就是这样过来的。

加快了进餐的速度，方槐柠没有选择继续作陪，父母来得突然，他不想被他们打乱原本的计划，至于家人相处，以后有的是时间。

“嗯，你们慢用，我先带栗亭走走看看。”说完就拉着也早早吃完了的栗亭站了起来。

模样佳、手艺好、力气还大……待人走后，方爸爸道：“的确是个优秀的孩子。”

方妈妈也感叹：“没想到槐柠才是被照顾的那个。”

一想到此，方父方母不由得交换了一个意外的表情。

方槐柠拉着栗亭沿着屋子后门的小道一路向前走去。

栗亭早晨起床只在正门栅栏坏了的地方活动了一下，并没有来到此处。直到跟着方槐柠进到一片草地，才看到远处的各种圈舍。

“这里是养鸡和鹅的，厨房里的蛋都是它们生的。那边有奶牛，生产季产的奶可以送到小镇上去简单加工，做成新鲜的牛奶和奶酪，味道很不错。左边有小羊，看见没，在草地上，玛丽刚才放出来的。羊毛用处不少，当然养着不卖也很可爱。右边是马，现在还不多，就两匹，不过还挺健壮的，不知道你是不是连马都会骑……”

栗亭默默地听着，没有说话。方槐柠也不介意，一路温柔地给他介绍着。

穿过丰沛碧绿的草地，一颗颗鲜嫩饱满的果子挂满了枝头。栗亭一看，圈舍之后竟然是一片果园。

两人一进去，一阵细碎的脚步声忽然呼啦啦地传来。栗亭回头，就看见两只圆滚滚的东西从树林那头飞快地向着他们跑来。

是两只牧羊犬，半大不大也就两三个月的样子。一只大概有点认生，防备地对着初见的他们呜咽了几下。另一只则笨笨的，脑袋直接撞到了栗亭的腿上，还打了一个滚。

栗亭蒙了一下，直到方槐柠蹲下身，把狗抱到了他的面前。

“还没起名字，你喜欢它们叫什么？”

栗亭呆呆地和那双黝黑滚圆的大眼睛对视着，嘴唇动了动，话却没有出口。

方槐柠也不急，摸了摸小狗后，把它放下由着它们自己去玩，然后继续向前走。

他们在牧场里绕了一大圈，又回到了房子前，只不过这次是从后门进来的。

栗亭这才看见原来这屋子后头竟还有一栋，两幢连在一块儿，是特别大的复合式别墅，浅白的色调，衬着碧蓝的天空，比童话还童话。

跟着方槐柠重新上到三楼卧室，屋内有些昏暗，除了被褥被叠整齐了，其他还是像早晨栗亭离开时的那样，只除了前头的桌上似乎多了一样东西。

栗亭心头一动，慢慢走了过去，发现桌上摆的是一本杂志。

当他看见杂志的封面时，一直平静的表情终于出现了一丝裂痕。

身后方槐柠一字一句地说："我打算离开 A 市。开学以后就会来 A 国做交换生，也许一年，也许两年，之后应该就会留下了。"

栗亭垂着眼，目光仍是落在那本杂志上："你不必如此。"

"对我是不必，"方槐柠弯起眼，"但对你是必要的，我知道你舍不得。"

眼前的这个少年，总是一副沉迷打工不在乎前途的模样。可是再没有人比方槐柠更清楚，栗亭是一个多么认真的人，认真地工作，认真地学习，认真地生活。他的课业每次都完成得那么漂亮，他的知识掌握得那么牢固。肆意散漫的背后，从来都隐藏了一颗想要求学的心。

当年栗亭因为那件事断送了去名校的路，栗亭看似淡然处之，可方槐柠知道他的心里其实暗暗存着毕业以后能重新开始的希望。毕竟众人都是健忘的，毕竟栗亭那么聪明，那么有才华，说不准哪一天他就能绕回错失的那条路呢。

可是这一切的可能都被栗尔杨和狄薇再一次毁了。

栗尔杨身为知名大学的教授，以前在相关高校颇有些影响力，他的案子被媒体渲染得尽人皆知，如今又扯出儿子的刑事记录来。

栗亭的辅导员能知道，其他高校的老师应该也不会没有耳闻。在他们眼中，栗教授的儿子不可能是一个值得培养的好学生、好人才了。

研究所栗亭可以努力地考，但他考上了，又有哪所好学校的老师愿意收他呢？至少 A 市没有，若是栗亭愿意远走他乡求学还有点希望。

而方槐柠知道，栗亭不愿意。他宁愿放弃也不愿意，虽然他是那么舍不得。在栗亭闪烁的目光中，方槐柠轻轻地拉开了面前的窗帘。

刹那间，屋外的阳光灌了进来，驱走了周围的阴暗。

栗亭被刺得闭了闭眼，待到片刻才看清了面前的画面。

虽然曾经透过对方的手机屏幕窥见过一角，可真站在面前才知道那场景有多美，有多触动心弦。

只见远方灿烂的艳阳之下，牧场的背面覆满了紫色的花田，一朵一朵层层叠叠，在风中摇曳生姿，恍如时光倒转，更恍如童话梦幻。

“所以，A 市没有机会，那我们就在别的地方重新找到机会，也请你让我替你找一个机会。”方槐柠真诚地请求。

栗亭睫毛动了动，终于抬起了眼，也让方槐柠看到了他始终无甚情绪的眸中溢出了明亮的水光。

方槐柠一怔，连忙把人转回来匆忙地解释。

“对不起，我没有事先征求你的同意。我并不是要你永远待在这里的意思，你随时可以回国，你也可以继续像在国内一样生活。你不是想开店吗，选一个你喜欢的地方，或者去旅行？任何国家任何城市，都到处走走看看，只要你想……”

栗亭手指动了动，终于说话了。

“可是那些麻烦呢？”栗亭睫毛湿润，声音微微颤抖。

方槐柠见他没有很排斥的样子，松了一口气：“我知道你担心什么，现在没关系了。”那道履历上的枷锁已经被解开了。

栗亭意外：“你找了谁帮忙？”他之前还在奇怪方槐柠只提前一周买机票，自己的旅游签证就能那么快被搞定，现如今……

“姓廖的？你答应了他们什么要求？”

果然，聪明的人一点就透。

虽然李阅吹嘘过那两人来头不小，但方槐柠在没达成目的前仍然持有怀疑。结果他打给对方电话谈妥条件不过几天，什么都搞定了。

方槐柠将栗亭眸中的紧张看了个清楚，心中暖暖地说：“你不用担心，只是用之前那个设计做了交换而已。”当然还附带了不少后续的计划，这个方槐柠没必要告诉栗亭。至于以后，还要看方槐柠的发展安排，适合的话当然可以继续合作，一切都有可能。

他目前只关心栗亭的答案。

“所以，你……同意吗？”

等自己完成交换生的科目，就到 A 国来，然后两人一道留在这里重新求学。

栗亭和方槐柠对视了半晌，大大的眼睛一眨一眨，像在犹豫，又像在思考。

良久之后，栗亭才终于道："如果，你这里还能把我的地也给补齐的话。"

方槐柠激动："好，一会儿就去补。

"果园后面有耕地。

"你想种什么都可以。

"还有一里外就有一条河，你想游泳也可以。

"还有……"

当当当的时钟忽然敲响，栗亭抬眼望着近在咫尺的那个人，竟然发现方槐柠也红了眼眶。

方槐柠看着他，郑重道："还有，生日快乐。"

这时间应该已经到国内的午夜了，去年他没来得及陪栗亭过生日，以后不会再错过这位好友的生日了。

栗亭嘴角一勾，终于笑了起来。

温暖的风拂过紫色的矢车菊花田，在暖阳之下挟裹着沁人的花香吹入窗内，拂过书桌上那本刚被放下的杂志，也拂过书面上手写的字。

谢谢你带我看到你的世界，很美。

所以现在我也想把它全部送给你。

——《方槐柠的世界》

番外一 生日快乐

今天是方槐柠的生日。

之前栗亭的生日是在A国过的，方槐柠自认当时费了不少心思，各方面布置得都还算满意，送的礼物也是一片赤忱。故而他觉得轮到自己生日时，就栗亭的性子，绝不会随便对待。

当然他深知小财迷的秉性，栗亭就算要送礼物，也一定是礼轻情意重的那类，能动手就绝不花钱，甚至很有可能是融合在了日常生活的细枝末节中，不浮夸但必定用心。所以他提醒自己，届时无论收到什么都要表现得足够惊喜，价值不重要，重要的是出自谁的手。

于是方槐柠从清晨起就五感全开，面上不动声色，生怕给对方压力，但内心一点都不放过栗亭的点滴举止和表示，争取第一时间就接收到小财迷的心意。

果然，在用完早餐后，栗亭就拿了草帽准备出门。见方槐柠看着自己，栗亭若无其事地问："你去不去？"

方槐柠今天休息，自然点头："好。"

于是两人一道坐车去了时移路。

阿昌已等在了那里，栗亭到了后便上前和他说话，方槐柠则站在一边，目不转睛地看着小农田上那满布的滚圆鲜嫩的西瓜。他有一段时间没有过来了，也不知道这东西是栗亭什么时候偷偷摸摸种下的。

西瓜是方槐柠很喜欢的水果，他仍记得去年自己还在忙合信工业的案子时，遇到了从阿昌手里买了很多瓜又倒卖给附近公司的栗亭。那时候自己因为顾及面子，只尝了几口，但那又甜又多汁的口感还是留在了记忆里。没想到这一次栗亭用自己的地种了瓜。听他在那儿和阿昌交谈的意思，这还是品种不错的麒麟瓜。不同于过去的放养，这一批从播种到成熟，栗亭都花了不少的心思。

方槐柠又想起今年冬天栗亭种了那么多自己爱吃的蔬菜，但他后知后觉才把东西认出来。看来这一次的心意，自己不能再错过了。

栗亭和阿昌说完，约好具体情况手机再联系，一转头就见方槐柠目光炯炯地看着自己，一双眸子星辰般璀璨。

栗亭：“怎么了？”

两人又坐车返程，在到家之前，栗亭提出要去买点东西。

方槐柠好奇地跟着栗亭去到超级市场，见他买了不少食材，应该是为了晚餐准备的。栗亭没什么喜好，食材看得出都是方槐柠喜欢的。除此之外，栗亭还买了一些制作点心的用品。

方槐柠虽然大致猜到了栗亭想做什么，但是当真回到家，看见栗亭在厨房里忙忙碌碌、认认真真地做起了蛋糕后，“头牌”这感动之情差点就要像发大水一样满溢出来，把整个房子都给淹了。

方槐柠知道栗亭不喜欢吃甜食。其实他自己也不喜欢，所以栗亭只做了一个稍小的蛋糕，圆圆的，柠檬味的，还点缀了巧克力，特别可爱诱人。忙完这个后，栗亭手下没停，继续做了好几种花哨缤纷的小点心——抹茶凉糕、燕麦芝麻卷、绿豆酥等等，一层一层精美地摆放在盘中，看得方槐柠整颗心都要化了。

忙完了手头的事，栗亭又做了晚餐，的确很丰盛，虽然那些点心暂时没有上桌，但是方槐柠吃到了那只柠檬蛋糕。正如他所预测的那样，滋味甜而不腻，齿颊留香，那滋味足以让他回味三百多日，怕是要到明年生日才能散去。

餐后，再怎么遭到嫌弃，方槐柠还是坚持承包了洗碗的任务。

待方槐柠好不容易和碗筷战斗结束回到书房，就看见栗亭坐在书桌前执笔伏案，竟然是在画画。自从上回小灰人把自己带去时移路小露一手后，方槐柠还没见过栗亭再展示过这方面的才艺。这一回有了绘画工具，方槐柠更能看得出他还算不错的基本功来。

栗亭用的是彩铅，大致做好分布后就开始进行构架和细化。不过寥寥几笔，一幅生动明亮的铅笔画便跃然纸上。无垠的星辰，浩瀚的宇宙，蔚蓝的星球，还有巨大的飞船和两个漫游其中的小人。即便瞧不清面目，可光那并肩作战的氛围就已让方槐柠激动不已。

那幅图十分简单，不需多时栗亭已经完工。他还在一旁用英文写了一首可爱的小诗，大意就是你和我，我们两个小伙伴共同冒险创造无限未来之类的激励内容，伴着那缤纷多姿的背景色彩，愈发显出一种纯稚童真的美好希冀来。

方槐柠那么大一个人站在一旁围观，栗亭哪能不注意。

“你……”

栗亭才刚开口，就听方槐柠激动地说：“我真高兴”。

晚上睡觉的时候方槐柠又强调了一遍今天的心情。

“我很开心。”

栗亭看了一眼墙上的挂钟，离午夜还差五分钟。这一天就要过去了，他一手轻轻搭上了床头柜。

可不等栗亭说话，方槐柠又道：“谢谢你的礼物，我真喜欢。”

栗亭：“什么礼物？

方槐柠看着他：“你这一天送给我的一切，我都很喜欢。”

栗亭回忆起方槐柠一整日的种种莫名表现，差不多明白了。

栗亭眯起眼：“你喜欢这些？”

方槐柠连忙点头：“当然，我知道你不会买那些奢侈品。”

出口又觉得这话听来有些歧义，怕栗亭误会，方槐柠忙说：“那些随便就能买来的东西有什么稀罕，又贵又没有意义。”哪里比得上栗亭亲自动手给自己做的这么多。

方槐柠笑容灿烂：“这样就很好了。”

说完这话，方槐柠发现栗亭正静静地凝视着自己。

栗亭：“哦。”

方槐柠以为他是不好意思了，只看着他继续笑。

栗亭说：“我想喝水。”

方槐柠立刻起身去了厨房。

看着人离开，栗亭这才拉开了刚把手搭上的床头柜，取出里面摆放的一只包装精美的小礼盒，就见那底座镂刻的logo正是方槐柠之前被程鹏扯坏过的只有A国才有货、才能修的那个手表的品牌，而这只手表显然是新的。

又贵又没意义？

好像也是。

栗亭摩挲了两下这千载难逢让自己大出血的礼物，反手把它又丢回了抽屉里。

看来以后还是走实惠路线比较好。

转头望向一旁一直在闪烁不停的手机，摸来开了聊天工具后，就见其中躺了好几条来自不同人的消息。

阿昌：“西瓜的买家找好了，和我那批一道。今年麒麟瓜低产，你想到要种应该能卖个好价钱。”

风信子小妹：“你帮店长试做的那批小点心什么时候可以试吃啊？”

梁玉：“儿童插画的那份兼职图搞定了吗？下周大概就要了。”

栗亭扫了一圈，言简意赅地一一回复。

栗亭：“西瓜不卖了。”

栗亭：“点心有几个不好，明天重做。”

栗亭：“图没搞定，下周给你。”

打完字，栗亭关上手机，看着端着水走进房间的方槐柠幽幽半耷下眼皮。

喝完了水，两人睡下了。

在时针指向十二点的时候，寂夜中轻轻地响起了一句低语。

“生日快乐。”

“嗯，谢谢。”

番外二 那时年少

“栗亭，栗亭……你等等我，你别走那么快。”

交错纷杂的小巷内，两个少年一前一后地迅速穿行着。A 市今年的冬天格外冷，天空大片大片的白雪落了下来，融进沿路的泥灰中，被你一脚我一脚全踏成了脏污的斑驳，很是凌乱。

走在前面的少年穿得十分单薄，没有夹层的羽绒服下露出一角陈旧的毛衣。他的脸被冷风吹得微红，一双眼倒是晶亮，直直地望着巷子尽头的饺子馆，有一种势在必得的倔强。

“栗亭！你慢点！你不想要命了？”

赶在后头的少年留着一头棕黄色鬈发，裹着一件草绿色的艳丽大棉袄，远看像一条青瓜似的。

青瓜少年一把拽住前面人的胳膊，无奈地埋怨：“我可记得医生说让你出院就是希望你在家好好休养。你肋骨还断着，却坚持在这大冷天到处乱跑，你想什么呢？！”

栗亭被念叨得终于缓下脚步转过了身，伸手捂了捂闷痛的肋下，面上却冷淡道：“关你什么事？”

“你……”青瓜少年生气，“你的命怎么不关我的事了？你从河里救了我的命，我当然也要救你的，这样才能扯平！”

说完他就想扯着人往暖和的地方去，可惜栗亭尽管有伤在身，却依然力大无穷，站在那儿纹丝不动，累得青瓜少年直喘气。

“栗亭，我知道你急着找工作。你缺钱，你要攒钱上大学，我这不是给你送钱来了吗？这是我向酒吧老板预支的工资，你拿着，真别跟我客气。”青瓜少年边说边从鼓鼓囊囊的棉袄里掏出了一捆用报纸包着的东西朝栗亭怀里塞，“拿着吧，别让我再白跑一趟。”

栗亭却毫不领情：“我说了不要，你再跟着我，我就揍你。”

“你为什么要那么坚持？”

栗亭：“我就是坚持。”

青瓜少年也急了，不依不饶：“你不拿我就不走，我田大恺就跟你耗着，看我们谁耗得过……”

然而话未说完，他就被推开了几步，一屁股扑通摔在了地上，手里的报纸也甩出了几米远。那报纸被雪水一浸，一捆红色钞票湿了不少张。

田大恺眼睛红了。

栗亭头也不回地继续迈步，临到巷口一拐弯，进了那家饺子馆。

地方偏僻，店却挺有名的，尤其这时节，混着菜肉酱醋的香气布满了这小小的空间，六七张桌子坐了十成满，生意兴隆，热闹非凡。

栗亭放下撑着胸口的手，吸了一口气，尽量让自己看上去淡然且健康，然后朝柜台后坐着的一个小胡子男人走了过去。

“老板——”

小胡子男人抬头：“要什么馅儿的饺子？”

栗亭摇摇头：“我不吃饭，我想问你们这里还招人吗？”

小胡子男人感到意外，上下打量了一下眼前的少年：“你几岁了？”

栗亭：“我成年了。”

老板笑了。

栗亭：“刚成年。”

老板挥手：“赶紧回学校上课去。”

眼见老板低头不理人了，栗亭只有道：“是我们班班长赵奕让我来的。”

“小奕？”老板总算又正眼瞧他了。

“他说你是他亲戚，会愿意让我在这儿打工的，我和他关系不错。”说什么不错，进高中三年，栗亭和对方说的话怕是都不超过十句。这个消息还是他在课间无意中听这个班长和别人聊天时得来的。

但栗亭还差几个月才成年，还没身份证的他这段时间为找兼职跑了许多地方，却始终没被录用，要不是实在没办法，他也不会过来。眼下他希望先确保有机会，只要这老板见到自己卖力的程度，之后就算被拆穿，或许也有留下的机会。

果然，老板蹙眉思索了片刻，刚要回答，隔壁桌两个学生样的客人叫了起来。

“老板，再给我来碗虾肉饺子。啊，不对，再来两碗。”

“你先等等，我一会儿给你答复。”

老板对栗亭说道，继而起身朝客人走去。

“对不住啦，小伙子，虾肉的卖完了，只有猪肉的了。要不明天你再来，我给你们留着。”

“我们都来了两天了，我正好在附近比赛，明天就结束了。”男生长得很高大，一看就是胃口大的。

“那真是可惜了，你们是运动员？体校的？”

“我是游泳队的，他不是，”说话的男生指了指背对大门坐着的另一个男生，“我们是听学校同学介绍你这儿口味好，特意过来的。”

“C大吗？C大很多学生都经常跑我这儿来吃饭的。”

“不是，我们是A大的。”

“哇，太了不起了。”

对于欣赏他手艺的顾客，老板很热情地和对方没完没了地攀谈着。

不远处的栗亭只能默默等着，一转眼对上了另一双好奇的眼睛。

原来柜台后面还坐了一个小姑娘，正在写作业，见和栗亭对上视线，她笑了开来。

“嘿，帅哥。”

栗亭垂下眼，不打算接话。

“你想找兼职啊？那你会不会做这道题？”小姑娘倒是不气馁，“我们店里不缺人，但是我爸爸正想给我找家教。如果你会的话，说不定也可以留下哦，看你那么帅我才告诉你的。”

栗亭眼皮抬了抬，落到女生手下被涂涂改改的本子上。

啧，数学。

“这是高一的题，你是我表哥的同班同学，A市一中啊，别告诉我你不会哦。”小姑娘期待地看着他。

数学是栗亭软肋中的软肋，但不代表他真的白痴，他只是解起来要费点时间而已。

栗亭一动不动地盯着本子，看上去就像在发呆。

良久之后，就在他整理出了一点思路准备开口时，那头聊完天的老板在厨房门口对栗亭招了招手。

栗亭只得先走过去。

“小奕让你来，于情于理我也该照顾一下。不过，一来我们店里现在有人手；二来，同学你有健康证吗？”说着他狐疑地望着栗亭。

栗亭知道自己的面色一定非常差，看着就不像健康人。他抹了一把脸想要解释，又被老板打断。

“你这个年纪注意身体是第一位的，不然生病耽误了学习，得不偿失。万一出了什么事，我也不好向你父母交代，是不是？”

栗亭没再回嘴，听了好一会儿老板的苦口婆心，终于转身离开。

路过柜台的时候，他脚步一顿朝那头望去，小姑娘果然也在看他。

“搞定了。”小姑娘忽然得意地对栗亭甩了甩本子。

栗亭没有表情的脸上眉头一动，他才走了三分钟，那本子最后一大题的空白处已填上了清晰的解题过程，笔锋虽然清丽，看着却不像是女生的字迹。

“那个穿蓝衣服的大帅哥要走的时候我问他的。”小姑娘指了指门外，十分高兴，觉得今天自己真有眼福，“他一秒钟就解出来了，还写了两种解法！”

栗亭顺势看去，就见到刚才和老板聊天的两个高个儿男生离去的背影，小姑娘口中那个穿蓝衣服的走在后头。栗亭没看到他的脸，心内虽有不忿，但捂了捂肋下，推开门往来时的小巷而去。

冬日的天黑得很早，栗亭一拐弯差点踹到蹲在墙边的一个黑影。一瞅见那青瓜色就知道是谁了，没想到他还没走。

栗亭要越过他，被田大恺拽住了裤腿。

“栗亭，我知道你是个坚持的人。可你能不能就信我这一次，不要逞强了。”察觉到栗亭微微踉跄，田大恺知道他肯定是疼得不行了。捧起那一沓半湿的钱，他语带哭腔最后一试道，“你想攒钱去A大，就先用我的吧。是你告诉我要让我把命看得有价值的，所以我努力回报你。求求你，至少让我的命值这点钱吧。”

栗亭杵了一分钟左右，慢慢把腿抽了出来。

“我不去A大。”

萧瑟的冷风里，田大恺听见栗亭这样说。

田大恺讶然，下一刻手里的钱却被接了过去。

“栗……”

“走吧。”栗亭这回的语气低了很多，又或许是太累了，他的脸上终于出现了一丝隐约的疲惫。可他走在雪地里的脚印，每一步都留得那么清晰。

田大恺呆呆地看了一会儿，起身追了上去。

“我扶你！”

一年后，甜甜面包店。

栗亭到店里的时候迟了二十分钟，原因是他上午有另一个兼职要做。面包店里找不到给他顶班的人，他只能两头赶，所以来晚了。栗亭知道自己没什么人缘，也并不郁闷，毕竟这种事于他已经见怪不怪了。

换了工作服出来却看见那个叫小美的女生站在自己的岗位上，正热情地为两位顾客服务。

察觉到栗亭出现，小美面露惊讶：“我没告诉你不用过来了吗？这里我来就好。”

栗亭望见自己被丢在一边依然空白的考勤卡，皱了皱眉：“不需要。”

说着就接过了对方手里的收银纸，忽略小美下不来台的脸色，直接问面前两位顾客：“你们点的巧克力布丁面包里的布丁没有了，正在制作，要等十分钟，可以吗？”

顾客是两个男生，其中一个听罢，愣了一下不好意思地朝隔壁转头：“要……要等十分钟呢……会不会来……来不及啊？可是我真的好……好饿哦。从这里坐车回学校还要一……一个小时。要不我换成红豆的好了，虽然我真的想……想吃布丁。”

说话的男生有点结巴，似乎还有点选择障碍，栗亭的这个消息给他带来了不小的烦恼。

午饭间隙，面包店的生意特别好。就他们这犹豫来犹豫去的工夫，后面的队伍已经绕了两圈了。

栗亭一边等着，一边反身查看面包成品的种类，背对着他们的脸上露出了不耐烦的神色。

直到他听见那个结巴同学又追问了一句：“你说呢，槐柠？”

栗亭目光一闪。

他转过头正眼看向了收银台前的两个男生。

结巴的那个顶着一副厚厚的眼镜，栗亭从他脸上直接扫过，目光落在了他身边人的身上。

另一个男生在看手机，低着头但依然看得出身量很高，容貌出挑，简单的大衣牛仔裤却让他非常亮眼，难怪店里的小美宁愿放弃休息也要给自己这个不讨人喜欢的人顶班。

栗亭盯着那个男生，问：“怎么样？”

他声音压低了几分，配上一张没有笑容的脸，显得更不亲切。

这个大帅哥大概也听出了栗亭语气里的严肃，好在他没有生气，只是淡淡地看了对方一眼。

“可以，我们等等。”

说完，他又忽然把手机递了过来。

栗亭一愣。

就听对方道：“那可以把我的水果茶也顺便换成布丁奶茶吗，我加点钱。”

栗亭望着手机上的支付页面，嘴巴抿了抿，迟了两秒才冷冷道：“可以。”

点完单那两个男生也没走远，就靠在收银台边等饮料。

栗亭一边结账，一边听他们俩聊天，正确来说是那个眼镜男单方面的废话。

“我就知道槐柠你……你喜欢布丁奶茶，刚才就该点了。对了，明天就是元旦，赵胖……胖子约我们晚上出……出去跨年。很多人刚才都在班级的群里问方槐柠去不去，你真的不……不去啊？”

方槐柠的视线落在收银机上，似乎是在看栗亭噼里啪啦地打字，但栗亭却感觉到他眼底无神，其实是在放空，或者说是沉浸在自己的思绪里根本没听见，自然也没看见。

果然，待隔壁的人又问了一遍，方槐柠才回道：“不去，我要睡一会儿。”

结巴同学表示理解：“你这两天都在外面比赛是太……太忙了，要不你一会儿不用和我一起去图书馆了，我们预……预约了A大图书馆下午的座位，小长假前有不少学生回家，应该不……不要紧吧？如果有别的位子了，我到时就替你留着，你先去休息一个小时再来好了。”

方槐柠却摇头：“我今天还有些资料要去图书馆查一下。其实A大图书馆的系统已经老化了，预约号掉号频繁，我们就算预约了也不保险。研究所每隔几个月就要过去整修一次，最多小半年，这个系统肯定就要大换。”

“之前这系统好像是刘储平老师还……还在读书的时候设计的，

不知道这一次研究所那里会选哪些人参与这个项目，想想那回……回报都心动。”结巴同学满脸憧憬，“槐……槐柠，最有可能接这个活的就是你了，真……真要换系统现在应该已经有……有消息了吧？别告诉我辅导员没……没找过你？”

方槐柠的回答只是淡淡一笑：“八字还没一撇。”

“等……等有一撇了一定要请……请兄弟几个吃饭！”

结巴同学了然地伸手拍了拍方槐柠的肩膀，还要再说什么，两份点心和饮料被推到了面前。

方槐柠虽然在和同学说话，但视线一直没离开过收银台上活动着的手。他起先只是无意识地看着，后来发现这个服务生的手速实在是太快了，就像刚才，对方竟然可以单手给他们打包，另一只手的敲击频率也丝毫不被影响。

真的不可思议。

方槐柠高冷的脸上闪过惊讶，难得好奇地抬起眼皮想看看这是何方神圣，结果映入视线的就是一张被大大的口罩遮住的脸，露出的一双眼睛倒是特别精致好看。只是不等方槐柠想些什么，面前的那双眸子就忽然对上了自己视线，然后微微张大，就这么直直地瞪了方槐柠一眼。

第一次遇见这么不客气的服务生。

虽然莫名其妙但他没有计较，提了点心最后再瞟了对方一眼后，方槐柠和结巴同学一起离开了这家面包店。

他走得有些急，自然也没有注意到在他转身后那个小收银员再一次落在他背影上的带有深意的目光。

凌晨，田大恺下了班回家，栗亭竟然还没有睡。

他们刚接了宽带，田大恺发现栗亭正坐在一张破板凳上用破手机艰难地上着网。

果不其然，凑近一看就是兼职页面。

“又要换工作？是不是你们店里的讨厌鬼又欺负你了？这次要去哪儿？ A 区商店街？”

咦，A 区，还是 A 大附近。

田大恺感到意外。

“怎么要去那里？你之前不是说学校门口的餐厅待遇都一般吗？”

"改主意了。"栗亭选了两份兼职后把简历发了过去。

"为什么？"田大恺疑惑重重，"你不是不想找离家太远的打工地点吗，说是往返的时间浪费在路上很不划算？"

栗亭："有吗？"

"有啊！"田大恺肯定道，"而且你怎么选了点心店，你昨天还答应我说愿意去试试我们店里王经理给介绍的翻译兼职，那个钱多。"

栗亭起身进了浴室，半晌从里头传来轻飘飘的一句："不想去了。"

这么善变，当初那个坚持人设的少年呢。

后记

回头看看，从第一本到现在写文也有好几年了，可每次开新文，主人公名总是让我非常烦恼。姓什么叫什么，两个字还是三个字，光这就能让我想上一个月。

最初我习惯用电视里有好感的人物名拼拼凑凑，后来就开始使用起名网页，可得到的常常不是“玛丽苏”版本就是“乡村爱情”的版本，实在伤脑筋。之后又用翻书这一招，就跟抓阄一样，翻到哪一页组合下，觉得过得去就用了。

这回的《一如少年》本来也想使用这个“绝妙”办法，但正好拟大纲的时候我在外地旅游，去了一趟植物园，因此得到了很多灵感。

在摘了一圈草莓、橙子、柚子、香蕉等等后，累个半死坐着休息的时候忽然新文莫名其妙地闪现在我的脑海里。此时我的眼前风景优美，艳阳高照下南方的冬日不见半点寒意，小果园里的果子都在日头下闪闪发光。不过最有趣的要数那棵大槐树下摆放的盆栽了，它竟也结了果，黄澄澄的，一颗一颗。躲在极高极壮的槐树下那么矮小圆胖的柠檬树，真是有意思的对比。

于是，槐树、柠檬树，加减乘除之后，嗯，好名字。

至于第二个名字则是我从植物园回家在大门口看见人卖栗子时蹦出来的，轮番套用了一遍小桥流水、亭台楼阁，平方根号之后，嗯，又是一个好名字。

到了家，把名字认真地记在我的小本本上的时候忍不住想，幸亏选了植物园，没选动物园。下一本，为了显得“高大上”一点，还是去科技园走走吧。

——来自柳满坡的胡说八道、没有重点的吹牛谢谢你带我看到你的世界，很美。

所以现在我也想把我的世界全部送给你。

——《方槐柠的世界》